FERAL

Editora Appris Ltda.
1.ª Edição - Copyright© 2023 do autor
Direitos de Edição Reservados à Editora Appris Ltda.

Nenhuma parte desta obra poderá ser utilizada indevidamente, sem estar de acordo com a Lei nº 9.610/98. Se incorreções forem encontradas, serão de exclusiva responsabilidade de seus organizadores. Foi realizado o Depósito Legal na Fundação Biblioteca Nacional, de acordo com as Leis nos 10.994, de 14/12/2004, e 12.192, de 14/01/2010.

Catalogação na Fonte
Elaborado por: Josefina A. S. Guedes
Bibliotecária CRB 9/870

M685f 2023	Mitto, Almir 　　Feral / Almir Mitto. – 1. ed. – Curitiba : Appris, 2023. 　　314 p. ; 23 cm. 　　ISBN 978-65-250-5173-4 　　1. Ficção brasileira. 2. Evolução. I. Título. 　　　　　　　　　　　　　　　　　　CDD – B869.3

Appris
 editora

Editora e Livraria Appris Ltda.
Av. Manoel Ribas, 2265 – Mercês
Curitiba/PR – CEP: 80810-002
Tel. (41) 3156 - 4731
www.editoraappris.com.br

Printed in Brazil
Impresso no Brasil

Almir Mitto

FERAL

FICHA TÉCNICA

EDITORIAL	Augusto Coelho
	Sara C. de Andrade Coelho
COMITÊ EDITORIAL	Marli Caetano
	Andréa Barbosa Gouveia - UFPR
	Edmeire C. Pereira - UFPR
	Iraneide da Silva - UFC
	Jacques de Lima Ferreira - UP
SUPERVISOR DA PRODUÇÃO	Renata Cristina Lopes Miccelli
ASSESSORIA EDITORIAL	Nicolas da Silva Alves
REVISÃO	Simone Ceré
PRODUÇÃO EDITORIAL	Sabrina Costa
DIAGRAMAÇÃO	Bruno Ferreira Nascimento
CAPA	Eneo Lage

AGRADECIMENTO

A Jorge Luiz da Silva, que possibilitou a primeira digitação.

SUMÁRIO

CAP. I..9

CAP. II...21

CAP. III..27

CAP. IV..39

CAP. V...57

CAP. VI..71

CAP. VII...79

CAP. VIII..91

CAP. IX...117

CAP. X..125

CAP. XI...143

CAP. XII..167

CAP. XIII...177

CAP. XIV...187

CAP. XV..205

CAP. XVI...217

CAP. XVII..239

CAP. XVIII...251

CAP. XIX...261

CAP. XX..277

CAP. XXI...299

CAP. I

A CIDADE DE SALVADOR ESTAVA MUITO MOVIMENTADA NAQUELES DIAS, MANIFESTAÇÕES EM COMEMORAÇÃO À LIBERDADE OFICIAL DOS ESCRAVOS DEIXAVAM OS NEGROS EM UMA EUFORIA QUE ULTRAPASSAVA TARDES E NOITES.

NA MANHÃ DO DIA SEGUINTE, EM PLENA BAIXA DO SAPATEIRO, PELOURINHO, ENCONTRAMOS O JOVEM SANTIAGO COIMBRA D'PAULA, QUE, DA VARANDA DE UM PRÉDIO COMERCIAL, OBSERVA UMA RODA DE NEGROS CANTANDO E DANÇANDO CAPOEIRA.

DE REPENTE ALGO LHE CHAMA ATENÇÃO: UMA JOVEM DANÇA ANIMADAMENTE ENTRE A MULTIDÃO.

RECONHECENDO-A, SANTIAGO DESCE AS ESCADAS APRESSADAMENTE, GRITANDO POR SEU NOME.

— Luzia! Luzia!

A JOVEM CHAMADA LUZIA, OUTRORA FORA ESCRAVA DA CASA DE SANTIAGO, E AGORA, AO RECONHECER SEU EX-SENHOR, FOGE, CORRENDO EM DIREÇÃO AO MERCADO.

AO ENTRAR NO MERCADO PÚBLICO, LUZIA SE ESCONDE, ENQUANTO COCADA, UM MOLEQUE VENDEDOR, DERRUBA UM BALAIO DE COCO NA FRENTE DE SANTIAGO, DESEQUILIBRANDO-O.

PERDENDO O ALCANCE DE LUZIA E AINDA SERVINDO DE CHACOTA PARA TODOS OS PRESENTES, INCLUSIVE, PARA SUA INFELICIDADE, PARA SEU PAI, O SR. D'PAULA, QUE, DA VARANDA DE UM ESCRITÓRIO, FICA ENVERGONHADO DIANTE DA IMAGEM DE SEU FILHO, CAÍDO EM MEIO AOS COCOS.

LUZIA, ESCONDIDA, VÊ O JOVEM SE LEVANTAR E AGRADECE A COCADA POR TE-LA AJUDADO A ESCAPAR, MAS PEDE UM FAVOR AO MOLEQUE:

— Cocada, siga o moço e veja onde ele está hospedado.

À NOITE, NA PENSÃO, SANTIAGO OUVE UM SERMÃO DE SEU PAI PELO "ACONTECIDO" DO DIA, AINDA MAIS POR ELE SE ATRASAR AO COMPROMISSO COM OS COMERCIANTES, DEVIDO AO INCIDENTE.

— Se estivesse presente à reunião, saberia que o Comendador Maciel retornou de Mato Grosso com sua família, e ainda manifesta desejo de casar vosmecê com a filha Micaela, lembra-se?

LEMBRANDO AO FILHO QUE MICAELA ESTÁ PROMETIDA A ELE DESDE PEQUENA, O SR. D'PAULA SE ENTRETÉM A CONVERSAR SOBRE NEGÓCIOS.

FINALMENTE O SONO CHEGA E O SR. D'PAULA SE RECOLHE, QUANDO SANTIAGO PERCEBE, PELA JANELA, O MOLEQUE COCADA, GESTICULANDO, QUERENDO DAR-LHE UM RECADO.

— Me desculpe, senhor ..., mas eu tenho um recado de Luzia para vosmecê!

AO LEVAR SANTIAGO PRO O ENCONTRO COM LUZIA, COCADA DEIXA O RAPAZ EM UMA VIELA ABANDONADA. AO VER LUZIA, SANTIAGO, ABORRECIDO PELO VEXAME CAUSADO POR ELA, A SEGURA PELO BRAÇO.

— E agora? Consegues fugir como das últimas vezes? — PERGUNTA SANTIAGO.

— Me largue, Santiago! Se eu fugi, foi porque vosmecê não se importou comigo!

SANTIAGO A SEGURA E DIZ:

— Pois veja como eu ainda me importo — ELE A ABRAÇA E AMBOS SE BEIJAM.

AO FINAL DA NOITE, SANTIAGO E LUZIA JÁ SE ENCONTRAM EM SITUAÇÃO MAIS ROMÂNTICA...

— Meu pai, disse-me hoje que a família do Comendador está em Itaberaba, e já se fala em casamento.

— Vosmecê quer casar com a filha desse Comendador? — PERGUNTA LUZIA.

— Eu nem sequer me lembro do rosto dela, Luzia.

— Santiago, isso não é problema. Depois quando...vosmecê se casar, pode vir me vê aqui em Salvador.

— Por que não vens comigo? — PERGUNTA SANTIAGO. — Eu cuidarei de vosmecê!

— Santiago...

— Luzia...prometo que não será como da última vez.

— Acha que seu pai vai me aceitar de volta? — PERGUNTA LUZIA.

NA MANHÃ DO DIA SEGUINTE, DURANTE O CAFÉ NA PENSÃO, SANTIAGO TENTA ENCONTRAR UM MODO DE TOCAR NO ASSUNTO...

— Pai...eu...reencontrei Luzia.

— Luzia...?!? A escrava fujona? — PERGUNTA O SR. D'PAULA SEM DAR MUITA IMPORTÂNCIA.

— Pai, ela já não é mais escrava! Pai...o senhor permite que eu a leve conosco?

— Sinceramente, Santiago! Vosmecê se interessa mais por essa... "ex-escrava" do que por sua futura noiva! Eu não vou tolerar que aconteça outra... — DIZ O SR. D'PAULA, INICIANDO UMA NOVA DISCUSSÃO SOBRE O COMPORTAMENTO DE SANTIAGO, PORÉM SEU FILHO CONSEGUE CONVENCÊ-LO E AMBOS, JUNTAMENTE COM LUZIA, RETORNAM A ITABERABA.

O PEQUENO MUNICÍPIO DE ITABERABA ATUALMENTE SE EXPANDE DEVIDO À ENTRADA DE PRODUTOS IMPORTADOS, ESPECIFICAMENTE AS MÁQUINAS AGRÍCOLAS. SEUS PEQUENOS VILAREJOS, COM SUAS MODESTAS CASAS, VÃO AOS POUCOS DANDO LUGAR A PRÉDIOS E CASARÕES.

OS COMERCIANTES LOCAIS, LIDERADOS PELO SR. D'PAULA, TÊM ESPERANÇAS DE BONS NEGÓCIOS COM A CAPITAL BAIANA, SOBRETUDO FICAM INTRIGADOS COM O NOVO RESIDENTE DO MUNICÍPIO, O RECÉM-CHEGADO ABRAÃO BAT-SARA, FILHO DE JUDEU, QUE, COM O PASSAR DOS MESES, OBTEVE UM CONSIDERÁVEL CRESCIMENTO FINANCEIRO EM SEUS NEGÓCIOS.

EM SUA NOVA CASA, O COMENDADOR MACIEL CONVERSA UM DELICADO ASSUNTO COM SUA FILHA MICAELA.

— Minha filha, só lhe resta se casar com Santiago e vosmecê sabe muito bem o porquê de minha preocupação — DIZ O COMENDADOR

MACIEL. MICAELA, SILÊNCIOSAMENTE OLHA PARA O PAI, COM O PENSAMENTO DISTANTE, ENQUANTO GERTRUDES, SUA IRMÃ MAIS NOVA, ESCUTA POR TRÁS DA PORTA.

NO CASARÃO DOS D'PAULA, D. LEONOR ENCONTRA-SE NOS PREPARATIVOS DE UM JANTAR EM OFERECIMENTO AO COMENDADOR E FAMÍLIA.

NAQUELA NOITE, APÓS O JANTAR, LUZIA, AGORA COMO COPEIRA, SERVE O CAFÉ ÀS VISITAS, OBSERVANDO SANTIAGO DISCRETAMENTE. SANTIAGO PERCEBE A INDIFERENÇA DE MICAELA, ENQUANTO SEUS PAIS CONVERSAM, SEMPRE INTERLIGANDO OS ASSUNTOS DE INTERESSES POLÍTICOS E FINANCEIROS COM O CASAMENTO DE SEUS FILHOS.

GERTRUDES SE INSINUA PRA SANTIAGO, QUE SORRI PARA LUZIA, QUE SERVE O CAFÉ. PERCEBENDO O OLHAR DE AMBOS, MICAELA SE INTERESSA EM CONVERSAR COM SANTIAGO.

— Imagino o quanto o senhor é cordial com os serviçais — DIZ MICAELA.

— Por que percebeu isso, senhorinha? — PERGUNTA SANTIAGO.

— Ora, minha irmã, por que não perguntar sobre o que o senhor Santiago acha de nossos vestidos?! Será que estamos a gosto das moças da capital?

TENTANDO CHAMAR A ATENÇÃO DE SANTIAGO COM FUTILIDADES, GERTRUDES É CHAMADA PELO SEU PAI, DEIXANDO ASSIM OS FUTUROS NOIVOS A SÓS.

— Perdoe minha irmã. Ela às vezes fala banalidades que eu mesma me surpreendo.

— Oras, não te preocupes com isso. Sei que é típico de sua pouca idade, mas...eu não entendi o seu comentário em relação aos serviçais.

— Percebi o seu sorriso para com aquela copeira, ou me enganei? — PERGUNTA MICAELA.

— Não, Micaela. Não te enganaste. Eu tenho um carinho muito especial para com Luzia, e ... espero que não te importes com isso.

— De maneira alguma, senhor. Eu, diferente de outras pessoas, não julgo ninguém por sua classe social ou raça. Percebo que o senhor Santiago pensa como eu, pois não?

— Senhorinha Micaela, mais uma vez digo que vosmecê não se enganou a meu respeito. Creio que temos muitas afinidades.

NO DIA SEGUINTE, NA CASA DO COMENDADOR MACIEL, GERTRUDES COMENTA COM O PAI SOBRE O JANTAR:

— Acredite em mim, Pai! Micaela não se interessa por Santiago! Imagine como eu combino melhor. Sou mais simpática, mais cortês e ...

INTERROMPENDO O ENTUSIASMO DA FILHA, O COMENDADOR DIZ:

— Gertrudes, Micaela está prometida a Santiago desde criança. Não te preocupes, filha, um dia vosmecê também conhecerá um bom moço que a fará feliz.

LEVANTANDO-SE IMPULSIVAMENTE DA MESA, GERTRUDES DIZ:

— Eu sei o porquê deste casamento tão apressado, meu pai! Se Santiago também soubesse, talvez ele... — ENFURECIDO, O COMENDADOR MACIEL ESBOFETEIA GERTRUDES, QUE SAI AOS PRANTOS PRO SEU QUARTO.

DIAS DEPOIS COMEÇAM OS PREPARATIVOS PARA O NOIVADO, E MICAELA COMEÇA A FREQUENTAR O CASARÃO DOS D'PAULA. DURANTE ESSE PERÍODO, ELA SE APROXIMA DE LUZIA E A CONVIVÊNCIA FAZ SURGIR UMA FORTE AMIZADE ENTRE ELAS, ALGO QUE NÃO PASSA DESAPERCEBIDO AOS OLHOS DE D. LEONOR, SR. D'PAULA E GERTRUDES.

DURANTE OS PASSEIOS PELA PROPRIEDADE DOS D'PAULA, SANTIAGO E MICAELA, SEMPRE ACOMPANHADOS POR LUZIA, CONVERSAM SOBRE DIVERSOS ASSUNTOS E DEIXAM ATÉ MESMO OS MORADORES CURIOSOS, E OUTROS INCOMODADOS COM ESSE TRIO QUE NÃO SE SEPARA NEM MESMO QUANDO SAEM PELAS RUAS DE ITABERABA.

CERTO DIA, MICAELA, AO PRESENCIAR O ENVOLVIMENTO DE SANTIAGO E LUZIA, DEIXA O CASAL SURPRESO COM SUA REAÇÃO. AGINDO NATURALMENTE, MICAELA CONVERSA COM LUZIA A RESPEITO DO QUE VIU...

— Não precisas ficar constrangida, Luzia. Percebi que existia algo entre vosmecês desde que a vi pela primeira vez.

— Micae... perdoe-me, D. Micaela ...Santiago não tem culpa de...

— Luzia — DIZ MICAELA, INTERROMPENDO —, eu não estou me sentindo ofendida, nem culpando ninguém! Eu, como disse, sempre desconfiei... e... eu admiro esse amor que vosmecês sentem um pelo outro!

LUZIA NÃO CONSEGUE DEIXAR DE SE SURPREENDER COM MICAELA. SENTADAS EM ALGUM LUGAR AFASTADO NO JARDIM DO CASARÃO, MICAELA DIZ A LUZIA:

— Luzia... eu nunca me importei com o seu envolvimento com Santiago porque, na realidade, eu não o amo. Esse casamento tem um grande motivo que eu... preciso contar à vosmecê!

MICAELA CONFESSA A LUZIA O GRANDE SEGREDO DE SUA VIDA, O MOTIVO DESSE TÃO AGUARDADO CASAMENTO.

— Como vê a minha vida está por desmoronar — DIZ MICAELA.

— Não sei como vosmecê consegue ficar tão calma nessa situação! — DIZ LUZIA.

— Luzia... sei que posso confiar em vosmecê. Eu... não me desesperei com tudo, porque ainda tenho o apoio de meu pai. Só lamento ter que envolver Santiago, e...

— Não se preocupe, D. Micaela, eu ajudarei vosmecê no que for preciso!

NO DIA DO CASAMENTO, TODA AFLIÇÃO DE MICAELA É APARENTEMENTE DISFARÇADA PELO NERVOSISMO NATURAL DE TODAS AS NOIVAS. A CERIMÔNIA, OS CONVIDADOS, TUDO OCORRE BEM, NA MEDIDA DO POSSÍVEL. COM O AUXÍLIO DE LUZIA, MICAELA TEM UMA NOITE DE NÚPCIAS RAZOAVELMENTE PERFEITA, LEVANDO EM CONSIDERAÇÃO O ESTADO DE EMBRIAGUEZ EM QUE SANTIAGO SE ENCONTRA.

ALGUNS MESES SE PASSAM E O CARNAVAL, FESTEJO POPULAR QUE CHEGA TÍMIDO À CIDADE DE ITABERABA, A CADA ANO VAI CONQUISTANDO MAIS FOLIÕES. NAS RUAS ENFEITADAS, QUE DEIXAM ESPAÇO APENAS PARA OS PEQUENOS COMERCIANTES, TROÇAS ANIMADAS POR AQUELES QUE BRINCAM E SE DIVERTEM, COMO SANTIAGO D'PAULA. FANTASIADO, SENTE-SE UM CIDADÃO TÃO CARNAVALESCO COMO QUALQUER PESSOA HUMILDE QUE SE DIVERTE EM MEIO AQUELA ANIMADA TROÇA.

A FAMÍLIA D'PAULA OBSERVA, DA VARANDA, A ANIMADA TROÇA, DA QUAL LUZIA, DISFARÇADA COM UMA DELICADA MÁSCARA DADA POR MICAELA, LHES ACENA.

— Que audácia! — DIZ D. LEONOR. — Nos acena como se fôssemos conhecidos.

— Minha sogra, pois saiba como eu gostaria de compartilhar dessa alegria popular. É impressionante como...

— Ora, Micaela — DIZ GERTRUDES, INTERROMPENDO-A —, que D. Leonor pode pensar? Desejaria se misturar ao povo? Certamente esse não é um comportamento que se espera de uma senhora D'Paula!

ENQUANTO COMENTAM, SANTIAGO E LUZIA DIVERTEM-SE EM PLENO CARNAVAL.

NAQUELES PRIMEIROS DIAS DE ABRIL, O CASARÃO DOS D'PAULA ESTAVA AGITADO. APESAR DAS CORRERIAS DAS CRIADAS, POIS FINALMENTE CHEGOU O DIA... MICAELA DEU A LUZ A DIÓGENES.

A PEQUENA PORÉM REFINADA SOCIEDADE DE ITABERABA É CONVIDADA AO BAILE DE DEBUTANTE DE RUTH BAT-SARA, FILHA DO PÔLEMICO ABRAÃO BAT-SARA.

A FAMÍLIA D'PAULA É CONVIDADA, MAS...

— Não! Eu me recuso a comparecer a esse baile! Correm boatos que esse senhor Bat-Sara é um seguidor de maus condutas sociais — DIZ O SR. D'PAULA, EM TOM DETERMINADO.

— Pai, concordo com o senhor, mas não devemos esquecer de que ele está alcançando um grande prestígio em Salvador. Acho conveniente que ao menos eu compareça, representando assim a família — DIZ SANTIAGO.

— Tens razão, filho! Se quiseres comparecer...

— Meu marido... peço permissão para ficar — DIZ MICAELA AO LADO DE SUA IRMÃ GERTRUDES.

— Nesse caso, gostaria de acompanhá-lo, meu cunhado.

— Agradeço sua gentileza, Gertrudes, mas prefiro ir sozinho! Além do mais, não irei demorar, apenas marcarei presença.

NAQUELA MESMA NOITE, LUZIA DESCOBRE QUE ESTÁ GRÁVIDA. TENTA CONTAR A SANTIAGO, MAS NÃO CONSEGUE. SANTIAGO LOGO PARTE PARA O REFERIDO BAILE.

NO LAR DO COMENDADOR MACIEL, GERTRUDES TENTA CONVENCER O PAI, QUE TAMBÉM RECUSOU O CONVITE, A COMPARECER AO BAILE.

— Pai! Preciso ir a esse baile! A hora está por chegar, por favor, me acompanhe!

O COMENDADOR MACIEL É INFLEXÍVEL, MAS, EM PROL DO PEDIDO DA FILHA, SUGERE QUE TEIXERA, SEU ASSESSOR, ACOMPANHE GERTRUDES.

EM SEU QUARTO, MICAELA MOSTRA À LUZIA UM VESTIDO.

— Percebo que estás meio apreensiva, Luzia. Algo a incomoda? — PERGUNTA MICAELA.

— Não, D. Micaela — RESPONDE LUZIA SEGURANDO O VESTIDO. — É lindo! Onde a senhora usou?

— Apenas uma vez, em um aniversário. Prove! Acho que ficará bem em vosmecê.

AO PROVAR O VESTIDO, LUZIA FICA ENCANTADA.

— Ficou perfeito, como imaginei — DIZ MICAELA. — O que achas de ir ao baile?

— Eu? Com esse vestido?!? — PERGUNTA LUZIA, ADMIRADA.

— Por que não? Vosmecê está linda, Santiago está lá... não achas tudo perfeito?!?

— D. Micaela, está tudo perfeito, mas... jamais me deixariam entrar em um baile, mesmo com convite.

— Luzia... lembra-te daquela delicada máscara que te dei? Creio que não terás dificuldade! Lembra de chamar por Santiago assim que chegar na entrada.

— A senhora me convenceu, D. Micaela! Me deseje sorte!

SAINDO ÀS ESCONDIDAS PELOS FUNDOS DO CASARÃO, LUZIA PEGA A CHARRETE, SEGUINDO PRO CASARÃO DOS BAT-SARA, ONDE SE ENCONTRAM OS CIDADÃOS DE ITABERABA.

AO CHEGAR, LUZIA DESCE DA CHARRETE E, COMO IMAGINAVA, TEM PROBLEMA PARA ENTRAR, JÁ QUE NÃO POSSUI CONVITE E POR USAR MÁSCARA.

— O que pensas, senhorita? De que se trata de um baile de carnaval? – DIZ O PORTEIRO.
— O senhor pode chamar... o Sr. Santiago D'Paula, ele...está me aguardando!
DURANTE A FESTA, GERTRUDES, ACOMPANHADA POR TEIXERA, TENTA A TODO CUSTO CHAMAR A ATENÇÃO DE SANTIAGO.
— Santiago, espero que, antes retornar, não deixes de dançar uma única valsa com sua cunhada.
SANTIAGO, RESPONDE ANTE A INSISTÊNCIA DE GERTRUDES.
— Lamento, Gertrudes! Mas assim que cumprimentar a aniversariante, retornarei para casa. AO DIZER ISSO, SANTIAGO RECEBE UM RECADO, E DIRIGE-SE À ENTRADA.
TEIXERA, AO LADO DE GERTRUDES, TENTA A SUA PRIMEIRA INVESTIDA.
— Senhorinha Gertrudes, não vai ser por falta de cavalheiro que não deixará de dançar essa valsa! O que achas?
— Não, Teixera! Repentinamente perdi a vontade.
AO CHEGAR À ENTRADA, SANTIAGO VÊ LUZIA EM UM LINDO VESTIDO, À SUA ESPERA.
SURPREENDIDO AO VÊ-LA, SANTIAGO VAI AO SEU ENCONTRO. RESOLVENDO A SITUAÇÃO, PERGUNTA:
— Luzia... o que vosmecê faz aqui?!? Que ideia mais tresloucada!
— Santiago... eu tentei falar com vosmecê, mas...
— Vosmecê com esse vestido... essa máscara...?!? Vamos eu a levarei pra casa!
— Santiago... eu estou esperando um filho seu! — DIZ LUZIA SEGURANDO EM SEUS BRAÇOS.
— Luzia... vosmecê tem certeza do que diz???
LUZIA AFIRMA COM O ROSTO. EMOCIONADO, SANTIAGO ABRAÇA E BEIJA LUZIA.
TESTEMUNHANDO A ALEGRIA DO CASAL, ABRAÃO BAT-SARA, O ANFITRIÃO DA FESTA, SE APROXIMA E OS CONVIDA PARA ENTRAR.

— Um casal tão bonito e feliz como este não há de ficar fora do baile! Por favor, entrem, meus filhos!

OUVE-SE UMA VALSA. SANTIAGO LEVA LUZIA PARA O SALÃO, ENQUANTO ALGUNS CASAIS DANÇAM, OS DEMAIS CONVIDADOS FICAM A COMENTAR DIANTE DA ATITUDE DO JOVEM SENHOR CASADO, SANTIAGO D'PAULA DE DANÇAR COM UMA MÁSCARADA.

USANDO A MÁSCARA DURANTE TODA A DANÇA, LUZIA DESPERTA A CURIOSIDADE DE TODOS, ENTRE ELES DE GERTRUDES, QUE FICA INTRIGADA COM O ATO INESPERADO DE SEU CUNHADO.

— Custo a acreditar no que meus olhos veem. Santiago ousa dançar com uma estranha e ainda mais, uma mascarada!

— Percebo que gostaria de saber de quem se trata, pois não? — PERGUNTA TEIXERA.

— Oras, Teixera! O que me importa com quem ele dance, se bem que... aquele vestido...

AO RECONHECER O VESTIDO DA IRMÃ, GERTRUDES TENTA SE LEMBRAR DE ONDE VIU AQUELA MÁSCARA.

REPENTINAMENTE, LEMBRA-SE DO REFERIDO OBJETO COMO SOUVENIR DE SUA IRMÃ. RECONHECENDO LUZIA, GERTRUDES LEVANTA-SE E IMPULSIVAMENTE DIRIGE-SE, CHEIA DE ÓDIO, PARA O CASAL.

DANÇANDO TRANQUILAMENTE, SANTIAGO E LUZIA NÃO CHEGAM A PERCEBER GERTRUDES, QUE, DIANTE DE TODOS, QUE ADMIRAM O REFERIDO CASAL, ARRANCA A MÁSCARA DE LUZIA. INUSITADAMENTE COM A SURPRESA, SANTIAGO E LUZIA FICAM ESTÁTICOS, SEM NENHUMA REAÇÃO.

COM A MÚSICA INTERROMPIDA, GERTRUDES TORNA-SE O CENTRO DAS ATENÇÕES.

— Como pode o Sr. Bat-Sara permitir a entrada de uma ladra, ainda mais uma negra!!

COM A AGLOMERAÇÃO FEITA, SANTIAGO ABRAÇA LUZIA, LEVANDO-A PARA FORA DO SALÃO, ENQUANTO GERTRUDES, COM AR DE VITÓRIA, APANHA A MÁSCARA CAÍDA NO CHÃO.

OS COMENTÁRIOS QUE SE SEGUEM SÃO TODOS CONTRA A ATITUDE DO JOVEM SANTIAGO D'PAULA, ALGO QUE NÃO PASSOU DESAPERCEBIDO PERANTE OS RESPEITÁVEIS E MORALISTAS CIDADÃOS DE ITABERABA. PORÉM O ANFITRIÃO DA FESTA, ABRAAO BAT-SARA, DISCORDOU DE TODOS.

— Todos os senhores evidentemente concordam que o senhor Santiago tem bom gosto e eles formaram um belo casal! Muito bem orquestra, continuemos a festa!

NO ALTO DE UMA COLINA, O SOL DESPONTA DO HORIZONTE, SANTIAGO E LUZIA PRESENCIAM O NASCER DE UM NOVO DIA.

— Sinto-me culpada por... – DIZ LUZIA, SENDO INTERROMPIDA POR SANTIAGO.

— Shhh! Não falemos mais sobre isso. Vosmecê me deu uma grande prova de amor, Luzia.

— Eu acho que envergonhei vosmecê, Santiago!

— Luzia... agora não vamos nos preocupar com isso. Vamos aproveitar esse momento... esse nascer do sol... – AO DIZER ESSAS PALAVRAS, SANTIAGO ABRAÇA LUZIA. ENQUANTO ISSO, NO CASARÃO DOS D'PAULA, DURANTE O CAFÉ DA MANHÃ...

— Minha esposa, apresse Santiago! Hoje teremos a mais importante e esperada reunião. Não quero que ele se atrase — DIZ O Sr. D'PAULA, APRESSADO COMO DE COSTUME.

— Meu sogro, ele... está se vestindo — DIZ MICAELA, DESCENDO A ESCADA.

— Pois então o avise que irei na frente! Não posso atrasar. — SENHOR D'PAULA SEGUE EM FRENTE, ENCONTRANDO-SE COM O SEU ADVOGADO, RADAMÉS BITTENCOURT.

AO SENTAR, MICAELA DIZ A D. LEONOR:

— D. Leonor... Santiago não dormiu em casa.

— Minha nossa! Vosmecê fez bem em mentir, minha filha! E agora?!? Onde estará Santiago? — PERGUNTA D. LEONOR, NERVOSA, INDO À COZINHA. PERCEBENDO A AUSENCIA DE LUZIA, D. LEONOR CHAMA O CAPATAZ E MANDA PROCURÁ-LA. AO VER SANTIAGO CHEGAR, MICAELA CORRE PARA O JARDIM EM SUA DIREÇÃO E AVISA O MARIDO:

— Santiago, apresse! Seu pai o está esperando no escritório!

— Minha nossa! Esqueci completamente da reunião! Ele sabe que...

— Não! Pra não perceber, tive que mentir... ele pensa que estais a se vestir.

— Agiu muito bem, Micaela! Espero que chegue a tempo! — DIZ SANTIAGO, QUE CORRE PARA PEGAR O CAVALO, ENQUANTO UMA CHARRETE PARA NO JARDIM, TRAZENDO GERTRUDES ACOMPANHADA DE SEU PAI, O COMENDADOR MACIEL.

NA SALA DE ESTAR, O COMENDADOR MACIEL PROCURA UMA EXPLICAÇÃO PELO FATO OCORRIDO NA NOITE PASSADA.

— Graças a Deus que eu não estava presente a um vexame como este! Espero que o senhor Santiago tenha uma boa explicação! — DIZ O COMENDADOR.

NO ESCRITÓRIO DE ADVOCACIA, NO CENTRO DE ITABERABA...

— Meus senhores... tenho certeza de que meu filho há de ter uma explicação para este fato lamentável! Talvez o seu próprio atraso a essa reunião... hã... explique essa embaraçosa situação! — DIZ O SENHOR D'PAULA.

MAIS UMA VEZ, SANTIAGO CHEGA ATRASADO E ÀS PRESSAS, PORÉM DESTA VEZ OS FORNECEDORES DESFAZEM O ACORDO, POR CONCORDAREM SOBRE IRRESPONSABILIDADE E MÁ CONDUTA DE SANTIAGO, DEVIDO AO OCORRIDO NO BAILE.

AO DEIXAR O ESCRITÓRIO, SR. D'PAULA FICA ENFURECIDO COM O FILHO, RESPONSABILIZANDO LUZIA POR TUDO.

— E agora, Santiago?!? Como vosmecê me faz um disparate deste? Tudo por culpa daquela maldita mulher, que vosmecê fez tanta questão de trazer de volta!

— Pai, perdoe-me, mas...

— Não tem perdão, Santiago! Eu tomarei uma providência que deveria ter tomado há muito tempo! — NERVOSÍSSIMO, SR. D'PAULA ENTRA NA CHARRETE.

— Meu pai, espere...

CAP. II

NA COZINHA DO CASARÃO DA FAMÍLIA D'PAULA, O CAPATAZ TRAZ LUZIA A D. LEONOR.

— Aqui está ela, senhora — DIZ O CAPATAZ, SEGURANDO LUZIA PELO BRAÇO.

— Luzia! O que houve?!? Justamente agora que estou com visi... O que é isso em suas mãos, feitor?

— Encontrei esse vestido no quarto dela, senhora.

— D. Leonor... esse vestido é de D. Micaela, ela... — DIZ LUZIA, TENTANDO SE EXPLICAR, FICANDO SEM ARGUMENTO, QUANDO...

— Luzia! Vosmecê... roubou esse vestido?!? Então... estavas com... Santiago?!? Vosmecê é responsável... pelo atraso de meu filho Santiago???

— D. Leonor, eu posso explicar, Santi...

— Calada! Amarre-a no tronco! Quando meu marido e filho chegarem, decidirão o que fazer.

AO RETORNAR À SALA, D. LEONOR TERMINA DE OUVIR O RELATO DO ACONTECIDO NO BAILE, MEDIANTE UM ACRÉSCIMO PROPOSITAL DOS FATOS, DITO POR GERTRUDES.

— Senhor Comendador, senhorinha Gertrudes, com certeza meu filho há de ter uma explicação. Das Dores... avise a D. Micaela que seu pai e irmã estão aqui.

ANTES QUE A CRIADA SUBA A ESCADA, GERTRUDES DIZ:

— D. Leonor! Imagino o quanto minha irmã ficará constrangida de receber essa notícia assim... diante de todos. Se me permite, prefiro eu mesma falar com ela a sós, em seu quarto.

— Bem pensado, querida. Das Dores, acompanhe a senhorinha Gertrudes ao quarto de sua irmã.

AO ENTRAR, GERTRUDES ENCONTRA SUA IRMÃ CUIDANDO DO PEQUENO DIÓGENES.

— Gertrudes? O que faz aqui? — PERGUNTA MICAELA.

— Vim com o nosso pai. Imagino que não saibas o que aconteceu na noite passada.

— Imagino sim. Ficastes aborrecida por não ter ido ao baile de Ruth, pois não?

— Não, minha irmã. Eu fui ao baile! Tudo ocorria bem... a valsa, os convidados, quando um casal chamou a atenção... — DIZ GERTRUDES RELATANDO TODO O ACONTECIDO. — E agora nós duas somos assuntos para toda Itaberaba comentar! É evidente que para vosmecê a situação é mais constrangedora, afinal se trata de seu marido... com uma serviçal...

— Gertrudes! — DIZ MICAELA, INTERROMPENDO. — Luzia não é culpada de nada! Fui eu quem sugeriu que fosse ao baile. Eu que emprestei o vestido...

— Chega! Eu não acredito que vosmecê tenha feito isso! Por sua culpa, todos comentam sobre nós!

— Não interfira nesse assunto, Gertrudes! Eu resolverei com o meu marido.

— Não, Micaela! Eu sempre achei um absurdo essa confiança que vosmecê e Santiago deram a essa criada. Mas vosmecê não se importa, não é mesmo? Desde Mato Grosso, vosmecê envergonha a mim e a nosso pai, agora basta!

— Sua... infeliz! Esta sua preocupação se deve ao seu... desejo incontido por Santiago, não?

— Micaela, eu não vou discutir com vosmecê — DIZ GERTRUDES, DIRIGINDO-SE AO BERÇO DO PEQUENO DÍOGENES. — Se não quiser que seu estimado marido conheça a sua verdadeira história... vosmecê fará tudo o que eu disser!

— Vosmecê não teria coragem de...

— Não? Quanto a isso, pode apostar o futuro de seu filho! — DIZ GERTRUDES EM TOM AMEAÇADOR.

NO CASARÃO DOS D'PAULA, AQUELE INÍCIO DE NOITE CONTRADIZIA O AMANHECER VISLUMBRADO POR SANTIAGO E LUZIA.

AO CHEGAR EM CASA JUNTO COM O SEU FILHO, O SR. D'PAULA ENCONTRA O COMENDADOR MACIEL E D. LEONOR NA SALA DE ESTAR.

— Senhor Comendador, eu e meu filho pedimos desculpas pelo lamentável ocorrido na noite passada. Agora, se o senhor permite, irei tomar as medidas necessárias contra a responsável por toda essa constrangedora situação — DIZ O SENHOR D'PAULA, SEGUINDO PARA O SEU GABINETE.

SANTIAGO, DE CABEÇA BAIXA, SEGUE O PAI. AO FECHAR A PORTA, PERCEBE O OLHAR DETERMINADO DE SEU PAI.

— Santiago! Ainda hoje vosmecê vai mandar aquela mulher embora desta casa, desta cidade, de sua vida, entendeu?

— Pai, eu gostaria que soubesse que...

— Não me interessa mais nada, Santiago! Ou ela desaparece de Itaberaba ou, por Deus, eu a mato!

— Pai, não! Por favor, eu... farei o que o senhor manda! — DIZ SANTIAGO, SAINDO DO GABINETE CONSCIENTE DE QUE, MAIS UMA VEZ, DEIXAVA LUZIA DESPROTEGIDA. AO CHEGAR NA SALA DE ESTAR, MICAELA ENCONTRA SEU PAI E D. LEONOR.

AO VER SEU MARIDO CABISBAIXO SAINDO DO GABINETE, PERANTE TODOS, MICAELA FAZ UM PEDIDO:

— Meu marido...eu me sinto... muito ofendida e angustiada com o que aconteceu. Quero que castigue Luzia! Quero que ela pague por... essa humilhação que... eu e minha irmã estamos a passar.

DIZENDO ESSAS PALAVRAS, MICAELA ENTREGA UM CHICOTE A SANTIAGO.

— Micaela, minha esposa, achas que essa atitude é necessária?!? — PERGUNTA SANTIAGO, SURPREENDIDO COM A INESPERADA REAÇÃO DE MICAELA. AO OLHAR PARA IRMÃ, MICAELA DIZ:

— Sim, meu marido. O senhor bem sabe a estima que eu tinha por essa criada..., mas diante dessa...traição, por meu pai e por minha irmã, eu...exijo que ela seja castigada!

AMARRADA AO TRONCO, LUZIA VÊ SANTIAGO APROXIMAR-SE, COM A ESPERANÇA DE QUE A TIRE DAQUELE INJUSTO CASTIGO.

— Santiago?!? É mesmo vosmecê?? Me tire daqui, eu... — AS PALAVRAS DE LUZIA SÃO INTERROMPIDAS PELA DOR E SURPRESA, CAUSADAS PELAS CHIBATADAS DADAS POR SANTIAGO.

COM LÁGRIMAS NOS OLHOS, SANTIAGO SOFRE A CADA GRITO DE LUZIA, PRESENCIADOS POR GERTRUDES, PELO COMENDADOR MACIEL E PELO SR. D'PAULA.

NA JANELA DE SEU QUARTO, MICAELA SOFRE EM SILÊNCIO POR TUDO A QUE FOI OBRIGADA A FAZER.

APROXIMANDO-SE, O SR. D'PAULA MANDA RETIRÁ-LA DO TRONCO.

— Espero que estejas me ouvindo, infeliz! Vosmecê podia estar morta, mas, por meu filho, eu não permito que isso aconteça. Agora, quero que saia da minha propriedade e principalmente da vida de meu filho, entendeu??? Se retornar a vê-la por essas redondezas, por toda a Bahia... eu não respondo por meus atos!

LUZIA, NAQUELA MESMA NOITE, REUNINDO FORÇAS QUE AINDA LHE RESTAVAM, AJUDADA POR DAS DORES, QUE, ATRAVÉS DE SANTIAGO, LHE CONCEDEU COMIDA E DINHEIRO, SEGUE O SEU DESTINO, DEIXANDO ITABERABA.

OS MESES PASSAM EM ITABERABA, E, DESDE O POLÊMICO BAILE DE RUTH BAT-SARA, OS MORADORES DAQUELE LUGAR COMEÇAM A TESTEMUNHAR A MUDANÇA DE HÁBITO E COMPORTAMENTO DO JOVEM SENHOR SANTIAGO D'PAULA.

INCONFORMADO COM SUA ATITUDE COVARDE, O FILHO DO SR. D'PAULA COMEÇA A JOGAR E BEBER CONSTANTEMENTE, NO BORDEL E CASSINOS CLANDESTINOS DA REGIÃO. EM CASA FREQUENTEMENTE DISCUTE COM MICAELA, CULPANDO-A PELO ACONTECIDO À LUZIA.

CERTA NOITE, O JANTAR DOS D'PAULA É INTERROMPIDO POR UM RECADO AO SR. D'PAULA, SEU FILHO, SANTIAGO, ENCONTRAVA-SE EMBRIAGADO E CAÍDO NA RUA, EM FRENTE AO BORDEL. CHEGANDO PARA SOCORRÊ-LO, O SR. D'PAULA SE ENTRISTECE AO ENCONTRAR O FILHO NAQUELA SITUAÇÃO.

— Santiago, meu filho! O que está acontecendo com vosmecê?!? Levante-se... vou aju...

— Pai. Eu... sou um covarde, pai! – DIZ SANTIAGO, INTERROMPENDO-SE, APOIANDO-SE NOS BRAÇOS DE SEU PAI.

— Meu filho, escute o seu pai, aquela mulher, perturbou muito a sua... a nossa vida. Filho, esqueça tudo o que aconteceu! Importe-se com a sua esposa e seu filho que...

— Pai! O senhor não sabia, mas... Luzia estava esperando um filho meu!

— O que estais a dizer?!? — PERGUNTA, O SR. D'PAULA, SURPREENDIDO COM A REVELAÇÃO.

AO CHEGAR EM CASA, SANTIAGO É LEVADO PARA O SEU QUARTO, ONDE MICAELA, APREENSIVA, TENTA POR O SEU FILHO PARA DORMIR. COLOCANDO-O NA CAMA, SR. D'PAULA DIZ AO FILHO:

— Santiago, tome um banho e durma... amanhã vosmecê se sentirá melhor. Boa noite.

QUANDO O SR. D'PAULA SAI DO QUARTO, MICAELA TENTA CONFORTAR O MARIDO.

— Santiago... venha, eu ajudo vosmecê ... — DIZ MICAELA, AO TENTAR LEVANTAR SANTIAGO.

— Tire suas mãos de mim, sua traidora! — DIZ SANTIAGO. — Para de fingir ser a esposa preocupada!

— Santiago... eu estou preocupada com vosmecê. Quase toda noite é a mesma coisa... jogo, bebida, mulheres! Agindo assim, vosmecê não vai resolver seus problemas...

— Cale-se! — GRITA SANTIAGO. — Tudo o que acontece comigo é por culpa sua! Vosmecê pôs Luzia naquela situação... e me obrigou a fazer aquele ato covarde!

— Santiago, por favor... não me lembre. Eu... não tive escolha...

— Não teve escolha?!? — DIZ SANTIAGO, LEVANTANDO-SE DA CAMA, GRITANDO. — Quem te obrigou? Teu pai? Tua irmã? Vosmecê sempre soube que desde o nosso noivado, aqui em Itaberaba, sempre falaram de nós, e nunca nos importamos com isso! Mas vosmecê quis assumir o papel de esposa traída e humilhada, não?

— Santiago... pare de gritar! Por favor... o que está fazendo?!?

— Já que és a minha esposa, pois então... — DIZ SANTIAGO COMEÇA A SE DESPIR, COM UM COMPORTAMENTO AGRESSIVO, DEIXANDO MICAELA APAVORADA.

— Santiago... me largue! Ai! — GRITA MICAELA, SENDO ESBOFETEADA. SANTIAGO A JOGA NA CAMA, VIOLENTANDO-A.

NAS PROXIMIDADES DE ARACAJU, ENCONTRA-SE UM ACAMPAMENTO CIGANO, ONDE UM GRUPO DE HOMENS, EM VOLTA DE UMA VELHA CIGANA, AGUARDA INSTRUÇÕES DESSA SÁBIA MULHER.

BABA IAGA É UMA VELHA QUE CONHECE O SEU FUTURO E DE SEU POVO. SABE DO PERIGO QUE SUA GENTE CORRE NAQUELE LUGAR. SABE QUE RELIGIOSOS SUPERSTICIOSOS PERSEGUEM OS CIGANOS, E QUE PRECISAM SAIR DALI.

SUA NETA MORGANA AVISA A TODOS QUE SUA AVÓ AGUARDA A CHEGADA DE ALGUÉM ESPECIAL, QUE ELA PREVIU PARA ESSES DIAS.

NA SEMANA SEGUINTE, A PRÓXIMA REUNIÃO DO CONSELHO É INTERROMPIDA POR UM CIGANO QUE CHEGA À TENDA, NOTICIANDO QUE UMA MULHER ESTÁ PRA TER UM FILHO NA MATA. COINCIDÊNCIA OU PREVISÃO, BABA IAGA MANDA ALGUNS CIGANOS IREM BUSCAR ESSA MULHER.

CAP. III

A NOITE TORNA-SE LONGA NO ACAMPAMENTO, PRINCIPALMENTE PARA LUZIA, QUE, APÓS MUITO SOFRIMENTO, DÀ A LUZ AO SEU TÃO ESPERADO FILHO. O SILÊNCIO É QUEBRADO COM O ALIVIANTE CHORO DESSE BEBÊ, QUE É BATIZADO ENTRE OS CIGANOS COMO O PEQUENO... FERAL.

DESDE O NASCIMENTO DE SUA NETA MORGANA, BABA IAGA NÃO FAZIA NENHUM PARTO, MAS DESTA VEZ ELA SABIA QUE O BEBÊ ERA ESPECIAL.

EM ITABERABA, NO CASARÃO DOS D'PAULA, O PRIMEIRO ANIVERSÁRIO DO PEQUENO DIÓGENES É COMEMORADO DE UMA MANEIRA SIMPLES, ESTANDO PRESENTES OS PARENTES MAIS PRÓXIMOS. MICAELA, AO LADO DO MARIDO, FAZ UMA CONFISSÃO NA ESPERANÇA DE UM SORRISO.

— Santiago, meu marido... eu estou esperando outro filho!

— Se tens certeza do que dizes, creio que os outros devem compartilhar dessa notícia, não achas? — SEM DEMOSTRAR EUFORIA, SANTIAGO REVELA A NOTICIA A TODOS.

OS FAMILIARES COMPARTILHAM DA ALEGRIA, MENOS POR GERTRUDES, QUE, POR MALDADE, INDUZ O PEQUENO DIÓGENES A FAZER, PERANTE TODOS, UMA IMITAÇÃO DE UM ÍNDIO.

SURPREENDIDO, O COMENDADOR MACIEL DEIXA A TAÇA CAIR, ENQUANTO MICAELA FICA SEM GRAÇA PERANTE TODOS, QUE NÃO ENTENDEM A BRINCADEIRA.

NO ACAMPAMENTO CIGANO, CORRE O BOATO DE QUE ELES SÃO ACUSADOS DE ROUBAR UMA CRIANÇA RECÉM-NASCIDA, E ALGUNS JAGUNÇOS, COMANDADOS POR FAZENDEIROS E BEATAS, SEGUEM EM DIREÇÃO AO ACAMPAMENTO.

ESTANDO CIENTE DO PERIGO, BABA IAGA CHAMA SUA NETA:

— Morgana, minha neta! É chegado o momento de vosmecê deixar este lugar. Vosmecê leve a criança e a mãe pra bem longe daqui!

— Baba, a senhora virá conosco? — PERGUNTA MORGANA.

— Não, minha neta! Vosmecê tem um destino a concretizar. Sua vida está forjada a essa criança, que eu, com estas velhas mãos, trouxe a este mundo. Agora vá, arrume suas trouxas e procure por Luzia.

ABRAÇANDO A AVÓ, MORGANA SAI DA TENDA.

DURANTE A MADRUGADA O ACAMPAMENTO É INVADIDO E INCENDIADO PELOS JAGUNÇOS. ALGUNS CIGANOS CONSEGUEM FUGIR, MAS A MAIORIA É CERCADA E ANIQUILADA. EM MEIO ÀS LABAREDAS, LUZIA, COM O SEU FILHO NOS BRAÇOS, CONSEGUE ESCAPAR DAS CHAMAS, MAS É ALVEJADA.

O JAGUNÇO SE APROXIMA DE LUZIA, APONTANDO UMA ESPINGARDA.

— Vosmecê num parece ser cigana. E essa criança... será que é a que os ciganos roubaram?? — ENGATILHANDO A ARMA, O JAGUNÇO DIZ: — De qualquer modo uma criança a menos não há de fazer falta! Por isso...

MORGANA ATIRA NO JAGUNÇO, VINDO SOCORRER LUZIA.

— Luzia! Luzia... não se debata! Eu vou esconder... — MORGANA TENTA LEVANTÁ-LA...

— Não, Morgana! Eu não tenho forças! Escute menina... cuide de meu filho, eu lhe peço! Vosmecê deve ir... a Salvador! No Pelourinho, procure por... Cocada! Ele vai... ajudar vosmecê a... encontrar... Santiago!

— Luzia, quem... quem é Santiago?!?

— O... pai do meu...filho... — DIZENDO SUAS ÚLTIMAS PALAVRAS, LUZIA MORRE E DEIXA MORGANA SEM SABER O QUE FAZER. AO OUVIR O CHORO DO BEBÊ, MORGANA PEGA A CRIANÇA NOS BRAÇOS.

— Não chore, pequeno Feral! — PEGANDO A ESPINGARDA E COBRINDO A CRIANÇA COM UMA MANTA, MORGANA DIZ:

— Agora somos eu e vosmecê!

MORGANA FOGE PELA MATA, CONSEGUINDO ESCAPAR DOS FANÁTICOS, QUE DESTRUÍRAM O ACAMPAMENTO CIGANO. AO AMANHECER, MORGANA DORME TRANQUILAMENTE, QUANDO É ACORDADA POR UMA MÃO APARENTEMENTE INIMIGA, PORÉM...

— Morgana?!? — PERGUNTA HERNANDEZ, ADMIRADO.

— Hernandez? Helbba?!? Vosmecês escaparam...?!?

— Pelo visto, vosmecê teve a mesma sorte! — DIZ HELBBA — Mas... essa criança... é o pequeno Feral?!?

— Sim, Helbba! O meu protegido!

— Morgana... sem dúvida esta criança te deu muita sorte! Pois pensávamos que ela tivesse morrido! — DIZ HERNANDEZ.

— Ela não pode morrer, Hernandez! Eu sou sua guardiã. Está escrito, tenho que protegê-la até se tornar um homem! Mas por nosso povo, por Baba... por ela, vosmecê tem que me ajudar!

— Morgana, nós temos uma carroça. Estamos indo para o Sul, se vosmecê...

— Helbba, Hernandez... eu preciso ir para... Salvador!

EM ITABERABA, NA CASA DO COMENDADOR MACIEL, GERTRUDES LEVA UMA SURRA DO PAI PELA SUA ATITUDE NO ANIVERSÁRIO DO PEQUENO DIÓGENES.

— Desgraçada! Vosmecê quer causar a infelicidade de sua irmã?!? — GRITA O COMENDADOR, COM UMA CORREIA NAS MÃOS.

OS BOATOS SOBRE O INCÊNDIO NO ACAMPAMENTO CIGANO CHEGAM AO ESCRITÓRIO DO SR. D'PAULA, E LOGO APÓS, EM SUA CASA, ENQUANTO DORME ELE TEM UM PESADELO, SENDO ACORDADO POR D. LEONOR:

— Senhor?!? O que houve? — PERGUNTA D. LEONOR, ASSUSTADA.

— Eu... tive um pesadelo! Algo... horrível, Leonor!

— Espere... tome um copo d'água.

— Que estranho! Em meu sonho, vi... Luzia... em meio às labaredas com uma criança nos braços.

— Certamente te impressionaste com o que aconteceu no acampamento, em Sergipe.

— Sim, com certeza! Mas... parecia tão real!

UMA SEMANA APÓS DO ATAQUE AO ACAMPAMENTO CIGANO, EM SERGIPE, A CHARRETE DE HELBBA E HERNANDEZ CHEGA AO PELOURINHO, SALVADOR, SENDO ALVO DA ATENÇÃO DOS CURIOSOS.

— Aqui estamos, Morgana. E agora, o que pretende? — PERGUNTA HERNANDEZ.

— Agora... tenho que encontrar um moleque...

— Um moleque?!? Morgana... em meio a tantos, como conseguirá?!?

— Bom... sei que ele vive por aqui, Helbba. Seu nome é... Coqueiro, Coco... Ah, Cocada!

— Cocada?!? Com um nome deste, talvez não seja difícil — DIZ HERNANDEZ, DESCENDO DA CARROÇA. — Mas assim que encontrá-lo, iremos embora.

DE CIMA DE UM TELHADO, COCADA OBSERVA ESSE ESTRANHO TRIO.

OS MESES PASSAM, E, EM ITABERABA, A PEQUENA SOCIEDADE É CONVIDADA AO CASAMENTO DA JOVEM RUTH BAT-SARA. DEVIDO AO GRANDE PRESTÍGIO POLÍTICO ALCANÇADO PELO SEU PAI, ABRAÃO BAT-SARA, TODOS OS POLÍTICOS INFLUENTES DA REGIÃO BAIANA ESTÃO PRESENTES.

O NOME DE ABRAÃO BAT-SARA É DITO AGORA COM ESTIMA E RESPEITO, VISTO QUE ELE POSSUI O BANCO MAIS PRÓSPERO E CONCEITUADO DA REGIÃO.

ENQUANTO O OUTRORA RENEGADO PROSPERA EM SEUS NEGÓCIOS, O CONHECIDO COMENDADOR MACIEL SE ARRUÍNA COM DÍVIDAS POR TODOS OS LADOS. LOGO APÓS A CERIMÔNIA, EM UMA RODA DE POLÍTICOS, O NOME DO COMENDADOR É CONSTANTEMENTE MENCIONADO.

O SR. D'PAULA, ENTRE ELES, TENTA AMENIZAR OS COMENTÁRIOS, QUANDO UM DOS SENHORES MENCIONA A ESTADIA DO COMENDADOR EM MATO GROSSO.

— ...e desde que retornou de lá, os problemas surgiram!

— Pobre comendador! Pois nem mesmo com sua família teve sossego.

— Por que diz isso, Alberes? — PERGUNTA O SR. D'PAULA.

— Sr. D'Paula, o comendador teve, em Mato Grosso, problemas envolvendo a filha...

FICANDO CURIOSO COM O ASSUNTO, O SR. D'PAULA DISFARÇA SUA CURIOSIDADE COM A CHEGADA DE SEU FILHO SANTIAGO.

— Pai, já estamos de partida. O senhor virá conosco?

— Hã... claro que sim, filho.

OS RUMORES SOBRE A DECADÊNCIA DO COMENDADOR MACIEL, TORNAM-SE MAIS FREQUENTES, PRINCIPALMENTE QUANDO SUA CASA FICA HIPOTECADA PELO BANCO. EM SEU GABINETE, TEIXERA, SEU ASSESSOR, FAZ UM PEDIDO AO COMENDADOR MACIEL.

— Senhor... apesar de não ser o momento propício, eu... peço ao senhor... a mão de sua filha Gertrudes...

— O momento é mais do que propício, Teixera! — DIZ O COMENDADOR. — Com esse inusitado pedido, vosmecê me alivia de uma responsabilidade para com Gertrudes. Pedido aceito!

HORAS DEPOIS, AO DEIXAR A DÍVIDA DA CASA EM NOME DE SEU NETO, DIÓGENES, SOZINHO EM SEU GABINETE, O COMENDADOR MACIEL SUICIDA-SE COM UM TIRO.

ABALADA COM A INESPERADA MORTE DE SEU PAI, MICAELA PASSA MAL, TENDO ASSIM DIFICULDADE, NO FINAL DE SUA GRAVIDEZ. NAQUELE DIA, SANTIAGO, NA SALA DE ESTAR, FICA APREENSIVO COM AS DORES DE MICAELA.

— Pai... devo chamar um doutor, em Salvador?

— Acalme-se, filho! Não daria tempo, mas a parteira já está com ela.

COM A AJUDA DE D. LEONOR E DAS DORES, TUDO OCORRE BEM, E ASSIM NASCE PEDRO SANTIAGO D'PAULA.

NO DIA SEGUINTE, NO FUNERAL DO COMENDADOR, OS POUCOS CIDADÕES DE ITABERABA, MESMO APÓS PRESTAR AS CONDOLÊNCIAS A SUA FILHA GERTRUDES, NÃO POUPAM O FALECIDO DOS COMENTÁRIOS SOBRE SUA VIDA.

— Sr. D'Paula, como está passando sua nora?

— Recuperando-se, Claudionor! O choque foi demasiado, mas o parto ocorreu bem.

— Graças a Deus, uma boa notícia! O seu filho teve sorte de casar-se com a senhora Micaela, a filha mais equilibrada do falecido!

— Mais equilibrada?!? – PERGUNTA O Sr. D'PAULA. — Por que diz isso, Germano?

— Sr. D'Paula, refiro-me ao fato que motivou o retorno do falecido a Itaberaba. Um possível assassinato de um homem...

— Ora, Claudionor! De um índio, que mal há? – DIZ GERMANO.

— Senhores! Vosmecês estão a me confundir! De que falam afinal?!? – PERGUNTA O SR. D'PAULA.

OS SENHORES RELATAM, E O SR. D'PAULA FICA ESTARRECIDO COM O ACONTECIDO, QUE O COMENDADOR MACIEL MATOU UM HOMEM POR TER DESONRADO UMA DE SUAS FILHAS. CRENTE DE QUE TUDO ACONTECERA COM GERTRUDES, SR. D'PAULA RETORNA DO FUNERAL, QUANDO LEMBRA DO ANIVERSÁRIO DE SEU NETO DIÓGENES, EM QUE ELE FEZ UMA IMITAÇÃO DE UM ÍNDIO.

SEM QUERER IMAGINAR O PIOR, O SR. D'PAULA, AO CHEGAR EM CASA, ENCONTRA D. LEONOR CUIDANDO DE SEU NETO DIÓGENES.

APROXIMA-SE DO MENINO, TENTANDO ENCONTRAR ALGUMA CARACTERÍSTICA INCOMUM.

— Meu marido! O funeral estava comp... o que estais a fazer?!?

— Leonor... com quem achas que Diógenes parece??

DIAS DEPOIS, GERTRUDES RECEBE UM RECADO DO SR. D'PAULA.

NO JARDIM DO CASARÃO DOS D'PAULA, MICAELA SE DESPEDE DE SANTIAGO, QUANDO VÊ SUA IRMÃ, GERTRUDES, DESCENDO DE UMA CHARRETE.

— Gertrudes...?!? O que faz tão cedo aqui? — PERGUNTA MICAELA. GERTRUDES NADA RESPONDE, DIRIGINDO-SE AO GABINETE DO SR. D'PAULA.

— Senhorita Gertrudes... queira sentar-se. Que bom que atendeu ao meu convite! Senhorita... creio que agora, sem o senhor seu pai, mas com o previsto casamento com o Sr. Teixera, estais com a tua vida acertada, pois não?

— Senhor D'Paula, pela urgência do recado, não creio que mandou chamar-me para falarmos de meu... noivado, pois não?

— Percebo que a senhorinha é perspicaz por demais!

— Pois sejamos diretos, senhor. O que desejas?

— Senhorita Gertrudes, durante o funeral do senhor seu pai... por meio de comentários... fiquei ciente do que aconteceu com vossa família, em Mato Grosso.

— Senhor... — DIZ GERTRUDES, SURPRESA — se já estais ciente... o que pretendes fazer?

— Acalme-se, senhorinha! Não ficarás difamada por...

— Difamada...eu?!? Sr. D'Paula... agora entendo o que dizes! Pensas que o escândalo foi comigo? Não senhor! Tudo ocorreu como o senhor soube, mas com Micaela! Sua devotada nora, casou-se grávida de um índio!

— O quê?!? — GRITA O SR. D'PAULA.

SAINDO ÀS PRESSAS DE SEU GABINETE, COMPLETAMENTE DESNORTEADO, O SR. D'PAULA ATRAVESSA O JARDIM, QUANDO O PEQUENO DIÓGENES, AO VER O AVÔ, CORRE EM SUA DIREÇÃO PARA ABRAÇÁ-LO. REAGINDO FRIAMENTE AO MENINO, O SR. D'PAULA PEGA A CHARRETE E PARTE PRA CIDADE SEM DAR EXPLICAÇÕES.

PRESENCIANDO A CENA, MICAELA TEME O PIOR.

— Diógenes! Meu filho... venha! Vamos entrar!

DEIXANDO O SEU FILHO NA SALA DE ESTAR, MICAELA SOBE AS ESCADAS A PROCURA DE GERTRUDES. NO QUARTO DE SANTIAGO, D. LEONOR OBSERVA O RECÉM-NASCIDO, PEDRO, DORMINDO PROFUNDAMENTE, ENQUANTO GERTRUDES, SENTADA AO LADO, CONVERSA AMENIDADES COMO SE NADA TIVESSE ACONTECIDO.

— Que boa surpresa, Gertrudes!

— Ah! D. Leonor! Esses sobrinhos são como se fossem meus filhos! Fico com muitas saud... Micaela?!?

— Gertrudes... podemos conversar por um instante?

NO CORREDOR, MICAELA ENCOSTA GERTRUDES NA PAREDE E...

— Gertrudes, o que vosmecê disse ao meu sogro para ele sair às pressas daquela maneira?!?

— Disse o que todos deviam saber, sua farsante!

— Meu sogro rejeitou o abraço do meu filho... o que você disse, Gertrudes?

— Me largue, Micaela!

— Miserável! Vosmecê... não teria a audácia de... — DIZ MICAELA, QUANDO OUVE SEU FILHO CHORAR. — Diógenes, meu filho!

MICAELA SE APROXIMA DO CORRIMÃO. GERTRUDES A EMPURRA, E MICAELA ROLA NA ESCADA ATÉ O CHÃO.

— Micaela! Socorro! D. Leonor, acuda-me!

AO OUVIR OS GRITOS DE GERTRUDES, D. LEONOR SAI DO QUARTO E SE DESEPERA AO VER MICAELA MORTA NA SALA. CHORANDO, GERTRUDES DIZ:

— Ela tropeçou... rolou os degraus! Minha irmã...

ENQUANTO ISSO, NO ESCRITÓRIO NA CIDADE, SANTIAGO ESTÁ PREOCUPADO COM O SILÊNCIO DE SEU PAI, QUE, AO CHEGAR, ENTROU NA SALA COM O ADVOGADO RADAMES BITTENCOURT.

POUCO DEPOIS, CHAMA SANTIAGO.

— Santiago, meu filho... eu terei que me ausentar por uns meses... em caráter de urgência.

— Pai! O que houve?!? Por que não me diz o porquê dessa viagem? Aconteceu algo de grave?!? — PERGUNTA SANTIAGO, QUANDO É INTERROMPIDO POR UM RECADO. SANTIAGO SAI APRESSADAMENTE, QUANDO CHEGA EM CASA, PRESENCIA O MOVIMENTO DOS CRIADOS, QUANDO ENCONTRA SUA MÃE AOS PRANTOS.

— Meu filho! Uma desgraça aconteceu... Micaela... quando eu a vi... — D. LEONOR RELATA AO FILHO TODA A TRAGÉDIA OCORRIDA.

POUCO DEPOIS, EM SEU QUARTO, SANTIAGO, JUNTO COM SEUS FILHOS, RECEBE A VISITA DE GERTRUDES.

— Senhor meu cunhado... apesar de todo meu sofrimento, vim aqui oferecer minha ajuda!

— Agradeço seu gesto, Gertrudes.

— Santiago... renunciei meu casamento, para cuidar, junto com vosmecê e D. Leonor, na criação de meus sobrinhos!

— Gertrudes... não precisa abdicar de sua felicidade, e...

— Meu cunhado — DIZ GERTRUDES, INTERROMPENDO-O —, minha felicidade é estar com os meus sobrinhos. Por isso, agora sem meu pai e irmã... gostaria de me integrar a esse lar...

— É um gesto muito nobre, filha. Tão logo meu marido retorne dessa inesperada viagem, ele ficará feliz em tê-la conosco — DIZ D. LEONOR.

— Pois então, Gertrudes... seja bem-vinda a nossa família — DIZ SANTIAGO, DESOLADO.

SEMANAS DEPOIS, EM UMA DECADENTE PENSÃO, NA BAIXA DO SAPATEIRO, EM SALVADOR, ENCONTRAMOS MORGANA, QUE, NOS ULTIMOS MESES, TEM TIDO MUITO TRABALHO. NÃO TENDO COMO SOBREVIVER, LENDO AS MÃOS DOS FORASTEIROS QUE CHEGAM AO PELOURINHO, A FIM DE ENCONTRAR OU CONHECER ALGUÉM CHAMADO... SANTIAGO.

— ...e não quero ver nenhuma criança no salão! Entendeu, Morgana?

— Sim senhora "Dona" Edileuza! — RESPONDE MORGANA, COM FERAL NOS BRAÇOS.

ENTRANDO PELOS FUNDOS DA COZINHA, COCADA DIZ:

— Minha ciganinha, tenho uma nov...

— Cala a boca! — DIZ MORGANA, INTERROMPENDO-O. — Edileuza pode ouvir! Além do mais, não me chame assim, não sou "sua" ciganinha.

— Mas por que vosmecê está tão porreta? Eu acho que me encontrei quem vosmecê procura.

— Outro, Cocada?!? Da última vez que me apresentou um "Santiago", aconteceu aquela confusão, e quase a guarda municipal me apanhou. Desde que Hernandez e Helbba partiram, eu tenho estado aqui... trabalhando que nem uma miserável!

— Cigani...Morgana! Desta vez acho que este a quem eu encontrei poderá nos ajudar! Vamos, o velho está no boteco do mercado.

— Velho?!?

AO CHEGAREM AO MERCADO, COCADA, COM O PEQUENO FERAL NOS BRAÇOS, MOSTRA A MORGANA UM DESCONHECIDO SR. D'PAULA. SIMPLES E DESOLADO, BEM DIFERENTE DE OUTROS TEMPOS.

— Ali está, Morgana! Aquele velho é o pai do Santiago que vosmecê procura! Ele está diferente, velho... rabugento, mas é ele! Eu me lembro!

COM CERTEZA QUE AFIRMA, COCADA E MORGANA APROXIMAM-SE DO SR. D'PAULA, E...

— Senhor... posso fazer uma pergunta?

— O que queres, menina? — PERGUNTA O SR. D'PAULA.

— Quero saber se tens um filho chamado... Santiago! E se ele conheceu uma mulher chamada Luzia, que viveu algum tempo por essas bandas.

— Senhor... lembra quando avistou o seu filho, certa vez, no mercado... caído no chão, em meio aos cocos???

— Mas... isto realmente aconteceu! — AFIRMA O SR. D'PAULA, CADA VEZ MAIS SURPRESO.

— Senhor, este menino em meus braços é filho de Luzia com o seu filho Santiago, e... — DIZ MORGANA RELATANDO TODA A HISTÓRIA QUE SABE, DESDE O ACAMPAMENTO CIGANO, EM SERGIPE.

— Meu Deus! Que história... esse é meu... neto?!?

FELIZ DE ESTAR DIANTE DE SEU VERDADEIRO NETO, O SR. D'PAULA SEGURA A CRIANÇA NOS BRAÇOS, CHORANDO EMOCIONADO.

— Sim! És realmente o meu neto! Agradeço ao senhor por oferecer esta oportunidade de reparar um grande erro do passado!

O SR. D'PAULA LEVA O PEQUENO FERAL PRA PENSÃO, SENDO ACOMPANHADO POR COCADA E MORGANA. NA MESMA TARDE, ESCREVE PARA O SEU FILHO SANTIAGO, PARA QUE VENHA, JUNTO COM O ADVOGADO RADAMÉS BITTENCOURT, URGENTEMENTE A SALVADOR.

— Sr. D'Paula...

— Sim?

— Posso saber pra quem o senhor está escrevendo?

— Ora, menina! Estou escrevendo para o homem a quem vosmecê procurava, meu filho Santiago! — RESPONDE, EMPOLGADO, O Sr. D'PAULA. — Meu Deus... que reviravolta em minha vida! Pois bem, meu neto, assim que o seu pai chegar, voltaremos com ele para Itaberaba! Onde vosmecê receberá o nome de um legítimo Coimbra D'Paula!

— Mas ele já tem um nome, senhor! Chama-se... Feral.

— Fe... o quê?!? Feral? E isso é nome de gente, menina?

— Foi minha Baba quem pôs!

— Pois então, Morgana, ele terá o mesmo nome do pai e do avô: Santiago Coimbra D'Paula Neto. Tenho certeza de que Luzia concordaria comigo.

CAP. IV

DIAS DEPOIS, SANTIAGO D'PAULA CHEGA A SALVADOR, ACOMPANHADO DE SEU ADVOGADO, RADAMES BITTENCOURT. VAI À PENSÃO ONDE ESTÁ HOSPEDADO O SR. D'PAULA.

OBSERVANDO-OS DESDE A CHEGADA, MORGANA APROXIMA-SE DE SANTIAGO.

— O senhor deseja saber o futuro? Por alguns centavos, posso adivinhar o que veio fazer aqui, em Salvador.

— Não, menina! Não acredito nisso. Dê-me licença...

— Por gentileza, senhor... — DIZ MORGANA INSISTINDO.

— Está bem... tome!

— Sua mão, senhor. Hum... vejo que veio de longe... para se casar!

— O quê?!? Casar?? Eu sou viúvo, não vim me casar! Devolva o meu dinheiro, não sabes de nada!

— Sei sim! — AVISTANDO A GUARDA MUNICIPAL, MORGANA DIZ: — Sei correr!

— Devolva meu dinheiro! — GRITA SANTIAGO.

SENDO CHAMADO PELO SENHOR BITTENCOURT, SANTIAGO SEGUE PARA A PENSÃO, ENCONTRANDO-SE COM O PAI...

— Pai! Como o senhor tem passado?? O que faz aqui?!? Na carta que escreveu, disse que vinha procu...

— Meu filho — DIZ O SR. D'PAULA, INTERROMPENDO-O. — Não percamos tempo com explicações!

— Pai, o senhor está bem? Foi por motivo de doença que mandou me chamar??

— Santiago, o motivo é de alegria e felicidade! Meu filho... Deus me trouxe pra cá, para encontrar o seu filho e o de Luzia, o qual vosmecê nem imaginava que tivesse nascido!

— Meu... filho?!? Pai... o senhor tem certeza do que diz?? Da última vez que vimos Luzia, naquela noite horrível... Ela teria de algum modo me avisado, caso a criança tivesse nascido!

— Santiago... esqueceu o que aconteceu da última vez que a viu? Achas que teria alguma consideração por parte dela em te avisar?!?

— Agora o senhor me acusa, pai? Pois foi o senhor que a expulsou de casa. Ameaçando matá-la caso eu intercedesse, lembra?

— Mas não foi a minha a atitude de chicoteá-la, que...

— O senhor soube como exigir... — UMA DISCUSSÃO INICIA-SE, SENDO INTERROMPIDA PELO SR. BITTENCOURT:

— Senhores, por favor... esse não é o momento de discussões!

— Bittencourt tem razão, filho! Erramos no passado, mas a vida nos trouxe uma oportunidade de reparar esse erro.

— Perdoe-me, Pai! Mas... e Luzia? O que aconteceu com ela?

— Santiago... infelizmente ela morreu no incêndio do acampamento cigano.

ABALADO COM A NOTÍCIA DA MORTE DE LUZIA, SANTIAGO DIZ:

— Pai... eu me sinto responsável por tudo o que aconteceu... pelo meu ato covarde para com Luzia. Como o senhor disse... se essa é uma chance de reparar esse erro... eu quero conhecer esta criança!

EMOCIONADO, O SR. D'PAULA ABRAÇA O FILHO, LEVANTANDO-SE EM SEGUIDA PARA BUSCAR O PEQUENO FERAL.

NO QUARTO, MORGANA DIZ A COCADA:

— Cocada, vou pedir ao Sr. D'Paula que me leve junto com Feral para Itaberaba.

— Vosmecê acha que ele vai permitir?

— Creio que sim! Pois eu sou responsável por ele, não sou?

QUANDO CHEGA NO QUARTO, O SR. D'PAULA ENCONTRA O NETO ACORDADO.

— Está acordado, meu neto? Agora vais conhecer o teu pai!

— Sr. D'Paula... como vosmecê sabe, eu sou responsável pelo Fe... hã ...seu neto, e...

— Não mais, mocinha! DIZ O SR. D'PAULA, INTERROMPENDO-A. — Agora ele tem um pai, um avô, uma família.

— Sim, mas... eu poderia ir com ele pra... Itaberaba?

— Acho que não haverá problema, Morgana. Vosmecê pode vir conosco, mas com uma condição: Não o chamas por esse nome esquisito... "Feral"!

VOLTANDO PARA A SALA DA PENSÃO, SANTIAGO VÊ SEU PAI COM A CRIANÇA NOS BRAÇOS, JUNTO COM MORGANA. AO VER SANTIAGO, MORGANA SAI CORRENDO.

— Morgana! O que houve?!? Volte aqui!

— Pai... o senhor conhece aquela menina??

— Naturalmente, Santiago. Chama-se Morgana. É quem está com o vosso filho desde o falecimento de Luzia.

— Pai, aquela menina é uma charlatã! Há poucos minutos ela me roubou uns trocados!

— Filho... ela não faz por mal, vive de adivinhar o futuro... é uma criança! Deixamo-la de lado, veja... este é o seu filho, meu neto!

— Sinceramente, pai, me custa a acreditar.

— Mas por quê, filho?!?

— Agora, mais do que nunca, creio que o senhor está sendo enganado por aquela trapaceira!

NA RUA, MORGANA ENCONTRA COCADA, E...

— Cocada! Vem aqui!

— Morgana... o que aconteceu? Por que não está com o pequeno Feral?!?

— O Sr. D'Paula está com ele, mas... acho que eles não vão querer me levar.

— E por que não?

— Bom, eu... eu... eu enganei o filho dele. Eu não sabia que era o filho do velho, e...

— Temos que pegar o Feral de volta! Morgana, procure saber quando eles partirão.

NA PENSÃO, SANTIAGO TENTA CONVENCER O PAI A VOLTAR PRA ITABERABA.

41

— Pai... durante todo esse tempo longe de casa! Mamãe está com a saúde fraca... os seus netos perguntam pelo senhor...

— Este também é meu neto, Santiago! Pois saiba que só retornarei a Itaberaba com o meu neto nos braços, entendeu?

— Pois então, pai, se o senhor deseja assim, nós levamos a criança.

NO DIA SEGUINTE, PELA MANHÃ, UMA CARRUAGEM EM FRENTE À PENSÃO, AGUARDA O SR. D'PAULA. COM O PEQUENO FERAL NOS BRAÇOS, O SR. D'PAULA, ENCONTRA-SE COM MORGANA, QUE FAZ UMA ÚLTIMA TENTATIVA.

— Sr. D'Paula... apesar do que aconteceu ontem, eu... posso ir com vosmecê?!?

— Santiago... – DIZ O Sr. D'PAULA, OLHANDO PARA O FILHO.

— Não, pai! Sob hipótese alguma levarei essa vigarista junto! — DIZ SANTIAGO. — Estou sendo razoável por demais em aceitar esta situação!

O Sr. D'PAULA SE DESPEDE DE MORGANA, E A CARRUAGEM SEGUE PELAS RUAS DO PELOURINHO.

FINGINDO-SE CONFORMADA, MORGANA SORRI MISTERIOSAMENTE, CORRENDO POR ENTRE OS BECOS, PEGANDO UM ATALHO.

POUCO DEPOIS, NA CARRUAGEM...

— Mamãe ficará muito feliz com o seu retorno, Pai, e... espere... por que parou?

— Cocheiro! Cocheiro...?!? – CHAMA RADAMÉS BITTENCOURT.

— Fiquem aqui! Vou saber o que houve... — DIZ SANTIAGO, QUE, AO SAIR DA CABINE, VÊ MORGANA APONTANDO UMA ARMA EM SUA CABEÇA.

— Sr. Santiago, saiba que sei muito bem usar esta espingarda!

— Menina! Enlouqueceu?!? O que pretende?!? — PERGUNTA SANTIAGO, ASSUSTADO.

— Pegue os dois revólveres, Morgana! — DIZ COCADA, APONTANDO UMA FACA PARA O COCHEIRO. — Sr. D'Paula... entregue Feral! Ele fica conosco!

— Morgana! Cocada! Vosmecê não podem fazer isso! Ele é meu neto...

— Não é mais, Sr. D'Paula! — DIZ MORGANA. —Queremos ele de volta!

— Como vê, meu pai... tudo não passou de uma trapaça, planejada pela garota!

— Chega de conversa! — DIZ COCADA, PEGANDO FERAL NOS BRAÇOS. — Entrem na carruagem e partam!

A CARRUAGEM SEGUE, MAS METROS DEPOIS PARA. O SR. D'PAULA SALTA COM SUA BAGAGEM.

— Pai! Volte... por favor! — GRITA SANTIAGO.

— Morgana! Cocada! Esperem... - GRITA O SR. D'PAULA, INDO AO ENCONTRO DOS GAROTOS.

— Cocada... é melhor fugirmos agora! — DIZ MORGANA.

— Não! Vamos esperar o velho.

— Eu não ficarei longe de meu neto! Se queres que ele fique em Salvador... eu ficarei também! Não vou me separar de... hã... Feral! Pois ele é meu neto! — AO DIZER ESSAS PALAVRAS, O SR. D'PAULA SEGUE DE VOLTA O CAMINHO PARA O PELOURINHO.

E ASSIM O PEQUENO FERAL, PROTEGIDO PELO SR. D'PAULA, CRESCE PELAS RUAS DE SALVADOR.

ANO DE 1909, NA BAIXA DO SAPATEIRO, PELOURINHO, SALVADOR. ENCONTRAMOS O VELHO E CANSADO SR. D'PAULA, QUE, SENTADO NA CALÇADA EM FRENTE AO BORDEL DE D. SERMIRAMES, ESPERA POR SEU NETO, FERAL, AUSENTE HÁ ALGUNS DIAS.

COCADA OUVE OS LAMENTOS DO VELHO SOBRE A SUA VIDA.

— ...e é por isso que eu sempre quis levá-lo para Itaberaba! — DIZ O Sr. D'PAULA, TENTANDO SE LEVANTAR. — Se eu tivesse feito, ele não viveria desse modo... um dia vejo, outro dia desaparece, e...

— Sr. D'Paula... — DIZ COCADA, INTERROMPENDO-O — ...veja! Ele resolveu aparecer!

FERAL SE APROXIMA DO AVÔ, COM AR DE MOLEQUE, COMO SE NADA TIVESSE ACONTECIDO. LEVANTANDO-SE, O Sr. D'PAULA PERGUNTA:

— Onde esteve?!? Feral, meu filho...por onde andou?? O que foi isso em seu braço?!?

— Não foi nada, Sr. D'Paula — RESPONDE FERAL. — Apenas... um homem tentou acertar-me com uma arma.

— Menino! Vosmecê diz que tentaram lhe matar com essa tranquilidade? E não me chame de Sr. D'Paula, chame-me de vovô! — DIZ O SR. D'PAULA, VERIFICANDO O SEU BRAÇO. — Agora venha! Vamos cuidar desse ferimento, e...

— Agora não, vovô! — DIZ FERAL. — Vou à praia.

— A praia?!? Feral, vosmecê acabou de chegar, e... volte aqui! Volte... Cocada! Faça alguma coisa, ele está ferido...

— Sr. D'Paula... — DIZ COCADA, CALMAMENTE — ...o banho de mar vai cicatrizar a sua ferida. Não se preocupe.

— Não me preocupar?!? — PERGUNTA O SR. D'PAULA, EM TOM ALARMANTE. — Vosmecê e aquela cigana tresloucada desencaminham o meu neto! Eu devia tê-lo levado para Itaberaba, quando ainda era uma criança, mas vosmecê e aquela louc... ah! Falando no diabo...

MORGANA CHEGA, ANSIOSA PARA FALAR COM FERAL.

— Cadê, Feral? Soube que ele chegou e...

— Por que não o deixa em paz? — PERGUNTA O SR. D'PAULA. — Aposto que ele se feriu por sua culpa!

— Feriu?!? Do que está falando, velho?

— Não foi nada, Morgana! — DIZ COCADA. — Ele foi à praia.

— Vosmecê ainda se acha a "guardiã" dele, não? — PERGUNTA O SR. D'PAULA. — Pois não o está protegendo como devia!

— O seu neto já é um homem feito, velho! Mas saiba que agora estou indo desfazer esse compromisso — DIZ MORGANA, SEGUINDO PELA RUA ABAIXO.

O SR. D'PAULA COMEÇA A DISCUTIR, ENQUANTO COCADA COMENTA COM D. SERMIRAMES AS ÚLTIMAS NOTÍCIAS DE SANTIAGO, FILHO DO SR. D'PAULA.

AO CHEGAR À PRAIA, MORGANA PROCURA POR FERAL. ENCONTRA-O EM UMA ÁREA POUCO FREQUENTADA, EM MEIO ÀS PEDRAS. FERAL BANHA-SE DESPIDO, E MORGANA SORRI, ADMIRANDO O SEU CORPO SOB A LUZ DO SOL. AO VÊ-LA, FERAL A CHAMA, E MORGANA VAI AO SEU ENCONTRO.

— Feral! Fiquei preocupada com vosmecê, quando o seu avô disse que estava ferido. Seu braço... o que aconteceu?

— Foi um homem que... tentou me matar, lá em Tucano! — DIZ FERAL, VESTINDO-SE.

— Mas vosmecê estava só? E os outros?

— Eu estava numa árvore, longe dos outros. Quando saltei, uma menina... acho que filha do dono, me viu e se assustou. Saiu correndo, chamando pelo pai, e...

— E...?!? O que aconteceu? — PERGUNTA MORGANA, CURIOSA.

— Um homem apareceu com uma espingarda na mão. Eu saí correndo, mas ele acertou o meu braço de raspão! Hernandez e os outros me acudiram e me levaram para a carroça.

— Pelo visto a sua primeira viagem sem mim, não foi muito boa, né? — DIZ MORGANA

— Não! — CONTESTA FERAL. — Apenas isto aconteceu! Mas eu gostei da viagem, e agora posso...

— Feral... — DIZ MORGANA, INTERROMPENDO-O — ...esta viagem que fez... foi a sua primeira e talvez a última, pois vosmecê já é um homem, e agora tem que seguir o seu destino sozinho, sem mim!

— Morgana... vosmecê... quer que eu vá embora?

— Não! Eu é quem vou partir, na próxima caravana, e... talvez não retorne.

FERAL FICA EM SILÊNCIO, CABISBAIXO. MORGANA LEVANTA E DIZ:

— Ouça, a partir de hoje, tu és livre para seguir sua vida! Pode ir procurar o seu pai, a sua família...

— Eu não quero! — DIZ FERAL, EXALTADO. — Eu quero ficar aqui no Pelourinho, ficar com vosmecê, como sempre foi!

— Feral, vosmecê... — MORGANA TENTA ARGUMENTAR, MAS FERAL A ABRAÇA. AMBOS SE BEIJAM EM MEIO AS PEDRAS.

EM ITABERABA, O AGORA SR. SANTIAGO D'PAULA COMENTA EM SEU ESCRITÓRIO SOBRE A SUA FRUSTRANTE

VIAGEM AO MUNICÍPIO DE TUCANO, AO SEU ADVOGADO E AMIGO SR. RADAMES BITTENCOURT.

— E quando eu estava quase convencendo a esposa do senhor a aceitar a casa, a menina grita alarmantemente, alegando que viu um bicho, sei lá o quê.

— E o que foi realmente? — PERGUNTA O SR. BITTENCOURT.

— Um jovem... todo maltrapilho, com aspecto assustador. Pouco depois eu soube que se tratava de ciganos, que estavam de passagem por aquela região.

— E o que vosmecê fez?

— Bom... eu atirei para espantá-lo, pois também fiquei assustado, mas ele correu! De qualquer modo, o senhor Euclides não quis ficar com a casa, e o resto imaginas o que aconteceu!

— É lamentável, Santiago. Agora, sabes que novamente estais em dívida com o Sr. Abraão, e ele já sabe que retornastes de Tucano.

— Eu imagino que sim. Estou indo agora em sua casa, aproveitando que o seu genro, o Sr. Wilson, está no banco neste horário! Prefiro conversar a sós com o Sr. Bat-Sara, pois ele tem muita consideração por mim e minha família.

POUCO DEPOIS, NO CASARÃO DOS BAT-SARA, O SR. SANTIAGO EXPLICA O OCORRIDO EM TUCANO AO SR. BAT-SARA.

— E infelizmente não consiguir vender o imóvel, senhor.

— Não te preocupes, Santiago! — DIZ O SR. BAT-SARA. — Vosmecê sabe da estima que tenho por sua família...

— Com licença, Vovô! Desculpe-me por interromper, mas... Sr. Santiago... poderias, por gentileza, precisar-me o retorno de Diógenes a Itaberaba? — PERGUNTA CATARINA.

— Diógenes...? Ainda lhe resta um ano para a sua formatura, mas creio que, daqui a três meses, ele retornará em férias, eu suponho.

— Obrigada, senhor. Com licença — DIZ CATARINA, INDO PARA O SEU QUARTO.

— Pois então, Santiago, até mesmo por esse motivo... o seu filho e minha neta, prometidos desde criança... este é um sinal que nossas famílias um dia se tornarão uma só! Eu não quero deixá-lo em dificuldades... por isso hipotecarei a sua casa, enquanto não tens a tua dívida saldada. O que achas?

— Eu... agradeço a vossa compreensão e consideração, senhor — DIZ O SR. SANTIAGO

ENQUANTO ISSO, EM SEU QUARTO, CATARINA ENTRA EUFÓRICA, ENCONTRANDO A SUA MÃE, D. RUTH.

— Mamãe! Imaginas o porquê de minha alegria?

— Não, filha. O que houve? – PERGUNTA D. RUTH.

— O Sr. Santiago disse-me há pouco que Diógenes está prestes a retornar!

— Filha... por que não te interessas por um jovem judeu como nós?

— Mamãe... eu só penso e aguardo a volta de Diógenes. A senhora sabe, o papai e o vovô também! Esquece que estamos prometidos um ao outro?

— Catarina... eu não tenho nada contra ele nem a sua família, mas... eu temo que Diógenes seja tão inusitado quanto o pai e o avô.

— Porque diz isso, mamãe? — PERGUNTA CATARINA, SENTANDO-SE NA CAMA.

— Ora, filha! Porque são! O avô de Diógenes, por exemplo, partiu de Itaberaba repentinamente, sem dar explicações! Nem sequer compareceu ao enterro de sua esposa. E o Sr. Santiago... — DIZ D. RUTH, LEVANTANDO-SE E FECHANDO A PORTA DO QUARTO — ...ele foi mais comentado no meu baile de debutante do que eu mesma!

— Por quê, mamãe?

— No meu baile estava tudo perfeito, até que o senhor Santiago, muito jovem, na época, apareceu com uma... moça, e... — ASSIM D. RUTH BAT-SARA CONTA A SUA FILHA O OCORRIDO EM SEU BAILE, HÁ ALGUM TEMPO ATRÁS.

LOGO APÓS, O SR. SANTIAGO, A CAMINHO DE CASA, ENCONTRA O SR. EURICO, E SUA ESPOSA, D. EDILEUZA.

— Boa tarde, Sr. Eurico, D. Edileuza.

— Boa tarde, Sr. Santiago! Recebemos agora a pouco uma carta de nossa filha Veridiana! — DIZ O Sr. EURICO. — Imagine o senhor que ela está pra chegar nesses dias!

— Que boa notícia! Mas... ela continuará no convento, em Salvador?

— Não sabemos, senhor — RESPONDE D. EDILEUZA. — Apenas diz que está com muita saudade.

NO CASARÃO DOS D'PAULA, GERTRUDES TOMA O CHÁ DA TARDE NA COMPANHIA DE SEU SOBRINHO, PEDRO D'PAULA.

— E pelo visto a sua estadia em Tucano não foi nada promissora. Por isso, meu sobrinho, se interesse mais pelos negócios de seu pai! Seu irmão, Diógenes, demorará para retornar, mas...vosmecê sabe que ele apenas se dedicará à profissão de doutor.

— Papai precisa confiar mais em mim, tia — DIZ PEDRO, LEVANTANDO-SE DA MESA. — Ele ainda me vê como um aprend... Ah, tia Gertrudes, quase ia me esquecendo! A nova criada já chegou. Está lá na cozinha com Das Dores.

NA COZINHA, DAS DORES DIZ A CONCEIÇÃO OS SEUS AFAZERES.

— ...deixando sempre enxuta. Os legumes do dia sempre em cima da mesa, e... hã... D. Gertrudes! Esta é a nova criada... Conceição!

GERTRUDES OBSERVA A MOÇA DE CIMA PRA BAIXO, COM UM OLHAR DE DESPREZO.

— Conceição...?!?

— Sim, senhora — RESPONDE CONCEIÇÃO.

— Conceição... pois sabes que deves usar touca, não? Prende este cabelo e fique atenta a tudo o que Das Dores lhe disser! — AO DIZER ISSO, GERTRUDES DEIXA A COZINHA.

— Nossa! Ela olhou pra mim de um jeito...

— Menina — ADVERTE DAS DORES —, nesta casa os criados apenas obedecem. Aprende logo isso se quiser trabalhar aqui.

NO CASARÃO DOS BAT-SARA, APÓS O JANTAR, O SR. BAT-SARA, CONVERSA COM O GENRO, NA SALA DE ESTAR.

— Hipotecar a casa?!? — PERGUNTA O SR. WILSON. — Achas conveniente pra nós, meu sogro?

— Sim, Wilson. Além do mais, Catarina ainda manifesta desejo de casar-se com Diógenes. Enquanto ele não quitar a dívida, vamos ao menos aguardar o retorno do jovem médico formado!

DIAS DEPOIS, CHEGA A ITABERABA VERIDIANA, FILHA DO SR. EURICO, VINDA DO CONVENTO, EM SALVADOR. A JOVEM É RECEPCIONADA PELOS SEUS PAIS E PELO PADRE

AUGOSTINHO. AO VIR DE SEU ESCRITÓRIO, O SR. SANTIAGO ENCONTRA A TODOS E...

— Seja bem-vinda, senhorita! Não a vejo desde que partiu..., porém continuas bela como sempre.

— Gentileza sua, senhor! — DIZ VERIDIANA, ENCABULADA.

— Sr. Eurico, D. Edileuza... gostaria de convidá-los para um jantar em minha casa, em homenagem a chegada da senhorinha Veridiana.

— Sr. Santiago, não é preciso...

— Eu faço questão, senhorinha. De sua presença também, Pe. Augustinho.

— Nós aceitamos, senhor! — DIZ D. EDILEUZA.

MAIS TARDE, O SR. SANTIAGO AVISA A GERTRUDES SOBRE O JANTAR, E SEGUE PARA O SEU QUARTO, ENCANTADO COM VERIDIANA. APÓS DAR AS INSTRUÇÕES NA COZINHA, GERTRUDES COMENTA COM PEDRO.

— ...em homenagem a chegada daquela moça... a filha do sapateiro, o Sr. Eurico!

— Tia, eu não vou ficar pajeando aquele tipo de gente! — DIZ PEDRO, LEVANTANDO-SE.

— Pedro, o seu pai quer a sua presença, e...

— Lamento, tia! Mas eu tenho que sair... agora! — AO DIZER ISSO, PEDRO VESTE O TERNO E SAI, INDO PARA O BORDEL DE MADAME DUPONT.

NO BORDEL DE MADAME DUPONT, ENCONTRA-SE A ÚNICA DIVERSÃO PARA OS CIDADÃOS DE ITABERABA. SUA PROPRIETÁRIA, MADAME DUPONT, TEM COMO CLIENTE ASSÍDUO O SR. BAT-SARA, QUE QUASE TODAS AS NOITES SE ENCONTRA NESTA EFERVESCENTE CASA DE DIVERSÃO. PEDRO D'PAULA ENCONTRA-SE BÊBADO NUMA DAS MESAS, QUANDO UMA DAS MENINAS SE APROXIMA, SENTANDO-SE NO SEU COLO.

— Chegou a mais de uma hora, e nem me procurou, hein? — PERGUNTA, CELESTE.

— Sai daqui! — DIZ PEDRO. — Não me aborrece e me traz uma outra cerveja!

— Pois saiba, Sr. Pedro D'Paula, que não sou a sua empregada! — DIZ CELESTE, LEVANTANDO-SE. — E tem mais, eu acho bem feito que vosmecê ficará sem casa!

— Sem casa?!? — PERGUNTA PEDRO. — De que estais a falar?!?

— Só falo se pedires desculpa — DIZ CELESTE, FAZENDO-SE OFENDIDA.

— Está bem... desculpe-me! Agora me diz que história é essa!

— Bom... eu ouvi, e a madame confirmou, que... o Sr. Bat-Sara, ele... hã... hipotecou?... É acho que é isso, ele hipotecou a sua casa! O seu pai está devendo ao banco, e a sua casa agora pertence ao banco do Sr. Bat-Sara!

ENQUANTO ISSO, NO CASARÃO DOS D'PAULA, APÓS O JANTAR, AS VISITAS SE DIRIGEM À SALA DE ESTAR, CONCEIÇÃO SERVE O CAFÉ, ENQUANTO GERTRUDES OBSERVA ATENTAMENTE A CONVERSA ENTRE O SR. SANTIAGO E VERIDIANA.

— Senhor, imagino o quanto seria difícil administrar este casarão, sem a ajuda de sua cunhada, D. Gertrudes.

— É verdade. Desde que mamãe faleceu, eu tenho ficado muito pouco em casa. Gertrudes me auxilia em tudo, mas...

— Mas...?!? — PERGUNTA VERIDIANA.

— Eu... sinto falta de uma esposa. Estou muito solitário, desde o falecimento de minha esposa, e... agora eu reconsiderei a possibilidade de casar-me outra vez. E a senhorinha... não pensas em casar-se?

— Eu... — ANTES QUE POSSA RESPONDER, VERIDIANA É INTERROMPIDA POR GERTRUDES.

— Desculpe-me, mas... a senhorinha pretende retornar ao convento? Imagine, senhora Edileuza, que eu sempre admirei a vocação de ser freira. Eu mesma quando jovem...

— Eu retornei a Itaberaba... – DIZ VERIDIANA, INTERROMPENDO — ...justamente para decidir sobre a minha vocação!

NO CAIS DO PORTO, EM SALVADOR, A NOITE TORNA-SE NEBULOSA PARA OS POUCOS QUE SE AVENTURAM A TRANSITAR POR ELE. UM CARGUEIRO, PROVENIENTE DE LISBOA, ATRACA NO PORTO, ONDE ENCONTRAMOS UM

CLANDESTINO, EM ESPECIAL... O JOVEM DIÓGENES COIMBRA D'PAULA.

PELO CAMINHO DO CAIS, O JOVEM CLANDESTINO É ABORDADO POR MALANDROS, QUE O SEGURAM E ROUBAM O POUCO DE SEU DINHEIRO

CAÍDO NO CHÃO E MACHUCADO, DIOGENES É OBSERVADO POR MORGANA, QUE VAI AO SEU ENCONTRO

— Vosmecê está bem? — PERGUNTA MORGANA, AJUDANDO-O A SE LEVANTAR.

— Sim, estou...eles levaram o meu dinheiro, e...

— Eu vi — DIZ MORGANA. — Estais indo pra onde?

— Eu... estou indo pra... Itaberaba! — RESPONDE DIÓGENES.

— Itaberaba?!?

— A senhorita conhece?

— Apenas de nome. Vosmecê... mora lá?

— Sim! Estou vindo da Europa. Meu nome é Diógenes Coimbra D'Paula.

— D'Paula??

— Sim. Você conhece a minha família?

— Eu... bom, vem comigo! — DIZ MORGANA, SEGURANDO EM SEU BRAÇO. — Vosmecê precisa conhecer alguém. Venha!

POUCO DEPOIS, DIÓGENES CHEGA AO BORDEL DE D. SERMIRAMES, NO PELOURINHO. MORGANA O APRESENTA A COCADA.

— Aqui está a sua carteira, Diógenes D'Paula — DIZ COCADA.

— Como a encontrou? — PERGUNTA DIÓGENES.

— Não importa! Agora vosmecê vai conhecer um parente! — DIZ MORGANA.

— Parente? Aqui em Salvador? Nem imagino quem seja.

— Se vosmecê é mesmo um D'Paula... aquele ali é o seu avô! — DIZ MORGANA, APONTANDO PARA O VELHO SR. D'PAULA.

— Sr. D'Paula... eu lhe apresento o seu neto Diógenes D'Paula!

— Meu ...meu neto?!? Diógenes... – O SR. D'PAULA, OLHA FIXAMENTE, PARA DIÓGENES.

— Vovô...?!? – DIZ DIÓGENES, MEIO ASSUSTADO.

O SR. D'PAULA AO LEMBRAR DE SEU NETO, QUANDO CRIANÇA, SEGURANDO EM SEUS BRAÇOS, SENTE UMA FORTE DOR NO PEITO.

— Não! Vosmecê... não é o meu neto... não é... — AO DIZER ISSO, O SR. D'PAULA, COM A MÃO NO PEITO, SE CONVULSIONA, CAINDO NO CHÃO, VÍTIMA DE UM ATAQUE CARDÍACO.

AO VER O VELHO CAÍDO, D. SERMIRAMES GRITA POR SOCORRO. OS CLIENTES DA CASA SOCORREM O JÁ FALECIDO SR. D'PAULA.

— Chame por Feral, Morgana! — DIZ COCADA. — Ele precisa ser avisado!

MORGANA SAI APRESSADA A PROCURA DE FERAL, ENQUANTO DIÓGENES TENTA REANIMAR O AVÔ, MAS...

— Não adianta... ele está morto! — LAMENTA DIÓGENES.

POUCO DEPOIS, FERAL CHEGA. AO VER O AVÔ MORTO, SE APROXIMA FURTIVAMENTE, TOCANDO O SEU ROSTO, CHAMANDO POR SEU NOME. SEM OBTER NENHUMA REAÇÃO, FERAL, COM UM OLHAR TRISTE, SENTE-SE SÓ, COMPLETAMENTE INDEFESO.

MORGANA, O TIRA DA SALA, LEVANDO-O PARA FORA DO SALÃO, ENQUANTO DIÓGENES FICA CURIOSO AO VER FERAL.

— Quem é aquele rapaz?

— Ele se chama Feral. É neto do velho — RESPONDE D. SERMIRAMES

— Neto?!? Mas...

— Escute, moço... – DIZ COCADA, INTERROMPENDO-O — ...o seu pai, o Sr. Santiago, precisa ser avisado, e...

— Por favor... peço ao senhor que não diga ao meu pai que estou de volta ao Brasil!

— Mas... como Cocada vai noticiar a morte do velho?!? — PERGUNTA D. SERMIRAMES. — Olhe, moço, eu não quero problemas aqui na minha... pensão, viu? Daqui a pouco a polícia chega e... vosmecê todos viram que o velho morreu, mas eu não tenho nada a ver com isso!

— Não se aperrei não, moço! — DIZ COCADA. — D. Sermirames, passe uma mensagem pra Itaberaba comunicando apenas o acontecido!

— Sendo assim... — DIZ D. SERMIRAMES, SAINDO DA SALA. — E vosmecê, moço? Vai se hospedar ou está de passagem?

— Eu... ficarei em um quarto, senhora. Até o meu pai... chegar.

— É bom mesmo, porque alguém vai ter que pagar as despesas do velório e do enterro! — DIZ SERMIRAMES.

MAIS TARDE, EM SEU QUARTO, DIÓGENES LAMENTA O SEU AGITADO REGRESSO AO BRASIL.

— E agora... o que eu faço? Como explicar ao meu pai a morte do vovô D'Paula? Minha desistência do curso.... Preciso encontrar um modo que ele não me veja aqui, em Salvador, mas... como?

ENQUANTO O CORPO É VELADO NO SALÃO, FERAL SE ENCONTRA CABISBAIXO, NA CALÇADA, SENDO CONSOLADO POR MORGANA.

— Vosmecê ver como estou. Agora sem o meu avô, sem vosmecê pra...

— Feral! — DIZ MORGANA. — Nós já conversamos sobre isso! Agora mais do que nunca, eu digo que vosmecê tem que seguir o seu caminho, sua vida. Escute, o seu pai está por vir, e vosmecê poderá retornar com ele para...

— Eu não quero! — DIZ FERAL, LEVANTANDO-SE. — Eu não o conheço, não vou sair daqui do Pelourinho!

— Feral! Volta aqui! Feral...

ABORRECIDO, FERAL PARTE EM DIREÇÃO À PRAIA.

ENQUANTO ISSO, EM ITABERABA, UM MENSAGEIRO LEVA URGENTEMENTE A TRISTE NOTÍCIA AO CASARÃO DOS D'PAULA. AO RECEBER A MENSAGEM, DAS DORES A LEVA PARA O SR. SANTIAGO.

POUCO DEPOIS, AO SE REFAZER DA SURPRESA, O SR. SANTIAGO, COM MUITO PESAR, DIZ COM A VOZ PAUSADA, AO SR. BITTENCOURT:

— Eu... seguirei agora mesmo para... Salvador.

— Pai... eu posso acompanhá-lo? — PERGUNTA PEDRO.

— Sim, meu filho! Mas apresse, pois quero chegar o quanto antes — DIZ O SR. SANTIAGO, SEGUINDO JUNTO COM O SR. BITTENCOURT, PARA SALVADOR.

PELA MANHÃ, NA IGREJA DE ITABERABA, O PADRE AUGOSTINHO PREPARA, COM A AJUDA DE VERIDIANA, UMA MISSA EM MEMÓRIA DO SR. D'PAULA.

— ...e é por isso, minha filha, que todos nós rezaremos pela alma do Sr. D'Paula. O seu filho, o Sr. Santiago, nem te....

— Perdoe-me, padre... — DIZ VERIDIANA, INTERROMPENDO-O. —...aproveitando que mamãe ainda não chegou, eu queria falar-lhe, que...

— O que houve, filha? Deseja se confessar?

— Ainda não, padre. Eu... eu quero dizer-lhe... não retornarei ao convento.

AO CHEGAR NO PELOURINHO, SALVADOR, O SR. SANTIAGO, JUNTAMENTE COM PEDRO E O SR. BITTENCOURT, ENCONTRA O CORPO DO SR. D'PAULA SENDO VELADO, NA PENSÃO DE D. SERMIRAMES. COCADA, LOGO APÓS AVISAR DIÓGENES, QUE SEU PAI CHEGOU, DIRIGE-SE AO SR. SANTIAGO, CONTANDO-LHE O QUE ACONTECEU, SEM, NO ENTANTO, ENVOLVER O NOME DE DIÓGENES, NO FATO.

— ...e fazia tempo que não via o neto, e quando viu... teve uma agonia, e...

— Vosmicês sabem onde está o neto do Sr. D'Paula? — PERGUNTA O SR. BITTENCOURT.

— Ele se encontra na praia! — RESPONDE MORGANA. — Se o Sr. Santiago quiser... poderá leva-lo pra Itaberaba.

— Não, senhorita! — DIZ O SR. SANTIAGO, MEIO ABORRECIDO. — Quando era uma criança eu até concordei em levá-lo, mas vosmicês impediram, lembra? Agora, depois de crescido, não me interessa mais!

DA JANELA, COCADA OBSERVA NA RUA, FERAL SE APROXIMANDO. DISFARÇA E SAI DA SALA, INDO AO SEU ENCONTRO.

— Feral! Vem cá, menino! — CHAMA COCADA. — Ouça, o seu pai está aí!

— Ele veio me buscar?

— Não sei, mas acho melhor vosmecê não aparecer até ele partir.

POUCO DEPOIS, DIÓGENES, EM UM PONTO ESCONDIDO, OBSERVA O SEU PAI, JUNTO COM PEDRO, ACOMPANHAREM O FÉRETRO. DIÓGENES RETORNA À PENSÃO PARA PEGAR OS SEUS PERTENCES, E...

— Onde pensas que vai? — PERGUNTA D. SERMIRAMES.

— Eu estou de partida, D. Sermirames. A senhora viu, que meu pai chegou, e...

— E até agora não pagou as despesas! — DIZ D. SERMIRAMES, SEGURANDO A PORTA. — O seu moço ficará aqui, até ele voltar!

— Não! D. Sermirames... por favor! Abra! — GRITA DIÓGENES, FICANDO TRANCADO NO QUARTO.

CAP. V

NA RUA, O SR. BITTENCOURT RETORNA DO FÓRUM, APRESSADO, QUERENDO CHEGAR A TEMPO PARA ACOMPANHAR O FUNERAL, MAS CHEGA ATRASADO. AO VER MORGANA, ELE DIZ:

— Escute, senhorita! Eu preciso urgentemente falar com o neto do Sr. D'Paula. Podes me levar até ele?

— O senhor quer falar com o neto do Sr. D'Paula, não? — PERGUNTA MORGANA, ESTENDENDO A MÃO PEDINDO UNS TROCADOS, DEPOIS LEVA O Sr. D'PAULA À PENSÃO DE D. SERMIRAMES.

— Mas... ele estava na pensão, todo esse tempo? — PERGUNTA O Sr. BITTENCOURT, AO ENTRAR. — Por que não quis falar com o pai?

— Finalmente! — DIZ D. SERMIRAMES. — Fez bem em trazer ele, Morgana! Escuta, doutor, eu quero saber quem é que vai pagar as despesas do velho, do neto...

— Senhora, eu desejo falar com o neto do Sr. D'Paula, e...

— Ele está trancado no quarto. Tentou fugir, mas eu o peguei a tempo! — DIZ D. SERMIRAMES.

O SR. RADAMES BITTENCOURT SE ENTENDE COM D. SERMIRAMES, PAGANDO AS DESPESAS. LOGO APÓS ENTRAR NO QUARTO, SE SURPREENDE AO VER DIÓGENES.

— Diógenes?!? Mas... o que vosmecê está fazendo aqui?!?

— Sr. Bittencourt... eu posso explicar... — DIZ DIÓGENES, MEIO ATRAPALHADO. AO EXPLICAR TUDO O QUE ACONTECEU, ELE PEDE:

— Senhor, eu lhe peço para não dizer nada ao meu pai, nem ao meu irmão que estou aqui! Daqui a alguns dias eu retornarei a Itaberaba.

— Não se preocupe, filho. Eu não direi nada.

AO RETORNAR AO SALÃO, O SR. BITTENCOURT ENCONTRA O SR. SANTIAGO E PEDRO. D. SERMIRAMES APARECE NO SALÃO E PERGUNTA:

— Os senhores pretendem se hospedar? O neto do velh... hã... do Sr. D'Paula, está no quarto se arrumando para...

— O neto? — PERGUNTA O SR. SANTIAGO, SURPRESO. — Ele estava aqui?!? Se está se aprontando para ir conosco, vou dizer-lhe que não vim buscá-lo!

— Santiago, não! — CHAMA O SR. BITTENCOURT, TENTANDO IMPEDI-LO.

AO CHEGAR NO CORREDOR, O SR. SANTIAGO ENCONTRA A PORTA ABERTA, E O QUARTO VAZIO. AO VOLTAR PRO SALÃO, DIZ AOS OUTROS QUE ELE CERTAMENTE FUGIU ASSUSTADO.

POUCO DEPOIS, ANTES DE PARTIREM, O SR. BITTENCOURT NOTIFICA O SR. SANTIAGO SOBRE OS BENS DEIXADOS PELO SR. D'PAULA.

— É, realmente, com esses bens eu posso quitar a minha dívida e desfazer a hipoteca do casarão.

— Santiago, eu... gostaria que me acompanhasse até o fórum, para que saibas de...

— Sinto muito, Radamés! — DIZ O SR. SANTIAGO, INTERROMPENDO-O. — Agora o que eu mais quero é partir urgentemente deste lugar! Não te preocupes, pois amanhã terei de ler esse testamento de qualquer modo, perante o tabelião, não é mesmo?

EM ITABERABA, O PADRE AUGOSTINHO ENCONTRA-SE FELIZ, E COMENTA COM AS BEATAS A NOTÍCIA QUE ACABA DE RECEBER.

— Quero avisar-lhes que o meu substituto está pra chegar! Teremos que organizar uma recepção para o Monsenhor Duarte, que...Veridiana? Tudo bem com vosmecê, filha?

AO OUVIR O NOME DO MONSENHOR DUARTE, VERIDIANA, ARRUMANDO O ALTAR, DEIXA UM VASO CAIR.

— Perdoe-me, padre! O senhor disse... Monsenhor Duarte?!?

— Sim, filha! Naturalmente conheces, pois ele vem de Salvador!

— Eu... conheço, sim senhor! — DIZ VERIDIANA COM O CORAÇÃO DISPARADO DE AFLIÇÃO.

NO CASARÃO DOS D'PAULA, O SR. SANTIAGO, ASSIM QUE CHEGA, TRATA DE RESOLVER O ASSUNTO DE SUAS DÍVIDAS. LOGO QUE ELE SAI DA SALA DE ESTAR, GERTRUDES PROCURA SE INFORMAR COM PEDRO DO QUE SE PASSOU EM SALVADOR.

— ...e então ele conheceu este... filho? — PERGUNTA GERTRUDES.

— Não, tia. Quando papai foi procurá-lo, ele fugiu do quarto em que estava.

— Um filho bastardo! — DIZ GERTRUDES IMPRESSIONADA. — Não creio. Deve ser um engano de seu avô!

— Não creio, tia. Parece que o vovô D'Paula o criou desde pequeno, e... ah! Sabes como se chama? Feral!

— Feral?!? Que nome esquisito!

ENQUANTO ISSO, NO GABINETE, CONCEIÇÃO ESPANA OS MÓVEIS, E PERCEBE UM RETRATO.

— Das Dores... quem é esse? — PERGUNTA CONCEIÇÃO, COM UM PORTA-RETRATO NA MÃO.

— Esse é o filho mais velho do patrão! Ele está na Europa estudando pra ser médico.

POUCO DEPOIS NO ESCRITÓRIO DO SR. SANTIAGO, NO CENTRO DE ITABERABA, O ADVOGADO RADAMES BITTENCOURT RECEBE O TABELIÃO PARA A LEITURA DO TESTAMENTO. O SR. SANTIAGO, CONFIANTE DE QUE A SUA SITUAÇÃO FINANCEIRA ESTARÁ RESOLVIDA, PEDE AO TABELIÃO QUE APRESSE A LEITURA.

— Santiago... não fique ansioso! — ADVERTE O SR. BITTENCOURT.

— O Sr. D'Paula deixa todos os seus bens, incluindo a propriedade onde residiu, aqui em Itaberaba, ao seu neto Santiago D'Paula Neto! — DECLARA O TABELIÃO.

— Mas... esse não sou eu! Nem Diógenes... Papai, quem é esse neto?? — PERGUNTA PEDRO, ESTARRECIDO COM A DECLARAÇÃO DO TABELIÃO.

DEDUZINDO DE QUEM SE TRATA, PORÉM SEM ACREDITAR, O SR. SANTIAGO TENTA ARGUMENTAR A DECISÃO DO SEU FALECIDO PAI.

— Radamés... não é possível! Ele deixou tudo para aquele... não! Eu não aceito!

— Santiago... eu quis levá-lo ao Fórum de Salvador. Eu lamento, mas é a vontade do Sr. D'Paula.

— Não! Eu não posso aceitar! — GRITA O SR. SANTIAGO. — Eu sou o filho, eu é quem deveria herdar!

— Muito bem, senhores — DIZ O TABELIÃO, LEVANTANDO-SE. — A minha obrigação está feita! Com licença.

— Radamés... vosmecê tem que fazer algo! Eu nem sequer conheço este rapaz que dizem ser o meu filho! — DIZ O SR. SANTIAGO, MEIO DESESPERADO.

— Santiago... querendo ou não, terás que aceitar! O próprio Sr. D'Paula enviou-me esta carta, na qual conta a sua decisão, e o porquê dela. Pediu-me que o deixasse ler, assim que o testamento fosse lido. Ele não queria que o seu neto ficasse desamparado, assim como gostaria que vosmecê o aceitasse! Tome. Leia e reflita.

O SR. BITTENCOURT, SAI DA SALA, JUNTO COM PEDRO, DEIXANDO-O SOZINHO. O SR. SANTIAGO LÊ A CARTA, SEM ACREDITAR NA VIRADA QUE A SUA VIDA DARIA A PARTIR DAQUELE MOMENTO.

NO DIA SEGUINTE, O SR. SANTIAGO, ACOMPANHADO DE SEU ADVOGADO, O SR. BITTENCOURT, VAI AO BANCO DE ITABERABA, DE PROPRIEDADE, DO SR. BAT-SARA.

SEM QUERER ACEITAR A DECISÃO DE SEU FALECIDO PAI, O SR. SANTIAGO TENTA UMA NEGOCIAÇÃO COM O SR. WILSON.

— ...e sendo assim, creio que, com um prazo maior, poderei findar a dívida —CONCLUI O SR. SANTIAGO.

— Sr. Santiago... o meu sogro e eu estamos cientes de sua situação... – DIZ O SR. WILSON — ..., mas o senhor a de convir que a sua casa, mesmo hipotecada, poderá, caso dure a sua dívida, ser desvalorizada!

— Sim, mas eu combinei com o Sr. Santiago que...

— Lamento, senhor! — DIZ O SR. WILSON, INTERROMPENDO-O. — Mas como gerente eu não estou ciente de nenhuma "combinação" para com a sua dívida. Os juros serão calculados pela de mora, a partir de amanhã.

POUCO DEPOIS, A CAMINHO DO ESCRITÓRIO...

— Miserável! — RALHA, O SR. SANTIAGO. — Eu sabia que não devíamos conversar com ele! Sempre consegui me entender com o Sr. Bat-Sara, mas aquele Wilson...

— Calma, Santiago! Ele realmente é inflexível, além de que o Sr. Bat-Sara sempre leva em consideração o fato de seu filho noivar algum dia com a neta dele, mas o Sr. Wilson...

— Ele nunca quis, Radamés! Nunca! Acho que por meu filho não ser judeu, não merece consideração, muito menos entrar para a sua família!

— É, Santiago! Lamento dizer-lhe, mas a sua única alternativa, se queres saldar a sua dívida, é o seu filho bastardo, Santiago D'Paula Neto.

— Infelizmente, estais com a razão! — CONCORDA, O SR. SANTIAGO. — Mas... o que farei? Nem ao menos o conheço, nem sei como é... o que farei, Radamés?

— Bom... vosmecê terá que adotar e oficializar o seu filho bastardo, tornando-se assim o legítimo tutor de seus bens adquiridos.

À NOITE, NO CASARÃO DOS BAT-SARA, APÓS O JANTAR, O SR. WILSON COMENTA COM O SEU SOGRO SOBRE A VISITA DO SR. SANTIAGO, NAQUELA MANHÃ NO BANCO.

— ...pedindo uma prorrogação, para quitar a sua dívida. Senhor, ele não sabe que estamos cientes dos bens deixados pelo seu pai, mas... por que ele não quitou, já que se trata de um filho, seu herdeiro?

— Herdeiro? Quem, papai? Diógenes ou Pedro? — PERGUNTA CATARINA.

— Nenhum um, nem outro, querida! — RESPONDE O Sr. BAT-SARA. — Trata-se de um filho bastardo do Sr. Santiago.

— Exatamente! — DIZ O SR. WILSON. — E chama-se Santiago D'Paula Neto, mas não sabemos onde está.

— Saberemos, Wilson! Pois se esse filho for de quem eu imagino... eu terei muito prazer em conhecê-lo! Algo me diz que quando ele vir pra Itaberaba, com certeza, esta cidade terá muito entretenimento!

NO CASARÃO DOS D'PAULA, NA SALA DE ESTAR, O SR. SANTIAGO ESTÁ TÃO PENSATIVO COM A DECISÃO QUE ESTÁ PRESTES A TOMAR, QUE NÃO OUVE O CHAMADO DE GERTRUDES PARA O JANTAR.

— Parece que ele veio aborrecido do banco! — DIZ PEDRO, EM TOM BAIXO.

— Pedro... se realmente dependemos da herança de seu avô, acho que devias sugerir ao teu pai que retorne o quanto antes a Salvador. Para conhecer este "filho bastardo", que surgiu repentinamente, antes que ele desapareça, e...

— Não creio que ele fugiria, pois nem sequer imagina que é herdeiro de alguma coisa — DIZ PEDRO. — No entanto tens razão, tia!

— Que imoralidade! — DIZ GERTRUDES. — Um filho bastardo de um homem tão conceituado, de uma família tão... bom, de qualquer modo, dele depende a nossa sobrevivência. Escute, filho: acompanhe o seu pai, e torne-se amigo deste seu... hã... meio-irmão.

O SR. SANTIAGO LEVANTA-SE E DIRIGE-SE À MESA.

— Pedro, eu decidi ir a Salvador. Pretendo conhecer esse... filho, que o seu avô considerou tanto como neto. Enquanto eu e o Sr. Bittencourt viajarmos, vosmecê ficará no escritór...

— Meu pai... — DIZ PEDRO, INTERROMPENDO-O —... perdoe-me, mas... eu gostaria muito de acompanhar o senhor.

— Oras, meu filho... vosmecê sempre quis se inteirar dos assuntos do escritório. Agora é uma oportunidade propícia! Além do que, de que servirá a sua ida? O Sr. Bittencourt conhece este rapaz, e...

— Por favor, meu pai, deixe-me ir! Creio que pelo fato de sermos a sua família, eu como o seu... irmão, teremos mais chance de convencê-lo, no que quisermos!

— Senhor meu cunhado, talvez Pedro tenha razão — DIZ GERTRUDES. — Além do que, possivelmente ambos tenham a mesma idade!

— Bom... neste caso eu o levarei, filho! — DIZ O SR. SANTIAGO. — Mas lembre-se, amanhã partiremos o mais cedo possível.

— Sim, senhor — DIZ PEDRO COM SATISFAÇÃO.

POUCO DEPOIS, NA SALA DE ESTAR, CONCEIÇÃO SERVE O CAFÉ

— Rezarei para que tudo ocorra bem! — DIZ GERTRUDES. — Senhor... talvez consiga convencer a mãe desse rapaz a compreender a situação...

— Gertrudes! Será impossível convencê-la, pois ela já morreu. Vosmecê a conheceu. Lembra-se de Luzia? Pois bem, ela é a mãe desse meu... filho — DIZ O SR. SANTIAGO, LEVANTANDO-SE. — Boa noite, Gertrudes.

— Boa noite, senhor! — RESPONDE GERTRUDES, ATORDOADA COM A REVELAÇÃO.

POR UMA DESOLADA ESTRADA DE BARRO, ENCONTRAMOS DIÓGENES, A CAMINHO DE SUA CIDADE. COM O PENSAMENTO VOLTADO PARA O QUE ACONTECEU ANTES E COM O QUE ACONTECERÁ, QUANDO REENCONTRAR O SEU PAI.

LAMENTANDO O OCORRIDO COM O SEU AVÔ, "O que farei?!? O que direi?" — PENSA O JOVEM.

UMA CARRUAGEM SE APROXIMA DO CONTURBADO JOVEM, E...

— Meu jovem! Pra onde vais?

— Pra Itaberaba, senhor! — RESPONDE DIÓGENES, PERCEBENDO QUE SE TRATA DE UM PADRE.

— Itaberaba? Esse também é o meu destino! Suba — DIZ O MONSENHOR DUARTE.

NO PELOURINHO, SALVADOR, COCADA OBSERVA O SR. SANTIAGO E SEU FILHO PEDRO CHEGAREM. INDO À PENSÃO DE D. SERMIRAMES, O SR. SANTIAGO DIZ OBJETIVAMENTE O MOTIVO DE SUA RETORNO.

— Sra. Sermirames, eu e meu filho viemos conhecer aquele rapaz...o neto do meu pai.

— Ah, claro! O Feral! — DIZ D. SERMIRAMES, EMPOLGANDO-SE COM O SR. SANTIAGO.

— A senhora tem certeza de que é esse o nome dele? — PERGUNTA PEDRO, CURIOSO.

— Sim, querido! É o neto do falecido Sr. D'Paula, que Deus o tenha! Mas, por favor, sentem-se, pois, com certeza, ele já deve estar sabendo que vosmecê estão aqui!

ENQUANTO ISSO, NO INÍCIO DA BAIXA DO SAPATEIRO, EM UM QUARTO, NEM UM POUCO SOFISTICADO, MORGANA PREPARA OS APETRECHOS E TROUXAS PARA A SUA VIAGEM.

— Eu já disse não! — DIZ MORGANA, ABORRECIDA.

— Mas por quê? — PERGUNTA FERAL. — Vosmecê não quer que eu vá, mas não precisa ficar me vigiando, aqui no Pelourinho!

— Feral! Vosmecê ficará com Cocada. Apenas não quero que siga a carroça até Ilhéus, por isso... Ah! Cocada! Que bom que apareceu! Feral insiste em...

— Xiii! Cala essa boca, Morgana! — DIZ COCADA, EM TOM BAIXO. — Feral, o seu... hã... pai e irmão estão lá na pensão, e acho que querem falar com vosmecê.

— Viu? O que disse? Vosmecê não deve sair do Pelourinho! — DIZ MORGANA. — É o destino! Agora esquece essa viagem... e vai conhecer o teu pai!

ASSUSTADO E APREENSIVO, FERAL VAI à PENSÃO, COM A EXPECTATIVA E A CURIOSIDADE EM MENTE. AFINAL, QUEM É? QUEM SERÁ ESSE HOMEM? O QUE ELE QUER? FERAL TENTA VISUALIZAR ESSE HOMEM, MAS TODA FIGURA PATERNA QUE SURGE EM SUA MENTE É A DO SEU AVÔ.

AO ENTRAR NA SALA, FERAL SE SURPREENDE AO VER O SR. SANTIAGO, LEMBRANDO-SE QUE ELE FOI O HOMEM QUE TENTOU LHE MATAR COM UM TIRO, QUANDO ESTEVE NO MUNICÍPIO DE TUCANO. ATERRORIZADO, FERAL SALTA PELA JANELA, FUGINDO.

— Ei! Espere! Mas... o que houve?!? — PERGUNTA O SR. SANTIAGO, ESPANTADO COM A REAÇÃO DE FERAL, INDO PARA A JANELA. — Sr. Cocada, não o deixe sumir, novamente!

— Eu vou atrás dele! — DIZ COCADA.

— Pai... o que faremos? — PERGUNTA PEDRO. — Não sabia que se tratava de um selvagem!

— Estranho! Eu acho que já o vi antes, mas...onde? — INDAGA, O SR. SANTIAGO.

POUCO DEPOIS, MORGANA VAI À PENSÃO, E ENCONTRA O SR. SANTIAGO E PEDRO CONVERSANDO COM COCADA.

— ...agora eu desejo levá-lo para Itaberaba! Mas creio que assustado como ele está, dificilmente conseguirei convencê-lo – DIZ O SR. SANTIAGO.

— Sr. Santiago, desde pequeno ele foi criado aqui nestas ruas, e agora, depois da morte do seu pai, ele se sente confuso com a mudança, e...

— Mas vai ter que mudar! — DIZ MORGANA, INTERROMPENDO-O. — Feral já é um homem, e precisa seguir o seu destino! Ele irá com o senhor, não se preocupe que...

— Morgana! — DIZ COCADA, INTERROMPENDO-A. — Ninguém vai levá-lo à força daqui, entendeu? Feral só sai do Pelourinho, se ele quiser!

— Quem vosmecê pensa que é, seu cachaceiro! Eu estou... – UMA DISCUSSÃO SE INICIA, E O SR. SANTIAGO TENTA APAZIGUAR.

ENQUANTO ISSO, EM ITABERABA, DIÓGENES, APÓS AGRADECER AO MONSENHOR DUARTE PELA CARONA, SEGUE PELA RUA COM O CHAPÉU NO ROSTO, TEMENDO SER RECONHECIDO POR ALGUÉM. EM UMA RUA, MAIS AFASTADA DO CENTRO DE ITABERABA, DIÓGENES CHEGA AO CONHECIDO BORDEL DE MADAME DUPONT.

— Desculpe-me, moço, mas só abriremos à noite! — DIZ CELESTE, BATENDO A PORTA.

— Por favor! Eu vim de longe e quero apenas me hospedar! — DIZ DIÓGENES, SENDO OBSERVADO ENTRE AS CORTINAS POR MADAME DUPONT.

— Aqui não é pensão, moço! Mas pode vir à noite, e...

— Celeste! — GRITA MADAME DUPONT. — Deixe o moço entrar!

A TARDE CHEGA E, NA IGREJA DO MUNICÍPIO, UMA MISSA DE DESPEDIDA DO PADRE AUGOSTINHO É REALIZADA, COM A PRESENÇA DE TODAS AS BEATAS E CIDADÃOS DE

ITABERABA. O PADRE AUGOSTINHO, APÓS DAR O SERMÃO, NOTIFICA A TODOS OS PRESENTES, ENTRE ELES GERTRUDES, VERIDIANA E SUA MÃE, D. EDILEUZA.

— ...e mais uma vez agradeço a todos, e que Deus sempre esteja com vosmecê, meus filhos! — CONCLUI O PADRE AUGOSTINHO. — Agora a surpresa que tenho é lhes apresentar o meu substituto... o Monsenhor Duarte!

TODOS OS DEVOTOS DA IGREJA APLAUDEM O MONSENHOR, PORÉM VERIDIANA, AO VÊ-LO, DESMAIA. D. EDILEUZA FICA AFLITA, E OS HOMENS A SOCORREM, LEVANDO-A PARA A SACRISTIA. LOGO QUE SE RECUPERA DO SUSTO, D. EDILEUZA DIZ A TODOS:

— Ela se emocionou ao rever o Monsenhor! Afinal, nós não esperávamos por sua chegada essa tarde. Filha... vosmecê está bem?

— Sim, mãe. Eu... quero ir pra casa — DIZ VERIDIANA, SENDO AUXILIADA PELAS BEATAS NO SALÃO PAROQUIAL. O MONSENHOR DUARTE RECEBE AS BOAS-VINDAS. EM UMA RODA DE SENHORAS SE DISCUTEM AS MEDIDAS QUE SERÃO REPASSADAS AO NOVO PÁROCO DA IGREJA. TODAS COMENTAM SOBRE A IMORALIDADE QUE SE ABATE TODAS AS NOITES: O BORDEL DE MADAME DUPONT. ENTRE ELAS, GERTRUDES TENTA AMENIZAR SUAS COMPANHEIRAS.

— Senhoras, por favor! Creio que temos assuntos mais importantes a tratar, afinal o Monsenhor Duarte acaba de chegar! — AO DIZER ISSO, GERTRUDES CONSEGUE MUDAR O RUMO DA CONVERSA, FAZENDO COM QUE AS SENHORAS ESQUEÇAM UM POUCO DE MADAME DUPONT.

EM SALVADOR, PEDRO ENCONTRA COM MORGANA, E...

— E então, conseguiu encontrá-lo?

— Não, mas eu sei aonde ele está! — RESPONDE MORGANA. — Seu moço, eu... estou curiosa! O senhor, seu pai, nunca se interessou por Feral, nem mesmo quando veio da última vez... nem quis levá-lo! E agora? Por que essa repentina vontade?

— Vosmecê é esperta, Morgana.

— Tive que ser, para sobreviver, moço!

— Bem... digamos que o meu pai, agora reconheça... hã... Feral, como filho, e queira ajuda-lo conforme a vontade de meu avô. Percebo que vosmecê também quer o bem-estar dele, pois não?

— Claro que sim — RESPONDE MORGANA.

— Então, minha cara Morgana, eu posso contar com a sua ajuda! — DIZ PEDRO, DANDO-LHE ALGUNS RÉIS. — Isso é apenas a metade do que ganharás, se conseguir convencê-lo a ir conosco para Itaberaba.

— O moço pode ter certeza de que ele irá para Itaberaba... por bem ou por mal! — DIZ MORGANA, CONTANDO AS NOTAS QUE RECEBEU. — Agora, moço, chame o seu pai, que os levarei aonde Feral se encontra.

POUCO DEPOIS, PEDRO E O SR. SANTIAGO AVISTAM FERAL, SOZINHO, NAS PEDRAS.

— Pai... deixe-me que eu falarei com ele – DIZ PEDRO.

— Tome cuidado, filho! Tente ser convincente — ADVERTE O SR. SANTIAGO.

PEDRO, COM CERTA DIFICULDADE DE CAMINHAR SOBRE AS PEDRAS, SE APROXIMA DE FERAL, QUE, AO VÊ-LO, LEVANTA-SE ASSUSTADO.

— Calma, Feral! É esse o seu nome, não?

— Sim, senhor! — RESPONDE FERAL, EM TOM DESCONFIADO.

— Vosmecê sabe por que eu e meu pai estamos aqui? — PERGUNTA PEDRO, SEM OBTER RESPOSTA DE FERAL. — Nós gostaríamos que vosmecê fosse conosco para Itaberaba, e...

— Eu não quero ir! — DIZ FERAL, INTERROMPENDO-O. — Não quero ir pra lugar nenhum!

— Feral, o meu... hã... nosso avô, o Sr. D'Paula, ele sempre quis o seu bem, e gostaria muito que vosmecê vivesse conosco!

— Gostaria?!? Como... se ele está morto?

— Se ele estivesse vivo, ele... ficaria muito feliz, que ficasse conosco, sua família, pessoas que gostam de vosmecê!

— Vosmecê, aquele homem... gostam de mim?!? Eu não conheço vosmecês! São estranhos pra mim. Cocada e Morgana gostam de mim!

— Eu sei, mas Morgana está por viajar, e... não quer que vosmecê parta com ela.

— Mas eu vou! Vou para Ilhéus com os ciganos! — DIZ FERAL, LEVANTANDO-SE. — Agora, seu moço, quero ficar sozinho.

PEDRO DEIXA FERAL, E RETORNA AO ENCONTRO DE SEU PAI.

— E então, filho? Conseguiu?!? — PERGUNTA, ANSIOSO, O SR. SANTIAGO.

— Sim, meu pai! — RESPONDE PEDRO. — Ele concordou em ir para Itaberaba, mas... não conosco.

— Como assim?!?

— Ele... disse-me que ainda está muito assustado com tudo, e pediu-me que sigamos em frente, depois ele partirá!

— Mas que bobagem... veja! Ele está indo embora. Vou falar com ele, e...

— Não, pai! — DIZ PEDRO, INTERROMPENDO-O. — Não é uma boa ideia! Eu tive muito trabalho em convencê-lo, e possivelmente se o senhor falar com ele... poderá assustá-lo!

— Tens razão, filho! Mas... se ele não for? Fugir novamente?

— Não, pai! Ele concordou em ir, estava com certeza do que disse. Ele irá!

MAIS TARDE, EM OUTRA PENSÃO, O SR. SANTIAGO DORME PROFUNDAMENTE, ENQUANTO O SEU FILHO PEDRO SAI FURTIVAMENTE, INDO SE ENCONTRAR COM MORGANA.

— Eu sabia que vosmecê não conseguiria convencê-lo! — DIZ MORGANA. — Eu, a quem ele sempre obedeceu, não consegui fazê-lo mudar de ideia. Ainda mais que Cocada sempre apoia o que ele decide!

— O que faremos? — PERGUNTA PEDRO. — Eu disse ao meu pai que ele concordou em ir.

— Não se preocupe, moço. Eu disse que ele irá pra Itaberaba, não? Pois então, ouça o que vamos fazer! — DIZ MORGANA, ARQUITETANDO UM PLANO.

NA MANHÃ SEGUINTE, O SR. SANTIAGO SE APRONTA PARA SEGUIR VIAGEM. AO ENTRAR NA CARRUAGEM, DIZ AO FILHO:

— Pedro, meu filho, não sei como conseguiste convencê-lo, mas ainda acho um absurdo ele não ir conosco! Como ele irá? Quem o levará?

— Acalme-se, pai! Eu contratei um tropeiro que o levará para Itaberaba ainda está tarde.

A CARRUAGEM SEGUE CAMINHO PARA ITABERABA.

EM SEU QUARTO, NO CASARÃO DOS BAT-SARA, CATARINA FICA A LEMBRAR DE SUA DESPEDIDA DE DIÓGENES ALGUNS ANOS ATRÁS, NO CAIS DO PORTO, EM SALVADOR.

ENQUANTO, EMBAIXO, PRÓXIMO AO CASARÃO, DIÓGENES SEGUE A MELODIA DE UMA SERENATA, QUE SE INICIA NO COMEÇO DA NOITE EM ITABERABA. ENCANTADA TAMBÉM COM A SERENATA, CONCEIÇÃO ESBARRA EM DIÓGENES, E...

— Oh! Desculpe-me, senhor, eu não o vi!

— Não foi nada, senhorinha! Não me viu porque, assim como eu, se encantou com a melodia, não?

— Sim, é verdade! Eu nunca tinha ouvido uma canção tão bela.

— Perdoe-me, mas... a senhorinha reside aqui no centro?

— Ah! Não, eu... cheguei há alguns dias. Não sou daqui — RESPONDE CONCEIÇÃO.

— Coincidência, senhorinha! Pois eu também acabei de chegar em Itaberaba. Deixe-me apresentar-me: Diógenes, muito prazer!

— Conceição.

CAP. VI

EM SALVADOR, FERAL, AO VISLUMBRAR O CÉU ESTRELADO, NÃO PERCEBE A APROXIMAÇÃO DE UMA MONTARIA. HOMENS GALOPANDO CAVALOS, COM REDES, PROCURAM POR ALGO. DO ALTO DE UMA PEDRA, COCADA PROCURA, NA PRAIA, POR FERAL, NA IMENSIDÃO DA NOITE.

AO AVISTÁ-LO, GRITA POR SEU NOME. SEM ENTENDER O QUE SE PASSA, FERAL CORRE EM DIREÇÃO A COCADA, ATRAINDO A ATENÇÃO DE SEUS PERSEGUIDORES.

— Corre, Feral! Corre! — GRITA COCADA, DESESPERADO.

UM TIRO É DISPARADO. COCADA É ALVEJADO NA PERNA, AO PERCEBER O AMIGO CAÍDO, FERAL VAI AO SEU ENCONTRO.

— Cocada! — GRITA FERAL. — Vosmecê está...

— Corre, menino! Se esconde... eu... vou ficar bem! — DIZ COCADA.

— Não! Eu vou levar vosmecê!

— Não! Eles vieram pegar vosmecê... se esconda! Vá!

FERAL CORRE, CONSEGUINDO SE REFUGIAR ENTRE BECOS E TELHADOS DE SALVADOR. POUCAS HORAS SE PASSAM, E FERAL, ASSUSTADO, COMO UM BICHO ACUADO, DECIDE IR À PROCURA DE MORGANA.

POUCO DEPOIS, EM SEU QUARTO...

— Se tivesse ido com o seu pai, nada disso teria acontecido! — DIZ MORGANA, FURIOSA.

— Morgana... temos que buscar Cocada! Eu não devia ter deixado ele lá na praia!

— Não! Fique aqui. Eles... ainda podem estar lá, a sua espera — DIZ MORGANA, DANDO-LHE UM CHÁ. — Tome. Vosmecê precisa descansar. Ouça, Feral, eu lhe criei desde pequeno, sabe que eu só quero o seu bem, e... por isso acho que deves ir para Itaberaba, e... — AO

DIZER ESSAS PALAVRAS, MORGANA PERCEBE O ASPECTO SONOLENTO DE FERAL, TOMANDO O CHÁ.

TOTALMENTE DOPADO, FERAL CAI DA CADEIRA.

HORAS DEPOIS, OS RAIOS DO SOL ILUMINAM O SEU ROSTO, NA TENTATIVA DE DESPERTÁ-LO. FERAL ENCONTRA-SE ENJAULADO PELOS MESMOS PERSEGUIDORES DA NOITE PASSADA.

TENTANDO SE RECOBRAR, FERAL CHAMA POR MORGANA E COCADA, MAS OS SEUS GRITOS SÃO EM VÃO. TOMADO PELO CANSAÇO, FERAL TORNA-SE INCONSCIENTE DEVIDO AINDA AOS EFEITOS DO CHÁ.

EM ITABERABA, NUM LOCAL AFASTADO DO CENTRO, MADAME DUPONT, QUE RARAMENTE SAI DE SUA CASA DURANTE O DIA, VAI AO ENCONTRO DE GERTRUDES.

— Perdoe-me pelo atraso, senhora. Mas... o que tens a me contar? — PERGUNTA MADAME DUPONT.

— Apenas vim lhe assegurar de que o nosso... "acordo" continua seguro e garantido. Imagino que saibas da chegada do Monsenhor Duarte, pois não? — PERGUNTA GERTRUDES. — Asseguro-lhe de que a sua "casa" não será atingida pelas venenosas línguas das respeitáveis senhoras de Itaberaba!

— Eu agradeço, senhora Gertrudes, e...

— Não me agradeça! — DIZ GERTRUDES, INTERROPENDOA. — Apenas cumpra com o que nós combinamos desde sempre!

ENQUANTO ISSO, NA CASA DE D. EDILEUZA, SUA FILHA VERIDIANA COMUNICA A SUA MÃE A DECISÃO JÁ TOMADA HÁ ALGUM TEMPO.

— ...e é este o motivo de meu retorno, mãe! Espero que a senhora e o pai compreendam que lá no convento eu me senti solitária, apesar do carinho e atenção das irmãs.

— Filha... talvez o seu destino seja casar! — DIZ D.EDILEUZA, COM ÂNIMO. — Eu e seu pai, outro dia, estávamos a comentar que... bom... o Sr. Santiago, ele demostrou tanto interesse em vosmecê! É claro que se trata de um homem mais experiente, e por isso eu...

— Mãe, por favor! — DIZ VERIDIANA, INTERROMPENDO-A. — A minha desistência de ficar no convento não é porque eu queira casar!

— Mas devia! — DIZ D. EDILEUZA, ABORRECIDA. — Ora, Veridiana! Vosmecê não é mais uma mocinha! Já estais com 29 anos! Se não pensas em ser noiva de Cristo, pense em casar-se e constituir uma família! Filha... depois que ficou viúvo, o Sr. Santiago nunca se interessou por nenhuma moça, nem aqui, nem em lugar nenhum! Desde que vosmecê partiu para...

— Mãe, estão batendo na porta — DIZ VERIDIANA.

— Vá atender, filha, e escute... depois continuaremos essa conversa!

AO ABRIR A PORTA, VERIDIANA EMPALIDECE AO VER O MONSENHOR DUARTE.

NA COZINHA DO CASARÃO DOS D'PAULA, CONCEIÇÃO FICA A LEMBRAR DO SEU ENCONTRO COM O MOÇO, NA SERESTA PASSADA. DAS DORES A VÊ PENSATIVA, E A REPREENDE.

— Menina! Olhe o que vosmecê fez! — DIZ DAS DORES, MOSTRANDO-LHE O REPOULHO MAL CORTADO. — Se a D. Gertrudes lhe pega assim...

— Das Dores, eu fui na seresta e conheci um moço tão bonito, tão educado, mas eu me dei conta de que... não consigo deixar de pensar nele. O seu nome é...

— Menina! — GRITA, GERTRUDES, ENTRANDO NA COZINHA. — Aqui na cozinha não quero conversa! Apresse esse almoço que o seu patrão está pra chegar.

— Sim, senhora — RESPONDE CONCEIÇÃO.

NO ESCRITÓRIO, NO CENTRO DE ITABERABA, O SR. BITTENCOURT, TEM UMA SURPRESA AO ABRIR A PORTA.

— Diógenes?!?

— Sr. Bittencourt, eu vim aqui para que o senhor converse antes com o meu pai. Talvez ele compreenda o que se passou em Salvador, e não fique tão furioso ao me ver.

— Meu, filho... vosmecê acabou de chegar?

— Não, senhor! Estou há dois dias, e...

— Com licença! — DIZ O MENSAGEIRO, ABRINDO A PORTA. — O Sr. Santiago mandou-lhe avisar de que acaba de chegar, e não virá hoje para o escritório.

— Eu não sabia que ele tinha viajado! — DIZ DIÓGENES. — Problemas nos negócios?

— Mais ou menos! Seu pai foi a Salvador tratar da herança deixada pelo seu avô ao seu meio-irmão, o... hã... Feral!

— Feral?!? — PERGUNTA DIÓGENES, SURPREENDIDO.

NO PELOURINHO, COCADA, APÓS UM LONGO SOFRIMENTO, CONSEGUE TIRAR A BALA DE SUA PERNA, COM A AJUDA DE D. SERMIRAMES E DE UM DOUTOR. TENTANDO RECUPERAR, ELE RECEBE A AJUDA DE MORGANA.

— E então, Cocada? Como estais?

— Morgana... alguma notícia de Feral?

— Não. Acho que... ele seguiu os meus conselhos, e foi ao encontro de seu pai.

— Mentira! — GRITA COCADA, SENTINDO DORES. — Eu acho que vosmecê tem algo a ver com aqueles homens que o perseguiram na praia, e... ai!

— Acalme-se, Cocada! Não se preocupe com Feral, pois ele já é um homem feito! Nesse momento já deve estar se entendendo com o Sr. Santiago.

— Desgraçada! Se eu pudesse andar... eu faria vosmecê pagar por essa traição!

— Mas não pode! — DIZ MORGANA. — Sugiro que vosmecê fique deitado e se cuide, pois estou de partida! Adeus!

NA MANHÃ SEGUINTE, EM ITABERABA, VERIDIANA, AO ATRAVESSAR A RUA, A CAMINHO DA IGREJA, TESTEMUNHA JUNTO COM OS OUTROS MORADORES A CHEGADA DE FERAL NAQUELE LUGAR. AMARRADO E ENJAULADO, ELE OLHA FIXAMENTE PARA ELA, ENQUANTO A CARROÇA O LEVA PARA O CASARÃO DOS D'PAULA.

HORRORIZADA, VERIDIANA VOLTA PRA CASA, ENCONTRANDO A SUA MÃE NA COZINHA.

— Mãe... a senhora não sabe o que acabei de ver, agora há pouco...

— Filha, o que houve? — PERGUNTA D. EDILEUZA, INDO PARA A JANELA. — Por que todos estão olhando para aquela carroça?

— Mãe... tem um jovem, enjaulado, assustado, preso naquela carroça! — DIZ VERIDIANA, COM LÁGRIMAS NOS OLHOS. O tropeiro seguiu para o casarão do Sr. Santiago!

OS COMENTÁRIOS SEGUEM POR TODA A MANHÃ. NO CASARÃO DOS D'PAULA, O CAPATAZ AVISA A GERTRUDES SOBRE O RECÉM-CHEGADO. QUASE INCONSCIENTE, FERAL É RETIRADO DA "JAULA", E LEVADO PARA UM QUARTO.

O SR. SANTIAGO FICA INDIGNADO PELO MODO QUE FERAL VEIO, E CHAMA PEDRO.

— Pensei que tinhas dito que ele viria por livre e espontânea vontade! — ESBRAVEJA, O SR. SANTIAGO. — E agora? O que vão pensar de mim? A cidade toda, que certamente há de estar comentando, dirão que sou um carrasco! Principalmente quando souberem de que se trata de um... filho meu!

— Perdoe-me, pai! — DIZ PEDRO. — Mas foi a única forma de trazê-lo. O senhor sabe que se trata de um selvagem, e...

— Cale-se! — GRITA O SR. SANTIAGO. — Vá para o seu quarto! Suma daqui!

EM SEU NOVO QUARTO, FERAL FICA ASSUSTADO COM TUDO O QUE VÊ. AO TOMAR BANHO, FICA NU, PERANTE DAS DORES E CONCEIÇÃO. CONCEIÇÃO RI COM A SITUAÇÃO, MAS É ADVERTIDA POR GERTRUDES.

— Vosmecê pare de rir e o banhe! E vosmecê trate de se comportar e... oh! – AO TENTAR ORDENAR, GERTRUDES É MOLHADA POR FERAL. ASSUSTADA E MOLHADA, DESCE PARA A SALA, SE QUEIXANDO COM O SR. SANTIAGO.

POUCO DEPOIS, TENTANDO VESTI-LO, DAS DORES E CONCEIÇÃO COMEÇAM A SIMPATIZAR COM FERAL, MAS COM A CHEGADA DO SR. SANTIAGO, O CLIMA DESCONTRAÍDO FICA MEIO TENSO.

— Santiago D'Paula Neto... espero que se comporte! — DIZ O SR. SANTIAGO SERIAMENTE.

— Meu nome é Feral – DIZ FERAL, EM TOM REBELDE.

— Santiago Neto é o nome que o seu avô deu pra vosmecê. Não gostas?

— Não! E nem deste lugar!

— Mas vosmecê nem conhece este lugar, como pode não gostar? Eu sinto muito pela maneira como veio, e...

— Vosmecê tentou me matar com um tiro!

— Eu?!? — SE SURPREENDE O SR. SANTIAGO, LEMBRANDO REPENTINAMENTE. — Então... lá em Tucano... foi vosmecê a quem eu tentei espantar com uma espingarda?!?

ENQUANTO ISSO, NA SALA DE ESTAR, GERTRUDES COMENTA COM PEDRO:

— Não sei se me acostumarei com esse... selvagem, morando aqui conosco!

— Papai está furioso com a minha atitude, mas o que ele queria? Esse... Feral não quis me ouvir, nem sequer quis saber de vir pra Itaberaba!

— Pedro, meu filho! O seu pai, ele... entenderá que vosmecê agiu assim apenas em nome da família, dos negócios. Mas diga-me... esse bastardo, ele sabe por que está aqui?

— Não, tia! Se souber que precisamos dele, certamente fugirá ou se negará a colaborar. Segundo o que me disse, papai pretende oficializá-lo como filho, e se tornará o seu tutor, ao menos até ele se tornar emancipado, e...

— Certamente, ele é analfabeto — DIZ GERTRUDES.

— É justamente isso que penso, tia! Se ele conseguir se alfabetizar, não precisaremos esperar que se torne de maior, emancipado. Tia Gertrudes, eu estou imaginando que... – PEDRO DIZ A SUA TIA GERTRUDES SUA META PARA QUE FERAL PERMANEÇA O MENOS TEMPO POSSÍVEL EM ITABERABA...

MAIS TARDE, EM SEU ESCRITÓRIO, O SR. SANTIAGO COMENTA COM O SEU AMIGO, O ADVOGADO RADAMÉS BITTENCOURT.

— ...e agora há pouco acusou-me de ter tentado atirar nele! — CONCLUI O SR. SANTIAGO. — Creio que não será nada fácil, Radamés! Ainda mais pela maneira que veio, como um animal selvagem.

— Santiago... vosmecê tem que conquistar a confiança dele! O Feral... hã... desculpe-me, o Santiago Neto, ele está assustado com essa brusca mudança, aliás forçada por sinal.

— Radamés... seria possível anular o testamento?

— Seria, mas... eu não aconselho! Terias muito trabalho para que o fórum de Salvador ficasse ao teu favor, ainda mais porque toda a Itaberaba sabe o que está se passando, ainda mais o Sr. Bat-Sara. Até vosmecê ganhar a causa, se conseguir, as suas dívidas terão aumentado muito, pois esse processo será longo! Santiago, eu imagino como está difícil pra vosmecê aceitar essa situação, mas... tenha paciência, e lembre-se que, querendo ou não, ele é seu filho!

ENQUANTO ISSO, EM SEU QUARTO, FERAL TENTA ABRIR AS JANELAS. SEM CONSEGUIR, GRITA PEDINDO PRA SAIR, FORÇANDO A PORTA. POUCO DEPOIS, A PORTA SE ABRE, E DOIS CAPATAZES O SEGURAM E O LEVAM PARA O QUINTAL DO CASARÃO. SENDO TRANCAFIADO EM UMA CELA, FERAL ESBRAVEJA, TENTANDO SAIR.

OBSERVANDO À DISTÂNCIA, GERTRUDES DIZ ÀS CRIADAS:

— Com ele nesta ...cela, poderemos ter uma boa noite de sono! Nenhuma de vosmecês comentem ou digam ao Sr. Santiago onde o selvagem se encontra. Caso pergunte, responda que ele está dormindo tranquilamente em seu quarto!

NO BORDEL DE MADAME DUPONT, OS COMENTÁRIOS SOBRE O FILHO BASTARDO DO Sr. SANTIAGO SEGUEM POR TODA A NOITE. O Sr. BAT-SARA É RECEPCIONADO PELA MADAME DUPONT, ENQUANTO DIÓGENES SE ESCONDE ENTRE AS CORTINAS, TEMENDO SER RECONHECIDO POR ALGUÉM.

— O senhor não imagina como estou curiosa para conhecer esse filho bastardo do Sr. Santiago! — DIZ MADAME DUPONT. — Espero ter a honra de sua presença, e que ele torne-se frequentador de minha singela casa!

— Dupont, quem não conhece a sua "singela" casa, não conhece a principal atração de Itaberaba! – DIZ O Sr. BAT-SARA. —Mas, diga-me... quem é aquele jovem que se esconde? Não lembro de tê-lo visto aqui!

— Ah! Ele é um desses mancebos que viajam pelo interior! Imagine que veio junto com o Monsenhor Duarte, e... eu simpatizei com ele, por isso permitir que se hospedasse aqui!

— Generosa como sempre, hein? – DIZ O SR. BAT-SARA, TORNANDO A BEBER, MAS CIENTE DE QUE RECONHECEU O JOVEM ASSUSTADO DIÓGENES.

AO RETORNAR PRA CASA, O SR. SANTIAGO, ENCONTRA GERTRUDES E PEDRO, NA SALA DE ESTAR.

— Gertrudes... como está Santiago Neto?

— Ele... se alimentou, e está dormindo profundamente, senhor.

— Que bom! Ele precisa descansar. Eu estava me aconselhando com Radamés, e... cheguei à conclusão que é melhor adotá-lo, assumir a minha paternidade! Não apenas pelos bens adquiridos, mas por uma dívida que tenho por sua mãe, e pelo meu pai que o criou desde pequeno.

POUCO DEPOIS, PEDRO VAI A CELA, ONDE SE ENCONTRA FERAL, E O CHAMA.

— Santiago! Santiago Neto, sou eu... Pedro!

FERAL APARECE COM AS MÃOS NA GRADE, E DIZ:

— Eu quero sair daqui! Vosmecê me tire daqui!

— Calma, Santiago!

— Meu nome é Feral! — DIZ FERAL, FURIOSO.

— Sim, claro! Feral... eu não posso tirá-lo agora. Ouça, o meu pai, o Sr. Santiago, ele mandou prendê-lo, porque vosmecê não quer ficar conosco.

— Eu não quero ficar! Quero sair daqui!

— Sim, eu o ajudarei, mas escute... vosmecê precisa entender que ele não quer que fuja, por isso ele mandou aqueles homens te capturar lá em Salvador! Feral... lembre-se que apenas eu, Pedro, quero ajudá-lo! Por isso procurarei a chave, e assim que a pegar eu o libertarei dessa cela!

AO AMANHECER, O SR. SANTIAGO, COM O PENSAMENTO EM FERAL, VAI AO SEU QUARTO. DESCONFIADO DO SILÊNCIO, ELE TENTA ABRIR A PORTA, E A ENCONTRA FECHADA. LOGO, BATE NO QUARTO DE GERTRUDES, ACORDANDO-A, E PEDINDO UMA EXPLICAÇÃO.

— Perdoe-me, senhor! Pensei que, com o quarto trancado, podíamos evitar que ele fugisse!

— Fugisse?!? – INDAGA O SR. SANTIAGO, ABORRECIDO. — Gertrudes, ele não é nosso prisioneiro!

AO ABRIR A PORTA, O SR. SANTIAGO ENCONTRA O QUARTO VAZIO SUPONDO TER FUGIDO, O SR. SANTIAGO DESCE RAPIDAMENTE ATÉ O QUINTAL, CHAMANDO OS CAPATAZES. AO ABORDAR UM DELES, O SR. SANTIAGO PERGUNTA POR FERAL.

— Perdoe-me, senhor! Eu recebi ordens de... – ANTES DE RESPONDER, O CAPATAZ É INTERROMPIDO POR PEDRO.

— Pai! Não te preocupes, pois eu encontrei Fe... o Santiago Neto!

CAP. VII

O SR. SANTIAGO FICA ESTARRECIDO AO VER FERAL, NO JARDIM COM UMA COLEIRA NO PESCOÇO.

— Mas...o que significa isto?!? - GRITA O SR. SANTIAGO. — Quem pôs esta coleira nele?

— Pai... os feitores conseguiram capturá-lo antes que fugisse! — DIZ PEDRO, EM TOM BAIXO.

— Isso é um absurdo! Tirem essa coleira imediatamente! — ORDENA O SR. SANTIAGO. — Eu não o quero prisioneiro aqui nesta casa.

— Eu... quero sair... daqui — DIZ FERAL, DEMOSTRANDO EXTREMO CANSAÇO

— Escute... eu sou o seu pai! — DIZ O SR. SANTIAGO, APROXIMANDO-SE. — Gostaria que ficasse aqui, pois agora eu posso cuidar de vosmecê, como o seu avô o fez! Vosmecê não é meu prisioneiro, é meu filho! Por seu avô, o Sr. D'Paula, por sua mãe... eu lhe peço que fique.

FERAL LEVANTA-SE, ACUANDO-SE NO MURO E DIZ:

— Eu quero... ir embora!

COM O SEMBLANTE TRISTE, O SR. SANTIAGO FAZ UM SINAL PARA QUE O PORTÃO SEJA ABERTO. AO VER, FERAL CORRE COMO UM BICHO ASSUSTADO, QUE ACABA DE GANHAR A LIBERDADE.

— Pai, não deixe! — DIZ PEDRO. — Sem ele ficaremos arruinados!

— Não! — DIZ O SR. SANTIAGO. — Ele não quer ficar. Agora que ele siga o seu caminho.

NA CASA DO SR. EURICO, NO CAFÉ DA MANHÃ, O ASSUNTO DA VINDA DE FERAL AINDA É COMENTADO.

— Mãe... por se tratar de um filho, como dizem, por que trazê-lo nessas condições? — PERGUNTA VERIDIANA.

— Filha, o Sr. Santiago é um homem integro, digno, eu não acho que ele seria capaz de fazer algo assim! Além do que, vosmecê mesma viu, trata-se de um selvagem, ou coisa parecida!

— Mãe, eu vi! O pobre rapaz estava aprisionado, e evidentemente assustado, como se...

— Venham ver! — GRITA O Sr. EURICO, DA JANELA. — O rapaz capturado... está passando pela rua! Vejam!

VERIDIANA E SUA MÃE VÃO PARA A JANELA E OBSERVAM FERAL. POR ONDE PASSA, FERAL É APONTADO E COMENTADO POR TODOS OS MORADORES DE ITABERABA.

VERIDIANA SAI DE CASA PARA VÊ-LO DE PERTO. AO PASSAR POR ELA, FERAL FIXA OS OLHOS NELA, MAS D. EDILEUZA, ASSUSTADA, LEVA A SUA FILHA PRA DENTRO DE CASA.

— Ficou louca, menina? – PERGUNTA D. EDILEUZA. — Como sai de sua casa para se aproximar daquele selvagem?!?

NA RUA, DIÓGENES SE SURPREENDE AO VER FERAL, CORRE PARA ALCANÇÁ-LO, MAS SE ESCONDE AO VER O SR. WILSON, EM FRENTE AO BANCO.

FERAL PEGA O CAMINHO DA ESTRADA DE BARRO, E SEGUE DE VOLTA A SALVADOR.

O DIA PASSA, E A NOITE, O SR. BITTENCOURT VAI VISITAR O CASARÃO DOS D'PAULA.

— ...e para evitar os comentários, preferir ficar em casa — DIZ O SR. SANTIAGO.

— E agora, Santiago? O que pretendes fazer? — PERGUNTA O SR. BITTENCOURT.

— Apenas aguardar. Aguardar o cancelamento do testamento, aguardar o retorno de Diógenes da Europa. Aguardar o casamento dele com a neta do Sr. Bat-Sara, para que possa minimizar as minhas dívidas, eu creio.

— Pai... e quanto aos bens deixados pelo vovô D'Paula, o que...

— Pedro! — DIZ O SR. SANTIAGO, INTERROMPENDO-O. — Vosmecê sai todas as noites. O que está esperando?

— Perdoe-me, pai. Boa noite! — DIZ PEDRO, ENVERGONHADO, DEIXANDO A SALA.

— Senhor, o seu filho Pedro quer apenas ajudá-lo — DIZ GERTRUDES.

— A sua ajuda apenas complica! O modo como trouxe Santiago Neto foi a causa de ele ter se assustado tanto com tudo! — DIZ O SR. SANTIAGO, EXALTADO. — E ainda desconfio de que ele tem algo a ver com aquele coleira no pescoço do irmão!

— Senhor, ele não...

— Gertrudes... — DIZ O Sr. SANTIAGO — ...dê-nos licença! Boa noite.

— Pois não. Boa noite, senhores.

NO CASARÃO DOS BAT-SARA, NA SALA DE ESTAR, O ASSUNTO DO DIA É COMENTADO POR TODOS.

— Mas agora que o filho bastardo, porém herdeiro, se foi... como fica a sua situação? — PERGUNTA O SR. WILSON.

— Creio que o advogado deles, o Sr. Bittencourt, tentará anular o testamento. Eu lamento que esse jovem tenha partido, se bem que... creio que ainda ouviremos falar muito dele! — DIZ O SR. BAT-SARA.

— Papai... a respeito da hipoteca do casarão dos D'Paula... o senhor está levando o promissor noivado de Catarina e Diógenes, em consideração? — PERGUNTA D. RUTH.

— Mas evidente que sim, filha! No entanto, eu lhes digo para não ficarem com muita expectativa em relação à volta de Diógenes! Vosmecês podem se surpreender! — DIZ O SR. BAT-SARA, DEIXANDO TODOS CURIOSOS.

NA NOITE SEGUINTE, NO CASARÃO DOS D'PAULA, O SR. SANTIAGO SAI, INDO PARA O BORDEL DE MADAME DUPONT. DESCONFIADA DO RUMO DE SEU CUNHADO, GERTRUDES PERMANECE NA SALA DE ESTAR, E CHAMA A CRIADA.

— Avise ao capataz, que... possivelmente um moleque venha trazer-me um recado. Caso ele apareça deixe-o entrar.

— Sim, senhora! — DIZ CONCEIÇÃO, DESCONFIADA DE SUA PATROA.

POUCO DEPOIS, NO SALÃO DO BORDEL, O SR. SANTIAGO É RECEPCIONADO POR MADAME DUPONT. AO VER O

PAI CHEGAR, DIÓGENES TENTA SE ESCONDER, ESBARRANDO EM CELESTE, DERRUBANDO UM JARRO SEGURADO POR ELA.

— Seu demente! Olhe o que vosmecê fez! – GRITA CELESTE.

— Perdoe-me... eu... eu pagarei! – DIZ DIÓGENES, DEIXANDO CELESTE DESCONFIADA.

EM SUA CASA, VERIDIANA NÃO CONSEGUE TIRAR FERAL DE SEUS PENSAMENTOS. INDAGAÇÕES COMO: QUEM É ELE? POR QUE FUGIU? POR QUE FOI APRISIONADO? DE ONDE VEIO? PRA ONDE ELE FOI? D.EDILEUZA BATE NA PORTA, INTERROMPENDO SUAS INDAGAÇÕES.

— Filha... ainda acordada?

— Sim, mãe! — RESPONDE VERIDIANA.

— Bonitas flores, não? — PERGUNTA D.EDILEUZA, APROXIMANDO-SE DO VASO. — O Sr. Santiago é realmente um cavalheiro. Veridiana? Vosmecê recebeu estas flores, e não diz nada? Percebi o seu desinteresse com a gentileza do Sr. Santiago.

— Mãe... eu não consigo deixar de pensar naquele jovem aprisionado, como um animal. É difícil pra mim aceitar as gentilezas de um homem capaz de fazer isso com o próprio filho!

— Filha... vosmecê não sabe quem realmente é aquele selvagem! Não o conhece, assim como todos os que estão a comentar! Mas o Sr. Santiago, este sim, todos o conhecem! É um homem respeitável, honesto, um cidadão! Filha, ouça a sua mãe! Vosmecê já decidiu não voltar mais para o convento, eu e seu pai concordamos, agora digo-lhe novamente que vosmecê já passou da idade de casar, não seja tão exigente e não julgue o seu único pretendente!

ENQUANTO ISSO, NO CASARÃO DOS D'PAULA, AS HORAS PASSAM E NENHUM RECADO CHEGA PARA GERTRUDES. FURIOSA E INCONFORMADA, ELA SOBE A ESCADA, TRANCANDO-SE NO SEU QUARTO. COM LÁGRIMAS NOS OLHOS, VAI AO ARMÁRIO, E PEGA UMA CONHECIDA E DELICADA MÁSCARA DE CARNAVAL. DE FRENTE AO ESPELHO, COM A MÁSCARA NA FACE, COMEÇA A MOSTRAR SUAS PERNAS, ACARICIANDO-SE.

NA MANHÃ SEGUINTE, APÓS O CAFÉ, O SR. SANTIAGO APRESSA O FILHO PARA IREM AO TRABALHO.

— Estarei na charrete, Pedro! Das Dores, Gertrudes ainda não desceu?

— Desceu, sim, senhor. Ela saiu logo cedo para ir à igreja.

LOGO DEPOIS, NA COZINHA, CONCEIÇÃO COMENTA COM DAS DORES, O QUANTO GERTRUDES ESPEROU, NA NOITE PASSADA, PELO "RECADO", QUE NÃO CHEGOU.

— Essa mulher é um mistério, menina! — DIZ DAS DORES. — Vosmecê acha que eu acreditei nesta história de ir à igreja tão cedo?

— Das Dores... ela sempre sai à noite, quando recebe estes recados? — PERGUNTA CONCEIÇÃO, CURIOSA.

— Sempre! Ela diz que vai ajudar não sei quem no parto, na extremução. Eu acho que... ei! Vamos parar com esse fuxico? Vosmecê está muito curiosa, Conceição! – DIZ DAS DORES. — Agora vá! Espane o gabinete antes que a megera volte e nos encontre de conversa!

NO GABINETE ESPANANDO A ESCRIVANINHA, CONCEIÇÃO RECONHECE DIÓGENES NA FOTOGRAFIA.

EM UM LOCAL AFASTADO DO CENTRO DA CIDADE, GERTRUDES ESPERA IMPACIENTE POR MADAME DUPONT.

— D. Gertrudes, eu lamento ter feito esper...

— Cale-se! — DIZ GERTRUDES, INTERROMPENDO-A. — Eu esperei muito mais ontem à noite, e nada! O que houve? Por que não recebi o recado? Vosmecê não ouse me enganar, Dupont! Sabes do que eu sou capaz!

— Não, senhora, de modo algum! — DIZ MADAME DUPONT. — Ontem à noite, o Sr. Santiago bebeu pouco, e... aconteceu um imprevisto que me fez esquecer de preparar a bebida especial para ele.

— Imprevisto? Que imprevisto?

— Um moço que está hospedado há alguns dias quebrou meu vaso chinês que eu tinha tanto ca...

— Chega! — INTERROMPE, GERTRUDES. — Não estou interessada nesse assunto! Escute bem, Dupont, espero que isso não se repita, pois eu faço esta cidade inteira enxotar vosmecê daqui! Até mais ver!

NAS RUAS DE ITABERABA, PEDRO CAMINHA TRANQUILAMENTE. QUANDO VÊ CELESTE, APRESSA OS SEUS PASSOS, IGNORANDO OS CHAMADOS DELA.

— Pedro! – GRITA CELESTE. — Pedro!

— Cala a boca! — DIZ PEDRO, LEVANDO-A PARA UM BECO.
— Vosmecê está louca? Quer que todos me vejam conversando com vosmecê?

— Desculpe-me, Pedro! Mas por que vosmecê não foi ontem à noite?

— Mas... que atrevimento! Me chamas na rua apenas para me perguntar isso?!?

— Não, Pedro. É que senti a sua falta ontem, seu pai estava lá...

— Sim, sim, eu sei! Agora deixe-me, e nunca mais...

— Espera, Pedro! Eu chamei porque quero que saibas que ontem aconteceu algo estranho!

— O que foi? Fale-me logo, pois estou apressado!

— Um moço está hospedado lá, faz uns dias, e... ele, ontem à noite, se escondeu assustado quando viu o seu pai entrar! Eu achei muito estranho!

— Um moço?!? Mas como ele é? Como se chama?

— Ele disse... "Athaíde", mas eu percebi que estava mentindo! Ele veio junto com o Monsenhor Duarte, mas parece que foi apenas uma carona que pegou, e... Pedro, por que não vai hoje à noite para assuntar esse rapaz, hein?

— É... meio estranho! Eu irei hoje à noite, para conhecer este sujeito!

NA COZINHA DO CASARÃO, CONCEIÇÃO ENTRA COM UMA FOTO DE DIÓGENES NA MÃO, E...

— Das Dores...

— O que foi, menina? Parece que viu uma assombração!

— Das Dores, esse moço na foto, ele é o... Diógenes?

— Sim, Diógenes! O filho mais velho do Sr. Santiago, que está estudando na Europa. Mas por que está perguntando?

— Por nada! Das Dores... será que eu posso sair um pouco?

— Ficou doida, menina? Com tanto serviço pra fazer e vosmecê pensa em bater perna por aí? Ainda mais, se D. Gertrudes lhe vê na rua... Vamos, bote essa foto onde encontrou e vá arrumar os quartos. Vosmecê tem a noite toda para sair!

EM SALVADOR, FERAL CHEGA, APÓS QUASE DOIS DIAS CAMINHANDO. AO CHEGAR NO PELOURINHO ENCONTRA COCADA, SENTADO EM FRENTE À PENSÃO DE D. SERMIRA-MES. AO CHEGAR, COCADA FICA EUFÓRICO AO VER QUE O RAPAZ, QUE ELE CRIOU COMO UM FILHO, ESTÁ BEM.

— Feral! Feral, onde esteve?!? O que aconteceu?? — PERGUNTA COCADA, TENTANDO SE LEVANTAR.

— Cocada! Vosmecê fique quieto. Não pode ainda ficar de pé! — DIZ FERAL, ABRAÇANDO-O.

— Fiquei preocupado com vosmecê! Pensei até em desgraça, mas... pra onde o levaram? Itaberaba?

— Sim! Não sei como, mas aqueles homens me pegaram, e... Morgana! O que aconteceu com ela?

— Morgana, foi embora daqui.

— Embora?!? Mas... por que não me esperou?

— Feral... ela não quis levar vosmecê! Escute, ela se foi com... uma carroça nova, e... acho que ela o traiu, nos traiu!

— Nos traiu? Como?!?

— Vosmecê sabe que ela não tinha dinheiro pra nada, muito menos pra comprar uma carroça. Quando vosmecê fugiu daqueles homens, pra onde foi?

— Eu fui para o quarto dela. Ela disse pra eu ir atrás do Sr. Santiago, e... eu não me lembro de nada! Quando acordei, estava naquela carroça, naquela jaula, seguindo para Itaberaba!

— Já imagino o que aconteceu. Vosmecê bebeu alguma coisa, enquanto estava com ela? — PERGUNTA COCADA, RECEBENDO A AFIRMAÇÃO DE FERAL. — Bandida! Foi ela! Foi ela quem te entregou!

— Mas... por que ela fez isso?

— Ora, por dinheiro! — DIZ COCADA. — Agora o que pretende fazer?

— Eu quero encontrá-la! — DIZ FERAL, FURIOSO. — Como faço para encontrá-la?

— Feral, eu não sei pra onde foi, mas lá na praia alguns ciganos estão acampados.

— Eu vou lá!

— Calma! Vosmecê precisa descansar, tomar um banho, comer alguma coisa! — DIZ COCADA, SENDO AUXILIADO POR FERAL.
— Agora me conte o que aconteceu em Itaberaba, por que vosmecê voltou, e...

EM ITABERABA, DIÓGENES CONFESSA OS SEUS ATOS AO NOVO PÁROCO DA CIDADE, O MONSENHOR DUARTE. AO SAIR DO CONFESSIONÁRIO, O MONSENHOR ACONSELHA O JOVEM APREENSIVO.

— Procure o senhor, seu pai, jovem! O quanto antes ele souber de sua presença, menor será a expectativa que ele faz ao seu regresso!

AO ENTRAR NA IGREJA, O SR. SANTIAGO ENCONTRA D. EDILEUZA E VERIDIANA. APÓS OS CUMPRIMENTOS...

— ...e devido aos últimos acontecimentos, eu só pude enviar aquelas flores, em prol de minha estima.

— Aliás, muito gentil de sua parte, senhor! — DIZ D. EDILEUZA. — Nós lamentamos o que aconteceu, senhor, e compreendemos a sua situação, não é mesmo, Veridiana?

— Sim... entendemos — RESPONDE VERIDIANA.

PERCEBENDO A INDIFERENÇA DE VERIDIANA, O SR. SANTIAGO DIZ:

— Eu... hã... gostaria muito que a senhora, juntamente com o Sr. Eurico e vossa filha, aceitasse um convite para tomarmos um chá, amanhã à tarde, em minha casa.

— Ora, mas que gentileza! — DIZ D. EDILEUZA. — O convite está aceito!

AO SAIR DA SACRISTIA, DIÓGENES SE DEPARA COM O PAI NO SALÃO DA IGREJA. SEM REAÇÃO AO VER O PAI, DIÓGENES EMPALIDECE. QUANDO O SR. SANTIAGO O VÊ, SURPRESO, ABRAÇA O FILHO, PERGUNTANDO:

— Diógenes!?! Meu filho, quando chegou?

— Eu... cheguei há pouco, pai! É disseram-me... que... o senhor tinha vindo... pra cá, e...

— Ah! Perdoe-me... este é meu filho Diógenes! Recém-chegado da Europa! Diógenes, esta é a D. Edileuza, e sua filha, a senhorinha Veridiana.

APÓS OS CUMPRIMENTOS, O SR. SANTIAGO, DIZ:

— Agora, com a chegada inesperada de meu filho, amanhã teremos um motivo para comemorar, durante o chá! Conto com a presença de vosmecês! Até mais ver!

EM SALVADOR, FERAL CHEGA NA PRAIA E, DO ALTO DE UMA PEDRA, AVISTA TRÊS CARROÇAS CIGANAS. AO SE APROXIMAR, FERAL É IMPEDIDO DE SUBIR.

— Feral... não podes mais conviver conosco! — DIZ O VELHO HERNANDEZ.

— Hernandez, eu preciso encontrar Morgana! Preciso falar que...

— Sinto muito, filho! Mas... é ordem da própria Morgana. Ela disse que vosmecê precisa seguir o seu caminho!

A CARAVANA PARTE E FERAL FICA ABANDONADO NA AREIA. ALGUMAS HORAS SE PASSAM, E SENTADO NUMA PEDRA, FERAL FICA IMAGINANDO COMO SERÁ A SUA VIDA, DIANTE DOS ÚLTIMOS ACONTECIMENTOS.

COCADA SE APROXIMA COM CERTA DIFICULDADE PARA ANDAR, E...

— Eles não deixaram vosmecê ir, não? Eu imaginei isso, Feral. Vosmecê sabe que eu só quero o seu bem. Como um pai, eu aconselho a seguir o que o destino lhe reservou! Vosmecê é livre, mas aqui em Salvador, sem o seu avô, sem Morgana, e sem a minha ajuda... ficará sem rumo. Ouça, filho, volte pra Itaberaba e tente se adaptar à mudança que está acontecendo na sua vida! Lembre-se de que se isso não fosse da vontade de Luzia, a sua mãe, ela não teria pedido pra Morgana me procurar e encontrar o seu pai!

FERAL ESCUTA O CONSELHO EXPERIENTE DE COCADA, PERMANECENDO EM SILÊNCIO, OLHANDO PARA O MAR.

ENQUANTO ISSO EM ITABERABA, A CAMINHO DE CASA, O SR. SANTIAGO ESTÁ EUFÓRICO COM O FILHO PARA SABER AS NOVIDADES TRAZIDAS POR ELE.

— Diógenes... por que não estais barbeado? E essas vestes? São simples demais para um doutor recém-formado.

— Pai... eu estou muito exaurido da viagem. Em casa conversaremos!

AO CHEGAR NO CASARÃO, O PORTÃO É ABERTO. CONCEIÇÃO VÊ DIÓGENES COM O PAI, E SE ESCONDE. DAS DORES ABRAÇA DIÓGENES, EMOCIONADA, ENQUANTO GERTRUDES E PEDRO SE SURPREENDEM COM A CHEGADA REPENTINA DELE.

O SR. SANTIAGO MANDA PREPARAR UM ALMOÇO ESPECIAL EM HOMENAGEM À VOLTA DO FILHO. NA COZINHA, DAS DORES PERCEBE A TRISTEZA DE CONCEIÇÃO.

— Mas... o que deu em vosmecê, menina?

— Eu estou bem, Das Dores — RESPONDE CONCEIÇÃO, CORTANDO OS LEGUMES.

— Mas que coisa! Estávamos falando dele, logo cedo, e o danado chega assim, de viagem, sem avisar! Vosmecê vai achá-lo muito gentil, e...

— Das Dores... será que vosmecê poderia servir o almoço?

— E por que vosmecê não pode? — PERGUNTA GERTRUDES, ENTRANDO NA COZINHA.

— Perdoe-me, senhora, é que eu não tenho jeito pra...

— Deixe de conversa, menina! — DIZ GERTRUDES, INTERROMPENDO-A. — Vista o uniforme formal e sirva... ou vosmecê vai pra rua!

EM SEU QUARTO, DIÓGENES SE BARBEIA, PENSANDO NO QUE DIRÁ AO PAI.

— Como foi de viagem, irmão? — PERGUNTA PEDRO, ENTRANDO NO QUARTO. — Eu não vi a sua bagagem...onde está?

— Eu... pedi pra tia Gertrudes mandar alguém as buscar.

— Mas o que aconteceu para anteceder a sua vinda? Férias antecipadas?

— Pedro, como vê, estou me barbeando! — DIZ DIÓGENES. — Falaremos depois, sim?

— Diógenes... realmente chegaste hoje? Desculpe-me, mas...

— Diógenes! — DIZ GERTRUDES, BATENDO NA PORTA. — O criado está a sua disposição para pegar as suas malas! Pedro, por que não deixa o seu irmão se refazer? Venha, desça comigo!

— Agradeço, tia Gertrudes! – DIZ DIÓGENES.

EM SUA CASA, D. EDILEUZA ESTÁ ENTUSIASMADA COM O CONVITE FEITO PELO SR. SANTIAGO.

— ...e por favor, senhor Eurico, vista aquele terno novo! Lembre-se de que vamos tomar chá no casarão dos D'Paula!

— Edileuza... é preciso mesmo que eu compareça? — PERGUNTA O SR. EURICO.

— Mas é evidente que sim! — RESPONDE D. EDILEUZA. — E bem trajado! Por falar em traje...Veridiana, percebeu como estava descomposto o filho do Sr. Santiago? Não sei... para um doutor, ele precisa se cuidar! Mas requintado como o seu pai é, certamente ele aconselhará o filho a ter uma aparência de um autêntico doutor.

— É lamentável que ele não cuide de seu outro filho! — DIZ VERIDIANA. — Aquele pobre coitado que preferiu fugir a ser tratado como um animal!

— Ora, menina! Pare de julgar o homem, que cada vez mais está interessado em vosmecê! – REPREENDE D.EDILEUZA. — Afinal, vosmecê não sabe realmente o que aconteceu!

NO CASARÃO DOS D'PAULA, CONCEIÇÃO SERVE O ALMOÇO, TENTANDO SE ESCONDER O POSSÍVEL DE DIÓGENES.

— A sua chegada repentina nos surpreendeu, irmão! Poderias ter comunicado a família, assim que se desembarca em Salvador — DIZ PEDRO.

— Agora me fizeste lembrar de Catarina quando se despediu no porto. Ah! Essa menina vai ficar tão feliz quando souber que o futuro noivo retornou! – DIZ GERTRUDES.

AO OUVIR ISSO, CONCEIÇÃO, NERVOSA, DEIXA O VINHO DERRAMAR SOBRE O BRAÇO DE PEDRO.

— Oras, sua incompetente! Veja o que fez! — DIZ PEDRO, EXALTADO.

— Oh! Perdoe-me, senhor! — DIZ CONCEIÇÃO, TENTANDO LIMPÁ-LO.

— Conceição?!? — DIZ DIÓGENES, RECONHECENDO-A.

NERVOSA COM A SITUAÇÃO, CONCEIÇÃO DEIXA A BANDEJA CAIR, E SAI CORRENDO PARA A COZINHA. DAS DORES APANHA OS TALHERES, ENQUANTO GERTRUDES FICA INDIGNADA COM O ACONTECIDO.

— Mas... o que está acontecendo aqui? — PERGUNTA O SR. SANTIAGO. — Diógenes... vosmecê conhece esta criada?!?

— Pai, eu... — TENTANDO ADIAR A SUA RESPOSTA, DIÓGENES LEVANTA-SE DA MESA, PREOCUPADO COM CONCEIÇÃO.

— Diógenes! Sente-se e termine o seu almoço! — DIZ O SR. SANTIAGO. — Depois conversaremos em meu gabinete!

CAP. VIII

O ALMOÇO PROSSEGUE EM SILÊNCIO, ENQUANTO ISSO LÁ FORA, NO JARDIM, CONCEIÇÃO CHORA.

— Conceição... o que houve, menina? Por que ficou tão nervosa ao servir um almoço?

— Eu... eu já conhecia Diógenes, Das Dores!

— Conhecia Diógenes...?!? Claro que sim, pois vosmecê o viu no retrato, não?

— Não, Das Dores! Ele é o moço que eu conheci na seresta. Eu só soube que ele era o filho do patrão hoje cedo, quando peguei o porta-retrato!

— Meu Deus! Então... ele não chegou hoje. Estava aqui há dias!

POUCO DEPOIS, NO GABINETE, O SR. SANTIAGO INICIA AS PERGUNTAS TÃO TEMIDAS E ESPERADAS POR DIÓGENES.

— Agora responda-me: De onde conheces aquela criada? Da Europa?

— Não, senhor! — RESPONDE DIÓGENES. — Eu a conheci aqui, na seresta da rua, na semana passada.

— O quê?!? Então...vosmecê estava aqui, em Itaberaba, todo esse tempo? Mas... o que houve?

— Pai... eu desisti do curso de medicina, e por esta razão... retornei!

ENQUANTO ISSO, NA COZINHA, GERTRUDES E PEDRO RECEBEM A BAGAGEM DE DIÓGENES.

— Estranho, pouca coisa pra quem veio da Europa! Responda-me, moleque: Aonde fostes pegar essas malas?

— Na casa de Madame Dupont, senhora! — RESPONDE O MOLEQUE.

— Hum... eu quase teria descoberto, ainda esta noite, que Diógenes não teria vindo hoje, da Europa! — DIZ PEDRO, SAINDO DA COZINHA.

POUCO DEPOIS, DAS DORES ENTRA JUNTO COM CONCEIÇÃO.

— Ah! Finalmente apareceu! — DIZ GERTRUDES. — Arrume as suas coisas, e saia desta casa, infeliz!

— Senhora... permita que ela passe a noite aqui! — PEDE DAS DORES.

— Pois então, eu permitirei, afinal deve te ajudar na cozinha, mas amanhã partirás o mais cedo possível! — DIZ GERTRUDES, SAINDO DA COZINHA.

ENQUANTO ISSO, NO GABINETE, O SR. SANTIAGO SE DECEPCIONA COM CADA PALAVRA DITA PELO SEU FILHO.

— ...e decidi abandonar porque a medicina atual não condiz com o método de cura que eu acho mais eficaz! — CONCLUIU DIÓGENES.

— Diógenes... vosmecê passou dois anos de estudo e dedicação para chegar a essa conclusão?

— Pai, entenda que...

— Não! Eu não entendo! — GRITA O SR. SANTIAGO, INTERROMPENDO-O. — Eu não aceito! Vosmecê vai retornar a Europa e retomar os seus estudos!

— Lamento, pai! Mas já me decidi. Quero dedicar-me a uma medicina que não encontrei lá fora – DIZ DIÓGENES. — Demorei muito para perceber que ervas, plantas medicinais sempre fizeram parte de tudo aquilo em que sempre me baseei!

— Do que vosmecê está falando?? – PERGUNTA O SR. SANTIAGO. — Queres deixar de ser um médico, um doutor em medicina, para se dedicar a plantas, ervas?? Não, Diógenes, vosmecê não sabe o que diz! Depois de tanto tempo estudando, se dedicando, agora que todos esperam que volte diplomado, o que acontece? Vosmecê simplesmente diz que desistiu! E agora, o que espera que eu diga? O que espera que os outros falem? Até os Bat-Sara estão aguardando sua chegada como médico formado, e...

— E aguardando o meu casamento, não? — CONCLUI DIÓGENES, INTERROMPENDO-O. — Um casamento arquitetado pelas famílias mais prestigiosas de Itaberaba! O senhor meu pai saiba que não voltei para me casar, e sim para iniciar o meu ideal!

— O que dizes? Não queres se casar com a menina Catarina? — PERGUNTA O SR. SANTIAGO. — Vejo que vosmecê veio muito mudado, meu filho! Pois desistir da carreira de um médico, de um casamento promissor, e o que mais? Pretende comercializar com ervas e plantas, para depois se amancebar com a criada da casa? Realmente mudaste muito, filho.

— Pai... Conceição nada tem a ver com essa minha decisão! Eu a conheci assim que cheguei, e...

— Basta! – DIZ O Sr. SANTIAGO. — Vais para o teu quarto, amanhã decidirei o que fazer!

AO VER O IRMÃO SAIR, PEDRO ENTRA NO GABINETE.

— Pai... posso entrar?

— Filhos! Só nos dão trabalho e decepção! — DIZ O SR. SANTIAGO, LAMENTANDO-SE.

— Pai... eu... descobri que... hã... Diógenes, ele esteve, desde que chegou, hospedado lá na... casa de madame Dupont, e...

— Eu já sei que ele não chegou hoje de viagem, Pedro, mas ele retornará a Europa!

— O senhor ainda crê que Diógenes se casará com Catarina Bat-Sara?

— Evidente que sim! Este casamento é muito importante, e acontecerá! Não importa o que Diógenes pense ou queira!

— Espero que sim, meu pai! Mas... o senhor já considerou buscar Santiago Neto, novamente, em Salvador? Desta vez, sendo o senhor a convencê-lo... com certeza seria uma garantia para saldar as suas dívidas mais do que esse possível casamento de Diógenes — DIZ PEDRO, DEIXANDO O PAI PENSATIVO.

NA MANHÃ SEGUINTE, DURANTE O CAFÉ, DIÓGENES É SERVIDO POR DAS DORES.

— Meu pai e Pedro já saíram, Das Dores?

— Sim, senhor! — RESPONDE DAS DORES.

— Das Dores, diga a Conceição que desejo falar-lhe, e me desculpar por...

— Lamento, senhor... — DIZ DAS DORES, INTERROMPENDO-O — ...mas D. Gertrudes a mandou embora, ontem mesmo! Eu pedi pra deixá-la dormir aqui, e partiu hoje bem cedinho!

— Mas... isto é um absurdo! — DIZ DIÓGENES, LEVANTANDO-SE DA MESA.

— Algum problema, meu sobrinho? — PERGUNTA GERTRUDES, DESCENDO A ESCADA.

— Sim, tia! Gostaria de saber o porquê da senhora ter mandado Conceição embora!

— Oras, por quê?!? Porque ela é uma desastrada! Não viu? Ela derramou vinho em seu irmão, deixou a bandeja cair... por menos do que isso já dispensei muitos criados!

— Tia... a senhora vai chamá-la de volta!

— Oras, mas o que pensas que sou? — PERGUNTA GERTRUDES, INDIGNADA. — Pois saiba, rapaz, que, desde o falecimento de sua avó, eu cuido e organizo esta casa! Achas que vou reconsiderar o que disse, em prol de uma criada, apenas porque vosmecê se agradou dela?

— Isso não ficará assim! — DIZ DIÓGENES, EXALTADO. — Das Dores, sabes aonde ela foi?

— Eu... eu acho que ela ainda está pela cidade, à procura de serviço.

DIÓGENES PEGA O CHAPÉU, E SAI APRESSADO. GERTRUDES SENTA-SE NA CADEIRA, E ANTES QUE DAS DORES A SIRVA, MANDA CHAMAR UM MENSAGEIRO.

POUCO DEPOIS, NO CASARÃO DOS BAT-SARA, CATARINA RECEBE UM RECADO DE GERTRUDES. D. RUTH PERGUNTA DO QUE SE TRATA.

— Mamãe, ela nos convida pra ir ainda esta manhã ao casarão! Estranho!

— Talvez ela queira lhe fazer uma surpresa. Quem sabe uma carta ou um presente de Diógenes?

— Ah, mamãe... será? — PERGUNTA CATARINA, ENTUSIASMADA. — Usarei um vestido novo!

A CAVALO, PELAS RUAS DE ITABERABA, DIÓGENES PROCURA POR CONCEIÇÃO. SEGUINDO PELA ESTRADA DE BARRO, ELE A AVISTA, COM UMA TROUXA NA MÃO.

— Conceição! Conceição, espere! — GRITA DIÓGENES.

ELA O VÊ, MAS NÃO PARA, SEGUINDO PELA ESTRADA. ELE DESCE DO CAVALO, CHAMANDO POR ELA.

— Não quero conversar! Deixe-me ir embora!

— Não! Eu preciso me explicar! — DIZ DIÓGENES, SEGURANDO-A PELOS BRAÇOS. — Vosmecê foi posta na rua por minha causa, eu vim levá-la de volta!

— Eu não quero ir! Não quero conviver naquela casa com um mentiroso!

— Eu não menti... apenas não lhe disse quem eu era realmente... Se soubesse que vosmecê trabalhava em minha casa, eu...

— Diógenes! — DIZ CONCEIÇÃO, INTERROMPENDO-O. Por que não me disse que era rico? Que morava naquele casarão?

— Eu não pude! Escute, a minha vida está muito confusa. Por favor, vamos nos sentar e conversar! Eu preciso te explicar tudo o que aconteceu desde a minha chegada ao Brasil!

— Diógenes, deixe-me ir...

— Conceição, por favor! Eu lhe peço, me ouça! Eu cheguei há alguns dias, e em Salvador, eu... — DIÓGENES COMEÇA A CONTAR TODA A SUA TRAJETÓRIA. APÓS OUVI-LO, CONCEIÇÃO SE CONVENCE DE SUA SINCERIDADE. AMBOS SE ABRAÇAM E SE BEIJAM.

— Diógenes... achas que o teu pai me aceitará novamente?

— Certamente! Ele está um pouco transtornado com tudo que aconteceu, mas é um homem justo.

OS DOIS SEGUEM MONTADOS, DE VOLTA AO CASARÃO DOS D'PAULA

NO CASARÃO DOS BAT-SARA, O SR. ABRAÃO, PERGUNTA AO SEU GENRO, O SR. WILSON, PELA SUA FILHA.

— Elas saíram há pouco, senhor! Receberam um inesperado convite da D. Gertrudes pra irem ao casarão!

— Será que aconteceu algo?

— Certamente algo de bom, pois Catarina estava muito feliz, quando saiu com a mãe — RESPONDE O SR. WILSON.

— Wilson, creio que a quitação das dívidas com o Sr. Santiago não se saldará, previamente, devido ao casamento do filho Diógenes com a minha neta.

— Por que diz isso, meu sogro?

— Bom, eu preciso dizer-lhe que... Diógenes... ele já chegou de viagem!

— Oras, talvez seja essa a surpresa que eles queiram fazer a minha filha! Bom, de qualquer modo, acho que não devíamos contar muito com esse casamento! A salvação dos negócios de Santiago está com aquele filho bastardo!

— Que eu lamento não o ter conhecido!

— Talvez, se o senhor o tivesse visto. Ele era um maltrapilho, sujo, parecia um selvagem!

— Um selvagem que pode mudar a situação financeira de uma família arruinada!

ENQUANTO ISSO, NO JARDIM DO CASARÃO DOS D'PAULA, D. RUTH E CATARINA SÃO RECEPCIONADAS POR GERTRUDES.

— Imagine que Catarina ficou tão ansiosa, que quis usar este vestido em plena manhã — DIZ D. RUTH.

— Fez muito bem, afinal o dia será especial para ela! — DIZ GERTRUDES. — Vamos, entrem!

— D. Gertrudes... por favor, eu gostaria de saber... trata-se de uma carta ou um presente enviado por Diógenes?

— Catarina, querida! Não se trata de uma coisa nem ou... oh! Veja só quem está chegando! — DIZ GERTRUDES, MOSTRANDO A ELAS DIÓGENES, ENTRANDO A CAVALO, COM CONCEIÇÃO DE LADO.

— Diógenes! — GRITA CATARINA, EMOCIONADA, CORRENDO EM SUA DIREÇÃO, ABRAÇANDO-O.

— Catarina... hã... como você está? — CUMPRIMENTA DIÓGENES, SURPREENDIDO. — D. Ruth...como tem passado a senhora?

— Oh, meu filho! Que bom vê-lo novamente! — DIZ D. RUTH. — D. Gertrudes... eu agradeço essa surpresa que a senhora proporcionou a minha filha! Veja como ela está feliz!

— Sim... realmente eles fazem um belo casal! Mas... vamos entrando! — CONVIDA GERTRUDES, QUE, AO VER CONCEIÇÃO, DIZ: — Quanto a vosmecê, se vai voltar a trabalhar aqui, vá pra cozinha! E ponha o seu uniforme! Vamos, menina! Não vê que temos visita?

CONCEIÇÃO, AO DESCER DO CAVALO, OLHA PARA DIÓGENES, QUE TENTA FALAR-LHE ALGO, MAS É ENVOLVIDO POR CATARINA E D. RUTH, COM PERGUNTAS SOBRE A SUA VIAGEM.

AO CHEGAR NA COZINHA, DAS DORES SE ALEGRA AO VER CONCEIÇÃO, MAS PERCEBE O AR DE TRISTEZA EM SEU ROSTO.

— Mas... o que foi, filha? — PERGUNTA DAS DORES. — Não está feliz de voltar a trabalhar aqui?

— Estou de volta, Das Dores, mas não sei se fiz bem! — RESPONDE CONCEIÇÃO, SERIAMENTE.

NA SALA DE ESTAR, CATARINA FICA INCONTIDA EM PERGUNTAR TUDO SOBRE A ESTADIA DE DIÓGENES NA EUROPA. DIÓGENES, MEIO EMBARAÇADO NAS RESPOSTAS, FICA AINDA MAIS DESCONFORTÁVEL QUANDO VÊ CONCEIÇÃO ENTRANDO NA SALA, SERVINDO AS VISITAS.

LOGO QUE CONCEIÇÃO SERVE, VOLTA PARA A COZINHA. POUCO DEPOIS, GERTRUDES APARECE NA COZINHA.

— Muito bem, menina! Percebo que aprendeu a servir. Continue assim, no seu lugar de criada, se quiseres permanecer aqui!

POUCO DEPOIS, DIÓGENES ACOMPANHA CATARINA E D. RUTH ATÉ EM CASA. QUANDO CHEGA, É CONVIDADO A ENTRAR, SENDO CUMPRIMENTADO PELOS SENHORES BAT-SARA E WILSON.

— Diógenes, agora que retornou, quais são os seus planos? – PERGUNTA O SR. WILSON.

— Bom... os senhores não sabem, mas... eu abandonei o curso de medicina!

— Mas... por que fez isso, Diógenes?!? – PERGUNTA O SR. WILSON, SURPREENDIDO.

— Papai... Diógenes pretende se dedicar a outro tipo de medicina — DIZ CATARINA.

— Exatamente! Eu pretendo dedicar-me à fabricação e comercialização de produtos homeopáticos!

— Produtos homeopáticos?!?

— Sim, senhor. Plantas medicinais, ervas, xaropes...

— Vosmecê acha que isso dará dinheiro, lhe trará lucro? – PERGUNTA O SR. WILSON.

— Sr. Wilson, eu não pretendo enriquecer, e sim ajudar pessoas, com uma medicina popular, remédios caseiros, uma alternativa desconhecida, e ainda pouco explorada!

— Sim, mas pra um jovem que estava prestes a se formar...

— Oras, Wilson! — DIZ O SR. BAT-SARA. — O que importa é que o nosso "doutor" vai fazer algo de que gosta e, como disse, continuará curando as pessoas! Mas... diga-me Diógenes, vosmecê está a par dos últimos acontecimentos aqui em Itaberaba, relacionados com a sua família?

— O senhor refere-se a esse... irmão desconhecido, chamado... Feral?

— "Feral"...? Então é assim que ele se chama? — PERGUNTA O SR. BAT-SARA, EM TOM ENTUSIASMADO.

— Bom... pelo ao menos, no Pelourinho, em Salvador, é assim que ele é conhecido — DIZ DIÓGENES, LEVANTANDO-SE. — Senhores, senhora, senhorinha, deem-me licença, pois preciso ir! Meus cumprimentos!

DIÓGENES RETORNA AO CASARÃO DOS D'PAULA, COM OS PENSAMENTOS VOLTADOS PARA CONCEIÇÃO. NO QUARTO DOS CRIADOS, DAS DORES ACONSELHA CONCEIÇÃO:

— Se vosmecê tem agora uma nova chance, não perca, menina! Diógenes é um menino de ouro, sempre foi um bom filho, e obediente como ele é ao pai... certamente vai se casar com a neta do Sr. Bat-Sara!

— Nós conversamos... me disse coisas do que ele planeja... – DIZ CONCEIÇÃO. — Eu acredito nele, Das Dores! Junto nós vamos...

— Minha filha... – DIZ DAS DORES, INTERROMPENDO-A — ...essa história já se repetiu, nesta mesma casa, com esta mesma família. O patrão e a criada!

— De quem vosmecê fala?

— Do Sr. Santiago, que, quando jovem, se apaixonou por uma ex-escrava, e isso causou um reboliço na vida dele! Até hoje ele não esqueceu esse amor, e ainda mais agora com o surgimento desse filho... o Santiago Neto!

AO ENTRAR NA SALA, DIÓGENES ENCONTRA O PAI.

— Diógenes, estais a vir do casarão dos Bat-Sara, pois não?

— Sim, senhor meu pai.

— O que o Sr. Bat-Sara perguntou a vosmecê? Seus planos?

— Não ele, mas o Sr. Wilson, sim! E para todos respondi por que e para que estou de volta a Itaberaba!

— Diógenes, eu pensei muito durante toda a manhã, e agora lhe digo o que decidi. Te darei duas opções que certamente não te agradarás, mas terás que aceitar! Se queres ficar aqui no Brasil com este propósito anticonvencional de medicina, terás que se casar com a menina Catarina, o mais breve possível. Ou retornas na próxima semana para retomares o teu estudo, e te formares doutor! O que escolhe?

— Pai... o senhor pensa em meu futuro, ou salvar a sua situação financeira?

— Atentas como fala com o teu pai! — ADVERTE O SR. SANTIAGO. — Tu achas que eu não penso em teu futuro?

— Sinceramente chego a duvidar! O senhor sabe de meus planos, minhas metas, no entanto força o meu retorno! Não percebes que não quero retornar à Europa, assim como não sinto nada por Catarina?!?

— Agora não sentes? Pois quando estavas de partida, parecia interessado pela menina, lembra-se?

— O senhor tem que entender que eu mudei enquanto estive esse tempo fora. Eu nunca prometi nada a ela, o senhor sim, juntamente com o avô dela, teceu este namoro apenas para ser conveniente para com seus negócios!

— Vosmecê está querendo dizer que eu usaria os meus filhos para obter vantagens profissionais?

— Sim, como o senhor quer com este meu casamento, como tentou fazer com... o Feral!

— Ora, cale-se! Suba imediatamente para o seu quarto!

ENQUANTO ISSO, EM SEU QUARTO, NO CASARÃO DOS BAT-SARA, CATARINA CONVERSA COM A SUA MÃE, D. RUTH.

— Eu também o achei diferente! Mais adulto, mais homem! — DIZ D. RUTH.

— Mamãe... eu fiquei tão feliz em vê-lo, que agora estou me lembrando... quem é aquela moça que apareceu montada com ele no cavalo?

— Não sei, certamente uma criada, ou alguém que estava precisando de ajuda! Catarina? Esqueceu que seu noivo é médico?

— Mamãe! A senhora disse... "seu noivo"! Vê como já estais a se acostumar com o meu futuro casamento?

NA MANHÃ SEGUINTE, CONCEIÇÃO LAVA ROUPA, PENSANDO NA HISTÓRIA QUE DAS DORES CONTOU SOBRE LUZIA E O SR. SANTIAGO.

— Conceição! – DIZ DIÓGENES, AGARRANDO-A PELA CINTURA. — Estive a sua procura!

— Diógenes... deixe-me trabalhar!

— Eu vim te dizer que tive uma conversa séria com o meu pai, e... decidi não retornar a Europa! Quero ficar aqui em Itaberaba, com os meus projetos, e com vosmecê!

— Diógenes, eu não sei por que voltei a trabalhar aqui, depois que vi aquela moça... ela está prometida a vosmecê, e...

— Conceição! — DIZ DIOGENES, INTERROMPENDO-A. Eu não sinto nada por Catarina, e por isso não me casarei com ela! Mesmo que o meu pai queira! Sabe... quando criança, nós fomos iludidos com essa promessa de casamento. O Sr. Bat-Sara é um velho conhecido de meu pai, e sempre manifestou desejo de unir nossas famílias. Eu nunca dei importância a isso, mas agora... depois que eu te conheci... eu não paro de pensar em vosmecê!

O JOVEM CASAL SE BEIJA, SENDO OBSERVADO POR GERTRUDES, QUE SE APROXIMA E GRITA ALARMANTE:

— Conceição! Volte agora para o seu serviço!

— A senhora não pode falar assim com ela, tia! — DIZ DIÓGENES, ABRAÇANDO CONCEIÇÃO.

— Posso! Posso, porque eu sou a patroa! Vosmecê me ouviu, menina! Agora vá!

CONCEIÇÃO SAI, CABISBAIXA, DE VOLTA À LAVAGEM DE ROUPA. GERTRUDES SEGUE PARA O CASARÃO, SENDO SEGUIDA POR DIÓGENES.

— A senhora aceito-a de volta para isso, não? Pra tratar-lhe mal! — DIZ DIÓGENES.

— Por que não esquece a criada e se interessa por sua futura noiva, meu sobrinho?

— Pois saiba a senhora que não me casarei com Catarina, nem adianta armar situações para que isso aconteça! — DIZ DIÓGENES, IRRITADO.

— Oras, de que me acusas?

— Sei bem que a senhora convidou Catarina e D. Ruth, ontem, para me deixar constrangido em relação a Conceição! Pois saiba que de nada adiantou!

— Mas... o que está acontecendo aqui? – PERGUNTA O SR. SANTIAGO.

— Oh, senhor! Lamento, mas o meu sobrinho acusa-me de tentar constrangê-lo, apenas por eu ter convidado a menina Catarina e sua mãe, ontem, pra virem aqui.

— Mas por que este constrangimento, Diógenes? Já que se trata de sua futura noiva?

— Não, meu pai! Não é minha futura noiva, pois não me casarei com ela para saldar as suas dívidas com o avô dela!

— Diógenes! — GRITA O Sr. SANTIAGO. — Eu lhe dei duas opções, e vosmecê não aceita nenhuma? O que pretende? O que fará de sua vida? Saibas que não terás um centavo, uma ajuda sequer enquanto mantiveres esse propósito!

— Lamento, meu pai! Posso deixar esta casa, esta cidade, mas não abandonarei os meus projetos, e Conceição, a "criada", está incluída neles!

— Diógenes, eu estou muito decepcionado com vosmecê, filho! Não vê que se casando com a menina Catarina poderás até mesmo iniciar estes projetos que vosmecê mesmo acredita?

— Pai... quando jovem, já se encontrou em uma situação parecida? De casar-se com alguém que não ama apenas por conveniência? — AO PERGUNTAR ISSO, DIÓGENES FAZ O PAI SE LEMBRAR DE SUA HISTÓRIA COM LUZIA E MICAELA. — Com licença, meu pai.

APÓS A SAÍDA DE DIÓGENES, GERTRUDES SE APROXIMA DO SR. SANTIAGO, NA TENTATIVA DE CONSOLÁ-LO.

— Não te preocupes, senhor meu cunhado! Diógenes mudará de ideia assim que colocarmos esta criada pra fora de casa.

— Não, Gertrudes! Deixe a menina trabalhando, pra não revoltar ainda mais esse meu filho!

— Senhor... achas prudente que ela fique? Poderás cometer o mesmo erro do passado, dando confiança a criados, e... ai! Meu braço...

— Nunca mais diga isso, Gertrudes! Nunca mais! — ADVERTE O SR. SANTIAGO, SEGURANDO O SEU BRAÇO.

POUCO DEPOIS, AO CHEGAR EM SEU ESCRITÓRIO, NO CENTRO DE ITABERABA, O SR. SANTIAGO ENCONTRA O SR. WILSON A SUA ESPERA.

— Sr. Wilson? Não haverá expediente hoje no banco? — PERGUNTA O Sr. SANTIAGO.

— Certamente, Sr. Santiago! Meu sogro ficou em meu lugar, para que eu pudesse vir fazer esta visita! — RESPONDE O SR. WILSON, SENTANDO-SE.

— Senhores... deem-me licença! — DIZ O SR. BITTENCOURT, INDO DEIXÁ-LOS A SÓS.

— Por favor, Sr. Bittencourt... — DIZ O SR. WILSON — ...peço que presencie esta conversa. Sr. Santiago, ontem em minha casa eu recebi a visita do seu filho Diógenes, o qual muito gentilmente acompanhou minha senhora e minha filha até em casa. Ele nos falou... de seu abandono dos estudos, assim como de seus projetos agora que retornou. Sinceramente, Sr. Santiago, acho que ele não fez bem em abandonar uma carreira tão promissora como doutor, e... bem, quero dizer-lhe que não o vejo como um rapaz... de futuro, como eu o via antes...

— Sr. Wilson, o meu filho... chegou há pouco de viagem, ele está refazendo a sua vida, e...

— Desculpe-me, senhor, mas enquanto ele esteve conversando com a minha família, nem por um momento ele mencionou sobre noivado. Diria que o percebi bastante desmotivado em casar-se com a minha filha, mesmo levando em consideração a vantagem que esse matrimônio com uma jovem Bat-Sara pode lhe proporcionar, e...

— Um momento, senhor! — DIZ O Sr. SANTIAGO, LEVANTANDO-SE. — Vantagem?!? O senhor quer insinuar que o meu filho é um oportunista?

— Não quis dizer isso, senhor! Apenas que... devido a sua situação financeira, o seu filho obteria com este casamento benefícios que certamente ajudariam o senhor, pois não?

— O mesmo benefício que o senhor teve ao se casar com Ruth Bat-Sara, pois não? — PERGUNTA O SR. SANTIAGO. — Pois o senhor era um pobre diabo, sendo aceito por ser apenas judeu! Coisa que eu até duvido, pois acho que apenas tens o nome israelita, nada mais!

— Oras, senhor! Não me ofenda! — DIZ O SR. WILSON, EXALTANDO-SE.

— Senhores, por favor... vamos conversar civilizadamente! — DIZ O SR. BITTENCOURT, TENTANDO APAZIGUAR.

— Não! Chega de conversa! — DIZ O SR. SANTIAGO. — Queira sair, Sr. Wilson, e antes que eu me esqueça, saiba que o meu filho não quer nem precisará casar-se com a sua filha!

— Ótimo, pois eu nunca fiz gosto pra esse casamento acontecer e agora muito menos! Mas não esqueça, Sr. Santiago D'Paula, que ainda tens uma dívida com o nosso banco!

— Não esquecerei, senhor Wilson! Saibas que ainda terei os bens deixados pelo meu pai!

— Se queres continuar naquele casarão espero que consigas! Passe bem!

APÓS ACOMPANHAR O Sr. WILSON, O Sr. BITTENCOURT RETORNA A SALA E PERGUNTA:

— Santiago... o que vosmecê pretende fazer agora?

— Eu vou mostrar a esse desgraçado que quitarei a minha dívida! Retornarei a Salvador e desta vez trarei Santiago Neto... ou Feral, como ele preferir... e o adotarei como meu legítimo filho que ele é! — DIZ O SR. SANTIAGO, REVOLTADO E DETERMINADO.

MAIS TARDE, NO JANTAR, O SR. SANTIAGO COMUNICA A SUA DECISÃO.

— ...e amanhã, o mais cedo possível, seguirei para Salvador!

— Pai... eu lamento por ter causado esse aborrecimento — DIZ DIÓGENES.

— Não, filho! Agora, depois do que aquele calhorda disse, sou eu que não quero que esse casamento se realize! Vou mostrar pra aquele que um D'Paula não precisará se casar com uma Bat-Sara, como ele fez um dia, para enriquecer! Com a vinda do irmão de vosmecês, conseguiremos salvar a nossa casa, e retomar os negócios!

LOGO APÓS O JANTAR, DIÓGENES VAI A COZINHA À PROCURA DE CONCEIÇÃO.

— Conceição! – CHAMA DIÓGENES.

— Diógenes! O que veio fazer aqui? Gertrudes pode nos ver!

— Calma, querida! Quero te dizer, que o meu pai não me pressiona mais a casar-me com Catarina!

— Verdade? Mas... por quê?!?

— Ele teve um desentendimento com o pai dela, o Sr. Wilson! Vê como tudo vai dar certo pra nós?

— Diógenes... isto não quer dizer que o seu pai apoie o nosso namoro.

— Conceição, se fosse contra, já teria posto vosmecê na rua – DIZ DIÓGENES, ABRAÇANDO-A.

— Não, Diógenes! Vamos evitar de até falarmos aqui, dentro de casa! Eu... não quero causar problemas pra vosmecê!

— É bom mesmo, porque D. Gertrudes está vindo aí! — DIZ DAS DORES, ENTRANDO NA COZINHA.

NO DIA SEGUINTE, LOGO CEDO, A CARRUAGEM DO SR. SANTIAGO ATRAVESSA A RUA PRINCIPAL DO CENTRO DE ITABERABA. MAIS ADIANTE PARA EM FRENTE A CASA DO SR. EURICO, ONDE O SR. SANTIAGO CUMPRIMENTA D. EDILEUZA E SUA FILHA, VERIDIANA.

— Mas pra onde o senhor está indo? — PERGUNTA O SR. EURICO.

— Para Salvador, Sr. Eurico! Por isso passei aqui para avisá-los que, devido a minha viagem, o chá oferecido a vossa família terá que ser adiado!

— Sr. Santiago... se me permite perguntar, o que fará em Salvador?

— Estou indo para buscar o meu... filho, D. Edileuza! — RESPONDE O SR. SANTIAGO, OLHANDO PARA VERIDIANA.

— É um gesto muito nobre, senhor! Espero que desta vez ele venha por vontade própria, e não enjaulado, como um bicho do mato! — DIZ VERIDIANA.

— Veridiana! — REPREENDE D. EDILEUZA. — Oh! Desculpe-a, senhor! Ela... ficou impressionada com o que viu.

— Eu compreendo, D. Edileuza! Eu também fiquei, quando o vi chegando em minha casa daquele modo. Mas quero que a senhorinha Veridiana, assim como toda a Itaberaba, saiba que não fui o mandante nem o responsável por aquele disparate! E por ir agora a Salvador, que quero desfazer essa má impressão que estou tendo aqui, perante todos. Ao trazer o meu filho para Itaberaba, o educarei e o assumirei como um legítimo D'Paula!

APÓS SE DESPEDIR DE TODOS, O SR. SANTIAGO SEGUE VIAGEM.

— Oras! Onde já se viu dizer aquilo a um senhor tão distinto como o Sr. Santiago? — REPREENDE D. EDILEUZA.

— Fui apenas sincera, mamãe! — DIZ VERIDIANA, SAINDO DA JANELA.

— Creio, filha, que, com a tua sinceridade, ele tende a te admirar cada vez mais! — DIZ O SR. EURICO.

QUANDO CHEGA AO PELOURINHO, SALVADOR, O SR. SANTIAGO, AO DESCER DA CARRUAGEM, OBSERVA UMA RODA DE CAPOEIRA. RECORDANDO-SE QUANDO REENCONTROU LUZIA, O SR. SANTIAGO SE PERDE NAS LEMBRANÇAS DO PASSADO, QUANDO É SURPREENDIDO AO VER COCADA.

— Sr. Santiago! O que lhe traz de volta?

— O que... hã? Oh! Senhor Cocada... desculpe-me... eu não o vi chegar! – DIZ O SR. SANTIAGO, VOLTANDO A SI.

— Eu perguntei o que veio fazer aqui? Buscar Feral?

— Sim! Vim tentar convencê-lo a voltar comigo para Itaberaba!

— O senhor acha que conseguirá? Da última vez, ele não foi por vontade própria.

— É, eu sei que não. Mas quero que saiba que eu nada tive a ver com aquilo, e...

— Nem precisa explicar, senhor! – DIZ COCADA, INTERROMPENDO-O. Eu sei quem arrumou aquela arapuca! Mas o que importa é que ele está bem! Venha... vou levá-lo até ele.

POUCO DEPOIS, O SR. SANTIAGO ENCONTRA FERAL EM SEU LUGAR PREFERIDO: AS PEDRAS DA PRAIA DE SALVADOR.

— Santiago Neto... Feral! — CHAMA O SR. SANTIAGO.

— Vosmecê?!? — ADMIRA-SE FERAL, LEVANTANDO-SE. — O que o senhor faz aqui?!?

— Espere! Por favor... me escute! – DIZ O SR. SANTIAGO, APROXIMANDO-SE. — Eu quero apenas conversar com vosmecê, e...

— Eu não quero conversar!

— Feral... ouça-me, eu vim pedir-lhe que volte comigo para Itaberaba.

— Olhe, moço... eu não quero ir! — DIZ FERAL, DECIDIDO. — Não gostei de lá, e nem de como eu fui levado!

— Eu sinto muito, mas não fui eu quem mandou aqueles homens te caçarem! Acredite!

— Eu sei... foi Morgana, aquela traidora!

— Santiago Neto, eu...

— Meu nome é Feral! — DIZ FERAL, INTERROMPENDO-O.

— Sim... Feral. Escute, Cocada disse-me a pouco que vosmecê está sofrendo muito com o abandono de Morgana, e agora sem o seu avô, o Sr. D'Paula, e até o próprio Cocada ferido... Feral, vosmecê sabe que a sua vida não é mais a mesma de antes, mas recusa-se a encarar uma nova realidade! Por que não tenta se adaptar às novas possibilidades?

— Eu... não entendo o que me diz, mas sinto falar verdades! — DIZ FERAL. — Muito bem, eu volto com o senhor, mas... que eu fique lá o tempo que quiser! Quero ser livre... como eu sempre fui!

— Santiago Ne... Feral, vosmecê é meu filho, e como o seu pai, eu só quero o seu bem! Vamos! Vosmecê tem a minha palavra de que ninguém mais o incomodará, nem aqui, nem em Itaberaba!

ENQUANTO ISSO, EM ITABERABA, NO CASARÃO DOS BAT-SARA, O SR. WILSON DIZ AO SR. BAT-SARA, A DESAGRÁ-DAVEL CONVERSA QUE TEVE COM O SR. SANTIAGO.

— ...e ainda me disse que conseguirá os bens deixados pelo pai! — CONCLUI O SR. WILSON. — Como? Se ele deixou o filho bastardo fugir!

— Eu lamento que vocês tenham discutido, Wilson! Se bem que eu não estava crendo nesse noivado! Percebi o desinteresse dele logo que eu o vi! Wilson, que nossa Catarina, não saiba, mas... Diógenes não chegou há pouco de viagem!

— Como assim, senhor? – PERGUNTA O SR. WILSON, CURIOSO.

— Ele está aqui em Itaberaba, desde a semana passada! Escondeu-se do pai, ficando hospedado todo esse tempo no... bordel de madame Dupont! – DIZ O SR. BAT-SARA, EM TOM BAIXO. ESCONDIDA POR TRÁS DA CORTINA, CATARINA ESCUTA TODA A CONVERSA, COM LÁGRIMAS NOS OLHOS.

NO ENTARDECER, EM ITABERABA, O SR. SANTIAGO CHEGA JUNTO COM FERAL, DESPERTANDO A CURIOSIDADE E OS COMENTÁRIOS DOS MORADORES. DE SUA JANELA, VERIDIANA VÊ O SEU PRETENDENTE PASSAR, ACENANDO PARA ELA, AO LADO DAQUELA FIGURA EXÓTICA, DA QUAL ELA NÃO SE ESQUECERA.

NO PORTÃO DO CASARÃO, PEDRO AGUARDA, JUNTO COM GERTRUDES, A ENTRADA DA CARRUAGEM.

— Pedro, achas que a estadia desse Santiago Neto será definitiva?

— Creio que não, tia! Será temporária, dependendo de sua adaptação...

O SR. SANTIAGO DESCE COM FERAL, QUE OLHA ASSUSTADO PARA TODOS. DAS DORES E CONCEIÇÃO DÃO AS BOAS-VINDAS A FERAL.

— Das Dores, acompanhe Santiago Neto, até o quarto – DIZ GERTRUDES. — Creio que ele precise de um banho, após esta longa viagem!

MAIS TARDE, À NOITE, DIOGENES CHEGA EM CASA.

— Diógenes! Que bom que veio! — DIZ PEDRO. — Venha, meu irmão! Vou lhe apresentar o mais novo membro da família D'Paula!

— Meu nome... é Feral! — DIZ FERAL, SENTADO, HUMILDEMENTE, NO SOFÁ.

— Viu? A salvação da família D'Paula, está nas mãos de uma criatura chamada... "Feral"! — DIZ PEDRO, EM TOM DE DEBOCHE.

— Não fale assim, Pedro! — DIZ DIOGENES. — Lembre-se de que ele é nosso irmão. Feral... meu nome é Diógenes, espero que goste daqui!

POUCO DEPOIS, AO VER A MESA PRONTA PARA O JANTAR, FERAL PEDE A DAS DORES PARA COMER NA COZINHA, ALEGANDO QUE NÃO SABE USAR OS TALHERES.

— Meu filho...vosmecê é o filho do patrão! Não deve comer na cozinha, mas... direi ao seu pai que deseja jantar no seu quarto! — DIZ DAS DORES.

DURANTE O JANTAR, O SR. SANTIAGO FAZ UM PEDIDO A TODOS.

— Como viram, ele ainda não se sente à vontade com os outros, pois, desde pequeno, praticamente viveu só! Por isso peço a todos que tenham paciência e o ajudem no que for preciso para ele se adaptar a essa mudança em sua vida!

— Pai, o que o senhor pretende fazer agora que ele está aqui? — PERGUNTA PEDRO.

— Como disse, antes de viajar, irei adotá-lo como filho! Educando e civilizando, para que se torne um legítimo D'Paula, igual a vosmecês, meus filhos!

NO DIA SEGUINTE, FERAL É SUBMETIDO A UM TRATAMENTO DE LIMPEZA E BELEZA, SUPERVISIONADO POR GERTRUDES. FERAL TORNA-SE AOS POUCOS APRESENTÁVEL, CONSEGUINDO TER UMA APARÊNCIA MAIS CIVILIZADA.

APÓS VESTIR AS ROUPAS, O SR. SANTIAGO APROVA O NOVO ASPECTO DE SEU FILHO.

— Perfeito! Ficou impecável! Sant... hã... Feral! – DIZ O SR. SANTIAGO. — Esta tarde teremos visitas, amigos que vêm conhecê-lo!

— Senhor... preciso ficar com essa roupa, até seus amigos chegarem? — PERGUNTA FERAL, INCOMODANDO-SE COM A GRAVATA.

— Bom... podes tirá-la por enquanto! Mas terás que vesti-la quando as visitas chegarem.

NO CASARÃO DOS BAT-SARA, O SR. WILSON COMENTA COM A SUA ESPOSA, D. RUTH, SOBRE O NOIVADO DA FILHA.

— ...e agora com a volta do herdeiro do Sr. D'Paula, não creio que este casamento aconteça! — CONCLUI O SR. WILSON. — Como ela está?

— Ah, querido! Estou preocupada! Desde que soube que Diógenes esteve naquela... casa, durante esse tempo, e não a procurou...

— Evidente que não! — DIZ O Sr. WILSON, ABORRECIDO. — Além de escondido do pai, que explicação ele daria a ela? Irresponsável!

NO QUINTAL DO CASARÃO DOS D'PAULA, DIÓGENES SE ENCONTRA COM CONCEIÇÃO.

— Eu acho tão bonita a maneira como vosmecê trata o seu irmão! – DIZ CONCEIÇÃO, ABRAÇADA COM DIÓGENES.

— Ele precisa de ajuda e atenção! Imagino como ele deve estar estranhando tudo! Agora há pouco se sentiu aliviado em se livrar do terno. Percebi que ele simpatizou com vosmecê e Das Dores.

— É, também gostei dele... Espero que daqui a um tempo ele não fique esnobe como o seu irmão Pedro é.

— Pedro é muito influenciado pela tia Gertrudes! Mas o que achas de esquecermos todos e falarmos de nós? Ontem, eu procurei saber do Sr. Bittencourt, quais os pontos comerciais do centro da cidade, que... — DIÓGENES RELATA OS SEUS PLANOS PARA CONCEIÇÃO.

À TARDE, O SR. BITTENCOURT E ESPOSA, JUNTAMENTE COM VERIDIANA, E SEUS PAIS, CHEGAM NO CASARÃO, SENDO RECEPCIONADOS POR GERTRUDES. NO CORREDOR, O SR. SANTIAGO BATE NA PORTA DO QUARTO DE FERAL, E O CHAMA:

— Santiago! Santiago Neto! As visitas chegaram, pode se vestir!

NA COZINHA, DIÓGENES BEIJA CONCEIÇÃO, SENDO SURPREENDIDOS POR DAS DORES.

— Que bonito, hein? Vamos, Sr. Diógenes, saia logo daqui! E vosmecê, mocinha, me ajude com essas bandejas!

NA SALA DE ESTAR, TODOS ESTÃO ÁVIDOS PARA CONHECER O COMENTADO FILHO DO SR. SANTIAGO. AO DESCER A ESCADA, JUNTO COM FERAL, O SR. SANTIAGO APRESENTA O FILHO A TODOS:

— Senhores, senhoras, senhorinha Veridiana... este é o meu filho: Santiago D'Paula Neto!

VERIDIANA SE APROXIMA E O CUMPRIMENTA.

— Muito prazer em conhecê-lo, Santiago! É bom vê-lo assim, limpo e bem vestido!

— Muito... agradecido, senhora! — RESPONDE FERAL, COM EXTREMA TIMIDEZ.

ENQUANTO O SR. BITTENCOURT EXPLICA A PEDRO COMO SE DARÁ A TUTELA DE FERAL, GERTRUDES COMENTA COM A ESPOSA DO ADVOGADO SOBRE FERAL.

— Percebe como ele está incomodado? — DIZ GERTRUDES. — É como um índio, entre pessoas civilizadas.

— Sim, Gertrudes... se bem que ele está apresentável! — DIZ A SRA. BITTENCOURT. — Pior seria se fosse um negro.

— Ora, senhora! Ele não está muito longe disso. Observe, é um mestiço, possui cabelo e feições de negro! Evidente que herdou da mãe!

— Tolices, querida! Com o tempo, ninguém mais perceberá. Além do mais, certamente ele há de se tornar um cavalheiro, com a vossa ajuda, é claro!

— Espero que tenhas razão, senhora! Pois, apesar do sangue miscigenado, ele ainda foi criado pelas ruas de Salvador, e pior: na companhia de ciganos! Veja como olha... um olhar... eu diria, diabólico!

VERIDIANA SE APROXIMA DO SR. SANTIAGO E DIZ:

— Sr. Santiago... quero pedir-lhe desculpas pelo que disse, quando o senhor foi buscar o seu filho.

— Não precisa se desculpar, senhorinha! Vosmecê apenas foi sincera, uma qualidade que só me faz admirá-la ainda mais!

— Senhor... agora vendo como está Santiago Neto, percebo o quanto me equivoquei! Espero que o senhor e seus filhos sejam felizes com a vinda dele pra esta casa!

— Senhorinha Verdiana... — DIZ O SR. SANTIAGO, PEGANDO EM SUA MÃO — ...para eu ser feliz por completo, apenas falta casar-me!

AO PERCEBER A CONVERSA ENTRE ELES, GERTRUDES INTERFERE NO DIÁLOGO.

— Senhorinha Veridiana... espero que esteja sendo bem servida! — DIZ GERTRUDES, FINGINDO SER ÚTIL.

— Oh, sim, D. Gertrudes! Agradecida.

— A senhorinha não imagina como...

— Gertrudes... — DIZ O SR. SANTIAGO — ...pode nos dar licença?

— Oh, claro! Com licença, senhor! — DIZ GERTRUDES, SAINDO ENCABULADA.

CONCEIÇÃO SERVE O CHÁ, E FERAL FICA MEIO ATRAPALHADO COM A XÍCARA, DEIXANDO-A CAIR. FERAL FICA ENVERGONHADO E ASSUSTADO, SUBINDO A ESCADA, INDO PARA O SEU QUARTO.

— Santiago... volte! — CHAMA DIÓGENES.

— Desculpem-me, senhores! Ele ficou envergonhado! – DIZ O SR. SANTIAGO SUBINDO A ESCADA.

— Senhor... permita que eu o acompanhe! — PEDE VERIDIANA.

EM SEU QUARTO, CABISBAIXO, FERAL SENTE-SE ENVERGONHADO. O SR. SANTIAGO O CHAMA, PEDINDO QUE ELE DESÇA, MAS...

— Eu não quero! — RESPONDE FERAL. — Não sei ficar entre eles.

— Santiago... foi apenas um acidente!

— Sr. Santiago... deixe-me tentar convencê-lo! Prometo que ele descerá – DIZ VERIDIANA, FICANDO SOZINHA COM FERAL. — Santiago Neto... por que vosmecê não olha pra mim?

FERAL PERMANECE EM SILÊNCIO.

— Estou tão feliz de vê-lo assim, tão diferente de como eu o vi quando chegou e deixou Itaberaba! — DIZ VERIDIANA, SENTANDO-SE NA CAMA. — Ouça... achas que eu gosto de estar entre muita gente? Não! Eu só vim a este chá apenas pra te conhecer. Eu passei muito tempo isolada, longe de meus pais. Vosmecê sabe o que é um convento?

FERAL, RESPONDE QUE NÃO, COM O ROSTO.

— Eu vim de um convento, lá em Salvador! O convento é um lugar bonito, que... – VERIDIANA COMEÇA A CONTAR A SUA TRAJETÓRIA ENQUANTO ESTEVE NO CONVENTO. POUCO DEPOIS, NA SALA DE ESTAR, FERAL DESCE JUNTO COM VERIDIANA. CUMPRIMENTANDO A TODOS, DESEJANDO A TODOS UMA BOA NOITE.

APÓS SUBIR, FERAL LIVRA-SE DAS ROUPAS, DEITANDO-SE NA SUA CAMA. NA SALA DE ESTAR, O SR. SANTIAGO CONVERSA COM VERIDIANA, SENDO OBSERVADO POR GERTRUDES.

— Me surpreendi quando a vi descendo com ele! — DIZ O SR. SANTIAGO. — Como conseguiu convencê-lo?

— Senhor, ele estava muito assustado e envergonhado. Eu apenas comecei a contar-lhe sobre a minha vida no convento, como também não costumava ser muito social, e... acho que conseguir conquistar a sua confiança.

— Ele facilmente se adaptará ao convívio social – DIZ O SR. BITTENCOURT. — Se bem que uma boa escola o ajudaria muito!

— Em Salvador existem bons internatos! — DIZ GERTRUDES.

— Não quero que ele fique distante da família! — DIZ O SR. SANTIAGO.

— Sr. Santiago... eu sugiro aulas de educação e religião, que, coincidentemente, o Monsenhor Duarte vai iniciar na próxima semana! – DIZ D. EDILEUZA.

— É uma boa sugestão! — DIZ O SR. SANTIAGO. — Providenciarei a sua matrícula amanhã mesmo! Quero fazer desse meu filho um cidadão de bem, e, para isso, conto com o apoio de todos!

NO DIA SEGUINTE, DIÓGENES RECEBE UM RECADO DO SR. WILSON.

— Filho, vosmecê não é obrigado a ir! — DIZ O SR. SANTIAGO. — Não aceite ofensas daquele senhor!

— Não se preocupe, pai! — DIZ DIÓGENES, LEVANTANDO-SE DA MESA. — Apenas responderei o convite para saber do que se trata.

ASSIM QUE O SR. SANTIAGO SAI, JUNTAMENTE COM DIÓGENES E FERAL, GERTRUDES FICA NA SALA A COMENTAR COM PEDRO.

— Imagino a surpresa que o Monsenhor Duarte terá quando o seu pai chegar com este bastardo!

— Duvido que ele consiga alfabetizá-lo, tia. Certamente ele não se adaptará, além do que, certamente toda a sala é composta de crianças!

— Seria mais sensato interná-lo em algum colégio, lá em Salvador! Mas o seu pai foi ouvir a sugestão daquela intrometida da D. Edileuza!

— De qualquer modo, apenas com a alfabetização de Santiago Neto poderemos nos livrar dele o mais rápido possível! Estive me informando com o Sr. Bittencourt, e disse-me que, após alfabetizado, ele se tornará emancipado. Se conseguirmos que ele se canse desta vida socialmente incômoda, poderemos persuadi-lo a abandonar tudo, passando os seus bens para o meu nome.

NA IGREJA O SR. SANTIAGO APRESENTA FERAL AO PADRE AUGOSTINHO E AO MONSENHOR DUARTE.

— Me responda, filho, vosmecê já tentou ler ou escrever alguma coisa? — PERGUNTA O PADRE AUGOSTINHO, SEM OBTER A RESPOSTA DE FERAL, QUE FICA OBSERVANDO A IGREJA, COM DESCONFIANÇA.

— Santiago... o Padre Augostinho lhe fez uma pergunta! Responda, se...

— Deixe, meu filho! — DIZ O PADRE AUGOSTINHO, INTERROMPENDO-O. — Percebo que ele está assustado e admirado com a igreja. Sr. Santiago, como sabes estou para deixar a igreja por estes dias, mas garanto ao senhor que o meu substituto, o Monsenhor Duarte, terá o enorme prazer e dedicação para alfabetizar o nosso Santiago Neto!

— Eu farei o possível, senhor — DIZ O MONSENHOR DUARTE, OBSERVANDO FERAL COM INDIFERENÇA. — As aulas iniciarão assim que o salão paroquial estiver disponível.

— Está acertado então, Monsenhor! Um bom dia para os senhores, a benção padres! — DIZ O SR. SANTIAGO, DESPEDINDO-SE.

APÓS A SAÍDA DELES, O PADRE AUGOSTINHO COMENTA:

— É, Monsenhor... pelo visto terás que ter muita paciência e dedicação com este jovem! Mas parece-me que é um bom rapaz, apenas carece de aprendizados religiosos!

— Espero que sim, padre! — DIZ O MONSENHOR DUARTE, COM UM FRIO E AMEAÇADOR OLHAR, PENSANDO EM FERAL.

NA CHARRETE, O SR. SANTIAGO ORIENTA O FILHO.

— Podias ter respondido ao padre, assim como ter pedido a benção!

— Eu não gostei do padre!

— Do padre Augostinho? Mas por quê? Ele é tão gentil e amável!

— Não estou falando do velho! Daquele outro...

— O Monsenhor Duarte? Eu não o conheço, mas lembre-se de que ele será o seu professor! — DIZ O SR. SANTIAGO, DESCENDO DA CHARRETE.

NO CASARÃO DOS BAT-SARA, DIÓGENES É RECEPCIONADO COM FRIEZA PELO SR. WILSON. AO ENTRAR NA SALA, CUMPRIMENTA D. RUTH E CATARINA, SENDO CONVIDADO A SE SENTAR.

— Catarina, minha filha... peço que vosmecê nos de licença, para termos essa conversa!

— Um momento, meu genro! – DIZ O SR. BAT-SARA, AO ENTRAR NA SALA. — Lamento contradizê-lo, mas prefiro que ela fique, pois o assunto a tratar diz respeito ao seu futuro!

— Como o senhor quiser, meu sogro! Diógenes... apesar do desentendimento entre o senhor seu pai e eu, quero saber... quais as suas intenções para com a minha filha Catarina?

— Sr. Wilson, Sr. Bat-Sara, eu sinceramente desconfiei que o motivo desse convite seria esse assunto. Quero dizer-lhes, senhores, que lamentavelmente eu não tenho nenhuma intenção de noivar com a senhorinha Catarina!

AO OUVIR ISSO, CATARINA FICA CONSTRANGIDA E SAI DA SALA, AOS PRANTOS.

—Catarina! Filha...– CHAMA D. RUTH, INDO ATRÁS DA FILHA.

— Mas... que atrevimento em dizer isto perante a minha filha! — DIZ O SR. WILSON, EXALTANDO-SE.

— Eu apenas respondi a sua pergunta, senhor — DIZ DIÓGENES, LEVANTANDO-SE.

— Wilson! O rapaz está sendo honesto em nos dizer que não intenciona noivar com Catarina — DIZ O SR. BAT-SARA. — Creio que, apesar do sofrimento, minha neta não se iludirá mais com essa fantasia de criança, na qual sempre acreditou!

— Sr. Bat-Sara... eu lamento esta situação. Com licença – DIZ DIÓGENES, RETIRANDO-SE.

— Até logo, filho! E eu é quem peço desculpas por este constrangimento! — DIZ O Sr. BAT-SARA.

NO QUARTO DA FILHA, D. RUTH TENTA ACALMÁ-LA, MAS CATARINA CHORA COMPULSIVAMENTE.

— Não é justo, mamãe! Eu... esperei... por ele... todo esse tempo!

— Filha... talvez tenha sido melhor assim! Ao menos você sabe que ele não a ama, como imaginava!

— Mas eu o amo, mamãe!

— Filha, vosmecê poderá agora conhecer outro moço melhor, judeu como nós...

— Mamãe! — DIZ CATARINA, INTERROMPENDO-A. — A senhora não se casou com um judeu!

O SR. SANTIAGO VISITA A CASA DO SR. EURICO. NA PRESENÇA DE D. EDILEUZA, MAIS UMA VEZ, ELE ELOGIA VERIDIANA PELO MODO QUE ELA AGIU COM FERAL.

— A senhorinha Veridiana demostrou muita paciência e boa vontade para com o meu filho!

— Ah, Sr. Santiago! A minha filha é muito compreensiva, solidária, caridosa, e sem dizer que é uma excelente dona de casa! Ela possui muito jeito com as prendas domésticas — DIZ D. EDILEUZA. — Bom... o senhor me dê licença! Fique à vontade, pois eu tenho uma costura a terminar!

— O senhor desculpe por minha mãe! — DIZ VERIDIANA. — Às vezes ela se empolga...

— Eu acredito em tudo o que ela diz! — DIZ O SR. SANTIAGO, SEGURANDO EM SUAS MÃOS. — A senhorinha com todos estes requisitos... nunca pensou em se casar?

— O senhor sabe que não! — DIZ VERIDIANA, LEVANTANDO-SE. — Eu fui muito cedo para o convento, e o meu anseio era me tornar uma freira, mas...

— Mas...?!?

— Aconteceram fatos no convento que me fizeram refletir se era realmente isso que eu queria... e por isso retornei para a casa dos meus pais!

— Senhorinha Veridiana... como sabes, sou um homem muito sozinho, viúvo. Com todos esses acontecimentos envolvendo os meus filhos, eu tenho sofrido muito sem ter quem me ampare, quem me console após um dia exaustivo de trabalho. Desde que a vi, senti que vosmecê é a mulher que eu esperava, pois só lembrava vagamente da menina, que vi, quando os seus pais, mudaram pra cá! Meu coração se enche de esperanças, para te pedir, quer... casar-se comigo, senhorinha Veridiana!

AO CHEGAR EM CASA, DIÓGENES ENCONTRA GERTRUDES ENSINANDO A FERAL A USAR OS TALHERES. INDO À COZINHA, DIÓGENES ENCONTRA CONCEIÇÃO.

— Diógenes... soube que vosmecê foi falar com o pai de Catarina. Como foi?

— Foi desagradável, Conceição! — RESPONDE DIÓGENES, SENTANDO-SE À MESA. — Mas a situação está esclarecida! Disse a todos que estavam na sala, inclusive a Catarina, que não tenho a intenção de casar-me com ela.

CAP. IX

NA IGREJA DE ITABERABA, AS BEATAS ORGANIZAM A ÚLTIMA MISSA DO PADRE AUGOSTINHO. D. EDILEUZA E VERIDIANA CONVERSAM COM O PADRE SOBRE A SUA DESPEDIDA DA PARÓQUIA.

— ...e confesso que estou feliz, em ter cumprido a minha missão aqui em Itaberaba! — CONCLUI O PADRE AUGOSTINHO.

— Certamente, padre! — RESPONDE D. EDILEUZA. — Só lamento que o senhor, que comungou, e apresentou ela ao convento, não esteja aqui para celebrar o seu casamento!

— Mamãe! — DIZ VERIDIANA, ENVERGONHADA.

— Casamento?!? Mas... quem é o felizardo? — PERGUNTA O PADRE AUGOSTINHO.

— O Sr. Santiago, padre! — RESPONDE D. EDILEUZA PARA QUE TODOS ESCUTEM. — Logo cedo, ele nos fez uma visita e surpreendentemente nos fez o pedido!

— Perdoe-me, eu não pude deixar de ouvir! — DIZ O MONSENHOR DUARTE, APROXIMANDO-SE. — A senhorinha Veridiana vai casar-se? O Sr. Santiago me parece um homem bastante digno, apesar de eu lamentar que a senhorinha não deseje mais retornar a vida religiosa!

— Apesar de eu não estar presente a este momento, fico muito feliz! — DIZ O PADRE AUGOSTINHO. — Tenho certeza que será uma bonita cerimônia, que o Monsenhor Duarte realizará com muito carinho!

— Evidente que sim, padre — DIZ O MONSENHOR DUARTE. — Como todos sabem, eu conheço a senhorinha Veridiana desde que fui transferido para Salvador! Será uma satisfação incomensurável realizar esta cerimônia.

APÓS O PADRE AUGOSTINHO E D. EDILEUZA SAÍREM, O MONSENHOR DUARTE DISCRETAMENTE PEGA NO BRAÇO DE VERIDIANA E DIZ:

— A senhorinha sabe por que eu vim pra esta paróquia, não? Se pensas que poderá se livrar de mim com este casamento, engana-se! Vosmecê vai refletir e constatar que o seu lugar é no convento, ao meu lado!

— Por que não me deixa em paz? — PERGUNTA VERIDIANA, SOLTANDO-SE, INDO AO ENCONTRO DE SUA MÃE, NA SACRISTIA.

NO DIA SEGUINTE, TODOS SE PREPARAM PARA ASSISTIR À MISSA EM HOMENAGEM À DESPEDIDA DO PADRE AUGOSTINHO. NO CASARÃO DOS D'PAULA, EM SEU QUARTO, FERAL SE QUEIXA DA NECESSIDADE DE USAR TERNO E GRAVATA.

— Me sinto amarrado e sufocado com essas roupas!

— Mas é preciso, senhor! — DIZ CONCEIÇÃO, AJUDANDO-O.

— Não me chame de senhor, Conceição! Meu nome é Feral!

— Pois não, Feral, mas eu acho que o Sr. Santiago quer que o tratemos como Santiago Neto.

— Não sei por que, pois o meu nome é bonito. Quem me deu foi a Baba Iaga!

— Baba Iaga?!? Quem é essa?

— Foi a velha cigana que me trouxe ao mundo! — RESPONDE FERAL, OLHANDO-SE NO ESPELHO.

— Te trouxe ao mundo? Ah, entendi! Vosmecê tem saudades dela?

— Não, eu não a conheci! Às vezes eu a vejo quando durmo, mas Cocada nunca acreditou!

— Cocada... este vosmecê já me falou, ele... – DIZ CONCEIÇÃO, QUANDO VÊ PEDRO ENTRAR.

— Saia. Deixe-nos a sós! – DIZ PEDRO. — Ficastes muito bem com este terno.

— Sim, mas sinto-me muito incomodado! Faz muito calor...

— Realmente, Santiago! Imagino o quanto se sentias bem quando usavas aquelas roupas, em Salvador! Eu entendo vosmecê. Está sendo muito desconfortável usar estas roupas, comer com aqueles talheres... Eu quero dizer que se te dedicares ao teu estudo, quando souberes escrever, assinar o teu nome, poderás se livrar dessa vida tão incômoda! Vamos. Estão nos esperando.

POUCO DEPOIS, NO SALÃO PAROQUIAL, TODOS OS CIDADÃOS DE ITABERABA ESTÃO PRESENTES PARA A HOMENAGEM E DESPEDIDA DO PADRE AUGOSTINHO, ENTRE ELES OS BAT-SARA.

— Que bom que veio, Santiago Neto! — DIZ VERIDIANA, CUMPRIMENTANDO FERAL. — E o seu pai? Onde ele está?

— Ali, senhora! Conversando com o padre que será o meu professor! — RESPONDE FERAL, COM TIMIDEZ.

— Tenho certeza que brevemente vosmecê estará assinando o seu nome.

— É o que meu irmão Pedro quer!

— Seu...irmão?!? Como assim?

— Ele disse-me que quando eu aprender a escrever o meu nome, não precisarei mais vestir essas roupas, comer com...talhe...?!?

— Talheres? Garfo e faca? — PERGUNTA VERIDIANA, FICANDO DESCONFIADA COM O QUE ELE DIZ, ENQUANTO O SR. SANTIAGO CONVERSA COM O MONSENHOR DUARTE SOBRE A ALFABETIZAÇÃO DE FERAL.

— Brevemente iniciarei a primeira aula! Espero que o vosso filho chegue cedo e se dedique! — DIZ O MONSENHOR.

— Com certeza, senhor! Peço apenas que lhe dedique uma atenção especial, pois sei que existem muitas crianças, e sendo ele um adulto, poderá se inibir perante elas. O senhor compreende, não?

— Perfeitamente, senhor! Não te preocupes, eu tenho um método especial para alfabetizar os retardatários, como o vosso filho!

DIÓGENES RECEBE UM RECADO. AO CHEGAR NA SACRISTIA, ELE ENCONTRA CATARINA.

— Que bom que veio, Diógenes!

— O que desejas, Catarina?

— Apenas diga-me o porquê de seu desinteresse por mim? O que aconteceu? — PERGUNTA CATARINA, SEGURANDO-LHE E DANDO-LHE UM BEIJO. TESTEMUNHANDO A CENA, GERTRUDES SE ESCONDE, QUANDO DIÓGENES LARGA CATARINA.

— Vosmecê está louca, menina! Deixe-me! — DIZ DIÓGENES SAINDO DA SACRISTIA.

AO SAIR, CATARINA VÊ GERTRUDES E FICA CONSTRANGIDA.

— D. Gertrudes...? Sinto muito, eu não...

— Não se importe com isso, filha! Quero que saiba, que estou do seu lado! Vosmecê está certa de lutar pelo que quer!

DE VOLTA AO SALÃO PAROQUIAL, D. EDILEUZA, JUNTO COM O SEU MARIDO, COMENTA COM O SR. SANTIAGO:

— ...ela não se cansa de elogia-lo, senhor! — DIZ D. EDILEUZA. – A cada dia, o enaltece diante de sua atitude em relação ao seu filho!

— Que bom ouvir isso, senhora! — DIZ O SR. SANTIAGO, EMPOLGADO. — Mas... em relação ao meu pedido, a senhorinha Veridiana, não me respondeu.

— Eu... lhe pedir uns dias, mas... — AO OLHAR PARA O MONSENHOR DUARTE, VERIDIANA DIZ: — Eu aceito!

EUFÓRICO COM A RESPOSTA, O SR. SANTIAGO CHAMA O PADRE AUGOSTINHO PARA DAR A NOTÍCIA.

— Padre Augostinho, quero compartilhar a minha felicidade com o senhor! A senhorinha Veridiana acaba de aceitar o meu pedido de casamento! — DIZ ENTUSIASMADO, O SR. SANTIAGO, QUE É CUMPRIMENTADO PELOS SEUS AMIGOS.

GERTRUDES CONTÉM O ÓDIO QUE SENTE AO SABER DA NOVIDADE. O MONSENHOR DUARTE SE APROXIMA DE VERIDIANA, APARENTANDO-LHE CUMPRIMENTÁ-LA.

— Vejo que a senhorinha não considerou o que lhe disse — DIZ O MONSENHOR DUARTE, SEGURANDO-LHE A SUA MÃO. — O que o seu futuro marido diria se soubesse o que a fez abandonar o convento?

— Monsenhor, deixe-me em paz! — DIZ VERIDIANA, INDIGNADA, SENDO OBSERVADA POR FERAL, QUE FICA INTRIGADO AINDA MAIS COM O MONSENHOR DUARTE.

GERTRUDES, DISFARÇANDO SUA ANGÚSTIA, CUMPRIMENTA VERIDIANA.

— Parabéns, senhorinha! Fez uma boa escolha, apesar de que se casar com um homem atribulado de negócios, como o meu cunhado, não se compara com a tranquila vida de um convento.

— Concordo com a senhora, D. Gertrudes! Mas tenho certeza de que, com a sua ajuda, poderei perfeitamente administrar a vida doméstica de uma família tão grande como os D'Paula!

NA SEMANA SEGUINTE, CHEGA A ITABERABA UM CIRCO, FORMADO POR UMA TRUPE DE PALHAÇOS, MÁGICOS E MALABARISTAS. DESPERTANDO O INTERESSE DOS MORADORES, SOBRETUDO DAS CRIANÇAS.

AO SE FIXAREM EM UM CAMPO, NOS ARREDORES DA CIDADE, OS SEUS INTEGRANTES DESFAZEM SUAS BAGAGENS. ENTRE ELES, DUAS MULHERES DE APARÊNCIA INDÍGENA, AS QUAIS COMENTAM SOBRE O LUGAR ONDE O DESTINO AS TROUXE.

— Chegamos ao lugar certo, Iraci? — PERGUNTA JANDAIA, DESAMARRANDO A SUA BAGAGEM.

— Sim, Jandaia! Itaberaba. Eu nunca esqueci desse nome! É aqui que ele está, agora precisamos encontrá-lo!

NO CASARÃO DOS D'PAULA, GERTRUDES COMENTA COM PEDRO SOBRE O FUTURO CASAMENTO DO SR. SANTIAGO.

— Imagine, um homem já vivido, viúvo, casar-se novamente!

— Como a senhora disse, tia, ele é viúvo! Nada mais apropriado para casar-se! — DIZ PEDRO, TOMANDO O SEU CAFÉ.

— Pedro... eu me preocupo com os possíveis futuros herdeiros! Meu sobrinho, lembre-se que não apenas vosmecê e seu irmão Diógenes são agora herdeiros oficiais de seu pai! Agora surgiu este... Santiago Neto! Imagine o seu pai casando e... — ANTES DE CONCLUIR, GERTRUDES VÊ O SR. SANTIAGO DESCENDO A ESCADA, JUNTO COM FERAL.

— Bom dia, Gertrudes, Pedro. Santiago não demore muito no café! — DIZ O SR. SANTIAGO, SENTANDO-SE. — Quero que seja o primeiro a chegar na sua primeira aula!

— Sim senhor — RESPONDE FERAL.

NA COZINHA, DIÓGENES ACABA DE TOMAR UM RÁPIDO CAFÉ, E CONVIDA CONCEIÇÃO PARA IR AO CIRCO.

— Fui em um, em Lisboa! Mas este que está aqui parece divertido! — DIZ DIÓGENES, ABRAÇANDO-A.

— Será que chegarei a tempo? — PERGUNTA CONCEIÇÃO.

— Claro que sim! A sessão começa às 17 horas! — DIZ DIÓGENES, BEIJANDO-A. — Espero por vosmecê!

ASSIM QUE DIÓGENES SAI DA COZINHA, GERTRUDES ENTRA SURPREENDENDO CONCEIÇÃO SORRINDO.

— Está feliz, não? Aproveite, pois esta sua alegria está prestes a acabar!

— Senhora... deixe-me fazer o meu serviço — DIZ CONCEIÇÃO, DANDO-LHE AS COSTAS.

— Vosmecê é muito petulante, menina! Se achas que um rapaz como o meu sobrinho se casará com uma criada como vosmecê, se engana! Saiba que eu o presenciei beijando Catarina, na sacristia! Imagino que ele não lhe contou, e sabe por quê? Porque ele apenas quer se divertir com vosmecê! Antes de vir pra casa, ele passou alguns dias no bordel de Madame Dupont, e imagino o quanto ele tinha que esperar para satisfazer as suas necessidades de homem, mas... agora que a conheceu, tem vosmecê exclusiva pra ele, não?

— Deixe a menina em paz, D. Gertrudes! — DIZ DAS DORES, ENTRANDO NA COZINHA.

— Como ousa falar assim comigo, negra velha? — PERGUNTA GERTRUDES ENFURECIDA, SAINDO DA COZINHA.

— Das Dores... será que o que ela disse, é verdade? — PERGUNTA CONCEIÇÃO, AFLITA.

— Escute, Conceição! Não se deixe levar pelo veneno dessa cobra! Tenho certeza que Diógenes tem uma explicação pra tudo o que ela disse. Agora, vá! Arrume essa cozinha, para que mais tarde vosmecê possa passear, indo ao circo com o seu amor!

NO SALÃO PAROQUIAL, FERAL É OBSERVADO E COMENTADO PELAS CRIANÇAS. SENTINDO-SE INCOMODADO COM O TERNO QUE USA, ELE O TIRA, FICANDO SÓ DE COLETE. O MONSENHOR DUARTE INICIA A AULA, SE APRESENTANDO, MAS É INTERROMPIDO COM O SOM QUE VEM DA RUA, ANUNCIANDO O ESPETÁCULO DO CIRCO À TARDE.

— Crianças, por favor fechem as janelas! — DIZ O MONSENHOR DUARTE.

AO VEREM A BANDA DOS PALHAÇOS, AS CRIANÇAS SE AGITAM. FERAL VAI À JANELA E ACENA PARA ELES.

— Fechem as janelas! E voltem para os seus lugares! — ORDENA NOVAMENTE O MONSENHOR.

TODOS RETORNAM, MENOS FERAL, QUE TIRA OS SAPATOS, PULA DA JANELA, SEGUINDO, ADMIRADO E ENTUSIASMADO, OS PALHAÇOS, OS ARTISTAS.

— Santiago Neto! Volte aqui! — CHAMA O MONSENHOR DUARTE, EM VÃO.

EM SEU ESCRITÓRIO, O SR. SANTIAGO OUVE OS PLANOS DE SEU FILHO DIÓGENES.

— ...e apenas com um bom ponto comercial, creio que já possa começar! Pai... tenho certeza que terei uma boa clientela, à medida que as pessoas forem conhecendo os efeitos da medicina homeopática!

— Diógenes, meu filho.... eu acredito na sua determinação! — DIZ O SR. SANTIAGO. — Vosmecê pode procurar um imóvel!

SURGE O ANÚNCIO DO CIRCO NAS RUAS. DA JANELA PEDRO CHAMA O PAI E O IRMÃO.

— Pai! Diógenes! Venham ver!

— Pedro, não estamos interessa... ...Ei! Aquele lá!... É... Santiago Neto?! — PERGUNTA O SR. SANTIAGO, ADMIRADO E SURPRESO AO VER FERAL SEGUINDO A TRUPE DE ARTISTAS PELAS RUAS.

— Mas... ele não devia estar na igreja... assistindo aula? — PERGUNTA DIÓGENES.

— Certamente ele não se alfabetizará num circo! — DIZ PEDRO, EM TOM SARCÁSTICO.

CAP. X

NO CIRCO, OS ARTISTAS ESTÃO ARMANDO AS SUAS TENDAS. FERAL FICA MARAVILHADO COM TUDO O QUE VÊ. DIÓGENES CHEGA PROCURANDO POR FERAL, SENDO OBSERVADO POR JANDAIA, QUE CHAMA IRACI. FERAL SE ASSUSTA AO VER UM EXÓTICO MENINO, TRANCAFIADO EM UMA JAULA. COM UM OLHAR ATENTO, A SELVAGEM CRIANÇA DEMOSTRA AFEIÇÃO, QUANDO FERAL SE APROXIMA.

— Vosmecê quer sair daí? Quer que eu o tire dessa jaula?

DIÓGENES, À PROCURA DE FERAL, PERGUNTA A JANDAIA E IRACI PELO IRMÃO. SEM PALAVRAS, JANDAIA APONTA PARA A JAULA DO MENINO SELVAGEM, ADMIRADA COM AS FEIÇÕES DE DIÓGENES.

— Santiago! — CHAMA DIÓGENES. — O que vosmecê está fazendo aqui?

— Eu vim ver o circo — RESPONDE FERAL, COM NATURALIDADE. — Diógenes, acho que ele quer sair! Temos que ajudá-lo!

— Santiago... escute-me! Vosmecê devia estar na igreja, aprendendo com as lições do Monsenhor Duarte, e...

— Vosmecê não me ouviu? — PERGUNTA FERAL, INTERROMPENDO-O. – Eu disse que temos que ajudá-lo!

OBSERVANDO DIÓGENES DE LONGE, IRACI DIZ A JANDAIA:

— Vosmecê viu! É ele! Só pode ser ele!

— Então o encontramos, mas... o que fará agora? Dirá a ele que...

— Não, Jandaia! Ainda temos que esperar!

ENQUANTO ISSO, O SR. SANTIAGO CHEGA TRANSTORNADO À IGREJA. LOGO QUE VÊ AS CRIANÇAS SENDO DISPENSADAS PELO MONSENHOR DUARTE, O SR. SANTIAGO SE APROXIMA.

— Monsenhor Duarte, vim aqui saber por que o meu filho não assistiu à aula, pois eu o vi seguindo aquela trupe do circo, na rua!

— Sr. Santiago... eu estava para ir agora ao seu trabalho para comunicá-lo deste fato! Lamento, mas o seu filho é desobediente! Assim que ouviu o som da banda anunciando o espetáculo, prontamente largou os sapatos e fugiu pela janela! Mandei que voltasse, mas ele não me deu ouvidos!

— Eu... não sei o que dizer, Monsenhor, eu... peço desculpas em nome dele.

— Eis aqui, senhor! — DIZ O MONSENHOR, ENTREGANDO-LHE O TERNO E OS SAPATOS. — Se deseja que ele tenha disciplina... sugiro usar métodos mais... enérgicos!

— Monsenhor... garanto-lhe que isso não se repetirá! Mais uma vez, desculpe-me. Até mais ver!

DE VOLTA AO CIRCO...

— Eu não quero voltar pra igreja! O monsenhor é mau, não gosto dele!

— Santiago... ouça-me! Eu também virei mais tarde assistir ao espetáculo, com Conceição! Se vosmecê quiser, poderá vir conosco!

— O que é espetáculo?

— É a apresentação dos artistas, lá dentro do circo.

— O menino selvagem... também?

— Sim! Agora, vamos! Papai deve estar preocupado conosco.

— Antes eu quero falar com ele! — DIZ FERAL, APONTANDO PARA O MENINO SELVAGEM.

— Não se preocupe. Eu vou tirar vosmecê daí, no espe... no espetáculo! — DIZ FERAL, AO SE APROXIMAR DA JAULA.

ENQUANTO ESPERA POR FERAL, DIÓGENES OBSERVA IRACI PREPARANDO UMAS ERVAS. CURIOSO, SE APROXIMA DA VELHA ÍNDIA.

— Senhora... este banho é preparado com ervas... de que nome? — PERGUNTA DIÓGENES. ENQUANTO IRACI RESPONDE, JANDAIA FICA OBSERVANDO-O ATENTAMENTE.

LOGO MAIS, QUANDO CHEGAM AO CASARÃO, DIÓGENES E FERAL ENCONTRAM O SR. SANTIAGO NA SALA DE ESTAR.

— Santiago Neto, por que vosmecê fugiu da sua primeira aula? — PERGUNTA O SR. SANTIAGO, COM UM OLHAR SEVERO.

— Eu fui atrás do circo — RESPONDE FERAL, INOCENTEMENTE.

— Vosmecê acha que agiu certo? Vosmecê não devia ter abandonado a aula, muito menos para ir atrás de desocupados artistas de circo! — DIZ O SR. SANTIAGO, EXALTANDO-SE.

— Pai... hã... o circo atraiu a atenção de muita gente, e...

— Diógenes! Deixe-nos a sós!

AO CHEGAR NA COZINHA, DIÓGENES PERGUNTA POR CONCEIÇÃO A DAS DORES.

NA SALA DE ESTAR, FERAL CONTINUA A OUVIR O SERMÃO DE SEU PAI.

— Vosmecê aceitou vir para cá! Mas para isso terá que estudar. Oras, onde já se viu? Largar sapatos e o terno, pra seguir artistas de circo! Pois, como castigo, não verás mais este circo! Passarás a tarde estudando!

— Eu vou ao circo! — GRITA FERAL, DERRUBANDO UM JARRO. — Eu sou livre pra fazer o que eu quiser!

— O quê...?!? Eu sou o seu pai! Vosmecê me deve obediência...

— O senhor não é o meu dono! — DIZ FERAL, SUBINDO A ESCADA, DEIXANDO O SR. SANTIAGO PASMO COM A INSUBORDINAÇÃO.

NO QUINTAL DO CASARÃO, CONCEIÇÃO LAVA A ROUPA, LEMBRANDO-SE DAS PALAVRAS DE GERTRUDES.

— Conceição! Estava a sua procura! Não imaginas o que aconteceu — DIZ DIÓGENES, SENTANDO-SE EM UM BANCO. — Santiago fugiu da aula na igreja, e... o que aconteceu? Vosmecê está triste?

— Diógenes... vosmecê beijou Catarina, lá na igreja? — PERGUNTA CONCEIÇÃO, COM SERIEDADE.

— Conceição, eu...

— Por favor... não minta!

— Conceição, isso realmente aconteceu. Eu... não quis dizer a vosmecê, porque não teve importância para mim! Ela está descontrolada. Recebi um recado, e quando cheguei na sacristia, ela me agarrou!

— D. Gertrudes me disse tanta coisa horrível, Diógenes! — DIZ CONCEIÇÃO, ABRAÇANDO-O. — Diógenes, eu lhe peço que não me engane! Sei que sou apenas uma criada, e vosmecê é o meu senhor, mas peço que não me iluda!

— Conceição, eu jamais enganaria vosmecê! És a pessoa em quem eu confio, com a qual eu sou o mais verdadeiro possível! Não deixe as palavras de minha tia envenená-la, pois ela é uma pessoa amarga que não gosta de ver ninguém feliz. Ouça-me... esqueça essas bobagens! — DIZ DIÓGENES, DANDO-LHE UM BEIJO. — Mais tarde eu estarei te esperando no circo.

MAIS TARDE, NO CASARÃO DOS BAT-SARA, CATARINA RECEBE UM RECADO DE GERTRUDES.

— Mamãe... o que farei? A senhora me acompanhará?

— Não, Catarina. O seu pai não quer que tenhamos relações com os D'Paula.

— Mas, mamãe... talvez este convite seja para reconciliarmos! A D. Gertrudes gosta tanto de nós!

— Eu já disse que não, Catarina! — RESPONDE D. RUTH.

— Não te preocupes, filha! — DIZ O SR. BAT-SARA, ENTRANDO NA SALA. — Eu a acompanharei, afinal esta é uma oportunidade de conhecer este tão comentado filho do Sr. Santiago!

AO RETORNAR DO ESCRITÓRIO, O SR. SANTIAGO VAI À CASA DO SR. EURICO.

— Perdoem-me por convidá-los assim de surpresa, mas... está uma tarde tão bonita que eu não resisti!

— Realmente está uma bela tarde... O que achas de irmos ao circo? — PERGUNTA VERIDIANA.

— Veridiana! Oras... sugerir ir para um circo! — DIZ D. EDI-LEUZA, REPREENDENDO-A.

— Bem... eu acho uma boa ideia! — DIZ O SR. SANTIAGO, — Não sabia que gostava de circo!

— Na verdade, senhor, eu nunca fui — DIZ VERIDIANA. — Por isso que estou curiosa pra conhecer!

NO CASARÃO DOS D'PAULA, CONCEIÇÃO APRESSADAMENTE TERMINA DE VARRER A COZINHA, E QUANDO SAI, SE DEPARA COM GERTRUDES.

— Posso saber o porquê de tanta pressa?

— D. Gertrudes, eu terminei o meu serviço, e estou indo me encontrar com Dio... o Sr. Diógenes!

— Lamento dizer-lhe que temos visita, e terás que servir um chá para nós, lá na sala!

— D. Gertrudes, eu posso servir o chá — DIZ DAS DORES, OFERECENDO-SE. — A senhora não se preo...

— Não! — DIZ GERTRUDES, INTERROMPENDO. — Eu quero que Conceição nos sirva. Agora vá! Vista o seu uniforme!

DE VOLTA A SALA DE ESTAR...

— Mandei preparar um chá, querida — DIZ GERTRUDES, VINDO DA COZINHA. — Mas confesso que estou surpresa com a sua presença, senhor!

— Eu imagino que sim, D. Gertrudes! — DIZ O SR. BAT-SARA. — Mas eu vim apenas acompanhar a minha neta, para enfim ter a oportunidade de conhecer o neto do Sr. D'Paula, o Santiago Neto! Ele se encontra em casa, pois não?

— Ah, sim! Um momento eu irei chamá-lo! — DIZ D. GERTRUDES, LEVANTANDO-SE.

— Oh, não senhora! Imagino o quanto vosmecês têm pra conversar! — DIZ O SR. BAT-SARA. — Basta dizer-me onde é o quarto!

APÓS O SR. BAT-SARA SUBIR, CONCEIÇÃO APARECE NA SALA SERVINDO O CHÁ.

— Mas como ia dizendo, Catarina. Tens que lutar por esse amor! — DIZ GERTRUDES. — Entendes a necessidade dos homens, mas essas mulheres que eles conhecem, servem apenas pra... passatempo, enquanto verdadeiro e esperado casamento, não acontece!

— D. Gertrudes... sinto que ele ainda gosta de mim — DIZ CATARINA, SENDO SERVIDA POR CONCEIÇÃO.

— Mas é claro que sim, querida! Deves insistir em tua meta, pois uma paixão de criança não pode acabar assim! O que tens a fazer é... – GERTRUDES COMEÇA A SUGERIR IDEIAS A CATARINA.

ENQUANTO ISSO EM SEU QUARTO, FERAL TENTA VESTIR UM TERNO. O SR. BAT-SARA BATE NA PORTA, CHAMANDO-O.

— Santiago Neto!?! — DIZ O SR. BAT-SARA, ENTRANDO NO QUARTO. — Posso ajudá-lo, filho?

— Não! — RESPONDE FERAL, SEM DAR-LHE IMPORTÂNCIA. — Estou com pressa para ir ao circo!

— Espere... — DIZ O SR. BAT-SARA, AJUDANDO-O A SE VESTIR. — Pronto! Agora estais bem! Mas... com quem irás ao circo?

— Com ninguém — RESPONDE FERAL, PENTEANDO O CABELO. — O Sr. Santiago proibiu-me de ir, mas eu vou!

— Santiago Neto... não devias obedecer ao vosso pai?

— Meu nome é Feral! Sou livre para ir pra onde eu quero, e... quem é o senhor?

— Ah! Esqueci de me apresentar. Meu nome é Abraão Bat-Sara! Sou um velho amigo de seu pai.

— Abraão Bat-Sara?!? Que nome esquisito!

— Bom... Feral também não é muito comum, mas não importa! Eu levarei vosmecê. Pedirei ao seu pai...

— Não! Ele não deixará! — DIZ FERAL, INDO PARA A JANELA.

— O que vais fazer? — PERGUNTA O SR. BAT-SARA.

— Vou saltar. A D. Gertrudes está na sala, e dirá ao meu... pai, o Sr. Santiago!

— Neste caso eu descerei, e estarei esperando por vosmecê no portão! — DIZ O SR. BAT-SARA, QUE, AO DESCER, COMENTA COM GERTRUDES: — Infelizmente o rapaz não está disposto a conversar, D. Gertrudes!

— É, eu imagino o porquê. Ele está proibido de assistir ao circo, que chegou há pouco na cidade!

— É, ele me disse. Bom... eu irei ao circo! Catarina, vosmecê se importa se eu vier buscá-la após o espetáculo?

— Não, vovô! A nossa conversa está tão agradável! Bom divertimento!

AO SAIR DO CASARÃO, O SR. BAT-SARA AGUARDA FERAL SALTAR DA JANELA. LOGO APÓS, AMBOS ESTÃO NA CARRUAGEM, SEGUINDO PARA O CIRCO.

NO CIRCO, O ESPETÁCULO ESTÁ PRA COMEÇAR. DIÓGENES ESPERA POR CONCEIÇÃO, ENQUANTO O SR. SANTIAGO, JUNTAMENTE COM VERIDIANA, ENCONTRA UM BOM LUGAR NA PLATEIA.

FERAL E O SR. BAT-SARA CHEGAM AO CIRCO DESPERTANDO A CURIOSIDADE E COMENTÁRIOS DE POUCOS. DESISTINDO DE ESPERAR POR CONCEIÇÃO, DIÓGENES AVISTA FERAL, INDO AO SEU ENCONTRO.

— Santiago?!? O que vosmecê faz aqui? — PERGUNTA DIÓGENES, SE SENTANDO.

— Eu vim ver o menino selvagem! — RESPONDE FERAL, ATENTO AO PICADEIRO.

— Sr. Bat-Sara... como tem passado? — CUMPRIMENTA DIÓGENES. — Não sabia que vosmecês se conheciam.

— Nós nos conhecemos há pouco. Vejam, o mestre do picadeiro vai anunciar o espetáculo!

O MESTRE DO PICADEIRO ANUNCIA O MENINO SELVAGEM. EM MEIO A APLAUSOS E GRITOS, A EXÓTICA CRIANÇA SE REPRIME DENTRO DA JAULA.

OS PALHAÇOS ATEIAM FOGO EM CÍRCULOS, PARA QUE O MENINO SALTE POR ENTRE ELES. OBRIGADO A SALTAR PELOS AROS FLAMEJANTES, A CRIANÇA FICA ASSUSTADA COM A MULTIDÃO, RECUSANDO-SE A SAIR DA JAULA.

ASSISTINDO A TUDO BOQUIABERTO, FERAL SENTE-SE PERTURBADO E INCOMODADO COM O QUE ESTÁ ACONTECENDO. SENDO CHICOTEADO POR UM DOS PALHAÇOS, O MENINO SELVAGEM GRITA DE DOR, SAINDO DA JAULA. ENCURRALADO PELOS TRÊS PALHAÇOS, O MENINO SELVAGEM RECUSA-SE A SALTAR ENTRE OS AROS FLAMEJANTES, SENDO PRESTES A SER NOVAMENTE CHICOTEADO, QUANDO FERAL, COM UM GRITO ALARMANTE, SALTA SOBRE O HOMEM FANTASIADO, DERRUBANDO-O.

OS OUTROS PALHAÇOS TENTAM PEGÁ-LO, MAS FERAL DERRUBA A JAULA SOBRE ELES. O PÚBLICO INFANTIL VIBRA COM O ESPETÁCULO, ENQUANTO ALGUNS ESPECTADORES SE INDIGNAM COM A INESPERADA INTERVENÇÃO DO ASSUSTADO E IMPREVISÍVEL FILHO DO SR. SANTIAGO, QUE PRESENCIA TODA A PERFORMANCE DE FERAL, AO LADO DE VERIDIANA.

FERAL CONSEGUE ESCAPAR DO CIRCO, JUNTAMENTE COM O MENINO SELVAGEM.

O ESPETÁCULO É INTERROMPIDO, CAUSANDO UMA AGITAÇÃO NA PLATEIA. O SR. SANTIAGO, AO VER O FILHO DIÓGENES, O CHAMA.

— Pai?!?

— Diógenes! Mas... o que aconteceu aqui?!? — PERGUNTA O SR. SANTIAGO, EXTREMAMENTE NERVOSO. — Santiago Neto... quem o trouxe? Pra onde ele foi?!?

— Pai... eu... — TENTANDO EXPLICAR, DIÓGENES É OBSERVADO POR IRACI E JANDAIA.

POUCO DEPOIS, EM MEIO AO MATAGAL, AFASTADO DA CIDADE, FERAL E O MENINO SELVAGEM DESCANSAM DEPOIS DE UMA LONGA CORRERIA.

— Vosmecê está bem?

— Eu... fugir... circo, fugir... cidade! — DIZ O MENINO, TENTANDO-SE COMUNICAR, LEVANTANDO-SE. — Eu... comida... frio!

— Espere! — DIZ FERAL, TIRANDO AS ROUPAS E OS SAPATOS. — Tome! Vista isso e espere. Fique aqui... vou buscar comida!

APÓS DEIXAR VERIDIANA EM CASA, A CARRUAGEM DO SR. BAT-SARA O LEVA, JUNTAMENTE COM O SR. SANTIAGO E DIÓGENES, PARA O CASARÃO DOS D'PAULA. AO ENTRAR NA SALA, DIÓGENES SE SURPREENDE AO VER CONCEIÇÃO, EM TRAJE DE COPEIRA, SERVINDO CHÁ A CATARINA.

— Mas... o que aconteceu? — PERGUNTA GERTRUDES. — Não houve espetáculo?

— Houve sim, Gertrudes! — RESPONDE O SR. SANTIAGO, TRANSTORNADO. — Mas não como esperávamos! Santiago Neto já chegou?

— Como assim? Ele está no quarto desde cedo! O que está acontecendo, senhores??

— Catarina... já se faz tarde, filha! — DIZ O SR. BAT-SARA. – Senhores, D. Gertrudes... boa noite!

— Boa noite, Diógenes! — CUMPRIMENTA CATARINA, AO PASSAR POR DIÓGENES.

EM SUA CASA, VERIDIANA TENTA CONTER A CURIOSIDADE DE SUA MÃE, EM RELAÇÃO AO PASSEIO COM O SR. SANTIAGO.

— Fale-me, filha! O que vosmecê fez? Percebi o Sr. Santiago transtornado. Ele nem sequer desceu da carruagem! Veridiana... o que vosmecê disse a ele? Minha filha, eu já disse que...

— Mamãe, por favor! — DIZ VERIDIANA, INTERROMPENDO-A. — O Sr. Santiago estava nervoso pelo que aconteceu no circo!

— Mas... o que aconteceu? — PERGUNTA D. EDILEUZA.

— Houve uma apresentação de uma criança enjaulada, e durante o espetác... nossa! Quem estará batendo a porta tão forte assim?

— Já estou indo! — DIZ O SR. EURICO, QUE, AO ABRIR A PORTA, SE SURPREENDE AO VER FERAL, APENAS DE CUECA.

— Preciso falar com a senhorinha Veridiana! — DIZ FERAL.

— Mas... que absurdo! — GRITA D. EDILEUZA, PONDO AS MÃOS NO ROSTO. — Eu vou chamar o Sr. Santiago, e...

— Não! — DIZ FERAL. — Preciso da ajuda da senhorinha Veridiana, agora!

SEM SABER O QUE FAZER, O SR. EURICO O MANDA ENTRAR.

VERIDIANA TOMA UMA INICIATIVA E DIZ:

— Pai... pegue uma calça e uma camisa pra ele! Santiago Neto, o que vosmecê fez? Pra onde foi com aquele menino?

FERAL EXPLICA O QUE FEZ, E LOGO EM SEGUIDA LEVA O SR. EURICO E VERIDIANA ATÉ O LOCAL AONDE SE ENCONTRA O MENINO SELVAGEM. AO VÊ-LOS, A CRIANÇA FICA ASSUSTADA.

— Senhora Veridiana, ajude ele — PEDE FERAL, DANDO-LHE UM PEDAÇO DE PÃO.

— Acalme-se! Não lhe faremos mal! — DIZ VERIDIANA, APROXIMANDO-SE. — Pai... é apenas uma criança! Temos que ajudá-lo, antes que alguém do circo o encontre!

— Claro, filha! Vamos levá-lo pra casa! — DIZ O SR. EURICO. — E vosmecê, moço, é melhor voltar pra sua casa, pois o seu pai deve estar preocupado!

— Santiago... apesar de toda confusão, vosmecê fez bem em me procurar! Agora volte pra casa... amanhã nós conversaremos! — DIZ VERIDIANA.

LOGO QUANDO CHEGA EM CASA, FERAL ENCONTRA O SR. SANTIAGO IMPACIENTE A SUA ESPERA.

— Muito bonito o que vosmecê fez, hein? Por onde andou? Aonde estão as suas roupas? Responda! — GRITA O SR. SANTIAGO.

— Eu... apenas ajudei o menino selvagem! — RESPONDE FERAL, COM FIRMEZA.

— Ah! Apenas ajudou? E o que fez? Deixo-o livre por essas matas?!?

— Não! Ele está agora na casa da senhorinha Veridiana! — DIZ FERAL, COM TRANQUILIDADE.

— O quê?!? Vosmecê levou aquele selvagem pra lá?? — PERGUNTA O SR. SANTIAGO, ABISMADO. — Vosmecê é louco! Irresponsável! Suba pro seu quarto, agora!

O SR. SANTIAGO SAI APRESSADO, PREOCUPADO COM VERIDIANA. PEDRO, AO PASSAR PELO PAI, PERGUNTA O QUE ACONTECEU SEM OBTER RESPOSTA.

DAS DORES DIZ A FERAL QUE O JANTAR ESTÁ PRONTO, MAS ELE RECUSA-SE, SUBINDO PRO QUARTO.

NA CASA DO SR. EURICO, D. EDILEUZA ESTÁ REVOLTADA COM A ATITUDE DO MARIDO E DA FILHA DE TRAZEREM PRA DENTRO DE CASA UMA CRIANÇA DESCONHECIDA E FORAGIDA.

— Mãe, se a senhora visse como essa pobre criança era tratada no circo! Eles a tratavam como um animal!

— Pelo que estou vendo, ele não é muito diferente disso! — DIZ D. EDILEUZA, AO OUVIR A BATIDA NA PORTA. — Estão ouvindo? A de ser o proprietário do circo ou a polícia! Ai, meu Deus, vosmecês fizeram uma loucura de trazer esta criatura pra dentro de nossa casa!

— Acalme-se, mulher! — DIZ O SR. EURICO INDO ABRIR A PORTA. — Eu não deixarei levarem o menino de volta! Ah! É o Sr. Santiago!

— Boa noite, senhor! Veridiana... – DIZ O SR. SANTIAGO APREENSIVO, PORÉM SE ACALMANDO AO VER VERIDIANA NA COZINHA, DANDO COMIDA AO MENINO.

— Sr. Santiago... eu imagino por que veio! — DIZ VERIDIANA, SAINDO DA COZINHA.

— Senhorinha, eu fiquei muito preocupado quando o meu filho disse que tinha trazido este selvagem pra cá! Mas não se preocupe, pois eu o devolverei imediatamente ao proprietário do circo!

— Não! — DIZ VERIDIANA, DETERMINADA. — Não deixarei essa pobre criança voltar pra aquele circo!

— Veridiana... minha filha, o que está acontecendo? — PERGUNTA D. EDILEUZA. — O que vosmecê pretende fazer com essa criança?

— Não sei, mamãe! Mas não podemos deixar essa indefesa criança nas mãos daqueles carrascos! Pai... o senhor pode deixá-lo aqui em nossa casa?

EM SEU QUARTO, FERAL RECEBE A VISITA DE PEDRO.

— Santiago Neto... vosmecê ainda está acordado? Desculpe-me, mas vi a luz ace...

— Meu nome é Feral! — DIZ FERAL, INTERROMPENDO-O. — O que vosmecê quer?

— Eu soube agora há pouco o que aconteceu no circo. Vosmecê viu como o nosso pai saiu furioso? Pobre coitado daquele menino que vosmecê ajudou a fugir!

— Por que diz isso? — PERGUNTA FERAL, COM CURIOSIDADE.

— Por quê? Oras, provavelmente o nosso pai vai capturá-lo e entregá-lo ao dono do circo!

— Eu não vou deixá-lo fazer isso! — DIZ FERAL, LEVANTANDO-SE.

— Não, Feral! Espere! Talvez seja melhor ficar, pois se ele capturou o menino, vosmecê não poderá impedi-lo! Além do que, também hão de estar atrás de vosmecê!

— Mas... o menino selvagem estava sofrendo lá no circo! O Sr. Santiago não pode entregá-lo!

— Concordo com vosmecê. O nosso pai é muito cruel, não imaginas do que ele é capaz, Feral! Mas não te preocupes, pois caso o menino tenha sido capturado, amanhã nós o libertaremos!

— Por mim eu iria agora! Mas... vosmecê tem razão! Se fizermos isto agora eles poderão vir atrás de mim!

— Feral... eu lamento ter que dizer que o nosso pai é mau, mas... vosmecê é meu irmão, e por isso eu digo: Tens que aprender o mais rápido possível a escrever, a assinar o teu nome, pois só assim terás como se livrar desta vida tão... confusa que conhecestes aqui em Itaberaba! Boa noite!

DO LADO DE FORA, DIÓGENES AGUARDA NO JARDIM CONCEIÇÃO PASSAR.

— Conceição! — CHAMA DIÓGENES.

— Diógenes! Eu... estou... muito cansada, boa noite!

— Espere! — DIZ DIÓGENES, SEGURANDO EM SEU BRAÇO. — O que aconteceu? Por que não foi ao nosso encontro?

— Oras, Diógenes! Vosmecê não viu? Eu estava servindo a senhorinha Catarina!

— Esperei vosmecê... cheguei a te procurar na multidão...

— Eu já tinha terminado o meu serviço na cozinha, quando a sua tia apareceu e me mandou pôr o uniforme para servir o chá à visita!

— Infeliz! — DIZ DIÓGENES, ABORRECIDO. — Aposto que foi ela quem chamou Catarina!

— Certamente, pois Das Dores, ofereceu-se para servir, mas ela não quis, e mandou-me preparar o chá e servir!

— Não devias ter servido.

— Diógenes?!? Esqueceu que eu sou a criada? Não posso desobedecer a uma ordem, pois preciso trabalhar pra sobreviver!

— Perdoe-me, querida! — DIZ DIÓGENES, ABRAÇANDO-A. — Esta mulher está me angustiando desde que cheguei!

— Diógenes! Eu sinto que D. Gertrudes ainda vai nos separar, e...

— Shhhh! Não diga isso! Ninguém nunca vai nos separar — DIZ DIÓGENES, BEIJANDO-A. OS DOIS JOVENS APAIXONADOS SE AMAM NA PENUMBRA DA NOITE.

NO PORTÃO DA CASA DO SR. EURICO, O SR. SANTIAGO SE DESPEDE DOS PAIS DE VERIDIANA.

— O senhor desculpe-nos pela nossa filha! — DIZ D. EDILEUZA. — Imagine querer adotar uma criança que nem soubemos quem é ou de onde veio!

— Não se preocupe, D. Edileuza! Mais uma vez, eu me surpreendo com a intenção caridosa de vossa filha! Sr. Eurico, eu deixarei que tome a decisão que melhor achar em relação ao destino desta criança!

— Creio que será difícil fazer Veridiana mudar de ideia, se bem que eu simpatizei com o menino!

— Uma boa noite a todos! — CUMPRIMENTA O SR. SANTIAGO, SEGUINDO MAIS ADIANTE PARA O BORDEL DE MADAME DUPONT.

AO CHEGAR AO BORDEL, O SR. SANTIAGO ENCONTRA O SR. ABRAÃO BAT-SARA, QUE O CONVIDA PARA SUA MESA.

— Boa noite, Sr. Santiago! — CUMPRIMENTA MADAME DUPONT. – Que bons ventos o trazem? Já se faz tempo que não vinhas a minha humilde casa!

— Eu... estive muito atarefado nas últimas semanas, Madame! Sirva-me o de sempre!

— E então, Sr. Bat-Sara? Depois do conturbado dia, imaginei que o encontraria aqui!

— Santiago... vosmecê sabe que eu... simpatizo com este lugar! — DIZ O SR. BAT-SARA, ENTUSIASMADO. — Mas... quero dizer-lhe que, apesar de toda confusão hoje à tarde, eu gostei de conhecer o seu filho Feral!

— O nome dele é Santiago Neto, senhor! — DIZ O SR. SANTIAGO, SENDO SERVIDO POR MADAME DUPONT. — Esse meu... filho é quem está me fazendo envelhecer rápido a cada dia! Mas hoje ele superou!

— Confesso que de tanto ouvir falar neste seu filho, fiquei curiosa pra conhecê-lo! — DIZ MADAME DUPONT, SENTANDO NO COLO DO SR. BAT-SARA. — Quando o senhor o trará aqui?

— Quando ele quiser, ele virá! — DIZ O SR. SANTIAGO, BEBENDO. – Aliás este é o problema, pois ele faz o que quer, e eu não sei como domá-lo!

— Tens que ter paciência, meu filho! — DIZ O SR. BAT-SARA. — Afinal ele não foi criado por vosmecê. Desde que soube de sua vinda para Itaberaba, fiquei curioso pra conhecê-lo, e confesso que ele me surpreendeu! Ele tem uma personalidade muito forte!

ENQUANTO CONVERSAM, MADAME DUPONT SAI DA MESA DISCRETAMENTE, INDO MANDAR UM RECADO PARA ALGUÉM.

— Vá o mais rápido possível! Diga que é ... extremução, um chamado do padre! — DIZ MADAME DUPONT AO MOLEQUE, RETORNANDO LOGO À MESA.

SEM SEREM VISTOS, DIÓGENES E CONCEIÇÃO CONVERSAM DEITADOS NO JARDIM.

— ...e por isso, sempre fiquei afastado, estudando fora! Principalmente quando vovó Leonor morreu! — DIZ DIOGENES.

— Estranho! Pelo visto D. Gertrudes sempre o quis afastado, ao contrário do seu irmão, o Sr. Pedro.

— É... ela sempre protegeu Pedro! Eu até agradeço que tenha sido assim, pois Pedro é muito protegido por ela, e... veja! Quem vem lá?!? – PERGUNTA DIÓGENES, EM TOM BAIXO.

— É D. Gertrudes, mas... pra onde ela vai a uma hora dessa? — PERGUNTA CONCEIÇÃO, CURIOSA.

A NOITE PASSA, E NA MANHÃ SEGUINTE.

— Tia, meu pai já saiu? — PERGUNTA PEDRO.

— Não, querido — RESPONDE GERTRUDES, COM TOM DE SATISFAÇÃO. — Creio que ele acordará tarde!

— Mas por quê? Não irá ao trabalho?

— Talvez não, Pedro! Ele teve um dia muito tumultuado ontem, deve estar muito cansado, e... ei, moço! – DIZ GERTRUDES AO VER FERAL DESCENDO A ESCADA, INDO À COZINHA. — Sabia que se diz bom dia, quando amanhece? E estas roupas? Isto são trajes para se andar dentro de casa?!?

FERAL DIRIGE-SE À MESA, SEM DAR IMPORTÂNCIA AO QUE GERTRUDES DIZ. PEGA UM PÃO E SOBE PARA O SEU QUARTO, COMENDO DESPREOCUPADAMENTE.

— Mas... não ouviu o que eu disse?!? — RECLAMA GERTRUDES, EXALTADA. — Mas que petulância!

— Deixe-o, tia — DIZ PEDRO, LEVANTANDO-SE. — Oh, Feral! Arrume-se, eu o levarei para a igreja!

POUCO DEPOIS, O SR. SANTIAGO DESCE PARA O CAFÉ.

— Bom dia, Gertrudes. Onde... estão... os meus filhos? — PERGUNTA O SR. SANTIAGO, DEMOSTRANDO O EFEITO DA RESSACA.

— Bom dia, senhor! Pensei que levantaria mais tarde hoje! Pedro já se levantou e levou Santiago Neto para as suas aulas, e Diógenes ainda não se acordou!

— Ah! Minha cabeça... está girando! — DIZ O SR. SANTIAGO, SENDO SERVIDO POR GERTRUDES. — Espero que Santiago Neto se comporte e tenha, finalmente, o seu primeiro dia de aula!

— Espero que sim, senhor! Como foi a sua noite? Não o vi quando chegou.

— Eu... hã... fui beber com uns amigos! Percebo que vosmecê está contente, alegre... o que aconteceu, Gertrudes?

— Nada de especial, senhor! Apenas estou feliz!

AO CHEGAR NA IGREJA, PEDRO DEIXA FERAL NO SALÃO PAROQUIAL, INDO CONVERSAR COM O MONSENHOR DUARTE.

— ...e mais uma vez o meu pai pede desculpas pelo acontecido ontem, Monsenhor!

— Está tudo esquecido, filho! Espero que hoje ele se comporte para termos uma aula tranquila!

— Monsenhor Duarte... meu pai, mandou-lhe dizer que... se o senhor achar necessário, seja mais austero com Santiago Neto! O senhor há de convir que ele é indisciplinado, quase um... selvagem! Um bom dia, Monsenhor!

A AULA COMEÇA. NOVAMENTE INCOMODADO COM O TERNO QUE USA, FERAL TENTA AFROUXAR O COLARINHO.

— Santiago Neto! O que pretende? Despir-se? — PERGUNTA O MONSENHOR, REPRENDENDO-O.

AS CRIANÇAS RIEM DELE. ENVERGONHADO, FERAL NÃO CONSEGUE SEGURAR O LÁPIS, DERRUBANDO O MATERIAL NO CHÃO. ABORRECIDO COM O DESMANTELO, O MONSENHOR DUARTE LHE BATE COM UMA RÉGUA.

IRADO COM O ATO DO MONSENHOR, FERAL AVANÇA PRA CIMA DELE, DERRUBANDO-O SOBRE O ALTAR. AS VELAS CAÍDAS INCENDEIAM O ANDOR FAZENDO AS CRIANÇAS, ASSUSTADAS, CORREREM DO SALÃO PAROQUIAL.

NO ESCRITÓRIO, O SR. SANTIAGO CHEGA, ENCONTRANDO O SR. BITTENCOURT CONVERSANDO COM PEDRO.

— Pai...? Pensei que o senhor não viria hoje.

— Gostaria de não ter vindo, Pedro, pois estou muito cansado! Radamés... alguma novidade do fórum?

— Sim, Santiago! O pedido de tutela foi aceito. Agora está tudo oficializado, basta que... nossa! Que gritaria é esta? — PERGUNTA O SR. BITTENCOURT, INDO PARA A JANELA.

— Incêndio?!? Pai, estão dizendo que há incêndio na igreja! — DIZ PEDRO, OBSERVANDO O CORRE-CORRE DOS MORADORES.

— Incêndio na igreja?!? Meu Deus... Santiago Neto! Aconteceu alguma coisa! — DIZ O SR. SANTIAGO, SEGUINDO PARA A RUA, JUNTO COM PEDRO E O SR. BITTENCOURT.

AO CHEGAREM NA FRENTE DA IGREJA, ENCONTRAM UMA MULTIDÃO TENTANDO DIMINUIR A FUMAÇA QUE SAI CONTINUAMENTE DO TELHADO. O SR. EURICO E SUA FILHA, VERIDIANA, CHEGAM APREENSIVOS.

— Sr. Santiago! Santiago Neto... ele está na igreja? — PERGUNTA VERIDIANA, AFLITA.

— Eu não sei! Acabamos de chegar! — RESPONDE O SR. SANTIAGO. — Vejam! O Monsenhor Duarte!

AUXILIADO PELOS OUTROS HOMENS, O MONSENHOR DUARTE, COM FORTES TOSSES, DIZ AO SR. SANTIAGO:

— O seu... filho! Foi... ele quem... me agrediu... e provocou... o incêndio!

— Monsenhor... onde ele está?

— Fugiu... como da última vez! — DIZ O MONSENHOR.

— Precisamos encontrá-lo, para saber o que realmente aconteceu! — DIZ VERIDIANA, AO SR. SANTIAGO.

— A senhorinha... está a duvidar do que eu disse?!? — PERGUNTA O MONSENHOR. — Aquele rapaz... é incapaz de conviver socialmente!

— Talvez ele tenha voltado para casa, Santiago! — DIZ O SR. BITTENCOURT.

NO CASARÃO DOS BAT-SARA, D. RUTH COMENTA COM O PAI SOBRE O PRINCÍPIO DE INCÊNDIO NA IGREJA.

— ...ao que parece, conseguiram apagar as chamas! — DIZ D. RUTH, VINDO DA JANELA. — Papai, se estiveres com fome, posso mandar servir o almoço!

— Só um momento, filha! — DIZ O SR. BAT-SARA, RETORNANDO PARA O QUARTO. — Feral?!? Mas... o que vosmecê está fazendo aqui? Como me encontrou??

— Sr. Bat-Sara... eu segui o seu cheiro! — DIZ FERAL, DESCENDO A JANELA.

— Sentiu o meu cheiro? — PERGUNTA O SR. BAT-SARA, DANDO UMA GARGALHADA. — Essa foi boa, menino! Mas... vosmecê está chamuscado! Tem algo a ver com este incêndio??

FERAL OLHA PARA O VELHO, E COMO UMA CRIANÇA TRAVESSA, AFIRMA COM A CABEÇA.

— Hum... sente-se aí, e conte-me o que aconteceu!

POUCO DEPOIS, O SR. BAT-SARA VAI A COZINHA E DIZ PARA A SUA FILHA:

— Ruth, teremos um convidado para o almoço.

— Convidado?!? De quem o senhor está falan... Oh! O filho do Sr. Santiago?!? — ADMIRA-SE D. RUTH, AO VER FERAL.

CAP. XI

NA HORA DO ALMOÇO, CATARINA, D. RUTH E O SR. BAT-SARA, TERMINAM A SUA ORAÇÃO. FERAL ADMIRA-SE, OLHANDO PRA BONITA MESA.

— Sr. Bat-Sara... eu... eu ainda não sei comer com... isto! — DIZ FERAL, INIBIDO, MOSTRANDO OS TALHERES.

— Oras, meu filho! Não tem problema! Vosmecê é nosso convidado, pois então coma como quiser, fique à vontade! Quer saber? Eu também não usarei talher. Comerei com as mãos! — DIZ O SR. BAT-SARA, SORRINDO. O TRADICIONAL ALMOÇO JUDEU TORNA-SE DESCONTRAÍDO, COM O ENTUSIASMO DO SR. BAT-SARA, SENDO SEGUIDO TAMBÉM POR SUA NETA.

APÓS O ALMOÇO, NA SALA DE ESTAR, O SR. ABRAÃO BAT-SARA CONVERSA AMENIDADES COM FERAL, QUE TAMBÉM CONTA AS SUAS PERIPÉCIAS PRA FAMÍLIA JUDIA, DEIXANDO D. RUTH E SUA FILHA CATARINA VISLUMBRADAS COM A SUA EXPERIÊNCIA DE VIDA.

— É realmente impressionante, Feral, que com tão pouca idade tenha vivido situações como estas! — DIZ D. RUTH.

— Agora, Feral, contarei a vosmecê como conheci os seus pais! — DIZ O SR. BAT-SARA.

— O senhor conheceu a minha mãe? — PERGUNTA FERAL, SENTADO À VONTADE NO TAPETE.

— Conheci! Era uma jovem bonita! Era noite do aniversário de minha filha Ruth, uma festa que... – O SR. BAT-SARA CONTA, ESTANDO FERAL ATENTO PARA OUVI-LO.

POUCO DEPOIS...

— Bom, acho que já se faz tarde! — DIZ O SR. BAT-SARA, LEVANTANDO-SE. — É preciso que eu o leve para casa, pois o seu pai há de estar preocupado!

— Vovô posso ir com o senhor?

— Catarina! O seu pai não gostará de saber que vosmecê foi ao casarão dos D'Paula! — ADVERTE D. RUTH.

— Não se preocupe, filha! — DIZ O SR. BAT-SARA. — Nós voltaremos logo! Não demore, Catarina, já estamos indo!

POUCO DEPOIS, NO CASARÃO DOS D'PAULA, O SR. BAT-SARA CHEGA JUNTO COM FERAL E SUA NETA, CATARINA.

— Santiago Neto!! Onde esteve?!? — PERGUNTA O SR. SANTIAGO.

— Ele esteve durante todo esse tempo em minha casa! — DIZ O SR. BAT-SARA.

— Eu... agradeço, Sr. Bat-Sara — DIZ O SR. SANTIAGO, COM SERIEDADE. — Santiago Neto... suba para o seu quarto! Depois conversaremos!

FERAL SOBE A ESCADA, ENQUANTO CATARINA SE APROXIMA DE DIÓGENES.

— Santiago, meu caro, sei que terás uma conversa séria com ele, mas... o ouça! Feral... hã... desculpe-me, Santiago Neto contou-me o que aconteceu, e espero que seja sensato, após ouvir a versão dele!

NO CORREDOR...

— Sabias que me diverti muito com o teu irmão? — DIZ CATARINA, ABORDANDO DIÓGENES.

— Que bom, senhorinha! — DIZ DIÓGENES, TENTANDO SE ESQUIVAR. — Com licença, tenho que sair!

— O que há, Diógenes? Está com medo de mim? — PERGUNTA CATARINA, ABRAÇANDO-O.

— Por favor, Catarina! Largue-me! O seu avô está na sala! Pare! – DIZ DIÓGENES, QUANDO VÊ CONCEIÇÃO.

— O que foi, criada? Perdeu alguma coisa aqui? — PERGUNTA CATARINA.

ABORRECIDA, CONCEIÇÃO DEIXA A BANDEJA NO MÓVEL, E VOLTA PARA A COZINHA. DIÓGENES VAI ATRÁS DELA.

— Diógenes! Diógenes...?!? — CATARINA FICA PERPLEXA COM A PREOCUPAÇÃO DE DIOGENES PARA COM A CRIADA.

— Senhorinha Catarina... algum problema? — PERGUNTA GERTRUDES. – O senhor seu avô já está de partida.

POUCO DEPOIS, NO QUARTO DE FERAL, DAS DORES O SERVE UMA SOPA. NO CORREDOR, O SR. SANTIAGO PARA, E ESCUTA A CONVERSA.

— Não estou com fome, Das Dores!

— Não? Ah! Já sei que vosmecê almoçou na casa do Sr. Bat-Sara, não? Santiago Neto... vosmecê teve um dia agitado, hein? Me diga, o que aconteceu na igreja? — PERGUNTA DAS DORES, SENTANDO-SE NA CAMA.

— As crianças riram de mim. O Monsenhor Duarte me bateu.

— Lhe bateu? Mas... o que vosmecê fez, menino?

— Eu não fiz nada! Acho que ele estava zangado comigo, desde que fugi ontem para ir ao circo! Não vou mais pra aquela igreja! Não quero mais ter aula!

— Amanhã vosmecê irá a aula, nem que seja amarrado! — DIZ O SR. SANTIAGO, ENTRANDO NO QUARTO.

— Não senhor! — DIZ FERAL, LEVANTANDO-SE. — Ninguém nunca mais vai me amarrar!

INDIGNADO COM A AUDÁCIA DO FILHO, O SR. SANTIAGO SAI DO QUARTO.

NA MANHÃ SEGUINTE, DIÓGENES CHAMA FERAL PARA IR À AULA. RECUSANDO-SE EM ABRIR A PORTA, FERAL DIZ:

— Eu não quero ir!

— Escute, Santiago! Eu irei com vosmecê e ficarei lá! — DIZ DIÓGENES.

— Não! Eu não vou! E meu nome é Feral!

O SR. SANTIAGO CHEGA NO CORREDOR E BATE NA PORTA.

— Santiago! Abra a porta! Sou eu quem está mandando, abra!

— Não quero assistir aula! — DIZ FERAL, SENTANDO-SE NO CHÃO.

SEM SABER O QUE FAZER, O SR. SANTIAGO PENSA EM DERRUBAR A PORTA, MAS...

— Senhor... usar de violência pode piorar a situação! — DIZ GERTRUDES.

— Tia Gertrudes tem razão, pai! — DIZ PEDRO. — Talvez... a senhorinha Veridiana ou o Sr. Bat-Sara possam convencê-lo a sair.

— Bem pensado, filho! Mas não incomodaremos o Sr. Bat-Sara. Chamaremos a senhorinha Veridiana! — DIZ O SR. SANTIAGO, DESCENDO A ESCADA. — Tenho certeza que ele a ouvirá!

LOGO MAIS, VERIDIANA CHEGA AO CASARÃO DOS D'PAULA.

— Senhorinha Veridiana... lamento incomodá-la, mas creio que sua presença se faz necessária! — DIZ O SR. SANTIAGO, LEVANDO-A PARA CIMA.

— Santiago Neto... sou eu, senhorinha Veridiana! — DIZ VERIDIANA, BATENDO NA PORTA. — Vosmecê poderia abrir a porta? Gostaria de conversar um pouco!

— Senhorinha Veridiana?!? Espere um momento! — DIZ FERAL, VESTINDO-SE RAPIDAMENTE. — Abrirei a porta apenas para a senhorinha! Não falarei com mais ninguém!

— Que bom! — DIZ VERIDIANA. — Peço que me deixem conversar com ele a sós, sim?

— Perfeitamente, senhorinha! Nós aguardaremos lá embaixo! — DIZ O SR. SANTIAGO.

APÓS ENTRAR NO QUARTO, VERIDIANA SENTA-SE NA CAMA PARA OUVI-LO.

— Senhorinha... eu não quero mais assistir aula!

— Mas Santiago...como irás aprender a ler e escrever?

— Senhorinha Veridiana, gostaria que me chamasse pelo meu nome... Feral!

— Feral? Nome esquisito, mas... está bem! Agora conte-me o que aconteceu ontem lá na igreja.

FERAL CONTA-LHE TODO O OCORRIDO. À MEDIDA QUE RELATA, VERIDIANA VAI PERCEBENDO AS INSINUANTES CARACTERÍSTICAS DE SEU CORPO. SEUS LÁBIOS, SEU BRAÇO, SEU PEITO DESCOBERTO PELA CAMISA MAL VESTIDA. AOS POUCOS, VERIDIANA PERCEBE QUE, APESAR DE

SEU COMPORTAMENTO ÀS VEZES INFANTIL E INOCENTE, FERAL TRATA-SE DE UM HOMEM, O QUAL ELA NÃO TINHA PERCEBIDO.

— ...e por isso não desejo mais voltar! — CONCLUI FERAL. — O que a senhora acha? Senhorinha Veridiana?

— Hã?!? Eu... bom... o que achas de me acompanhar até o salão paroquial? Prometo que não assistirás aula, apenas conversaremos com o Monsenhor Duarte!

— Se a senhorinha for comigo... — DIZ FERAL, CONCORDANDO.

LOGO MAIS APÓS DEIXAR FERAL E VERIDIANA NA IGREJA, DIÓGENES PARA A CHARRETE EM FRENTE A UMA VELHA CASA. LOGO QUE CONVERSA COM O PROPRIETÁRIO, DIÓGENES É VISTO PELAS INDIAS IRACI E JANDAIA.

— Moço! — CHAMA IRACI, SE APROXIMANDO. — Podemos falar com o senhor?

— Pois não! Vocês... são do circo, não?

— Sim, mas... o circo estará de partida e gostaríamos que vosmecê nos ajudasse a ficar! — DIZ JANDAIA.

— Mas... por que não querem seguir o circo? — PERGUNTA DIÓGENES.

— Porque não somos de circo! Viemos com o circo, apenas para vir pra cá... Itaberaba! — DIZ IRACI.

— De onde vocês vieram?

— De... Mato Grosso! — RESPONDE JANDAIA.

— Mato Grosso?!? A família de minha mãe já morou neste lugar! Bem... a senhora chama-se...

— Iraci! Esta é Jandaia!

— D. Iraci, a senhora mostrou lá no circo que conhece muitas plantas e ervas, pois não?

— Sim senhor! Cresci no meio do mato, conhecendo tudo o que é planta, erva...

— Estão vendo esta casa? — PERGUNTA DIOGENES, APONTANDO. — Eu, em pouco dias, inaugurarei uma Pharmácia!

— Pharmácia?!? — INDAGA JANDAIA.

— Pharmácia, é uma... uma casa onde se faz remédios e se vende! Eu acho que vosmecês são as pessoas certas que preciso para trabalharem comigo! Escutem eu as levarei para ficarem em... – DIZ DIÓGENES, EXPLICANDO PRAS ÍNDIAS O QUE PRETENDE.

ENQUANTO ISSO, NA IGREJA, FERAL E VERIDIANA ENCONTRAM O SALÃO PAROQUIAL SENDO LAVADO PELAS BEATAS. AO VER O MONSENHOR DUARTE, VERIDIANA PEDE QUE FERAL A ESPERE, ENQUANTO VAI FALAR COM ELE.

— Monsenhor Duarte, eu trouxe Santiago Neto aqui para...

— Senhorinha Veridiana! — DIZ O MONSENHOR DUARTE, INTERROMPENDO-A. — Como vê, hoje não teremos aula! Mas para esse selvagem, não terá hoje, nem amanhã, nem nunca!

— Monsenhor... eu soube o que aconteceu! Quero dizer-lhe que métodos rudes não facilitam nem ajudam ninguém a aprender!

LONGE DAS BEATAS, O MONSENHOR DUARTE A PEGA PELO BRAÇO E...

— A senhorinha acha que pode dizer-me como dar educação e disciplina? Pensas que esqueci o que aconteceu no convento? Não se intrometa nos meus assuntos, e procure desfazer esse compromisso ridículo que é o seu noivado, pois você sabe muito bem o que eu vim fazer aqui nesta paróquia!

— Seu... monstro! — DIZ VERIDIANA, SOLTANDO-SE, SAINDO DA SALA.

— Senhorinha... o que aconteceu? — PERGUNTA FERAL, PERCEBENDO AS LAGRIMAS EM SEU ROSTO. — Eu vi quando ele segurou em seu braço! Eu vou...

— Não! — DIZ VERIDIANA, SEGURANDO-O. — Vamos embora! Vosmecê não merece ter aquele homem como professor!

LOGO QUE CHEGA AO ESCRITÓRIO DO SR. SANTIAGO, VERIDIANA FAZ UM PEDIDO A FERAL.

— Feral, quero que me prometa que não dirá a ninguém o que vosmecê viu!

— Sim, como a senhorinha quiser.

— Sr. Santiago... infelizmente o Monsenhor Duarte recusa-se a ensinar ao seu filho!

— Eu imaginei que isso aconteceria! — DIZ O SR. SANTIAGO. — E agora? O que faremos?

MAIS TARDE EM SUA CASA, VERIDIANA OUVE AS RECLAMAÇÕES DE SUA MÃE.

— Oras, onde já se viu? Como se não bastasse esse selvagem aqui em casa, tens que ensinar aquele desajustado, outro selvagem, ainda mais incendiário!

— Mamãe! Feral não é culpado pelo incêndio, de coisa alguma! — DIZ VERIDIANA, PENTEANDO OS CABELOS DO MENINO SELVAGEM.

— Feral...?!? É assim que ele se chama agora? — DIZ D. EDILEUZA, INDO PARA A COZINHA.

— Edileuza! Por que tanto reclamas? — PERGUNTA O SR. EURICO. — Nossa filha gosta de ensinar, além do que será mais uma renda para nós!

NA MANHÃ SEGUINTE, O CAFÉ DA MANHÃ DOS D'PAULA É INTERROMPIDO POR GERTRUDES QUE DESCE A ESCADA, ALARMANTE.

— Senhor... o seu filho Santiago! — GRITA GERTRUDES, QUASE ESTÉRICA.

— Mas... o que aconteceu, Gertrudes? — PERGUNTA O SR. SANTIAGO, LEVANTANDO-SE.

— O seu filho... Santiago... está tomando banho... na cisterna do quintal!

— Mas que mal há nisso? — PERGUNTA O SR. SANTIAGO, SENTANDO-SE. — Diógenes diga ao seu irmão que eu o levarei para a casa do senhor...

— Senhor... — INTERROMPE, GERTRUDES — ...ele está tomando banho... sem roupa!

AO OUVIR ISSO, O SR. SANTIAGO E SEUS FILHOS CORREM PRO QUINTAL.

— Santiago! O que vosmecê pensa que está fazendo? — PERGUNTA O SR. SANTIAGO.

— Eu? Estou tomando banho! — RESPONDE FERAL, DESPREOCUPADAMENTE. — Quer que eu saia? Por quê?

— Porque vosmecê está sem roupa! — DIZ PEDRO.

— Tome! — DIZ DIÓGENES, DANDO-LHE UMA TOALHA, ENTREGUE POR CONCEIÇÃO.

— Agora, Santiago, vista-se, pois vosmecê não deve se atrasar para a sua primeira aula! — DIZ O SR. SANTIAGO, VOLTANDO PARA A SALA.

POUCO DEPOIS EM SEU QUARTO...

— Não entendo o porquê de tanta confusão! — DIZ FERAL, VESTINDO-SE. — Deveria tomar banho vestido?

— Santiago... quando tomamos banho fora do banheiro, usamos um maiô como este! — DIZ DIÓGENES. — Agora vamos, papai está a nossa espera.

O SR. SANTIAGO LEVA FERAL PARA A SUA PRIMEIRA AULA NA CASA DO SR. EURICO. ENQUANTO O MENINO SELVAGEM BRINCA NO CHÃO, VERIDIANA MOSTRA A FERAL AS LETRAS, DANDO-LHE AS PRIMEIRAS NOÇÕES ALFABÉTICAS. AS HORAS PASSAM E, NO FINAL DA MANHÃ, O SR. SANTIAGO CHEGA PARA BUSCAR FERAL.

— E então, senhorinha? Como se comportou o meu filho?

— Perfeitamente, senhor! Ele é muito inteligente e atencioso! Logo aprenderá a escrever pois está muito interessado — DIZ VERIDIANA, DANDO UMA CARTILHA A FERAL. — Leve esta cartilha! Durante a tarde observe estas figuras para se habituar com as letras. Até amanhã, então! Boa tarde, Sr. Santiago!

DE VOLTA PRA CASA, NA CHARRETE, O SR. SANTIAGO ESTÁ SATISFEITO COM O FILHO.

— Fico feliz que está se interessando, Santiago! Peço que continue assim, se comportando e prestando atenção em tudo o que a senhorinha Veridiana lhe ensinar.

— Estou feliz de não assistir aula do Monsenhor Duarte.

— Não entendo essa sua antipatia com o Monsenhor! Depois do que aconteceu, certamente é ele quem há de estar feliz em não lhe ter como aluno! Vamos esquecer isso! O Monsenhor Duarte é bondoso, compreensivo, e é vosmecê quem tem que se comportar perante...

— Não! Ele é mau! — DIZ FERAL, INTERROMPENDO-O. — Ele segurou o braço da senhorinha Veridiana, e a fez chorar!

— O que vosmecê está dizendo? — PERGUNTA CURIOSO, O SR. SANTIAGO, PARANDO A CHARRETE.

— Ele já fez isso outra vez! Na festa do ...padre velho, eu vi! — DIZ FERAL, DEIXANDO O SR. SANTIAGO, INTRIGADO.

LOGO MAIS, À NOITE, NA CASA DO SR. EURICO, O SR. SANTIAGO CONVERSA COM O VERIDIANA SOBRE A DATA DO CASAMENTO.

— Penso que o mês de outubro é apropriado! O que achas?

— Senhor... eu gostaria que a cerimônia não fosse realizada aqui! Talvez em outra igreja...

— Mas... que disparate é esse, filha? Vosmecê se crismou, se comungou nesta igreja! Além do que, o Monsenhor Duarte a conhece desde que vosmecê esteve em Salvador! — DIZ D. EDILEUZA, LEVANTANDO-SE. — Espero que o Sr. Santiago, tire essa ideia de sua cabeça! Com licença!

— Veridiana... o que vosmecê tem contra o Monsenhor Duarte? — PERGUNTA O SR. SANTIAGO.

— Eu... não tenho nada, senhor! Apenas... gostaria que o Pe. Augostinho realizasse o meu casamento, e... como ele não está mais aqui, pensei que poderíamos casar em outra igreja.

— Eu... compreendo, querida! — DIZ O SR. SANTIAGO, SEM ESTAR CONVENCIDO DA DESCULPA DADA POR ELA.

NA MANHÃ SEGUINTE, O SR. SANTIAGO, CISMADO DESDE A NOITE PASSADA, DECIDE IR À IGREJA.

— Sr. Santiago? O que faz tão cedo em minha paróquia? — PERGUNTA O MONSENHOR DUARTE.

— Monsenhor... eu vim aqui esclarecer um assunto que está me importunando desde ontem!

— Pois não, senhor — DIZ O MONSENHOR, CONVIDANDO-O PARA SE SENTAR. — Do que se trata?

— Irei direto ao assunto! O meu filho Santiago Neto disse-me ontem que presenciou o Monsenhor segurando o braço de minha noiva, a senhorinha Veridiana! Eu... confesso que me surpreendi e até duvidei, por levar em consideração o fato de meu filho... hã... não simpatizar com vossa pessoa. Mas ontem à noite, na casa de minha noiva, ela pediu-me que o nosso casamento fosse realizado em outra igreja! Um pedido que surpreendeu até a sua mãe, D. Edileuza! Monsenhor Duarte, eu gostaria que esclarecesse esta situação!

— Sr. Santiago, tenho uma explicação para cada injúria que estão a me intencionar. Como há de estar sabendo, eu não quero mais ter o vosso filho como aluno, pois então evidentemente que ele ficou triste ou até mesmo ofendido com isso, e... certamente criou esta calúnia que só me faz lamentar! Imaginem... eu tentar uma agressão a senhorinha Veridiana! Oras, onde já se viu? O seu filho obviamente imaginou ter visto, pois eu sempre estive e estou junto com as beatas! Certamente elas teriam comentado algo, pois estavam presentes quando a senhorinha Veridiana veio pedir-me que eu reconsidera-se o seu filho como aluno!

— Monsenhor Duarte, eu compreendo que...

— Um momento, senhor! Se quiseres posso chamar as senhoras que estavam presentes e testemunharão perante o senhor o que digo! Quanto ao pedido da senhorinha Veridiana, eu entendo perfeitamente! Sua noiva foi crismada, comungada pelo nosso bom e velho Pe. Agostinho, que não está mais conosco! Eu imagino o quanto foi difícil para ela fazer este pedido, mas compreendo! Afinal o casamento sempre deixa as noivas ansiosas, não é mesmo?

— Monsenhor Duarte... eu estou satisfeito com vossos esclarecimentos, e envergonhado por ter duvidado do seu inatingível comportamento. Eu peço perdão, em nome do meu... filho.

— Estais perdoado, Sr. Santiago! Não te aflijas, pois como um bom pai e futuro marido fizestes bem em querer esclarecer os fatos, ou melhor, os boatos! — DIZ O MONSENHOR DUARTE, LEVANTANDO-SE. — Ah! Diga ao seu filho que eu o perdoo, pois sei que ele está passando por uma fase difícil!

— Monsenhor, eu mesmo o trarei aqui para lhe pedir perdão, pelas ofensas e calúnias criadas!

— Não! Não é necessário, senhor!

— Não, Monsenhor! Eu faço questão! Um bom dia para o senhor, e sua benção!

— Deus o abençoe! — DIZ O MONSENHOR DUARTE, COM O SEMBLANTE SATISFEITO DE QUEM CONSEGUIU CONVENCER.

POUCO DEPOIS, NA CASA DO SR. EURICO, FERAL ASSISTE A MAIS UMA AULA MINISTRADA POR VERIDIANA. APÓS AVALIAR A SUA LIÇÃO, VERIDIANA DIZ:

— Muito bem! Vejo que a sua caligrafia está melhorando!

— Cali... o quê? — PERGUNTA FERAL.

— Caligrafia! Ou seja, a letra, as palavras que tenta escrever estão melhores a cada lição! Bom... por hoje, basta!

— Senhorinha Veridiana... por que vosmecê não gosta do Monsenhor Duarte? Ele tentou lhe bater como fez comigo?

— Feral, eu... já lhe pedir pra esquecer este assunto! — DIZ VERIDIANA, ABORRECIDA. — Procure se dedicar aos seus estudos!

— Perdoe-me, eu não a quis chatear! — DIZ FERAL, LEVANTANDO-SE DA MESA.

— Filha, o Sr. Santiago já chegou! — DIZ O SR. EURICO, ENTRANDO NA SALA.

— Senhorinha Veridiana... eu estive logo cedo na igreja! — DIZ O SR. SANTIAGO, CUMPRIMENTANDO-A. — Para esclarecer algumas dúvidas pendentes, a respeito do ocorrido ontem! O Monsenhor Duarte convenceu-me de que tudo não passou de um mal entendido, e...

— Desculpe-me, senhor, mas eu não estou entendendo! De que assunto o senhor foi tratar com o Monsenhor Duarte? — PERGUNTA VERIDIANA.

— Nada de importante, senhorinha! — DIZ O SR. SANTIAGO. — Temos que ir! Boa tarde, senhorinha, Sr. Eurico! — DESPEDE-SE O SR. SANTIAGO, SEGUINDO NA CHARRETE, ONDE MAIS ADIANTE PARA DE FRENTE A IGREJA.

— Por que paramos aqui? — PERGUNTA FERAL.

— Porque vosmecê vai pedir perdão ao Monsenhor Duarte, pelos seus atos! — DIZ O SR. SANTIAGO DESCENDO DA CHARRETE.

— Mas...

— Nada de "mas". Desça agora, Santiago Neto!

AO ENTRAR O SR. SANTIAGO COM A MÃO NO OMBRO DE FERAL, O LEVA PARA A SACRISTIA. PERANTE AS BEATAS, QUE LIMPAM O SALÃO, O MONSENHOR DUARTE DIZ: — Sr. Santiago... vejo que trouxe o vosso conturbado filho! Como eu disse, não havia necessidade, mas... eu perdoo esse pobre rapaz!

— Mas... me perdoar, por quê?

— Pelo que vosmecê... pensou ter visto, filho! — DIZ O MONSENHOR, DANDO-LHE A MÃO.

— Eu não pensei! Eu vi ele segurando, apertando com força o braço da senhorinha Veridiana! — DIZ FERAL, EM TOM DE ACUSAÇÃO.

— Cale-se! — GRITA O SR. SANTIAGO.

— Não! Ele é mau! Mau como o senhor! — GRITA FERAL, REPUDIANDO A MÃO DO MONSENHOR DUARTE, SAINDO DA SACRISTIA.

AS BEATAS FICAM HORRORIZADAS COM O COMPORTAMENTO DO FILHO DO SR. SANTIAGO.

— Santiago Neto! Volte aqui! — CHAMA O SR. SANTIAGO, SENTINDO-SE ENVERGONHADO. — Monsenhor... senhoras... desculpem-me... eu... com licença!

DA PORTA DA IGREJA, O SR. SANTIAGO, O CHAMA, MAS FERAL NÃO OBEDECE, SEGUINDO OBSTINADO PELAS RUAS, ATRAINDO A ATENÇÃO DE TODOS. AO AVISTAR FERAL, O SR. BAT-SARA ATRAVESSA A RUA, INDO AO SEU ENCONTRO.

— Feral! Feral, o que aconteceu?!?

— Sr. Bat-Sara? Eu... não quero mais voltar pra aquela casa! Não quero mais ser filho do Sr. Santiago! — DIZ FERAL, IRRITADO.

— Calma, filho! Venha, vamos pra minha casa! Lá vosmecê me conta o que aconteceu!

POUCO DEPOIS, NA CASA DO SR. EURICO, DUAS BEATAS NOTICIAM A D. EDILEUZA, O RECENTE INCIDENTE OCORRIDO NA IGREJA COM O FILHO DO SR. SANTIAGO.

— ...e depois, saiu enlouquecido pelas ruas, sem atender o chamado do pai! — DIZ UMA DAS SENHORAS.

— Mas... que absurdo! — ADIMIRA-SE D. EDILEUZA, QUE, APÓS SAIR DA JANELA, RELATA O FATO AO SEU MARIDO E FILHA.

— Meu Deus... um tipo insano como este frequentando a nossa casa! O Sr. Santiago que nos perdoe, mas... Eurico vosmecê não há de permitir a entrada desse... selvagem em nossa casa!

— Edileuza, vamos aguardar os fatos! Talvez o... – DIZ O SR. EURICO, QUANDO O SR. SANTIAGO BATE À PORTA.

— Perdoem-me, Sr. Eurico, D. Edileuza! Eu... estou à procura de meu filho Santiago Neto! — DIZ O SR. SANTIAGO, ENTRANDO NA SALA. — Pensei que ele tivesse retornado pra cá, pois aconteceu uma...

— Nós já sabemos o que aconteceu, senhor! — DIZ VERIDIANA, INTERROMPENDO EM TOM AGRESSIVO.

— Veridiana...?!? Isso é maneira de falar? — REPREENDE D. EDILEUZA.

— Desculpe-me, senhor! Mas se tivesse levado o seu filho direto para casa nada disso teria acontecido!

— Senhorinha... eu tive que levá-lo à igreja, para se desculpar com o Monsenhor...

— Sr. Santiago! Sugiro que o senhor volte a procurar por seu filho, pois ele precisa de sua ajuda, e... à noite, eu lhe peço que esteja aqui, pois precisamos tratar de um assunto muito sério! Com a sua licença! — DIZ VERIDIANA, INDO PARA O SEU QUARTO.

— Veridiana! Filha, volte aqui...

— Não, D. Edileuza! — DIZ O SR. SANTIAGO. — Deixe a ir! Ela... ficou um pouco nervosa com o que aconteceu! Mas está certa quando sugeriu que eu voltasse a procurar por Santiago Neto! Mais tarde, nós conversaremos. Boa noite, senhor, D. Edileuza!

— Boa noite, senhor! Mas... o que esta menina está pensando?!? Falar daquela maneira com o seu noivo? Um homem respeitador, educado como o Sr. Santiago! Tudo por causa daquele... selvagem! — DIZ D. EDILEUZA, REVOLTADA, ENTRANDO NO QUARTO DE VERIDIANA. – Ouça, Veridiana! Vosmecê vai jogar o seu casamento, o seu futuro fora, se tratar o seu noivo desta maneira!

— Mamãe... por favor! Eu quero ficar sozinha — DIZ VERIDIANA, DEITADA NA CAMA.

— Não! Vosmecê vai me dizer agora que assunto é este que pretende ter com o seu noivo, mais tarde!

— Mamãe, por favor...

— Edileuza, deixe-a em paz! Não vê que ela quer descansar? — DIZ O SR. EURICO, ENTRANDO NO QUARTO.

— Oras, Eurico! Não vê que estou preocupada com o futuro dela? Como pode uma moça de família querer defender um louco como aquele, que até o próprio pai já pôs pra fora de casa!

— Ele não foi posto pra fora de casa, mamãe! Ele fugiu da casa do pai! — DIZ VERIDIANA, LEVANTANDO-SE.

— Vê? Vê como ela defende aquele rapaz? Um insano que teve a ousadia de agredir um homem sagrado, como o Monsenhor Duarte, e...

— Para, mãe! — GRITA VERIDIANA. — A senhora não sabe o que diz! Aquele "homem sagrado" é um monstro!

— Filha... por que diz isso? — PERGUNTA O SR. EURICO.

— Porque ele é o responsável... pela minha fuga do... convento! — DIZ VERIDIANA, AOS PRANTOS.

— Veridiana, filha... do que vosmecê está falando?!? — PERGUNTA D. EDILEUZA, ADIMIRADA. — Vosmecê... fugiu do convento?!?

— Mamãe... papai... preciso contar a vosmecês, o que me fez desistir da vida religiosa, e porque eu digo que aquele homem que todos respeitam... é um monstro disfarçado! — AO DIZER ISSO, VERIDIANA FECHA A PORTA DO QUARTO, E CONTA AO SEUS PAIS TUDO O QUE ACONTECEU EM SUA VIDA A PARTIR DO MOMENTO EM QUE O MONSENHOR DUARTE CHEGOU AO CONVENTO DE SALVADOR. — ...e é isso que me obriga a contar tudo ao Sr. Santiago!

— Filha... oh meu Deus! Por que vosmecê não nos disse... assim que chegou? — PERGUNTA D. EDILEUZA, AOS PRANTOS.

— Eu ia dizer, mamãe! Mas quando vi o Monsenhor Duarte aqui em Itaberaba, eu... fiquei com medo!

— Que maldito! — DIZ D. EDILEUZA, CHORANDO, SAINDO DO QUARTO. POSSESSO DE ÓDIO, O SR. EURICO EM SILÊNCIO BEIJA A FILHA E SAI DO QUARTO.

À NOITE, NO CASARÃO DOS BAT-SARA, O SR. WILSON, SURPREENDIDO COM A PRESENÇA DE FERAL NA SALA, COMENTA ABORRECIDO, COM A ESPOSA RUTH, A ATITUDE DE SEU PAI.

— Oras, onde já se viu? Trazer o filho do homem que certa vez me ofendeu!

— Acalme-se, meu marido! — DIZ D. RUTH. — Papai não fez por mal! Além do que este jovem o deixa tão feliz. Precisa ouvir o que...

— Ruth! — DIZ O SR. WILSON, INTERROMPENDO-A. — Eu não quero ouvir nada! E jantarei no quarto!

ENQUANTO ISSO, NA SALA, O Sr. BAT-SARA TERMINA DE OUVIR, COM GARGALHADAS, A ÚLTIMA FAÇANHA DE FERAL: O BANHO NO QUINTAL.

— Ah, rapaz! Só vosmecê pra me fazer ficar em casa à noite!

— Senhor, que horas são? — PERGUNTA FERAL, SENTADO NO TAPETE.

— Já se passam das 22 horas, mas ... por que a pressa? Ruth, minha filha, prepare um quarto para o nosso convidado! — DIZ O SR. BAT-SARA. — Pronto! Vosmecê hoje dorme aqui.

— Senhor Bat-Sara, eu ... preciso ir! — DIZ FERAL, LEVANTANDO-SE.

— Mas Feral... vosmecê disse-me que não quer mais voltar pra casa!

— E não quero! Mas... tenho um assunto para resolver! Boa noite a todos — CUMPRIMENTA FERAL, SAINDO.

— Que rapaz mais... esquisito! — DIZ CATARINA.

— E é por isso que eu gosto dele! — DIZ O SR. BAT-SARA — Mas ... que assunto será esse?

À NOITE, NA CASA DO SR. EURICO.

— Avisaram-me de que ele está no casarão dos Bat-Sara! — DIZ O SR. SANTIAGO. — Estranho! Como o Sr. Bat-Sara conquistou a sua amizade? Percebi como se sente mais à vontade com ele e com vosmecê, Veridiana.

— Senhor, em parte sou culpada por tudo que aconteceu — DIZ VERIDIANA.

— Não! O meu filho caluniou o Monsenhor Duarte, alegando ter visto uma agressão feita por ele a vosmecê! O Monsenhor entendeu que ...

— Senhor Santiago — DIZ VERIDIANA, INTERROMPEN-DO-O —, o Monsenhor Duarte é um mentiroso! O seu filho está certo no que disse, pois ele me agrediu por duas vezes!

— Veridiana... o que vosmecê diz?!! — PERGUNTA O SR. SANTIAGO, ABISMADO.

— Senhor... — DIZ VERIDIANA — ... precisa saber agora o que aconteceu em minha vida desde que eu abandonei o convento. Preciso contar-lhe quem é o Monsenhor Duarte, ele... ele...

— Veridiana, minha filha! — DIZ D. EDILEUZA, APARECENDO REPENTINAMENTE NA SALA. — O seu pai... saiu de casa... armado!

— Mamãe... a senhora tem certeza?!! — PERGUNTA VERIDIANA, AFLITA.

— Mas... o que está acontecendo aqui, D. Edileuza? Pra onde foi o Sr. Eurico? — PERGUNTA O SR. SANTIAGO, LEVANTANDO-SE.

— Sr. Santiago... depois eu explico! Temos... que ir à Igreja! Vamos! — DIZ VERIDIANA, APREENSIVA.

DO TELHADO DA IGREJA, FERAL OBSERVA O MONSENHOR DUARTE. SALTANDO PARA A JANELA, FERAL ESTILHAÇA O VIDRO, ASSUSTANDO O MONSENHOR.

— Quem... quem está aí? — PERGUNTA O MONSENHOR.

— Sou eu, padre nojento! — DIZ FERAL, SURGINDO DAS SOMBRAS.

— Infeliz! Já não basta o que causastes? O que queres, criatura insana?

— Quero saber a verdade! — GRITA FERAL. — O que vosmecê fez à Senhorinha Veridiana?

— Ah! Estás curioso! — PERGUNTA O MONSENHOR, DIRIGINDO-SE À ESTANTE, PEGANDO UM CHICOTE. — Percebo que esta preocupação não é de enteado para com a futura madrasta, e sim de homem para mulher, não?

— Se vosmecê lhe fez algum mal, eu o farei pagar! — DIZ FERAL, CIRCULANDO PELO SALÃO.

— Eu não gostei de vosmecê, desde a primeira vez que o vi! Vosmecê tem o diabo no corpo, rapaz, e eu vou tirá-lo com isto! — AO DIZER ISTO, MONSENHOR CHICOTEIA FERAL.

FERIDO, FERAL CONSEGUE SE DESVIAR DE SEU SEGUNDO ATAQUE, DERRUBANDO-O NO CHÃO. AMBOS ATRACADOS, ROLAM PELO CHÃO. DO LADO DE FORA, VERIDIANA E O SR. SANTIAGO CHEGAM À IGREJA À PROCURA DO SENHOR EURICO.

OUVE-SE O DISPARO DE UMA ARMA. O SR. SANTIAGO ABRE A PORTA DA IGREJA COM UM CHUTE, E LOGO AO ENTRAR, TESTEMUNHA FERAL, ENSANGUENTADO SOBRE O CORPO DO MONSENHOR DUARTE.

— Meu Deus! Santiago... vosmecê matou... o Monsenhor!?! — PERGUNTA O SENHOR SANTIAGO ABISMADO.

— Não, Senhor Santiago! — DIZ O SR. EURICO COM A ESPINGARDA NA MÃO. — Fui eu quem mandou este diabo pro inferno!

NERVOSA, VERIDIANA ABRAÇA O PAI. SR. SANTIAGO PÕE AS MÃOS NA CABEÇA E PERGUNTA: — Alguém pode me explicar ... o que aconteceu aqui?

— Deixamos as explicações para depois, Santiago! — DIZ O SR. BAT-SARA, NA ENTRADA DA IGREJA. — Sugiro que todos saiam agora, pois o tiro pode ter atraído a atenção de alguém.

— Não... eu ficarei! — DIZ O SR. EURICO, EM ESTADO DE TRANSE. — Eu... lavei a honra da minha filha... com sangue!

— Vamos, Feral! Eu ajudo vosmecê — DIZ O SR. BAT-SARA SEGURANDO-O. — Vamos para minha casa.

INSTANTES DEPOIS, AO CHEGAR EM CASA, O SR. EURICO É ABRAÇADO POR SUA ESPOSA, QUE FICA ANSIOSA, PERGUNTANDO:

— Eurico! Onde vosmecê esteve homem? O que vosmecê fez? Cadê a sua arma?

— Mamãe... o pai está cansado! Está tudo bem agora! — DIZ VERIDIANA, ACOMPANHANDO SEU PAI ATÉ O QUARTO.

POUCO DEPOIS, NA SALA, O SR. SANTIAGO AGUARDA VERIDIANA, ENQUANTO D. EDILEUZA SERVE O CAFÉ.

— Imagina o Senhor.! Nós somos pobres, mas sempre fomos gente de bem! — DIZ D. EDILEUZA QUANDO VÊ A FILHA. — Veridiana! Filha, conte-me o que aconteceu! O seu pai fica calado, e eu me desesper...

— Mamãe... — DIZ VERIDIANA, INTERROMPENDO-A — ... todos nós estamos cansados! Deixa o pai descansar, pois amanhã tudo será esclarecido! Agora, por favor, nos dê licença, pois preciso falar um assunto sério com o Sr. Santiago.

— Filha...

— Mamãe... por favor! — DIZ VERIDIANA, LOGO QUE SUA MÃE DEIXA A SALA. — Sr. Santiago, há alguns meses eu tive a infelicidade de conhecer o Monsenhor Duarte! Quando ele foi transferido para a Bahia, o seu nome era respeitado entre os religiosos, só que quando ele apareceu no Convento em que eu vivia, em Salvador, iniciou uma ... perseguição à minha pessoa. Eu não entendia o motivo até que um dia, ele... ele me atacou, me torturou, me violentou! Quase enlouqueci, pois não tinha a quem recorrer. Estava sozinha, sendo constantemente ameaçada por ele, e tinha muito medo de denunciá-lo, pois ele era muito poderoso e influente! Com certeza eu seria punida por meus superiores. Os últimos meses para mim foram horríveis, pois tentava a todo custo uma transferência e não conseguia! Ele conseguia manipular todos os meus superiores, pois era muito conceituado perante eles! Rezava para eu me livrar daquele suplício, chegando até... oh meu Deus! Cheguei até a pensar em matá-lo! Todas as minhas tentativas de sair do convento eram frustradas, pois ele conseguia de uma maneira ou de outra impedir. A carta que meus pais receberam foi uma das muitas que escrevi e não conseguia enviar. Felizmente Deus ouviu as minhas preces, e o Monsenhor Duarte foi chamado para uma missão. Não tive dúvida, abandonei o convento o mais rápido que pude. Quando cheguei aqui pensei que estava livre de sua perseguição, mas não sei como ele descobriu onde eu estava e veio ao meu alcance. Na despedida ao Pe. Augustinho, quando o senhor anunciou o nosso noivado, ele ficou furioso e ameaçou contar-lhe tudo, caso eu não desfizesse o noivado. O mesmo aconteceu ontem, quando fui pedir-lhe que aceitasse Santiago Neto como seu aluno, e mais uma vez ele me ameaçou! Como vê, foi imprudente com o seu filho, enquanto ele apenas disse a verdade. Tome! — VERIDIANA DEVOLVE-LHE O ANEL DE COMPROMISSO.

— O que vosmecê está fazendo? — PERGUNTA O SR. SANTIAGO.

— Senhor... eu compreenderei se não desejar continuar o noivado, e...

— Não! — DIZ O SR. SANTIAGO, SEGURANDO-LHE A MÃO. — Ninguém precisa saber o que se passou no convento, e muito menos o que aconteceu ao Monsenhor Duarte! Eu ainda quero casar com vosmecê, senhorinha.

EMOCIONADA, VERIDIANA O ABRAÇA. O SR. SANTIAGO CHAMA D. EDILEUZA E...

— Senhora Edileuza, quero que seja a primeira a saber que o nosso casamento se realizará no próximo mês! Espero que com esta notícia, o Sr. Eurico se recupere e possamos esquecer todo este pesadelo pelo qual Veridiana, minha noiva, passou!

AO AMANHECER, TODA A CIDADE DE ITABERABA FICA EM POLVOROSA COM A NOTÍCIA DA MORTE DO MONSENHOR DUARTE. OS COMENTÁRIOS SEGUEM POR TODO O DIA, E O DELEGADO DO MUNICÍPIO COMEÇA A OUVIR AS TESTEMUNHAS, INICIANDO COM AS BEATAS QUE ENCONTRARAM O CORPO, LOGO CEDO.

NO CASARÃO DOS D'PAULA, DURANTE O CAFÉ, GERTRUDES FICA HORRORIZADA COM A NOTÍCIA.

— Meu Deus! Quem seria capaz de uma atrocidade como esta?

O SR. SANTIAGO, EM SILÊNCIO, NÃO SE SURPREENDE COM A NOTÍCIA, DEIXANDO PEDRO DESCONFIADO.

— Pai... por onde anda o Santiago Neto? Pai? — PERGUNTA PEDRO, SEM OBTER RESPOSTA.

DESCENDO A ESCADA, DIÓGENES, ALHEIO AOS ACONTECIMENTOS.

— Bom dia, pai! O senhor levará Santiago Neto para a aula? Eu estou de partida!

— O seu irmão passou a noite na casa do Sr. Bat-Sara, Diógenes! — DIZ O SR. SANTIAGO.

— Senhor... sabe mais sobre a morte do... Monsenhor Duarte? — PERGUNTA GERTRUDES, MEIO CISMADA COM O SILÊNCIO DO SR. SANTIAGO.

— Não, Gertrudes! — DIZ O SR. SANTIAGO, LEVANTANDO-SE. — Mas certamente vosmecê saberá, quando se encontrar com as beatas fuxiqueiras! Meus filhos... quero dizer-lhes que a data do meu casamento com a senhorinha Veridiana já está marcada! Nos casaremos no próximo mês!

— Pai... eu passarei mais tarde, para tratarmos de negócios — DIZ DIÓGENES, INDO PARA A COZINHA.

— Eu estarei aguardando-o, filho! Pedro! Apresse-se! — DIZ O SR. SANTIAGO, SEGUINDO EM FRENTE.

LOGO APÓS O SR. SANTIAGO SAIR, GERTRUDES DIZ A PEDRO.

— Meu sobrinho! Procure saber mais sobre a morte do Monsenhor! Desconfio de que seu pai esconde algo.

LOGO MAIS, NA CHARRETE, A CAMINHO DO ESCRITÓRIO, PEDRO, AO PERCEBER O PAI COMPENETRADO EM SEUS PENSAMENTOS, PERGUNTA:

— Pai... Santiago Neto tem algo a ver com a morte do Monsenhor?

— Oras, mas que pergunta! — DIZ O SR. SANTIAGO, PARANDO BRUSCAMENTE A CHARRETE. — O seu irmão nada tem a ver com o assassinato daquele sujeito!

— Perdoe-me pai, mas o...

— Cale-se, Pedro! — DIZ O SR. SANTIAGO, EXALTADO. — Pare de me importunar com essa sua curiosidade, e trate de sua vida!

PEDRO FICA EM SILÊNCIO, COM MAIS CERTEZA DE QUE O SEU PAI ESCONDE ALGO, ENQUANTO A CHARRETE SEGUE VIAGEM AO CENTRO DE ITABERABA.

ENQUANTO ISSO, NO CASARÃO DOS BAT-SARA, FERAL DORME TRANQUILAMENTE, QUANDO É ACORDADO PELO SR. BAT-SARA.

— Bom dia, Feral! — DIZ O SR. BAT-SARA, ABRINDO A JANELA. — E então... dormiu bem?

— Sim senhor! — RESPONDE FERAL, ESPREGUIÇANDO-SE. — Dormi como uma pedra! Acho que por causa da briga que tive com o Monse...

— Psiu! Não fale isso! — ADVERTE O Sr. BAT-SARA. — Não comente com ninguém que esteve ontem na igreja! A cidade está tumultuada! Veja!

— Sr. Bat-Sara... o senhor sabia que eu estava na igreja — PERGUNTA FERAL, OBSERVANDO A JANELA.

— Deduzi que sim! Quando vosmecê disse que ia resolver um "assunto" e não voltaria para casa... Agora vosmecê tome o seu café, pois eu o levarei para casa.

— Mas eu terei aula hoje! Tenho que ir à casa da Senhorinha Veridiana.

— Provavelmente não haverá aula! — DIZ O SR. BAT-SARA, DANDO-LHE UMA BANDEJA COM CAFÉ. — Pois todos estão se preparando para ir ao velório!

— Velório... o que é isso?

MAIS TARDE, O VELÓRIO É REALIZADO NA CAPELA DA IGREJA. OS COMENTÁRIOS PROSSEGUEM, CADA UM DANDO A VERSÃO DO QUE IMAGINAM TER SIDO A CAUSA DO ASSASSINATO DO MONSENHOR DUARTE. AS BEATAS COMENTAM A AUSÊNCIA DO SR. EURICO E D. EDILEUZA.

ANTES DE SEGUIR PARA CASA, FERAL PEDE AO Sr. BAT-SARA, PARA IR À CASA DO SR. EURICO. AO CHEGAR, ENCONTRA VERIDIANA, QUE, AO VÊ-LO, SE ALEGRA E O ABRAÇA.

— Oh Feral! É tão bom vê-lo novamente, e ... hã ... como tem passado Sr. Bat-Sara? — PERGUNTA VERIDIANA, DISFARÇANDO O ENTUSIASMO.

— Bem, Senhorinha. O nosso Feral insistiu em passar por aqui! Estou levando-o de volta para casa.

— Que bom, o seu pai... ele... ele está arrependido pelo modo que agiu com vosmecê! — DIZ VERIDIANA. — Agora ele conhece a verdade, e espero que vosmecê o entenda!

— Aquele homem a fez sofrer, Senhorinha! — DIZ FERAL PEGANDO EM SUAS MÃOS. — Eu o mataria de novo, se...

— Não diga isso! — DIZ VERIDIANA INTERROMPENDO-O. — Vosmecê não o matou! Eu sei disso, vosmecê sabe também!

— Feral, agora procure esquecer tudo isso! — DIZ O SR. BAT-SARA. — E lembre-se: não comente esse assunto com ninguém!

— O Sr. Bat-Sara está certo, só quero o seu bem, Feral — DIZ VERIDIANA, ABRANÇANDO-O.

O SR. SANTIAGO CHEGA E OS VÊ ABRAÇADOS.

— Com licença. Santiago Neto... eu... espero que volte pra casa, e... hã... precisamos conversar!

FERAL LEVANTA-SE DA SALA E SAI EM SILÊNCIO.

— Eu... acho que ele ainda está magoado comigo! — DIZ O SR. SANTIAGO. — Sr. Bat-Sara... mais uma vez eu agradeço por levá-lo para sua casa!

— Não há de quê, filho! O seu filho é um rapaz adorável, vosmecê precisa apenas dar oportunidade para mostrar-lhe! — DIZ O SR. BAT-SARA. — Agora dê-me licença, o levarei para vossa casa! Boa tarde a todos.

— Senhorinha Veridiana... imagino quanto custa vosmecê acompanhar-me, mas creio que devamos comparecer ao velório, para não levantarmos suspeitas.

MAIS TARDE NO VELÓRIO, GERTRUDES E PEDRO COMENTAM SILENCIOSAMENTE SUAS SUSPEITAS.

— ... ficou visivelmente nervoso! — CONCLUI PEDRO. — Até referiu-se ao falecido como "aquele sujeito"!

— Antes de sair, vi o Sr. Bat-Sara trazer Santiago Neto! Disse-me que se divertiu a noite toda com as peripécias contadas por ele! Mas Santiago Neto estava com ferimentos no rosto e nos ombros! — DIZ GERTRUDES, COCHICHANDO.

— Tenho quase certeza de que Santiago Neto está envolvido! Soube que, logo cedo, ele tinha destratado o Monsenhor!

MAIS ADIANTE CATARINA, AO VER DIÓGENES, SE AFASTA DOS SEUS PAIS.

— Sr. Diógenes! Quero que saibas que fiquei muito ofendida quando me deixou sozinha, para ir atrás daquela criada!

— Senhorinha Catarina! Peço que me deixe em paz! Não percebe que não estou interessado em vosmecê? — PERGUNTA DIÓGENES, DEIXANDO-A OUTRA VEZ SOZINHA, DIRIGINDO-SE PARA O SEU PAI, O SR. SANTIAGO.

LOGO APÓS O ENTERRO, OS D'PAULA CHEGAM AO CASARÃO. NA COZINHA, GERTRUDES ENCONTRA FERAL COMENDO DOCE EM UMA TIGELA.

— Mas... isso são modos? PERGUNTA GERTRUDES, IRRITADA. — Não sabes que se usam cadeiras e talheres? Eu nunca...

— Gertrudes... — DIZ O SR. SANTIAGO, INTERROMPENDO — ... deixe-o comer como quiser! Agora todos, por favor, deem-nos licença!

TODOS SAEM, PORÉM PEDRO DISFARÇA O PERCURSO, ESCONDENDO-SE POR TRÁS DA PORTA

— Santiago Neto... eu quero pedir-lhe desculpas, por não ter acreditado no que disse, e... lamento que tudo isso tenha acontecido.

FERAL PERMANECE EM SILÊNCIO, COMENDO O DOCE, EM CIMA DA MESA.

— Tudo isso aconteceu, de um certo modo, por falta de confiança. De mim para vosmecê, da senhorinha Veridiana para comigo, e apesar de vosmecê ter me advertido... de nada valeu, pois eu não acreditei!

— O senhor pensou que tinha sido eu, não? — PERGUNTA FERAL, LAMBENDO OS DEDOS.

— Eu... fiquei surpreso, ao vê-lo daquele jeito.

— Não fui lá pra matá-lo! Apenas para saber o porquê de ele ter agredido Veri... a senhorinha Veridiana!

— Vosmecê... sabe agora o porquê?

— Não! — RESPONDE FERAL, DESCENDO DA MESA. — Mas agora não importa, pois aquele maldito está morto!

— Sim. O melhor que temos a fazer é esquecer todo esse acontecimento. Santiago Neto... me perdoe, pela falta de confiança — DIZ O SR. SANTIAGO, INTENCIONANDO, ABRAÇÁ-LO.

— Está perdoado, senhor! Posso sair agora?

— Hã... claro! — RESPONDE O SR. SANTIAGO, ENCABULADO.

ALGUNS DIAS SE PASSAM, E OS MORADORES DE ITABERABA VÃO AOS POUCOS RETOMANDO SUAS VIDAS, ESQUECENDO O TRISTE DIA DA MORTE DO MONSENHOR DUARTE. UM FATO QUE A POLÍCIA DA REGIÃO NÃO CONSEGUIU APURAR, POR MAIS PRESSÃO QUE TENHA VINDO DA ARQUIDIOCESE DE SALVADOR.

DIÓGENES TERMINA DE COMPRAR TODA MERCADORIA QUE NECESSITA PARA INICIAR O SEU COMÉRCIO, QUE, COM A AJUDA DE IRACI E JANDAIA, ESTÁ PRESTES A SER INAUGURADO. VERIDIANA, COM O AUXILIO DA MÃE, DIVIDE-SE EM APRONTAR O SEU ENXOVAL, ASSIM COMO ENSINAR FERAL EM SUA ALFABETIZAÇÃO. FERAL DIFICILMENTE FALTA À AULA, E QUANDO ISSO ACONTECE, VERIDIANA SENTE MUITA FALTA DE SEU ALUNO.

NUMA MANHÃ DE UM CERTO DIA...

— Muito bem, Sr. Feral... posso saber por que vosmecê não veio ontem? — PERGUNTA VERIDIANA, ABORRECIDA. — Nem sequer mandou-me avisar!

— Perdoe-me, senhorinha! Mas fiquei até tarde da noite ajudando o meu irmão Diógenes na arrumação de sua Pharmacia, e... fiquei muito cansado pra vir assistir aula.

— Vosmecê está indo muito bem na leitura, mas se não se dedicar, praticar, possivelmente esquecerá o que aprendeu.

— Senhorinha Veridiana... — DIZ FERAL, LEVANTANDO A SEDA DO ENXOVAL — ...vosmecê está se dedicando mais ao seu casamento ou a minha alfabetização?

— Oras! Do meu enxoval! — DIZ VERIDIANA, TOMANDO-LHE O TECIDO. — Mas... eu me comprometi a ensiná-lo, porém, se já se sente "pronto", pode dizer-me, senhor!

— Oh, perdoe-me, senhorinha! — DIZ FERAL, INSINUANTEMENTE BEIJANDO A SUA MÃO. — Eu ainda tenho muito o que aprender.

NO DIA SEGUINTE, NO JARDIM DO CASARÃO, O SR. SANTIAGO COMENTA COM GERTRUDES A BELEZA DAQUELA MANHÃ DE SÁBADO.

— ...e a natureza sabe como nos presentear com um sol, como este! Gertrudes... a tenho percebido muito reservada a esta casa. Precisas sair, conversar, dedicar-se mais às pessoas com quem convive!

— Oras, senhor. Eu apenas ia a missa, mas agora sem um padre, terei que aguardar...

— Pois eu tenho uma surpresa para vosmecê! — DIZ O SR. SANTIAGO, COM UM SEMBLANTE ALEGRE. — Ponha um vestido bem bonito, e aguarde-me enquanto eu visto um terno.

— Senhor... não queres mesmo que eu fique em casa, pois não?

— Certamente que não! Precisas de distração, Gertrudes! — DIZ O SR. SANTIAGO, ENTRANDO EM CASA.

LOGO AO DESCER, GERTRUDES, EM UM BELO VESTIDO, ESTÁ ESFUZIANTE.

— D. Gertrudes, o Sr. Santiago a espera na charrete! — DIZ DAS DORES.

— E essa cesta? Ele mandou vosmecê preparar?

— Sim senhora! Disse-me que é para um passeio!

CAP. XII

CONFIANTE NO PASSEIO, GERTRUDES SOBE A CHARRETE SORRIDENTE, SEM ACREDITAR NO QUE ESTÁ ACONTECENDO. AO CHEGAREM NA IGREJA, O SR. SANTIAGO A LEVA PARA O SALÃO. AO ABRIR A PORTA, GERTRUDES É SURPREENDIDA PELAS SENHORAS BEATAS, QUE LHE APRESENTAM O NOVO PADRE DA PARÓQUIA.

— E então, Gertrudes? Gostou da surpresa? — PERGUNTA O SR. SANTIAGO.

— Hã... muito, senhor! — RESPONDE GERTRUDES, CHORANDO DE DECEPÇÃO, MAS DISFARÇANDO A EMOÇÃO. — Aonde vais, senhor?

— Eu irei surpreender a minha noiva! Aproveitarei esta linda manhã de sábado! — DIZ O SR. SANTIAGO, QUE, EMPOLGADO, CHEGA À CASA DE VERIDIANA, COM A CESTA NA MÃO.

— Senhor... que surpresa! — DIZ VERIDIANA. — Mas... o que faz com esta cesta?

— Senhorinha, trago-lhe esta cesta e o meu convite para passarmos uma linda e agradável manhã na serra da mata! O que achas?

— Senhor... eu marquei com o seu filho uma aula para hoje, pois ele perdeu...

— Oras, filha! — DIZ O SR. EURICO, INTERROMPENDO. — Hoje é sábado! Não desperdice essa manhã e aceite o convite de seu noivo!

— Ouça-o, além do que vosmecê precisa se distrair! — DIZ O SR. SANTIAGO.

— Pois então, eu aceito! Espere-me pegar o meu chapéu! — DIZ VERIDIANA, AO RETORNAR À SALA. — Pai, quando Fe... Santiago Neto chegar, diga-lhe que na próxima segunda continuaremos!

POUCO DEPOIS, AO DEIXAR FERAL EM FRENTE A CASA DO SR. EURICO, DIÓGENES SEGUE PARA A SUA PHARMÁCIA. AO ENTRAR NA CASA, FERAL ENCONTRA O SR. EURICO.

— Bom dia, senhor!

— Oh, bom dia, filho! Infelizmente não haverá aula hoje. O senhor seu pai convidou minha filha para um passeio!

— Passeio?!? Mas... ela disse-me que teríamos aula hoje!

— Pois é, filho! Ela disse que, na segunda-feira, vosmecê terá a sua aula!

— Oras! Quando faltei ela se irritou, agora quando eu venho, ela sai! O que pensas? — PERGUNTA FERAL, JOGANDO OS LIVROS NO CHÃO, SAINDO ABORRECIDO.

NA CASA ONDE SE INAUGURARÁ SUA PHARMÁCIA, DIÓGENES ARRUMA UMA ESTANTE DE MEDICAMENTOS, COM A AJUDA DE VENCESLAU, SEU NOVO EMPREGADO.

— Senhor... perdoe-me a curiosidade, mas... aquela jovem índia é sua parente? — PERGUNTA VENCESLAU SOBRE JANDAIA.

— Não, Venceslau! Percebi que somos um pouco parecidos, mas eu não tenho parentes índios! Certamente eu... hã... espere! — DIÓGENES VE FERAL PASSANDO E O CHAMA. — Santiago! Santiago, aonde vai?

— Estou indo para casa! — RESPONDE FERAL, EXTREMAMENTE ZANGADO.

— Mas... o que houve? Não teve aula?

— Não! O Sr. Santiago levou a minha professora para... passear!

— É uma pena, mas... por que não ficas aqui? Vosmecê pode... Santiago? Santiago! -CHAMA DIOGENES.

FERAL PARTE, SEM DAR OUVIDOS AO CHAMADO DE DIÓGENES.

PRÓXIMO A COLINA, EM UM TERRITÓRIO FLORIDO, O SR. SANTIAGO ENCONTRA-SE DE MÃOS DADAS COM SUA NOIVA, VERIDIANA.

— Em que vosmecê está pensando? — PERGUNTA O SR. SANTIAGO.

— Eu? Oh, nada... apenas em Santiago Neto, quando ele chegar em casa, e...

— Veridiana... Podes fazer como eu? Não pensar em trabalho, quando se está em um lugar como este!

— Tens razão, senhor. Se me permite uma pergunta: O seu filho Santiago já o chamou de pai?

— Não! Desde que ele chegou se mostrou incomodado quanto a isso! Mas eu entendo, afinal não o criei desde pequeno. Mas creio que é apenas uma questão de costume, afinal aconteceu tanto imprevisto entre nós, desde que ele chegou!

QUANDO FERAL RETORNA AO CASARÃO, AO ENTRAR NA SALA DE ESTAR, BATE VIOLENTAMENTE A PORTA, INTERROMPENDO A CONVERSA ENTRE GERTRUDES E PEDRO.

— Nossa! O que houve, Santiago? Algum problema? — PERGUNTA PEDRO.

— Não tive aula! — DIZ FERAL, SENTANDO-SE NA CADEIRA. — O senhor, nosso pai levou a minha professora para passear!

— Não sabia que tinha aula dia de sábado! Mas... o que pretende fazer? — PERGUNTA PEDRO.

— Não quero mais ter aula! Não quero mais escrever, mais ler, mais nada!

— Imagino o quanto estais aborrecido, mas tens que se alfabetizar! — DIZ GERTRUDES. — Por que não vais à procura de teu pai? Dizer ao teu pai a tua decisão.

— Mas... eu não sei pra onde eles foram.

— Mas eu sei! — DIZ GERTRUDES. — Provavelmente eles estão próximo à colina. Há um campo antes da estrada, e...

— Tia... – DIZ PEDRO, TENTANDO CONTESTAR.

— Pedro! O seu irmão está certo em querer ir atrás deles, afinal a senhorinha Veridiana marcou a aula com Santiago Neto, então não poderia aceitar um convite e sair! Pois então, vosmecê segue a colina, e... — ASSIM, GERTRUDES ENCAMINHA FERAL, AO PERCURSO, ONDE ELE ENCONTRARÁ OS DOIS.

SOBRE A RELVA DO CAMPO, O SR. SANTIAGO DESFRUTA COM VERIDIANA A TRANQUILIDADE E BELEZA DAQUELA MANHÃ DE SOL.

— ...e só resta o nosso casamento para a felicidade ser completa! — DIZ O SR. SANTIAGO, DANDO-LHE UM BEIJO. — Eu esqueci de avisar-lhe, mas a inauguração da pharmácia de meu filho Diógenes será hoje no final da tarde! Vosmecê quer me acompanhar?

— Senhor! Se soubesse deste compromisso, não teria vindo! Com que roupa eu irei?

— Mas que problema há, Veridiana? Estais linda! Podemos seguir, após sairmos daqui! Além do que, se tivesse avisado, certamente não virias pra cá, pois não?

— Ah, vejo que foi premeditado esse convite, não?

— Completamente! — DIZ O SR. SANTIAGO, ABRAÇANDO-A. — A natureza foi a minha cúmplice!

APÓS UM LONGO BEIJO, O SR. SANTIAGO TENTAR-LHE TIRAR O VESTIDO, PORÉM VERIDIANA RECUA.

— Senhor... não.

— Mas... por quê? Eu te amo, iremos nos casar...

CEDENDO AO APELO E AOS CARINHOS DO SR. SANTIAGO, VERIDIANA DEIXA-SE DESPIR, E AMBOS SE AMAM EM PLENA RELVA, SOB A VISTA DE FERAL, QUE, DO ALTO DE UMA ÁRVORE, OBSERVA TUDO.

MAIS TARDE NO CASARÃO DOS D'PAULA, GERTRUDES SE APRESSA PARA NÃO PERDER A INAUGURAÇÃO DA PHARMÁCIA DE DIÓGENES.

— Pedro, meu filho! Quero ir de carruagem, para não chegar lá empoeirada! — DIZ GERTRUDES SEGUINDO PARA A COZINHA. — Aonde está aquela criada?

— Está lá fora, senhora. Já deve ter terminado de lavar os lençóis! — DIZ DAS DORES.

INDO PARA O QUINTAL, GERTRUDES ENCONTRA CONCEIÇÃO E PERGUNTA:

— Aonde pensas que vai, apressada deste jeito, menina?

— Eu já lavei os lençóis, senhora! Agora que terminei o meu serviço, tenho a permissão do Sr. Santiago para ir a inauguração da pharmácia do Sr. Diógenes.

— Assim que terminar o serviço, não? Pois eu... – DIZ GERTRUDES, TIRANDO OS LENÇÕES DO VARAL — ...acho que eles não estão bem lavados!

— Não! — GRITA CONCEIÇÃO, AO VER GERTRUDES JOGANDO OS LENÇÕES NA LAMA.

— Oh! Como estou displicente... agora terás que terminar o teu serviço! Lave-os!

— Lamento, senhora! — DIZ CONCEIÇÃO TIRANDO O AVENTAL. — Mas eu não lavarei!

— Mas... que audácia! Volte aqui! Volte... — CHAMA GERTRUDES, EM VÃO.

MAIS ADIANTE, GERTRUDES DÁ ORDEM AO FEITOR, PARA NÃO DEIXAR CONCEIÇÃO SAIR DA PROPRIEDADE SOB HIPÓTESE ALGUMA. LOGO MAIS, SEGUINDO NA CARRUAGEM COM PEDRO, GERTRUDES MANDA O COCHEIRO PASSAR ANTES NO CASARÃO DOS BAT-SARA.

EM SEU QUARTO, CONCEIÇÃO TERMINA DE SE ARRUMAR, E, AO CHEGAR NO PORTÃO, É IMPEDIDA DE SAIR.

— Conceição, não podemos deixá-la sair! Ordem da D. Gertrudes! — DIZ UM DOS FEITORES.

— Mas... por quê? — PERGUNTA CONCEIÇÃO, DESESPERADA. — Escutem... eu não trabalho mais aqui! Deixem-me sair!

SEM CONSEGUIR, CONCEIÇÃO, FURIOSA, VAI À PROCURA DE DAS DORES.

DO LADO DE FORA DO CASARÃO DOS BAT-SARA, GERTRUDES AGUARDA A RESPOSTA DE CATARINA AO SEU CONVITE PARA IR À INAUGURAÇÃO DA PHARMÁCIA. ENQUANTO ISSO NA SALA DE ESTAR, UM IMPASSE SE INICIA.

— Não! Não permitirei que vosmecê vá a essa inauguração! — DIZ O SR. WILSON. — Não percebe que é para o seu próprio bem, filha?

— Papai... por favor! D. Gertrudes está a minha espera... mamãe... por favor... peça a ele!

— Wilson... podemos ser mais flexíveis! — DIZ D. RUTH. — A D. Gertrudes está aguardando...

— Mas que aguarde! — DIZ O SR. WILSON, EXALTADO. — O que esses D'Paula pensam que são? Um convite em último instante e pronto! Minha filha vai correndo pra ver aquele irresponsável!

— Mas que barulheira é essa? — PERGUNTA O SR. BAT-SARA, VINDO DO QUARTO.

— Vovô... papai não quer deixar eu... eu ir à inauguração da Pharmacia! — DIZ CATARINA, AOS PRANTOS.

— Mas por que não? Oras, Wilson deixe a menina se distrair um pouco! Vá, minha filha! Ponha um bonito vestido, que eu me acerto com o seu pai!

— Oh, vovô... muito obrigada! — DIZ CATARINA, SAINDO FELIZ, PARA SE APRONTAR.

NA COZINHA DO CASARÃO DOS D'PAULA, CONCEIÇÃO AGUARDA O RETORNO DE DAS DORES.

— E então? Eles deixaram?

— Não, filha! Eles não querem acordo, mesmo dizendo que vosmecê não vai mas trabalhar aqui!

— Miserável! — DIZ CONCEIÇÃO, AOS PRANTOS. — Eu... queria estar ao lado... de Diógenes! Neste dia... tão feliz... tão esperado por ele!

— Oh, minha filha! — DIZ DAS DORES, TENTANDO CONSOLAR. — Essa mulher é má que nem o capeta! Esse namoro de vosmicês não há de dar certo, pois já aconteceu algo parecido no passado, e ela conseguiu destruir!

— Vosmecê fala do Sr. Santiago e Luzia, mãe de Feral, não? O que ela fez contra eles, Das Dores?

— Epa! Eu já contei essa história, e vosmecê sempre querendo saber mais! Escute menina, por que vosmecê não vai lavar aqueles lençóis de novo? Talvez os homens a deixem...

— Não, Das Dores! — DIZ CONCEIÇÃO, ENXUGANDO AS LÁGRIMAS. — Eu disse que não trabalhava mais nesta casa!

A INAUGURAÇÃO COMEÇA, E DIÓGENES MOSTRA AO SEU PAI E VERIDIANA OS PRODUTOS QUE IRÁ COMERCIALIZAR. GERTRUDES CHEGA ACOMPANHADA DE PEDRO E CATARINA. SEM ENCONTRAR CONCEIÇÃO, DIÓGENES PERGUNTA POR ELA.

— Pedro, onde está Conceição? Por que não veio com vocês?

— Eu não a vi, irmão! Mas veja quem veio conosco! — DIZ PEDRO, MOSTRANDO CATARINA.

— Diógenes, desejo que a sua Pharmacia seja um sucesso! — DIZ CATARINA, INSINUANDO-SE.

— Agradeço o seu voto, senhorinha! Com licença!

SERVINDO CHÁ AOS CONVIDADOS, IRACI COMENTA COM JANDAIA, QUANDO VÊ GERTRUDES.

— Eu conheço aquela mulher! Quando jovem, esteve na nossa aldeia com o pai!

O CASAL BITTENCOURT PARABENIZA DIÓGENES.

— Obrigado, senhor! Tive muito trabalho para deixá-la com o aspecto comum de uma Pharmacia, apesar do forte cheiro de plantas, ervas e raízes!

— Pelo que vejo, Diógenes, estas mulheres tendem a lhe ajudar muito, não? Pois vejo que são índias!

— Sim, Sra. Bittencourt! São de Mato Grosso, e vieram da caravana do circo! Não imagina como Iraci, a mais velha, conhece sobre tudo o que existe aqui!

— Imagino que sim, pois toda cultura indígena está, em se tratando de remédios, impregnada no cultivo de plantas medicinais! Meu jovem... uma curiosidade... aquela jovem... é estranho como ela se assemelha a você!

— É senhor! Já estou me acostumando com essa comparação! — DIZ DIÓGENES, SORRIDENTE. — Chama-se Jandaia! É calada, mas é muito prestativa!

MAIS ADIANTE, GERTRUDES SE APROXIMA DE VERIDIANA.

— Como está, senhorinha Veridiana? D. Edileuza e o seu pai, não os vejo!

— Mamãe nem sabe que eu estou aqui, senhora! Imagine que o Sr. Santiago me avisou desta inauguração há pouco... e eu me surpreendi!

— É... eu imagino como foi divertido o passeio — DIZ GERTRUDES, OBSERVANDO ALGUNS RESÍDUOS DE RELVA EM SEU VESTIDO E CHAPÉU.

— Soube da surpresa que o meu noivo fez à senhora, hoje cedo! O que achou, senhora?

— Oh... eu fiquei muito feliz! Estava sentindo falta das missas, e... com a chegada de um novo padre...

— Chá, senhora? — PERGUNTA IRACI, OLHANDO ATENTAMENTE PARA GERTRUDES. — A senhora... já esteve... em Mato Grosso?

— Oras! Claro que não! — RESPONDE GERTRUDES, OFENDENDO-SE. — Quer nos dar licença? Mas que confiança desta índia!

— Ela apenas lhe fez uma pergunta, senhora — DIZ VERIDIANA, DESCONFIANDO DA REAÇÃO DE GERTRUDES.

CATARINA ABORDA DIÓGENES, QUANDO O VÊ SOZINHO.

— Diógenes... meu pai ficará satisfeito, quando contar-lhe como está bonito este lugar, e...

— Senhorinha Catarina... — DIZ DIÓGENES, INTERROMPENDO-A — ...dê-me licença!

— O que houve? Está aborrecido com o quê? A sua criada não veio? — PERGUNTA CATARINA, SENDO NOVAMENTE DEIXADA SOZINHA POR DIÓGENES, QUE SE APROXIMA DO NOVO PADRE DE ITABERABA.

— Senhor... agradeço a vossa presença! — DIZ DIÓGENES, PEDINDO A BÊNÇÃO AO PADRE.

— Deus abençoe a vosmecê e a este lugar! — DIZ O PADRE. — Espero que comercialize os seus produtos, mas lembre-se: a prática de curandeirismo é um sacrilégio!

— Sei disso, senhor! Mas não se preocupe, pois o meu interesse é remediar produtos mais acessíveis e conhecidos da população! Desde pequeno tive interesse por plantas, e só agora, após estudar na Europa, me dei conta de minha real vocação!

— Imagine, padre, que se não fosse alvo, poderia se passar por um índio, não? — COMENTA A SRA. BITTENCOURT, APROXIMANDO-SE.

— É verdade, senhora, mas... não existe algum parentesco com os indígenas, Sr. Santiago? — PERGUNTA O PADRE.

— Não, senhor! — RESPONDE O SR. SANTIAGO, AO LADO DE VERIDIANA. – Nem de minha família, nem da mãe! O avô dele, o Comendador Maciel, morou alguns anos em Mato Grosso, com a família, mas, pelo que eu saiba, não tinha nenhuma descendência indígena!

IRACI ESCUTA TODA A CONVERSA, ENQUANTO VERIDIANA FICA AINDA MAIS DESCONFIADA QUE GERTRUDES ESCONDE ALGO.

MAIS TARDE, AO LEVAR VERIDIANA EM CASA, O SR. SANTIAGO É INFORMADO PELO SR. EURICO, QUE O SEU FILHO ESTEVE PELA MANHÃ, EM SUA CASA. — ...e quando lhe disse que o senhor tinha convidado minha filha para passear, ele ficou furioso, e jogou os livros no chão! — DIZ O SR. EURICO.

— Desculpe-me por ele, senhor! — DIZ O SR. SANTIAGO. — Apesar de que ele se mostra cada vez mais interessado em assistir aula, isso é um bom sinal! Bem... já se faz tarde, boa noite, Sr. Eurico, D. Edileuza.

NA JANELA, ESTRANHAMENTE VERIDIANA NÃO CONSEGUE PARAR DE PENSAR EM FERAL E EM SUA REAÇÃO.

AO CHEGAR EM CASA, DIÓGENES PERGUNTA POR CONCEIÇÃO A DAS DORES.

— Das Dores... onde está Conceição? Eu a esperei... por que ela não foi a inauguração?

— Sr. Diógenes, ela está no quarto! Vosmecê vá procurá-la e... pergunte tudo isso pra ela!

CAP. XIII

AO CHEGAR NO QUARTO DE CONCEIÇÃO, DIÓGENES A ENCONTRA DEITADA NA CAMA, CHORANDO.

— Conceição! O que houve?

— Diógenes! — DIZ CONCEIÇÃO, ABRAÇANDO-O AOS PRANTOS.

— Esperei por vosmecê... por que não foi? O que aconteceu?

— D. Gertrudes proibiu a minha saída! Eu tinha acabado de lavar os lençóis... e ela apareceu, e... — CONCEIÇÃO CONTA TODO O ACONTECIDO A DIÓGENES, DEIXANDO-O FURIOSO.

— Aquela infeliz! Quem ela pensa que é? Fique aqui, vou falar com aquela mulher... agora! — DIZ DIÓGENES, TRANSTORNADO, QUE, AO CHEGAR NA SALA DE ESTAR, ENCONTRA GERTRUDES E PEDRO.

— Tia Gertrudes! Por que a senhora ainda tenta atrapalhar o meu relacionamento com Conceição?

— Eu?!? Mas... o que estais a falar, meu sobrinho? — PERGUNTA GERTRUDES, SE FAZENDO DE DESENTENDIDA.

— Não finja! — GRITA DIÓGENES. — Por que a senhora não deixou Conceição sair? Responda!

— Diógenes! Não permitirei que vosmecê fale assim com a nossa tia! — DIZ PEDRO, LEVANTANDO-SE.

— Não se meta! — DIZ DIÓGENES. — A senhora pensa que pode tudo, não, tia? Não consegue ver ninguém feliz, porque é amarga, pois na vida ninguém a quis!

— O que está acontecendo aqui? — PERGUNTA O SR. SANTIAGO, AO ENTRAR NA SALA. — Por que está falando nesse tom com a sua tia, Diógenes?

— Oh, senhor! Diógenes... está zangado porque eu apenas... determinei uma ordem a criada, e... ela não pôde chegar a tempo à inauguração!

— DIZ GERTRUDES, TORNANDO-SE VÍTIMA DA SITUAÇÃO, COM SUAS LÁGRIMAS.

— Não pôde? A senhora proibiu que ela...

— Diógenes! — DIZ O SR. SANTIAGO, INTERROMPENDO-O. — Chega desse assunto! Peça desculpas a sua tia!

DIÓGENES PERMANECE EM SILÊNCIO.

— Diógenes! Eu estou mandando vosmecê pedir desculpas, agora! — ORDENA NOVAMENTE O SR. SANTIAGO, FICANDO UM CLIMA DE TENSÃO NA SALA. — Peça! Ou mando aquela moça embora!

— Não há necessidade para isso, senhor! — DIZ CONCEIÇÃO, ENTRANDO NA SALA. — Apenas peço para abrirem o portão, pois eu estou indo embora!

— Mas... que audácia! — DIZ GERTRUDES, SURPREENDIDA.

— Pois sendo assim, está resolvido! Acompanhe a moça até a cidade, Diógenes! E vosmecê, menina, passe amanhã em meu escritório para receber o seu pagamento.

DIÓGENES SAI ABRAÇADO COM CONCEIÇÃO, ENQUANTO GERTRUDES, SE FAZENDO DE OFENDIDA, CHORA SENDO CONSOLADA POR PEDRO.

— Pedro, aonde se encontra o... ah! Eu já ia perguntar! — DIZ O SR. SANTIAGO AO VER FERAL. — Posso saber por onde o senhor andou?

FERAL NÃO RESPONDE, E SOBE A ESCADA, INDO PARA O SEU QUARTO.

— Santiago Neto! Santiago, volte aqui! O que há com esses meninos que não mais me obedecem??

— Ingratidão, meu cunhado! A gente cuida com tanto amor, e quando crescem agem assim como Diógenes! Ofendendo a própria tia por causa de uma criada! — DIZ GERTUDES, LAMENTANDO-SE.

— Pai... ah... Santiago Neto ficou muito aborrecido por não ter assistido aula hoje! — DIZ PEDRO.

ENQUANTO ISSO, NA RUA, DIÓGENES LEVA CONCEIÇÃO NA GARUPA DO CAVALO, SEGUINDO PARA SUA FARMÁCIA.

— Vosmecê ficará aqui, Conceição — DIZ DIÓGENES, AJUDANDO-A A DESCER. — Até eu resolver a minha situação!

— Diógenes, eu lamento pelo que aconteceu, mas ... confesso que gostei de vosmecê não ter pedido desculpas àquela cobra.

— Eu não pediria, mas quando vosmecê apareceu na sala me deu mais coragem! — DIZ DIÓGENES, ABRANÇANDO-A. — Iraci! Jandaia!

— Senhor Diógenes! — DIZ IRACI, AO ABRIR A PORTA.

— Iraci... esta é Conceição, minha mulher! Ela vai ficar com vosmecês por um tempo. Quero que a tratem muito bem!

NO DIA SEGUINTE, O DOMINGO É TRANQUILO EM ITABERABA. VERIDIANA, APÓS ASSISTIR À MISSA DO NOVO PÁROCO DE ITABERABA, É ACOMPANHADA PELO SR. SANTIAGO, JUNTAMENTE COM O SR. EURICO E D. EDILEUZA, QUE AGORA SIMPATIZA COM O EX-MENINO SELVAGEM, E TENTA CONVERTER A CRIANÇA AO CATOLICISMO. NA PHARMÁCIA, IRACI E JANDAIA TRABALHAM JUNTAS COM CONCEIÇÃO, NA PRODUÇÃO DE XAROPE. EM SUA CASA, FERAL TOMA UM MERECIDO BANHO NO QUINTAL, USANDO AGORA UM MAIÔ.

AO CHEGAR EM CASA, GERTRUDES O VÊ NO TANQUE E COMENTA COM PEDRO.

— Olha só como ele está! — DIZ GERTRUDES, OBSERVANDO-O À DISTÂNCIA — Que sorte teve esse selvagem, não?

— Ele está quieto o dia todo tia — DIZ PEDRO. — Não está disposto pra conversa.

— Nota-se pela cara dele! Olha só que olhar maligno, se bem que sei o porquê deste mau humor.

— Por que será, tia?

— Certamente porque viu algo que não gostou ontem.

— Como assim, tia?

— Ontem na inauguração, eu percebi na roupa e no chapéu da Senhorinha Veridiana, vestígios de relva! Creio que ela e o vosso pai... hã... eles...

— Será, tia Gertrudes?

— Tenho certeza, e creio que aquele animal pré-domesticado presenciou, e eis o motivo de sua angústia.

— Hum... então Santiago Neto... ele está com ciúmes de sua professora?

NA MANHÃ DO DIA SEGUINTE, O SR. SANTIAGO TOMA O CAFÉ. AO VER DAS DORES PERGUNTA:

— Santiago Neto já desceu Das Dores?

— Não senhor! Sr. Santiago... agora com a saída de Conceição, esta casa necessita de mais uma criada.

— Pode deixar que eu cuido disso Das Dores! Pode ir — DIZ GERTRUDES. — Bom dia, Senhor!

— Bom dia.

— Gertrudes, por favor, apresse Santiago Neto ou ele se atrasará!

— Bom dia, pai! O Santiago Neto, ele... ele disse que não vai mais à aula! — DIZ PEDRO.

— O quê?!? Mas o que está acontecendo com esse rapaz? — PERGUNTA O SR. SANTIAGO, INDO FALAR COM FERAL. AO CHEGAR NO QUARTO, O SR. SANTIAGO O ENCONTRA COBERTO COM O LENÇOL.

— Santiago Neto! Vim aqui saber por que não queres assistir aula? Me pareceu tão interessado, o que aconteceu?

— Senhor... eu ainda estou interessado, já sei ler e escrever algumas palavras, mas... eu percebi o quanto a Senhorinha Veridiana está se... se dedicando ao vosso casamento. E quando lá estou, eu sem querer, atrapalho as costuras, o enxoval... e o seu casamento está perto de acontecer.

— Bem... neste caso eu compreendo! — DIZ O SR. SANTIAGO. — Assim que nos casarmos, ela virá morar conosco e se dedicará mais a sua alfabetização.

— Senhor, que bom que compreendeu! — DIZ FERAL, COM O SEMBLANTE MALICIOSO. — Eu ... gostaria que lhe entregasse este bilhete. A letra está um pouco feia, mas creio que ela entenderá, pois ficará feliz de saber que eu consegui escrever um pouco.

LOGO APÓS, AO PASSAR PELA CASA DE VERIDIANA, O SR. SANTIAGO DEIXA O BILHETE DE FERAL COM O SR. EURICO E SEGUE PARA O ESCRITÓRIO. AO CHEGAR, ENCONTRA DIÓGENES E CONCEIÇÃO. O SR. SANTIAGO A CHAMA, ENTREGANDO-LHE O PAGAMENTO.

— Agradecida, senhor! — DIZ CONCEIÇÃO.

— Menina... se precisares eu posso recomendá-la a algum conhecido! — DIZ O SR. SANTIAGO.

— Não será preciso, pai — DIZ DIÓGENES. — Ela ficará me ajudando na pharmácia, até nos casarmos!

— Pai... o Sr. Wilson e o Sr. Bat-Sara estão à sua espera para a quitação da hipoteca do casarão! — DIZ PEDRO, ENTRANDO NA SALA.

ENQUANTO ISSO, VERIDIANA RECEBE DO PAI O BILHETE DE FERAL E SE ABORRECE COM O DESINTERESSE DO SEU PUPILO.

— Mas... o que ele pensa que está fazendo?

— O que houve, filha? — PERGUNTA D. EDILEUZA.

— Nada, mãe! Eu... preciso sair.

LOGO QUE CHEGA AO CASARÃO DOS D'PAULA, VERIDIANA ENCONTRA GERTRUDES, QUE A CUMPRIMENTA.

— Senhora, eu vim conversar com... Santiago Neto, ele não foi à aula hoje, e...

— Das Dores, chame o Santiago Neto! Diga-lhe que ele tem visitas! Mas conte-me... como andam os preparativos para o casamento? — PERGUNTA GERTRUDES.

— A minha mãe tem me ajudado. A senhora, como ela, costura então... Das Dores?

— Lamento, senhorinha, mas... o Sr. Santiago Neto, ele... recusa-se a descer! — DIZ DAS DORES, DESCENDO A ESCADA.

— Mas o que está havendo com esse rapaz?!? Eu vim falar com ele... e ele vai me ouvir! — DIZ VERIDIANA, DETERMINADA, SUBINDO A ESCADA. AO CHEGAR NO QUARTO, VERIDIANA ABRE A PORTA, ENCONTRANDO FERAL SEMINU.

— Eu... eu posso saber por que vosmecê não quer me receber? — PERGUNTA VERIDIANA ESCONDENDO O ROSTO.

— Bom, eu... preciso me vestir, não é assim que pede a boa educação? — PERGUNTA FERAL VESTINDO UMA CALÇA. — Se bem que entrar no quarto de um homem sem bater na porta e...

— Pare com este sarcasmo! — DIZ VERIDIANA, BATENDO A PORTA. — O que é que há com vosmecê? Soube que jogou os livros no chão, e ainda não foi em casa pegá-los!

— Não leu o meu bilhete? Vosmecê está para se casar, não devia se dedicar tanto em me ensinar!

— Eu é quem decido isso, Feral!

— Parece que vosmecê já decidiu, pois não foi passear com o Sr. Santiago?

— Sim, fui, porque o vosso pai me convidou! Por quê? Que mal há nisso? — PERGUNTA VERIDIANA, SE EXALTANDO.

— Eu não quero atrapalhar o seu... romance, minha madrasta.

— Não me chame assim! Não fale desse modo comigo, seu... — EXALTADA VERIDIANA TENTA LHE BATER. FERAL A SEGURA NOS BRAÇOS E A BEIJA. SURPREENDIDA COM O ATO DELE, VERIDIANA SAI DO QUARTO TRANSTORNADA. NA SALA DE ESTAR, GERTRUDES, AO VER VERIDIANA DESCENDO RAPIDAMENTE A ESCADA, PERGUNTA CURIOSA:

— O que aconteceu, senhorinha?

— Hã... nada, senhora! Apenas estou... com pressa de voltar pra casa! Bom dia! — CUMPRIMENTA VERIDIANA, SAINDO ÀS PRESSAS.

— Mas ...

— Senhorinha! Senhorinha Veridiana! Onde ela está? — PERGUNTA FERAL DESCENDO A ESCADA.

AO SAIR, FERAL VÊ A CHARRETE DISTANCIANDO-SE DO PORTÃO. CORRE PARA ALCANÇÁ-LA, CHAMANDO POR VERIDIANA. CONSEGUE AGARRAR-SE, MAS A BORDA DE ELÁSTICO SE ROMPE, E FERAL CAI. AO VÊ-LO CAÍDO, VERIDIANA GRITA PELO SEU NOME, INDO SOCORRÊ-LO.

— Feral! Oh meu Deus! Feral, vosmecê está bem? — PERGUNTA VERIDIANA, DESESPERADA. DO PORTÃO, DAS DORES CHAMA OS FEITORES PARA SOCORRER FERAL. POUCO DEPOIS NO QUARTO, DAS DORES TRAZ UMA COMPRESSA DE ÁGUA QUENTE.

— Como vosmecê está, filho? — PERGUNTA DAS DORES.

— Eu... estou bem! Apenas... dói um pouco a barriga — DIZ FERAL
— Talvez seja melhor chamar um médico! — DIZ GERTRUDES. — A Senhorinha desce comigo?
— Oh, não senhora! Eu ficarei mais um pouco — RESPONDE VERIDIANA.

SOZINHOS NO QUARTO, FERAL TENTA MOVER-SE, MAS SENTE DOR.

— Não se mexa, Feral! — DIZ VERIDIANA PONDO-LHE A MÃO EM SUA CABEÇA. — Onde dói?
— Aqui... — DIZ FERAL PONDO A MÃO DELA EM SEU UMBIGO.
— Não se preocupe! — DIZ VERIDIANA, CONSTRANGIDA. — O médico está pra chegar.
— Eu não devia ter feito aquilo — DIZ FERAL.
— Concordo com vosmecê! Mas... vamos esquecer.
— Eu não estou falando do beijo... e sim de ter tentado alcançar a charrete, e...
— Oras! Percebo que já estais se recuperando, não? — DIZ VERIDIANA, LEVANTANDO-SE. — Passe bem!
— Eu vi o que o Sr. Santiago e a senhorinha fizeram na manhã de sábado! — DIZ FERAL, IMPULSIVAMENTE.
— Como ousa falar desse assunto comigo? — PERGUNTA VERIDIANA, SENTINDO-SE OFENDIDA. — Tens mesmo muito a aprender, além de se alfabetizar!
— Será que a senhorinha poderá me ensinar também? — PERGUNTA FERAL, COM INSOLÊNCIA.
— Não ficarei mais aqui! Pensei que estivesse conversando com um cavalheiro, mas vejo que...
— Com licença! — DIZ DAS DORES, ENTRANDO NO QUARTO. — Santiago Neto, eu trouxe esse remédio. O doutor já está a caminho!
— Eu... estimo melhoras, menino! — DIZ VERIDIANA, SAINDO DO QUARTO.
— Eu não sou um menino! Eu sou um homem, senhorinha! — GRITA FERAL.

AO DESCER, VERIDIANA SE DESPEDE DE GERTRUDES.

— Senhorinha... notei que saiu nervosa. O que aconteceu? — PERGUNTA GERTRUDES.

— Nada, senhora. Apenas o que a senhora soube: Santiago Neto caiu da charrete!

— Eu me refiro ao que aconteceu "antes", senhorinha!

— Nada de importante! Apenas que ele... já aprendeu o suficiente e agora me dedicarei aos preparativos de meu casamento! Até mais ver, senhora!

À NOITE, QUANDO O SR. SANTIAGO E PEDRO CHEGAM, GERTRUDES RELATA O OCORRIDO. PREOCUPADO, O SR. SANTIAGO VAI AO QUARTO DE FERAL, ENQUANTO PEDRO PERGUNTA OS DETALHES A GERTRUDES.

— ...e não sei mais nada, Pedro! — CONCLUI GERTRUDES. – Agora... aconteceu alguma coisa naquele quarto, pois ela desceu nervosa, embora disfarçando!

— Será que eles discutiram?

— Certamente! Eu perguntei, mas ela desconversou, e disse que não mais o ensinará, pois ele já aprendeu o suficiente!

— Já... aprendeu? Mas isso é ótimo! — DIZ PEDRO, ENTUSIASMADO, SUBINDO PARA O QUARTO.

EM SEU QUARTO, FERAL CONTA AO PAI O QUE ACONTECEU.

— Eu... tentei subi na charrete e... caí! A senhorinha Veridiana veio aqui saber o porquê de eu ter escrito aquele bilhete! Mas ela... compreendeu e agora se dedicará ao casamento!

— Assim que ela vier morar conosco, vosmecê retomará os estudos! — DIZ O SR. SANTIAGO.

— Sim senhor. Como viu, consegui escrever aquele bilhete, já aprendi a escrever o meu nome!

— Fico feliz de saber disso! Amanhã eu o levarei ao fórum, para diante do juiz poder assinar a sua emancipação! Hoje mesmo eu quitei a dívida do casarão com o Sr. Bat-Sara!

— Senhor... depois que eu escrever o meu nome nesse papel, eu poderei viver onde eu quiser?

— Santiago... eu nunca o prendi! Vosmecê veio pra esta casa para morar, conviver com a sua família! Não para se sentir um prisioneiro! Vosmecê é livre, e pelo que já fez, me deu provas de que, mesmo que eu quisesse, não poderia controlá-lo! Não compreendo por que ainda pensa assim.

— Desculpe-me, senhor! Mas Pedro, meu irmão, disse-me que assim que eu aprende-se a escrever, assinar o meu nome, poderia deixar essa casa!

— Com licença, pai! — DIZ PEDRO, ENTRANDO NO QUARTO. — Eu vim...

— Pedro! — DIZ O Sr. SANTIAGO, INTERROMPENDO-O. — Que história é essa de vosmecê dizer ao seu irmão que assim que ele se alfabetizasse poderia deixar esta casa?

— Pai.. .eu... hã... eu... — DIZ PEDRO, TENTANDO SE EXPLICAR.

— Sr. Santiago, isso não tem mais importância, pois eu estou me adaptando a esta nova vida! Estou gostando de conviver aqui, e... peço ao senhor que me ajude a tornar-me um cavalheiro, um legítimo D'Paula, como o meu avô tanto queria.

— Santiago Neto... vosmecê não sabe o quanto eu fico feliz em ouvir isso! – DIZ O SR. SANTIAGO.

CAP. XIV

NO DIA SEGUINTE, NO FÓRUM, COM A PRESENÇA DO SR. BITTENCOURT, O SR. SANTIAGO PASSA A TER A TUTELA DE FERAL, EM RELAÇÃO AOS BENS DEIXADOS PELO SR. D'PAULA. COM A QUITAÇÃO DO CASARÃO E DA ANTIGA CASA DO COMENDADOR MACIEL, O SR. SANTIAGO DEIXA DE SER UM HOMEM ENDIVIDADO.

LOGO MAIS, EM UM CAFÉ NO CENTRO DE ITABERABA, OS SENHORES COMEMORAM OS BONS TEMPOS QUE ESTÃO POR VIM, COM A PRESENÇA DO SR. BAT-SARA.

— Senhores, mesmo com café, eu proponho um brinde! — DIZ O SR. BAT-SARA. — E convido a todos aqui presentes para comemorarmos a emancipação do jovem Feral, a confraternização da família D'Paula e tudo mais, hoje à noite, na casa de Madame DuPont!

AO CHEGAR EM CASA, PEDRO CONTA A NOVIDADE A GERTRUDES.

— ...e agora, papai não está mais com dívidas! Santiago Neto, agora emancipado, é o único herdeiro dos bens deixados por aquele... velho! — DIZ PEDRO.

— Pois então, o que precisamos fazer é colocá-lo pra fora desta casa, mas... como?

— Tia... não entendeu? Ele agora é dono de tudo! E pelo que disse ontem, não quer mais sair daqui. Quer tornar-se um "cavalheiro"!

— O que pretende fazer, Pedro?

— Eu não sei. Hoje, quando sairmos, tentarei fazê-lo mudar de ideia!

— Aonde vosmecê o levará?

— O Sr. Bat-Sara convidou a todos para uma noite no... hã... na...

— Já sei – DIZ GERTRUDES, INTERROMPENDO-O. – Mas... o vosso pai irá?

— Certamente, por quê?

— Por nada! Apenas não acho conveniente um senhor que está de casamento marcado frequentar esse... lugar!

LOGO MAIS, NO JANTAR, O SR. SANTIAGO PERGUNTA AO FILHO DIÓGENES COMO FOI O PRIMEIRO DIA DE FUNCIONAMENTO DA PHARMÁCIA.

— Poucas pessoas entraram, pai! Apenas curiosos, mas isso é apenas o início!

— Quero que tenhas lucro, filho!

— Eu também, pai. Ao menos para pagar o aluguel do imóvel! — DIZ DIÓGENES.

— Pai... falando em aluguel, o que o senhor acha de alugarmos a casa do vovô Maciel? — PERGUNTA PEDRO.

— Senhor... eu posso dizer algo? — PERGUNTA FERAL.

— Certo que sim, Santiago!

— Agora que não estais mais com dívidas, podíamos dar a Diógenes essa casa do seu avô, o Comendador Maciel!

— Mas que boa ideia, filho! Estou feliz por estar se interessando por negócios!

— Uma boa sugestão, Santiago! Eu agradeço! — DIZ DIÓGENES.

PEDRO E GERTRUDES SE ENCHEM DE ÓDIO, COM A IDEIA DE FERAL, MAS DISFARÇAM O SENTIMENTO, CONTINUANDO O JANTAR.

AS SEMANAS PASSAM, E A CADA DIA FERAL APRENDE NORMAS BÁSICAS DE ETIQUETA, POSTURA E EDUCAÇÃO, TENDO GERTRUDES, A CONTRAGOSTO, COMO PROFESSORA. DIÓGENES MUDA COM O SEU ESTABELECIMENTO PARA A ANTIGA CASA DO COMENDADOR MACIEL. FINALMENTE CHEGA O DIA DO CASAMENTO DO SR. SANTIAGO.

EM SUA CASA, AO PROVAR O VESTIDO, VERIDIANA COMENTA COM A SUA MÃE SOBRE A PRIMEIRA ESPOSA DO SR. SANTIAGO.

— ....no entanto, mãe, eu sinto que ela não a amava! A senhora a conheceu?

— Não, filha! Quando viemos morar aqui, ela já tinha morrido! Oh, meu Deus, soube que foi horrível, uma queda daquela escada, e... chega! Não vamos falar disso! Hoje é um dia especial, de alegria!

NA SALA, O SR. EURICO, JUNTO COM O EX-MENINO SELVAGEM, SE SURPREENDEM AO VER FERAL, ENTRANDO COM UM ASPECTO DE CAVALHEIRO.

— Boa tarde, senhor! Eu... poderia falar com a senhorinha Veridiana?

— Nossa! Como vosmecê está diferente! — DIZ O SR. EURICO, ADMIRADO. — Por favor... sente-se, eu chamarei a minha filha! Ela está provando o vestido!

LOGO QUE SAI DO QUARTO, VERIDIANA SE SURPREENDE QUANDO VÊ FERAL, SENTADO NA SALA COM UMA POSTURA DIFERENTE.

— Como vai, Santiago Neto? Há quanto tempo, não?

— Realmente faz alguns dias que não nos vemos, senhorinha! Mas... por que me chamaste de Santiago Neto?

— Desculpe-me, mas... estais tão mudado, diferente, pois pensei que gostaria de ser chamado assim.

— A senhorinha sempre me chamou de Feral! Pois continuo o mesmo, apenas adquiri melhor aparência e modos, como pode perceber!

— Sim, vejo que mudou! D. Gertrudes fez um ótimo trabalho, mas a que devo esta inesperada visita?

— Eu...vim desejar-lhe felicidades! — DIZ FERAL.

— Vosmecê... não vai ao casamento?

— Não. Mais uma vez... felicidades, minha futura madrasta! Boa tarde! — CUMPRIMENTA FERAL, SAINDO, DEIXANDO VERIDIANA BOQUIABERTA NA SALA, SENTINDO REPENTINAMENTE QUE AQUELA INGENUIDADE QUASE INFANTIL NÃO EXISTE MAIS NAQUELE MOÇO, QUE TANTO A IMPRESSIONA.

MAIS TARDE NA IGREJA, TODOS ESTÃO PRESENTES, COM EXCEÇÃO DE FERAL. UMA AUSÊNCIA QUE É NOTADA E COMENTADA POR ALGUNS. A CERIMÔNIA É REALIZADA PELO NOVO PADRE DE ITABERABA. A FAMÍLIA BAT-SARA COMPARECE MESMO A CONTRAGOSTO DO SR. WILSON.

CATARINA, AO LADO DA MÃE, OBSERVA DIÓGENES E CONCEIÇÃO, ENQUANTO GERTRUDES ALMADIÇOA, EM PENSAMENTO, A FELICIDADE DOS NOIVOS.

ENQUANTO ISSO, NA COZINHA DO CASARÃO, DAS DORES CONVERSA COM FERAL SOBRE A SUA MÃE LUZIA.

— ...vosmecê não imagina como as pessoas comentavam sobre a amizade de sua mãe com D. Micaela e o seu pai! Eu confesso que também achava esquisito, mas eles não se desgrudavam, e...

— Das Dores... — PERGUNTA FERAL, INTERROMPENDO-A — ...por que minha mãe deixou este lugar?

— Ah, meu filho! Esta história é tão longa, que... o que foi Zulmira?

— As malas da D. Veridiana chegaram!

— Deixa que eu levo, Zulmira! — DIZ FERAL, SAINDO DE CIMA DA MESA.

AO CHEGAR NO QUARTO DO CASAL, FERAL DEIXA AS MALAS. AO PEGAR A LINGERIE DE VERIDIANA, DEITA-SE NA CAMA, CHEIRANDO A PEÇA, LEMBRANDO-SE DA CENA QUE VIU NO CAMPO FLORIDO, DAQUELA MANHÃ DE SÁBADO, QUANDO PRESENCIOU O SEU PAI E VERIDIANA SE AMANDO EM PLENA RELVA.

MAIS TARDE, UMA PEQUENA RECEPÇÃO É REALIZADA PARA OS CONVIDADOS. OS RECÉM-CASADOS SÃO CUMPRIMENTADOS POR TODOS. IGNORANDO GERTRUDES, CONCEIÇÃO VAI À COZINHA FALAR COM DAS DORES. NA SALA...

— Feral... senti a sua falta na cerimônia! — DIZ O SR. BAT-SARA.

— É, Sr. Bat-Sara, eu ainda não me habituei a estar em cerimônias, além do que, hoje irei a casa da Madame DuPont, e... quero estar bem descansado!

NA COZINHA CONCEIÇÃO COMENTA COM DAS DORES COMO ESTÁ SENDO A SUA VIDA.

— ...temos muito trabalho, mas eu estou feliz, ao lado de meu homem, e...

— Com licença! — DIZ CATARINA, ENTRANDO NA COZINHA. — Mesmo não sendo mais criada, sabia que a encontraria aqui, na cozinha!

— O que vosmecê quer, menina? — PERGUNTA DAS DORES.

— Eu... quero que essa criada ponha um uniforme e volte pra sala, para nos servir!

— Catarina! — DIZ D. RUTH, PEGANDO-A NO BRAÇO. — Venha! Vamos para casa!

NA SALA, RECEBENDO OS CUMPRIMENTOS, VERIDIANA OBSERVA DISCRETAMENTE FERAL CONVERSANDO COM UMA MOÇA.

— Filha! Como está se sentindo? — PERGUNTA D. EDILEUZA. — Filha?

— Hã... oh, perdoe-me, mamãe! Eu estava um pouco distraída! Mamãe... quem é aquela jovem que conversa com Fe... com Santiago Neto?

— Ah, é a sobrinha do Sr. Bittencourt! Moça bonita, não? Está de férias, e parece que fala francês!

MAIS TARDE, APÓS A RECEPÇÃO, FERAL DIZ AO PAI QUE SAIRÁ COM O SR. BAT-SARA, E SÓ RETORNARÁ NO DIA SEGUINTE.

— Nem precisava avisar, filho, pois o Sr. Bat-Sara é uma boa companhia! Mas... pra onde irás?

— Passarei a noite na casa da Madame DuPont, senhor! Boa noite — CUMPRIMENTA FERAL, DEIXANDO TODOS CONSTRANGIDOS.

— Senhor meu marido, achas certo estimular a amizade de seu filho com este senhor, que pela idade poderia ser o avô dele! Um senhor que tem a vida desregrada, sai todas as noites...

— Que mal há, querida? O Sr. Bat-Sara não é casado — DIZ O SR. SANTIAGO, ABRAÇANDO-A. — Agora vamos esquecer os outros e subir! Boa noite, Gertrudes!

— Boa noite, senhor, senhora! — RESPONDE GERTRUDES, COM ÓDIO NO OLHAR.

NO DIA SEGUINTE, O SR. SANTIAGO ACORDA SORRIDENTE. DESPEDE-SE DE SUA ESPOSA APÓS O CAFÉ, INDO PARA O TRABALHO. AO DESCER, VERIDIANA PERGUNTA POR PEDRO E FERAL A DAS DORES.

— Eles dormiram fora, senhora!

— Bom dia, senhora! — CUMPRIMENTA GERTRUDES, AO SAIR DA COZINHA. — Como passou a noite?

— Muito bem, D. Gertrudes! O que farão com as cadeiras?

— Ah, vamos arrumar essa bagunça! Recolocarei as cadeiras em seus devidos lugares! Das Dores, chame Zulmira!

— D. Gertrudes... se colocarmos as cadeiras mais afastadas, no canto, creio que teríamos mais espaço! O que achas? — PERGUNTA VERIDIANA, COM BOA VONTADE.

— Senhora Veridiana, as cadeiras, os móveis sempre estiveram em seus lugares desde que esta casa foi construída. Não é agora que vamos mudar!

— Engana-se, Gertrudes! — DIZ VERIDIANA, ABORRECIDA. — A partir de hoje, elas ficarão ao meu querer! Espero que entendas, pois, a partir de agora, eu sou a nova dona deste casarão!

— Mas... que absurdo! Desde que D. Leonor faleceu, eu tenho... eu tenho...

GERTRUDES, SENTINDO-SE OFENDIDA, SUBINDO A ESCADA RESMUGANDO. AO TRANCAR-SE EM SEU QUARTO, VAI AO ESPELHO E ALMADIÇOA VERIDIANA.

NO CASARÃO DOS BAT-SARA, APÓS O SR. WILSON SAIR, D. RUTH DISCUTE COM CATARINA SOBRE O SEU COMPORTAMENTO EM RELAÇÃO A DIÓGENES.

— ...agradeci a Deus, por seu pai não perceber! Onde já se viu? Ir na cozinha insultar a moça!

— Mamãe! De que lado a senhora está? — PERGUNTA CATARINA. — Eu me recuso a perder Diógenes para uma criada como aquela!

— Perder? Mas vosmecê nunca o teve! Filha, escute-me: vosmecê se iludiu com uma fantasia quando criança! Esqueça esse rapaz! Pai, onde o senhor esteve? — PERGUNTA D. RUTH, AO VER O PAI ENTRAR NA SALA, MEIO EMBRIAGADO.

— Eu? Eu... estive no lugar de sempre, filha! — RESPONDE O SR. BAT-SARA, DEITANDO-SE NO SOFÁ. — Ah, e bem acompanhado com o filho do Sr. Santiago!

— Com Diógenes, vovô? — PERGUNTA CATARINA.

— Certo que não, filha! Diógenes...é um... homem casado... apaixonado... por aquela... moça!

— Oh, vovô! Ele não é casado! — DIZ CATARINA, AOS PRANTOS, INDO PARA O SEU QUARTO.

— Papai! — REPREENDE D. RUTH. — Oh, como gostaria que ela esquecesse esse moço!

MAIS TARDE, AO RETORNAR PRA CASA, O SR. SANTIAGO ENCONTRA GERTRUDES NO JARDIM.

— Gertrudes... como foi o dia da minha esposa?

— Bem, senhor! Está disposta a fazer algumas modificações na casa...venha ver o senhor mesmo!

AO CHEGAR NA SALA, O SR. SANTIAGO SE SURPREENDE COM A MUDANÇA DOS MÓVEIS.

— Querida, vosmecê mudou a decoração...

— Senhor, eu avisei que a sala sempre esteve a gosto de D. Leonor, e...

— Não tem importância, Gertrudes! — DIZ O SR. SANTIAGO, INTERROMPENDO-A. Agora estamos iniciando vida nova, e confesso que gostei da mudança! Querida, vosmecê tem um gosto perfeito!

— Agradeço, senhor meu marido! — DIZ VERIDIANA. — Que bom que veio almoçar em casa!

— Senhor... Pedro almoçará na cidade, não? — PERGUNTA GERTRUDES.

— Sim, Gertrudes! E Santiago Neto, ele...

— Já estou aqui, senhor meu pai! — DIZ FERAL, ENTRANDO NA SALA. — Bom dia, senhora madrasta, tia Gertrudes!

— Percebo que minha pequena contribuição em ensinar-lhe boas maneiras surtiu efeito! — DIZ GERTRUDES.

— Concordo, Gertrudes, mas esqueceu de ensinar-lhe que não se entra em casa descalço, com os sapatos nas mãos!

— Percebeu como minha esposa é inteligente e perspicaz, Gertrudes? — PERGUNTA O SR. SANTIAGO.

— Lamento, senhora! Tia Gertrudes evidentemente se esqueceu de ensinar-me este detalhe! — DIZ FERAL, SUBINDO A ESCADA. — Tomarei um banho e descerei para o almoço. Com vossas licenças!

DURANTE O ALMOÇO, O SR. SANTIAGO CONVERSA COM FERAL A RESPEITO DE SEUS NEGÓCIOS IMOBILIÁRIOS.

— Para isso, quero que me acompanhe preferencialmente todos os dias! Aos poucos, vosmecê se habituará com o trabalho em nosso escritório!

— Desculpe-me senhor, mas... Pedro o auxilia tão bem, e Santiago Neto ainda não está preparado!

— Gertrudes, o meu marido disse aos "poucos". Se Santiago não for, não há como aprender!

— Concordo com a senhora, madrasta! Aprenderei tão rápido como aconteceu com as palavras! — DIZ FERAL.

— Então está acertado! — DIZ O SR. SANTIAGO. — Percebi que conversaste muito com aquela jovem, ontem na festa, filho! Quem é aquela moça?

— Ah! É Suzanne! Ela é parente do Sr. Bittencourt e tinha uma voz estranha! — DIZ FERAL.

— Ela tem sotaque francês! — DIZ GERTRUDES, OLHANDO PARA VERIDIANA. — É uma moça inteligente, fina, fala fluentemente o francês!

— Exatamente, tia Gertrudes! Senhor, gostaria de aprender a falar essa língua! — DIZ FERAL.

— Que bom, filho, mas... creio que só em Salvador existam professores de francês!

— Senhor... eu sei falar francês! — DIZ VERIDIANA. — Se Santiago Neto quiser, eu posso ensiná-lo!

— Perfeito! Querida, vosmecê me surpreende a cada instante! — DIZ O SR. SANTIAGO, DANDO-LHE UM BEIJO. — Agora terei que retornar ao escritório! Boa tarde a todos!

LOGO QUE O SR. SANTIAGO SAI, GERTRUDES DIZ A VERIDIANA.

— É impressionante a sua dedicação a Santiago Neto, senhora!

— Tia Gertrudes, concorda que é uma boa ideia, não? Ou preferias que eu viajasse para Salvador? — PERGUNTA FERAL, COM DEBOCHE.

— Oras, moleque! Tanto faz pra onde vá! — DIZ GERTRUDES, LEVANTANDO-SE DA MESA. — E não me chame de "tia", pois eu não sou nada de vosmecê!

— Ah, que alívio, senhora! Grato por me liberar desse constrangimento! — DIZ FERAL, FAZENDO VERIDIANA SORRIR. — Que bom que lhe fiz sorrir!

— Que bom que vosmecê está aqui! — DIZ VERIDIANA, PEGANDO-LHE A MÃO.

OS DIAS PASSAM CALMOS NO CASARÃO DOS D'PAULA. VERIDIANA DIARIAMENTE ENSINA FRANCÊS A FERAL, SENDO OBSERVADA DISCRETAMENTE POR GERTRUDES. PERCEBENDO NOS ÚLTIMOS DIAS A FRIEZA DE FERAL, VERIDIANA PERGUNTA:

— Por que está me tratando com tanta formalidade? Até mesmo quando estamos sós, como agora.

— Por quê? Oras, senhora madrasta, eu mudei! A senhora mudou de situação a meu ver, após o casamento! As mudanças são inevitáveis, não é mesmo?

— Sim! Resta saber se valem a pena essas mudanças! — DIZ VERIDIANA, RETOMANDO AS LIÇÕES.

CERTO DIA, NA PHARMÁCIA, CONCEIÇÃO SURPREENDE JANDAIA E IRACI DISCUTINDO. FALANDO EM TUPI-GUARANI, IRACI DISFARÇA AO VER CONCEIÇÃO.

— Iraci... algum problema? — PERGUNTA CONCEIÇÃO.

— Não, senhora! Apenas Jandaia errou na mistura das...porções! — DIZ IRACI, SE SOBRESSAINDO.

AO SAIR DO DEPÓSITO, VENCESLAU, AO TENTAR CARREGAR UM BARRIL DE ÁGUA DE CHEIRO, SE DESEQUILIBRA, TOMANDO UM BANHO, MOLHANDO TAMBÉM CONCEIÇÃO. NO CHÃO, AMBOS COMEÇAM A RIR DO ACIDENTE, QUANDO CATARINA CHEGA REPENTINAMENTE NA PHARMÁCIA COM A SUA MÃE, D. RUTH.

— Queiram nos desculpar, senhoras! — DIZ CONCEIÇÃO, LEVANTANDO-SE. — Iraci... atenda as freguesas!

CATARINA OBSERVA VENCESLAU TODO MOLHADO, E IMAGINA ALGO. LOGO APÓS, QUANDO SAI, COMENTA COM A MÃE.

— Percebeu o quanto eles estavam descontraídos, mamãe?

— Oras, Catarina! Não seja maldosa! Apenas caíram e estavam cheirando bem! — DIZ D. RUTH.

— Imagino o que Diógenes pensaria se os tivesse visto daquele jeito! Molhados, alegres, como duas criancinhas!

À NOITE NO CASARÃO DOS D'PAULA, O SR. SANTIAGO E PEDRO CHEGAM DE MAIS UM DIA DE TRABALHO. VERIDIANA LECIONA FRANCÊS PARA FERAL. GERTRUDES ANUNCIA QUE O JANTAR SERÁ SERVIDO.

— Tia Gertrudes, eu não jantarei. Apenas tomarei um banho, pois vou sair! — DIZ PEDRO.

— Pedro! Eu irei com vosmecê! — DIZ FERAL, INTERROMPENDO AS LIÇÕES.

— Eu... irei a uma seresta! Sei que vosmecê não gosta...

— Tudo bem! Eu irei acompanhá-lo, pois vou ao bordel! — DIZ FERAL, NATURALMENTE.

— Oras! Que horror! — DIZ GERTRUDES, SENTINDO-SE CONSTRANGIDA. — Que maneira de falar!

— Pedro... deixe que seu irmão o acompanhe para... hã... a seresta! — DIZ O SR. SANTIAGO.

DURANTE A NOITE, VERIDIANA NÃO CONSEGUE DORMIR. DE MADRUGADA, AO OUVIR O BARULHO DA CHARRETE, LEVANTA-SE E VÊ FERAL CHEGAR. GERTRUDES, COM A PORTA ENCOSTADA, VÊ VERIDIANA PASSAR PELO CORREDOR, DESCENDO A ESCADA. AO CHEGAR NA SALA, FERAL SE SURPREENDE AO VER VERIDIANA.

— Madrasta?!? O que faz acordada a uma hora destas? — PERGUNTA FERAL.

— Eu... vim encher a jarra d'água. E Pedro, veio com você?

— Não! Eu o deixei bêbado, no salão!

— Não sei o que vocês veem naquele antro de indecência! Boa noite — DIZ VERIDIANA, AO SAIR DA COZINHA.

— Se a madrasta quiser, eu deixo de ir! — DIZ FERAL, SEGURANDO EM SEU BRAÇO.

— Você é adulto, deve saber o que faz! E pare de chamar-me de "madrasta"!

— Como quiser, senhora! Não quero fazer nada que a desagrade! — DIZ FERAL, APROXIMANDO-SE ENQUANTO FALA. — Boa noite!

NO DIA SEGUINTE, DIÓGENES RECEBE UM RECADO DE SEU PAI, PARA IR AO CASARÃO. ANTES DE SAIR, CONCEIÇÃO LHE FAZ UM PEDIDO.

— Diógenes... vosmecê poderá trazer as folhas de aroeira?

— Certo que sim, querida! Mas... será melhor que Jandaia venha comigo, pois quando o meu pai me chama, certamente a conversa será longa!

AO CHEGAR NO CASARÃO, JUNTO COM JANDAIA, DIÓGENES ENCONTRA O SEU PAI, NO JARDIM, JUNTO COM VERIDIANA.

— Pai! Mandou chamar-me... aconteceu algo?

— Sim, filho! Surgiu uma excelente oportunidade que vosmecê não poderá perder. Eu soube que... — O SR. SANTIAGO EXPLICA AO FILHO SOBRE O EMPREENDIMENTO QUE SURGIU. — E então? O que achas?

— Excelente, pai, mas... em Itabuna?!? Não posso deixar a Pharmacia! Por que não levas Pedro ou Santiago Neto?

— Pedro ficará no escritório e Santiago ainda não está preparado para algo tão responsável! — DIZ O SR. SANTIAGO. — Além do que, esta é uma excelente oportunidade para vosmecê, filho!

ENQUANTO ISSO, NA COZINHA, DAS DORES MOSTRA A JANDAIA UMA RAMAGEM DE AROEIRA.

— Aqui está, moça! Enquanto vosmecê separa, eu vou preparando o almoço! — DIZ DAS DORES. — Não precisa ter pressa.

— Sim senhora! — RESPONDE JANDAIA, SE SENTANDO.

— Vosmecê é índia. De onde veio?

— Do Mato Grosso, senhora.

AO OUVIR O NOME DO LUGAR, GERTRUDES, AO ENTRAR NA COZINHA, SE SURPREENDE AO VER A MOÇA.

— Mas... o que é isso?!? Das Dores, quem permitiu essa índia entrar na cozinha?? — PERGUNTA GERTRUDES, ESBRAVEJANDO.

— Senhora, ela veio...

— Cale-se! — GRITA GERTRUDES. — Vosmecê... saia já daqui! Saia!

ASSUSTADA, JANDAIA SAI CORRENDO DA COZINHA. NO JARDIM, DIÓGENES, AO VÊ-LA, PROCURA SABER O QUE ACONTECEU.

— Jandaia! O que houve?!?

— Senhor... eu quero... ir... pra casa! — PEDE JANDAIA, CHORANDO.

NA COZINHA, O SR. SANTIAGO E VERIDIANA CHEGAM E ENCONTRAM GERTRUDES RECLAMANDO COM DAS DORES.

— Gertrudes... o que está acontecendo aqui? — PERGUNTA O SR. SANTIAGO.

— Senhor, uma... estranha, estava aqui, na cozinha, e...

— Não se trata de uma estranha, tia Gertrudes! — DIZ DIÓGENES, ENTRANDO NA COZINHA, ABRAÇADO COM JANDAIA. — Todos aqui sabem que Jandaia trabalha comigo na Pharmacia!

— Oras, eu... me assusto quando vejo um índio! — DIZ GERTRUDES.

— Gertrudes... vosmecê, quando jovem, morou em Mato Grosso, tão próximo deles, e... ainda se assusta? — PERGUNTA O SR. SANTIAGO.

— Perdoe-me, senhor! Eu estou um pouco... nervosa, e... hã... com licença! — DIZ GERTRUDES, SAINDO DA COZINHA.

— Senhor... eu posso... voltar pra casa? — PERGUNTA JANDAIA.

— Sim, nós voltaremos! Pai... eu farei as minhas malas! Com licença! — DIZ DIOGENES, SAINDO.

— Meu marido, eu... estou intrigada com Gertrudes. Certa vez ela disse que nunca esteve em Mato Grosso! -DIZ VERIDIANA.

POUCO DEPOIS, AO RETORNAR À PHARMÁCIA, DIÓGENES ENCONTRA IRACI E CONCEIÇÃO NO DEPÓSITO.

— O que aconteceu, Jandaia? Vosmecê chorou? — PERGUNTA IRACI.

— Minha tia GERTRUDES a tratou mal, quando a viu na cozinha! — DIZ DIÓGENES.

— Aposto que sem motivo! — DIZ CONCEIÇÃO. — Aquela mulher é uma peste!

— Mentirosa! — DIZ IRACI. — Disse que nunca esteve em Mato Grosso, mas ela mente!

— Acalme-se, Iraci! Não sabias que conhecia a tia Gertrudes — DIZ DIÓGENES.

— Conheço sim, meu filho! O meu irmão... foi morto a mando do pai dela, o seu avô, o Comendador Maciel! — DIZ IRACI, AOS PRANTOS.

— Meu avô?!? Mas... por quê? — PERGUNTA DIÓGENES.

— Perdoe-me, senhor Diógenes! Mas eu não devo falar mais nada! — DIZ IRACI, LEVANDO JANDAIA PARA O QUARTO.

— Iraci... espere! — CHAMA DIÓGENES.

— Diógenes, depois vosmecê esclarece esse assunto com ela! — DIZ CONCEIÇÃO. — Agora conte-me o que o seu pai queria.

DIÓGENES FALA DE SUA VIAGEM À ITABUNA. NA MANHÃ SEGUINTE, O SR. SANTIAGO, APÓS DAR ALGUMAS INSTRUÇÕES A PEDRO, PARTE COM DIÓGENES PARA ITABUNA.

AO VER FERAL DESCENDO A ESCADA, PEDRO DIZ:

— Santiago Neto, enquanto nosso pai estiver viajando, eu estarei continuamente no escritório, e... não haverá necessidade de vosmecê ir todos os dias!

— Mas... eu preciso aprender a lidar com aquela papelada! — CONTESTA, FERAL.

— Meu sobrinho está certo, Santiago! — DIZ GERTRUDES, PERANTE VERIDIANA. — Aguarde o retorno de seu pai. Por enquanto dedique-se mais às suas lições de francês!

NO CAFÉ DA MANHÃ, NO CASARÃO DOS BAT-SARA.

— ...e provavelmente viajou para Itabuna com essa meta! — CONCLUI O SR. WILSON.

— É, eu imagino o interesse do Sr. Santiago por esse carregamento de canela-da-índia, mas espero que ele não se arrisque em mais um investimento desnecessário! — DIZ O SR. BAT-SARA.

— Papai... será que o Sr. Santiago levou o Santiago Neto, para acompanhá-lo?

— Creio que não, filha! Decerto Pedro, que sempre o acompanhou nestas viagens —DIZ O SR. WILSON.

À TARDE, NO JARDIM DO CASARÃO DOS D'PAULA, VERIDIANA, AO ENSINAR FRANCÊS A FERAL, PERCEBE QUE ELE ESTÁ ABORRECIDO.

— O que o chateia? Por não ter ido à viagem ou ao escritório?

— Eu não gostei de ter sido dispensado por Pedro! — DIZ FERAL, FECHANDO O LIVRO.

— Se você quiser, podemos deixar as lições pra amanhã.

— Que bom, pois estou calorento! — DIZ FERAL, TIRANDO A CAMISA.

GERTRUDES, AO VÊ-LO, VAI EM SUA DIREÇÃO, E...

— O senhor não sabe que é indecente ficar sem camisa perante senhoras? Sugiro que se vista!

— Sugiro que vosmecê vá cuidar da sua vida! — DIZ FERAL, LEVANTANDO-SE E SAINDO.

— Gertrudes... pra onde vais? — PERGUNTA VERIDIANA.

— Eu, senhora, vou "cuidar" da minha vida! Com licença.

AO CHEGAR NA PHARMÁCIA, GERTRUDES ENCONTRA CONCEIÇÃO NO BALCÃO.

— O que a senhora deseja? — PERGUNTA CONCEIÇÃO.

— Eu... vim falar com a jovem índia que trabalha aqui! Faça-me o favor de chamá-la, sim?

— Pois não, mas espero que a senhora não a ofenda! -DIZ CONCEIÇÃO.

— Eu vim desculpar-me pelo modo que a tratei ontem, e...

— Senhora! — DIZ IRACI, AO LADO DE JANDAIA. — Vosmecê disse que nunca esteve em Mato Grosso! A senhora mente!

— Eu sinto muito, mas... eu, nós... sofremos muito quando estivemos lá.

— Não se compara ao nosso sofrimento, quando o vosso pai mandou matar o meu irmão! — DIZ IRACI, REVOLTADA. — A senhora conhece muito bem essa história!

— Eu... não sei do que vosmecê... está falando! — DIZ GERTRUDES, CONFUSA E ENVERGONHADA, SAINDO DA PHARMÁCIA.

NA RUA, PASSEANDO COM O SEU AVÔ, CATARINA AVISTA PEDRO, QUE OS CUMPRIMENTA.

— Pedro... pensei que tinha sido vosmecê a viajar com o seu pai!

— Não, senhorinha! O meu irmão Diógenes o acompanhou desta vez!

— E... quando eles retornarão? — PERGUNTA CATARINA.

— Dentro de cinco dias, eu creio! — DIZ PEDRO, QUE LOGO QUE SE DESPEDE, E VÊ A SUA TIA SAINDO DA PHARMÁCIA.

— Tia! — CHAMA PEDRO. — Tia Gertrudes! Não sabia que vinhas pra cidade. O que aconteceu?

— Não! Nada de mais, meu sobrinho! — DIZ GERTRUDES, MEIO AFLITA. — Apenas peço que me leve pra casa.

MAIS TARDE, APÓS FECHAR A PHARMÁCIA, VENCESLAU SE DESPEDE DE CONCEIÇÃO, QUE AGORA, A SÓS COM AS ÍNDIAS, DECIDE ESCLARECER UM CERTO ASSUNTO. IRACI TENTA RESISTIR, MAS...

— Senhora... este é um assunto muito sério.

— Já escutei algumas vezes vosmicês discutindo em língua de índio, e eu não contei nada a Diógenes! Agora quero saber de toda essa história envolvendo a morte de seu irmão! — DIZ CONCEIÇÃO, DETERMINADA. — E então?

— Quando a família do Comendador Maciel morava lá em Mato Grosso, a nossa tribo vivia em paz com os homens brancos. Tudo era calmo até o meu irmão conhecer uma moça chamada Micaela. Eles se gostavam e se encontravam nas matas. Era um amor bonito, mas perigoso. Eu era muito jovem, mas lembro quando ela, a senhora Gertrudes, ainda menina veio à procura de meu irmão. Eu não entendia a língua dos brancos, mas sei que ela trazia um recado de sua irmã. Jaçanã, mãe de Jandaia, estava de barriga dela, e pediu que ele não fosse. Mas ele foi... e nunca mais voltou! Naquele dia que amanhecia, encontramos o corpo dele numa pedra. Tudo aconteceu muito rápido, pois o Comendador Maciel, envergonhado com o que tinha acontecido com a sua filha, mudou-se de lá, voltando para este lugar... Itaberaba! Até hoje tenho, quando lembro deles partindo, as imagens na minha cabeça: Uma é do olhar daquela menina, que hoje é a D. Gertrudes; outra é da menina Micaela, que, apesar de triste, quando me viu, passou a mão na barriga, dizendo-me sem palavras que ela carregava a semente de meu irmão!

— Então... vosmecê quer dizer que... Diógenes... não é filho do Sr. Santiago?!?

— Não! Ele é meu sobrinho, filho de meu irmão. Irmão de Jandaia por parte de pai! — DIZ IRACI.

— Mas... como vosmecê descobriu isso? — PERGUNTA CONCEIÇÃO, ADIMIRADA.

— Durante todo esse tempo, eu e meu povo fomos expulsos das terras em que vivíamos pelos fazendeiros que ali chegavam! Com isso, fomos nos separando, e alguns de nós conseguiram trabalhar em uma grande fazenda. Quando Jandaia nasceu e os outros curumins, fomos mandados pra fora pelo senhor daquela fazenda. Foi através dele que ficamos sabendo da morte do Comendador Maciel. Junto com minha sobrinha, andei por esse Brasil, sem ter pra onde ir, até encontrarmos o circo. Sempre tive o nome desse lugar em minha cabeça: Itaberaba. Sempre quis vir pra cá, pois sabia que o filho de meu irmão tinha nascido e se tornado um homem. Quando chegamos com aquele circo, mesmo sem nunca o ter visto, eu senti que era ele!

NA COZINHA DO CASARÃO, DAS DORES LAVA AS LOUÇAS, ENQUANTO ZULMIRA VARRE O CHÃO.

— Das Dores... o que é isso aqui? — PERGUNTA ZULMIRA.

— Ah, é a ramagem de aroeira que a moça esqueceu de levar. Também depois daquela confusão... — DIZ DAS DORES

— Vosmecê já terminou o seu serviço, saia! — DIZ GERTRUDES A ZULMIRA, AO ENTRAR NA COZINHA. — E quanto a vosmecê, Das Dores, saiba que não quero nenhuma daquelas índias aqui, nesta cozinha, nesta casa, entendeu?

— Senhora, desculpe-me, mas quem decide isso é a senhora Veridiana ou o patrão!

— Como ousa dizer isso, negra imunda? — DIZ GERTRUDES, ENCOSTANDO-A NA PAREDE. — Eu sou e sempre serei a sua patroa!

— Não é não, senhora! — DIZ DAS DORES, RETRUCANDO. — Vosmecê me largue ou eu posso falar muita coisa que já vi nesta casa!

— Insolente! Achas que uma miserável como vosmecê pode me ameaçar? Do que falas, infeliz?

— D. Gertrudes... eu sei muito bem que a sua irmã, D. Micaela, não caiu daquela escada por causa de um tropeço!

— Oh! Mas... que absurdo! Vosmecê está louca, infeliz! Louca! — GRITA GERTRUDES, SAINDO AMEDRONTADA PARA O SEU QUARTO, ONDE, AO CHEGAR, LEMBRA DO DIA "ACIDENTE" EM QUE A SUA IRMÃ FALECEU. ASSUSTADA, OLHANDO-SE NO ESPELHO, DIZ:

— Ninguém precisa saber! Foi um acidente... acidente!

AO ESCUTAR OS PASSOS NO CORREDOR, ESPIA COM A PORTA ENTRE-ABERTA. VÊ FERAL CUMPRIMENTANDO VERIDIANA, DESEJANDO-LHE BOA NOITE COM UM BEIJO NO ROSTO. AO ENTRAR NO QUARTO, VERIDIANA FICA ENVAIDECIDA COM O GESTO DE FERAL.

NO DIA SEGUINTE, EM UM LOCAL AFASTADO DO CENTRO DE ITABERABA, GERTRUDES AGUARDA A CHEGADA DE MADAME DUPONT.

— Como tem passado, senhora? — CUMPRIMENTA MADAME DUPONT, APROXIMANDO-SE. — O que deseja de mim?

— Por que sempre me faz esperar?

— Lamento, senhora. Mas sempre me dá o recado em cima da hora, e ainda tenho que ludibriar as meninas, pois eu não saio durante o dia, e...

— Está bem! Está bem! — DIZ GERTRUDES, INTERROMPENDO-A. — Eu... preciso que encontres um homem, de fora, desconhecido, para que me faça um serviço!

— Eu... posso saber que tipo de serviço?

— Eu quero dar um fim em duas pessoas, e... eu pago bem, vosmecê sabe disso!

— Conheço alguém que faz esse serviço, é de fora e cobra caro! Isso não é problema, pois não?

— Acontece que eu preciso com extrema urgência, não poderá passar de amanhã!

— Amanhã?? Nesse caso, eu precisarei de um adiantamento! — DIZ MADAME DUPONT, ESTENDENDO A MÃO.

— Pois bem, aqui está! Se puderes traga-o ainda hoje. Amanhã direi o que deve fazer, e que ele parta assim que o fizer!

CAP. XV

DOIS DIAS DEPOIS, NA PHARMÁCIA, VENCESLAU ATENDE A CRIADA DO CASARÃO DOS BAT-SARA. PROPOSITADAMENTE ELA PEDE QUE A AJUDE A LEVAR A MERCADORIA ATÉ O CASARÃO. AO CHEGAR NO CASARÃO, VENCESLAU ENTRA NA COZINHA E ENCONTRA CATARINA.

— Aqui está! — DIZ CATARINA, DANDO-LHE UNS TROCADOS. — Vosmecê foi muito gentil em ajudá-la a trazer esse peso!

— Não carece, senhorinha! — DIZ VENCESLAU, RECUSANDO. — Eu... preciso ir. Com licença!

— Espere! Eu... imagino o quanto ganhas pouco trabalhando naquela pharmácia, não? Gostaria de mudar de emprego? Trabalhar em um lugar melhor, quem sabe um... banco?

— Eu estou satisfeito com o meu trabalho, senhorinha! Com licen...

— Sabias que eu me casarei com o teu patrão, o Diógenes? — PERGUNTA CATARINA, INTERROMPENDO-O. — Um dia serei a tua patroa. Já pensaste nisso?

— Catarina! – CHAMA D. RUTH, SALA DE ESTAR. — Com quem estais a falar?

— Hã... com ninguém, mamãe! — RESPONDE CATARINA, DESPACHANDO VENCESLAU. — Depois nós conversamos!

A NOITE NO CASARÃO DOS D'PAULA, VERIDIANA LECIONA FRANCÊS A FERAL.

— Pronuncie comigo: *Le monde c'est fantastique...* Feral! Por que não repete o que estou lendo?

— Hã... perdoe-me, madrasta! — DIZ FERAL, AO OBSERVAR O SEU DECOTE. — *Le monde...* Pedro! Aonde vais?

— Irei ...a uma seresta, Santiago! — RESPONDE PEDRO, DESCENDO A ESCADA.

— Fe.. Santiago Neto! Vosmecê pode se concentrar mais nas lições? Todas as noites precisa sair? — PERGUNTA VERIDIANA, ABORRECIDA.

— *Pardon, Madame* — DIZ FERAL, RESPONDENDO EM FRANCÊS. — Mas já aprendi o suficiente!

— Santiago, seria melhor que ficasse estudando.

— Lamento, Pedro! — DIZ FERAL, VESTINDO O TERNO. — Mas eu irei ao bordel, com ou sem vosmecê!

LOGO MAIS NO BORDEL, FERAL E PEDRO CHEGAM, SENDO RECEPCIONADOS POR CELESTE.

— ...e quando estiver em casa não pronuncie a palavra "bordel"! — CONCLUI PEDRO.

— Pedro, meu amor! Feral, como está querido? — CUMPRIMENTA CELESTE.

— Não o chame assim! O nome dele é Santiago Neto! — DIZ PEDRO, SENTANDO-SE.

— Onde está a madame, Celeste? — PERGUNTA FERAL.

— Ah, a madame passou o dia inteiro fora! E chegou quase agora com um sujeito mal-encarado... aquele ali, sentado no canto!

POUCO DEPOIS, MADAME DUPONT CHAMA O MISTERIOSO HOMEM PARA O SEU QUARTO, ENQUANTO PEDRO SE DIVERTE COM CELESTE. SOLITARIAMENTE, FERAL BEBE SEM QUERER COMPANHIA. POUCO DEPOIS DEIXA A MESA, E SAI RETORNANDO PARA CASA.

DE MADRUGADA, EM SEU QUARTO, VERIDIANA NÃO CONSEGUE DORMIR. AO CHEGAR, FERAL SOBE A ESCADA, INDO ATÉ A PORTA DO QUARTO DE VERIDIANA, CHAMANDO BAIXINHO POR SEU NOME. AO OUVIR O MOVIMENTO DA MAÇANETA, VERIDIANA SE SURPREENDE AO VER FERAL.

— Feral...? O que você está fazendo aqui?

— Eu... vim pedir desculpas por... por não ter continuado a aula, e...

— Escute! Vosmecê não precisava vir aqui! Por que não deixa pra conversarmos amanhã?

— Eu... estava me sentindo muito mal! Por isso... que voltei pra casa... pra me desculpar! — DIZ FERAL, UM POUCO ÉBRIO.

— Estou sentindo cheiro de bebida! — DIZ VERIDIANA.

— É tão diferente do cheiro de seu perfume... — DIZ FERAL, SE APROXIMANDO.

VERIDIANA TENTA RECUAR, MAS A ATRAÇÃO QUE SENTE POR FERAL É MAIS FORTE, CRESCENDO CADA VEZ MAIS, E ELA NÃO RESISTE. AMBOS SE BEIJAM ARDENTEMENTE COMO SE O MUNDO AO SEU REDOR NÃO TIVESSE A MÍNIMA IMPORTÂNCIA. COM BEIJOS INSACIÁVEIS, ELES SE AMAM INTENSAMENTE.

AO ESCUTAR UM RUÍDO, GERTRUDES EM SEU QUARTO LEVANTA-SE E VAI AO CORREDOR. NOTANDO A PORTA DO QUARTO DE VERIDIANA ENTREABERTA, SE APROXIMA SORRATEIRAMENTE. TESTEMUNHANDO FERAL E VERIDIANA SE AMANDO NO TAPETE DO QUARTO, GERTRUDES RAPIDAMENTE RETORNA AO SEU QUARTO. FIXAMENTE OLHA-SE NO ESPELHO E SE VANGLORIA DO QUE ACABOU DE VER.

AO AMANHECER, FERAL DORME PROFUNDAMENTE, QUANDO É ACORDADO POR VERIDIANA.

— Feral! Feral, levante-se, por favor! — CHAMA VERIDIANA, NERVOSA E ASSUSTADA.

— Hum? O... que... foi? — PERGUNTA FERAL, DESPERTANDO-SE.

— Levante-se e saia do quarto, antes que alguém nos veja!

— Mas por quê? — PERGUNTA FERAL, PUXANDO-A PRA CAMA. — Não gostou do que aconteceu?

— Pare! Eu não sei o que dizer... depois do que fizemos!

— Eu vou embora, então! — DIZ FERAL, LEVANTANDO-SE.

— Não! Espere! — DIZ VERIDIANA, SEGURANDO-O. — Vosmecê pode sair... pela janela?

LOGO MAIS AO DESCER, GERTRUDES OLHA SUTILMENTE PARA VERIDIANA, DURANTE O CAFÉ DA MANHÃ, ENQUANTO PEDRO DORME NO SOFÁ.

— Pedro, meu sobrinho! Por que não sobe para tomar um banho? E Santiago Neto, onde está?

— Estou aqui, D. Gertrudes! — DIZ FERAL, ENTRANDO NA SALA. — Bom dia a todos!

— Onde passou a noite, Santiago Neto? — PERGUNTA GERTRUDES.

— A senhora quer mesmo saber? — PERGUNTA FERAL, SENTANDO-SE.

— Não é preciso, eu imagino! Dormiu bem, senhora?

— Sim! Por que pergunta?

— Por nada! Apenas que, durante a madrugada... ouvi um barulho estranho. Confesso que me assustei!

— D. Gertrudes... um moleque lhe traz um recado! — DIZ ZULMIRA.

— Com licença! — DIZ GERTRUDES, LEVANTANDO-SE. — Ah, Santiago Neto... trate-se de alimentar-se bem, pois noto que estais um pouco cansado!

— Agradeço a preocupação, "tia" Gertrudes! — DIZ FERAL, OLHANDO INSINUANTEMENTE PARA VERIDIANA.

POUCO DEPOIS, NO LUGAR DE SEMPRE, GERTRUDES AGUARDA MADAME DUPONT, QUE, AO CHEGAR, MOSTRA-LHE O HOMEM A QUEM ELA ENCOMENDARÁ O SINISTRO SERVIÇO.

— Muito bem! Imagino que ela tenha adiantado do que se trata, pois não?

— Sim, senhora! — RESPONDE O HOMEM.

— Quero que esse serviço seja feito hoje à noite, sem falhas! — DIZ GERTRUDES, ABRINDO A BOLSA. — Tome! Receberás o restante assim que fizer o... trabalho!

ENQUANTO GERTRUDES EXPLICA O TIPO DE SERVIÇO QUE ELE DEVE EXECUTAR, CELESTE OBSERVA, ESCONDIDA NO MATAGAL, O ESTRANHO TRIO, QUE A DEIXA CURIOSA, IMAGINANDO O QUE ELES ESTÃO TRAMANDO.

NA PHARMÁCIA, CATARINA, ACOMPANHADA DE SUA CRIADA, CHEGA E, AO VER VENCESLAU, O CHAMA. VENCESLAU PEDE A IRACI QUE ATENDA A CRIADA, ENQUANTO CATARINA, DISFARÇANDO, SE APROXIMA DELE.

— Venceslau é o seu nome, não? — PERGUNTA CATARINA.

— Sim, senhorinha! Eu estou trabalhando, e...

— Decerto que está, e imagino o quanto ganha pouco por este serviço! Sei que és de família pobre, e se me ajudar, poderá melhorar de vida! O que achas?

AO SAIR DO DEPÓSITO, CONCEIÇÃO ESTRANHA AO VER VENCESLAU CONVERSANDO COM CATARINA. EMBARAÇADO, VENCESLAU DIZ:

— Senhorinha... depois conversaremos!

AO CHAMAR A CRIADA, CATARINA SAI DA PHARMÁCIA, DEIXANDO CONCEIÇÃO CURIOSA.

— Venceslau, o que aquela moça conversava com vosmecê? — PERGUNTA CONCEIÇÃO.

— Ela... perguntou pelo Sr. Diógenes... e eu disse que ele viajou!

— Apenas isso? — PERGUNTA CONCEIÇÃO, DESCONFIADA.

— Sim, senhora. Com licença!

NO JARDIM DO CASARÃO DOS D'PAULA, FERAL ENCONTRA VERIDIANA, COM O SEMBLANTE PREOCUPADO.

— Feral... o que aconteceu na noite passada... foi uma... loucura... e não se deve repetir!

— Mas... pensei que vosmecê tivesse gostado! Eu passei a noite toda no bordel, só pensando em vosmecê...

— Você não compreende? — PERGUNTA VERIDIANA, INTERROMPENDO-O. — Que achas que fizemos?!?

— Nós... fizemos amor, não? Que mal há?

— Seu inconsequente! Seu irresponsável! — GRITA VERIDIANA, CORRENDO PRA DENTRO DE CASA. AO ENTRAR NA SALA, VERIDIANA ENXUGA AS LÁGRIMAS AO VER GERTRUDES.

— Algum problema, senhora?

— Não! Por que pergunta?

— Por nada. Apenas acho que a senhora dá muita atenção ao seu enteado Santiago Neto!

— Não entendi. De que falas? — PERGUNTA VERIDIANA.

— De nada, senhora. Sabes que o teu marido está pra chegar, não? — PERGUNTA GERTRUDES, LEVANTANDO-SE. — Com licença!

VERIDIANA FICA CISMADA COM O QUE GERTRUDES QUIS INSINUAR.

TÃO LOGO ANOITECE, VENCESLAU, COM O PENSAMENTO VOLTADO AO QUE CATARINA PROPÔS, FECHA A PHARMÁCIA. APÓS SE DESPEDIR DE CONCEIÇÃO E IRACI, ELE SAI, SEM PERCEBER O HOMEM SINISTRO QUE OBSERVA A PHARMÁCIA. INSTANTES DEPOIS, O INVASOR PULA O MURO, FAZENDO UM RUÍDO, O QUAL CONCEIÇÃO OUVE E ABRE A JANELA.

SURPREENDIDA PELO INVASOR, CONCEIÇÃO GRITA, SENDO ESBOFETIADA.

— Cadê a índia? Responda! — PERGUNTA O AGRESSOR, DERRUBANDO-A NO CHÃO. AO VÊ-LA CAIR, IRACI TENTA SOCORRÊ-LA, MAS É ESFAQUEADA. OUVINDO O GRITO DE IRACI, JANDAIA ACORDA ASSUSTADA. O ASSASSINO DECIDE TERMINAR LOGO O SERVIÇO, E DERRAMA COMBUSTÍVEL POR TODOS OS LADOS, INCENDIANDO O DEPÓSITO, ASSIM COMO TODA A PHARMÁCIA.

RAPIDAMENTE AS CHAMAS TOMAM CONTA DE TODA A CASA, ATRAINDO ASSIM A ATENÇÃO DOS MORADORES. ALHEIO AO QUE ACONTECE, VENCESLAU SE ENCONTRA EM UM BOTECO PRÓXIMO, QUANDO É AVISADO DO INCÊNDIO. O CORRE-CORRE SE FAZ NA RUA, ENQUANTO ALGUNS TENTAM APAGAR AS CHAMAS COM LATAS D'ÁGUA.

AO CHEGAR, PRESENCIANDO AS LABAREDAS, VENCESLAU FICA DESESPERADO, ARROMBANDO A PORTA DOS FUNDOS, CHAMANDO POR CONCEIÇÃO. AO VÊ-LA NO CHÃO, FERIDA E QUEIMADA, PEGA-A NOS BRAÇOS, LEVANDO-A PARA LONGE DAS LABAREDAS.

A AGITAÇÃO CAUSADA PELO INCÊNDIO CHEGA AO CASARÃO DOS BAT-SARA. A CRIADA VAI AO QUARTO DE CATARINA, E...

— Senhorinha! Senhorinha Catarina! A pharmácia do Sr. Diógenes está pegando fogo!

— Meu Deus! — ADMIRA-SE CATARINA, AO ABRIR A JANELA. — Eu preciso ir lá, mas... meus pais não devem saber!

COM A AJUDA DA CRIADA, CATARINA VESTE-SE RAPIDAMENTE. ANTES DE SAIR, OLHA PARA A CÔMODA E VOLTA, PEGANDO ALGO EM SUA GAVETA.

CONSEGUINDO SAIR COM A CHARRETE, CATARINA, JUNTO COM A CRIADA, ATRAVESSA A RUA, AVISTANDO VENCESLAU LEVANDO CONCEIÇÃO NOS BRAÇOS, ENTRANDO NA IGREJA. LOGO MAIS, NO SALÃO PAROQUIAL, O PADRE PRESTA SOCORRO A CONCEIÇÃO. VENCESLAU, AO VER CATARINA ENTRANDO NA IGREJA, PEDE AJUDA.

— Senhorinha... por favor! D. Conceição está mal, ela precisa de ajuda... – DIZ VENCESLAU.

— Ouça! Ela... precisa sair daqui — DIZ CATARINA, LEVANDO VENCESLAU PARA A SACRISTIA. — Vosmecê pode levá-la para longe de Itaberaba, em minha charrete.

— Senhorinha... ela está inconsciente! Precisa ir para a Santa Casa! — DIZ VENCESLAU.

— Ela ficará bem! Tome! — DIZ CATARINA, DANDO-LHE UMA MOCHILA. — Venceslau, essa é a sua oportunidade! Vosmecê tem... dez mil réis, e pode levar a minha charrete!

— Não! Eu não posso aceitar!

— Vosmecê vai aceitar! Ou... eu digo para todos que vosmecê foi o responsável pelo incêndio! Agora vá!

— Senhorinha... — DIZ VENCESLAU, AMEDRONTADO. — ...como farei para sair daqui?!?

— Deixe que eu distraio o padre! — DIZ CATARINA, QUE, AO SAIR DA SACRISTIA, OBSERVA O PADRE REANIMANDO CONCEIÇÃO. CATARINA FINGE UM DESMAIO.

— Padre... padre, eu estou... me sentindo fraca! — DIZ CATARINA, SENDO AUXILIADA PELA CRIADA.

— Filha! Por favor, traga água! Rápido! — DIZ, ACUDINDO-A, O PADRE, QUE, AO DAR AS COSTAS, NÃO PERCEBE A SAÍDA DE VENCESLAU. ESTE, AO PEGAR CONCEIÇÃO, LEVA-A NOS BRAÇOS PRA FORA DA IGREJA.

— Padre... eu... estou bem — DIZ CATARINA, AO TOMAR UM COPO D'ÁGUA.

— Padre! — CHAMA A CRIADA, CÚMPLICE DA ARMAÇÃO.
— Aquele rapaz... ele levou a moça!

— Minha nossa senhora! — DIZ O PADRE, ESPANTANDO-SE.

NO CASARÃO DOS D'PAULA, PEDRO, AO CHEGAR, ENCONTRA TODOS NA SALA, E LHES NOTICIA O INCÊNDIO, OCORRIDO HÁ INSTANTES. TODOS FICAM CHOCADOS COM A NOTÍCIA. GERTRUDES, FINGINDO-SE ABALADA, SOBE A ESCADA AOS PRANTOS.

— Meu Deus! E Conceição?!? Alguém saiu ferido?? — PERGUNTA DAS DORES.

— As chamas já foram apagadas, e... não sobreviveu ninguém! — RESPONDE PEDRO.

— Eu... vou ver de perto! — DIZ FERAL, LEVANTANDO-SE.

— Não! Por favor, eu lhe peço que fique! — PEDE VERIDIANA.

AO CHEGAR EM CASA PELOS FUNDOS, CATARINA É SURPREENDIDA PELA MÃE.

— Posso saber de onde a senhorita vem?!? — PERGUNTA D. RUTH.

PELA MADRUGADA AFORA, VENCESLAU GUIA A CHARRETE, SEM ACREDITAR NO QUE ESTÁ FAZENDO. CONCEIÇÃO DESPERTA COM TOSSES, PERGUNTANDO:

— O... que aconteceu...? Venceslau...?!? Onde eu estou...?

— Calma, Conceição! Houve um incêndio na pharmácia, e...

— Pra onde... estamos indo? — PERGUNTA CONCEIÇÃO, MEIO SONOLENTA.

— Pra um lugar seguro! Agora durma um pouco!

AO AMANHECER EM ITABERABA, AS CINZAS E OS ESCOMBROS DA CASA QUE UM DIA PERTENCEU AO COMENDADOR MACIEL REVELAM A CONTURBADA NOITE PASSADA. AO CHEGAR CALMAMENTE COM O SEU FILHO DIÓGENES, O SR. SANTIAGO PERCEBE QUE ALGO ACONTECEU NA CIDADE.

— Estranho! Sente o cheiro de queimado, filho? — PERGUNTA O SR. SANTIAGO, APROXIMANDO-SE DA RUA ONDE EXISTIA A PHARMÁCIA.

— Pai... minha Pharmacia...?!? — DIZ DIÓGENES, SEM ACREDITAR NO QUE OS SEUS OLHOS VEEM. — Pai... aconteceu um incêndio!

— Sim... a casa toda destruída — DIZ O Sr. SANTIAGO, VENDO O FILHO DESCER DA CHARRETE. — Diógenes... espere!

— Não! Eu preciso saber o que aconteceu com Conceição e os outros! — DIZ DIÓGENES, TENTANDO PASSAR ENTRE OS ESCOMBROS. — Ela há de estar em algum lugar, e...

— Filho... se eles estão salvos ou não, vosmecê ficará sabendo. Vamos pra casa! — DIZ O SR. SANTIAGO, CONSEGUINDO CONVENCER DIÓGENES.

LOGO MAIS, NO CASARÃO DOS D'PAULA, O CLIMA É DE PESAR. NA COZINHA, DAS DORES REZA POR CONCEIÇÃO, NA ESPERANÇA DE ENCONTRÁ-LA.

— ...e o delegado não encontrou a outra índia! Como também não sabe onde estão o moço que trabalhava lá e Conceição! — CONCLUI O SR. BITTENCOURT.

— Gertrudes! Providencie com o padre uma missa de corpo presente para a índia Iraci! — DIZ O SR. SANTIAGO.

AO ENTRAR NA IGREJA, DIÓGENES CHAMA O PADRE, NA ESPERANÇA DE SABER AONDE SE ENCONTRA A SUA AMADA.

— Padre! Padre, o senhor tem notícia de Conceição?!? — PERGUNTA DIÓGENES, ANSIOSO.

— Por favor, sente-se! Acalme-se, pois eu explicarei o que aconteceu! — DIZ O PADRE, RELATANDO O OCORRIDO. — ...e quando me voltei, a criada da senhorinha Catarina, disse-me que o moço tinha levado Conceição nos braços, pra fora da igreja! E isso é tudo o que eu sei, filho!

DIÓGENES FICA SEM ENTENDER, E DECIDE PROCURAR CATARINA.

VENCESLAU CHEGA AO MUNICÍPIO DE ALAGOINHAS, E PROCURA POR UM DOUTOR, POIS NOTA QUE CONCEIÇÃO ESTÁ FRACA, TOSSINDO SEM PARAR. LOGO MAIS, QUANDO SE HOSPEDA EM UMA PENSÃO...

— Doutor, eu estou preocupado, pois ela está tossindo muito! — DIZ VENCESLAU, PONDO CONCEIÇÃO NA CAMA.

— O senhor é marido dela, não? — PERGUNTA O DOUTOR.
— O senhor fez muito bem em procurar-me, pois suspeito que devido a frieza da madrugada, ela esteja com pneumonia!

EM ITABERABA, NO BORDEL, MADAME DUPONT RECEBE DE UM MOLEQUE, UMA ENCOMENDA. LOGO APÓS SAIR, O MOLEQUE É ABORDADO POR CELESTE QUE O SUBORNA.

— Não minta pra mim, menino!

— Não estou mentindo, senhora! Não sei o que trouxe, apenas que foi a mando de D. Gertrudes!

— Muito bem, pode ir! — DIZ CELESTE, DISPENSANDO O MOLEQUE, QUANDO VÊ MADAME DUPONT, SAINDO DO BORDEL, COM A ENCOMENDA NAS MÃOS. SEGUINDO A MADAME, CELESTE CHEGA A UMA ÁREA AFASTADA E ESCONDIDA, PRESENCIANDO O ENCONTRO DA CAFETINA COM MISTERIOSO HOMEM.

— Aqui está, conforme combinado! — DIZ MADAME DUPONT, ENTREGANDO ALGO.

— Muito agradecido, senhora! — DIZ O HOMEM, APÓS CONFERIR O DINHEIRO. — Se precisar, sabe onde me encontrar!

— Sim, eu sei! Agora suma de Itaberaba!

AO CHEGAR NO CASARÃO DOS BAT-SARA, DIÓGENES É RECEBIDO PELO SR. BAT-SARA.

— Diógenes! Eu lamento pelo que aconteceu ao seu estabelecimento.

— Senhor Bat-Sara... eu preciso falar urgentemente com a sua neta, Catarina!

MANDANDO A CRIADA CHAMAR A SUA NETA, O SR. BAT-SARA O CONVIDA PARA SENTAR. EM SEU QUARTO, CATARINA FICA FELIZ AO SABER QUE DIÓGENES A AGUARDA E SE ARRUMA PONDO UM VESTIDO NOVO. LOGO MAIS, NA SALA DE ESTAR, DIÓGENES PERGUNTA:

— Catarina... pode dizer-me o que realmente aconteceu ontem naquela igreja?

— Eu... tinha ido ver o incêndio assim que começou, e quando cheguei, avistei aquele moço... Venceslau, levando Conceição para a igreja, e...

— Perdoe-me interrompê-la, mas... ela estava muito ferida? — PERGUNTA DIÓGENES.

— Ela... ela estava chamuscada por causa do incêndio, mas conseguia caminhar!

— Caminhar? Mas o padre disse que Venceslau a levou nos braços pra dentro da igreja!

— Diógenes, ele a colocou nos braços assim que chegaram, pois eles pareciam fugidos e assustados! Assim decidi entrar na igreja, com minha criada, e o padre estava socorrendo Conceição, quando eu... fiquei um pouco nervosa com o incêndio, e... passei mal! — DIZ CATARINA, FINGINDO DESESPERO. — Enquanto o padre me acudia, ela simplesmente levantou-se e... bem, ambos correram e pegaram a minha charrete! A minha criada presenciou tudo isso, Diógenes!

ABALADO COM O QUE ACABA DE OUVIR, DIÓGENES AGRADECE A CATARINA E SAI DESILUDIDO, TRANSTORNADO E DESCONFIADO. LOGO APÓS, D. RUTH PERGUNTA À FILHA SE O QUE ELA CONTOU FOI O QUE REALMENTE ACONTECEU. CATARINA RESPONDE QUE SIM, TENDO A CONFIRMAÇÃO DE SUA CRIADA.

MAIS TARDE, NO ESCRITÓRIO, DIÓGENES NÃO SE CONFORMA COM O QUE ACONTECEU.

— A polícia está investigando o incêndio, e suspeita, devido à morte da índia, que foi algo tramado! — DIZ O SR. BITTENCOURT.

— Estou começando a crer nisso, senhor! — DIZ DIÓGENES. — Mas... e Jandaia? Onde ela está?

— Filho, deixe que a polícia se encarregue de descobrir isso! Agora venha! Vamos pra casa! — DIZ O SR. SANTIAGO.

NO CASARÃO DOS BAT-SARA, O SR. WILSON COMENTA COM O SOGRO SOBRE O INCÊNDIO NA PHARMÁCIA DE DIÓGENES, ENQUANTO, EM SEU QUARTO, CATARINA CONVERSA COM A MÃE, D. RUTH.

— Mamãe, o vovô se quiser pode comprar a destruída Pharmacia de Diógenes, não?

— Certo que sim, filha! Mas o seu pai, como bom investidor que é, certamente não aprovaria essa ideia de comprar as ruínas de um estabelecimento! — DIZ D. RUTH.

— Pode ser, mamãe, mas o vovô sempre faz o que quer, afinal ele é o dono de tudo! Papai apenas... obedece!

— Catarina! Não fale assim! Seu pai apenas não quer contrariar ou contestar o seu avô!

CAP. XVI

ALGUMAS SEMANAS PASSAM EM ITABERABA, E DIÓGENES VAI AOS POUCOS RETOMANDO A SUA VIDA, AUXILIANDO O PAI NO ESCRITÓRIO. NO ENTANTO, CONSTANTEMENTE BEBE APÓS O EXPEDIENTE, EM ALGUM BOTECO, DESCARREGANDO ASSIM A DOR PELA TRAGÉDIA DE SEU ESTABELECIMENTO, ASSIM COMO O APARENTE "ABANDONO" DE SUA AMADA CONCEIÇÃO.

NO CASARÃO DOS BAT-SARA, O SR. WILSON COMENTA COM O SR. BAT-SARA SOBRE O PROCEDIMENTO DE DIÓGENES.

— É lamentável, pois ele tinha planos para com o seu empreendimento! —— DIZ O SR. WILSON.

— Gostaria muito de poder fazer algo! — DIZ O SR. BAT-SARA

— Vovô... por que não compra uma Pharmacia e... emprega Diógenes para administrá-la?

— Catarina! Sabes que não quero que se intrometa nesse assunto! — DIZ O SR. WILSON.

— Filha... creio que Diógenes, e o seu pai, o Sr. Santiago, não aceitariam esse ato como ajuda! —— DIZ O SR. BAT-SARA.

— O senhor não saberá se não oferecer essa ajuda, vovô! Com licença! — DIZ CATARINA, INDO PARA O SEU QUARTO.

NO CASARÃO DOS D'PAULA, VERIDIANA RECEBE A VISITA DE SUA MÃE, D. EDILEUZA.

— Sabe, filha, eu estou empolgada com o menino Jessé! — DIZ D. EDILEUZA, REFERINDO-SE AO EX-MENINO SELVAGEM. — Ele está tão interessado em ajudar o padre. Não imaginas como eu ficarei orgulhosa, se ele segue o caminho religioso! Imagine se..., Veridiana? Filha, está me ouvindo?

— Ah sim, mamãe! — DIZ VERIDIANA, FECHANDO A PORTA. — Eu... desconfio que estou... esperando um filho!

— Mas que maravilha, filha! — DIZ D. EDILEUZA, ABRAÇANDO-A. — Já não era sem tempo! O seu marido já sabe?

EM ALAGOINHAS, CONCEIÇÃO, JÁ RECUPERADA, ENCONTRA-SE EM UM QUARTO, QUANDO DESPERTA AO LADO DE VENCESLAU.

— Venceslau...?!? Onde... estou?

— Conceição, procure não falar — DIZ VENCESLAU, LEVANTANDO-SE.

— Venceslau... o que aconteceu? Eu estive doente...?

— Tome! Vosmecê precisa se alimentar! — DIZ VENCESLAU, DANDO-LHE SOPA.

— Bom dia! — CUMPRIMENTA O DOUTOR, ENTRANDO NO QUARTO. — Vejo que a senhora melhorou! Tens um marido muito cuidadoso, D. Conceição!

— Marido?!? — ADIMIRA-SE CONCEIÇÃO, OLHANDO PARA VENCESLAU.

EM ITABERABA, DIÓGENES REMOVE OS ESCOMBROS DE SUA PHARMÁCIA, QUANDO CATARINA APARECE.

— Diógenes! Eu... quero que saibas que lamento muito pelo que aconteceu, e...

— Eu agradeço, senhorinha! — DIZ DIÓGENES, INTERROMPENDO-A. — Peço que se afaste, pois estas paredes não estão seguras!

— Eu... falei com o meu avô, e... ele está disposto a reconstruir a Pharmacia...

— Senhorinha... se pensas que com uma nova Pharmacia eu me interessaria em casar-me com vosmecê, engana-se!

— Você é um tolo, Diógenes! Como pode ser tão burro? Acho bem feito aquela criada ter fugido com o seu empregado, tendo lhe feito de tolo! — DIZ CATARINA, ABORRECIDA.

— Saia daqui, menina! — GRITA DIOGENES.

— Pois não, Diógenes! Mas saiba que você casará comigo... querendo ou não!

MAIS TARDE, NO JANTAR DOS D'PAULA, O SR. SANTIAGO TENTA REANIMAR DIÓGENES.

— Filho, garanto-lhe que, até o final do ano, vosmecê terá a sua Pharmacia de volta!

— Agradeço, pai. Como se não bastasse, ainda tenho que ouvir os disparates daquela louca!

— De quem falas, filho?

— Da senhorinha Catarina! — RESPONDE DIOGENES, REVOLTADO. — Disse a mim, logo cedo, que o seu avô manifestou desejo de reconstruir a minha Pharmacia! O senhor há de imaginar o que eles querem em troca!

— Se Diógenes casasse com a senhorinha Catarina, uniria o útil ao agradável! — DIZ GERTRUDES.

VERIDIANA LEVANTA-SE E VAI AO TOALETE. DEMORA UM POUCO, FAZENDO COM QUE O SR. SANTIAGO VÁ AO SEU ENCONTRO.

— Querida... o que houve? — PERGUNTA O Sr. SANTIAGO, APÓS VERIDIANA SAIR DO TOALETE. — Estais se sentindo bem?

— Senhor... eu estou sentindo enjoo, faz alguns dias! Eu... estou grávida, senhor!

— Grávida?!? Vosmecê tem certeza? — PERGUNTA O SR. SANTIAGO, EMOCIONADO. — Eu tenho que dar essa notícia a todos!

AO RETORNAR AO JANTAR, O SR. SANTIAGO DECLARA A TODOS A NOVIDADE, COM A FELICIDADE NO ROSTO. GERTRUDES FICA SURPREENDIDA, ENQUANTO FERAL NÃO DEMOSTRA NENHUMA REAÇÃO. AO VER PEDRO, DESCENDO A ESCADA, PEDE LICENÇA AO PAI, E...

— Pedro, espere! Irei com vosmecê à ...seresta! — DIZ FERAL, LEVANTANDO-SE, SENDO OBSERVADO SERIAMENTE POR VERIDIANA.

NA MANHÃ DO DIA SEGUINTE, VERIDIANA ENCONTRA-SE COM FERAL, NO JARDIM DO CASARÃO.

— Eu nem o vi quando chegou ontem à noite — DIZ VERIDIANA, SENTANDO-SE NO BANCO.

— Nem poderia, senhora madrasta! Eu cheguei agora pela manhã! — DIZ FERAL, DEITADO NA GRAMA, DESCONTRAÍDO.

— Posso saber o porquê de vosmecê ter saído ontem, daquela maneira durante o jantar? Nem cumprimentou o seu pai, pela notícia que ele deu...

— A que notícia a senhora se refere?

— Como que notícia? Eu estou grávida! Esperando um filho! Não ouviu o seu pai anunciando a todos? — PERGUNTA VERIDIANA, MEIO CHATEADA.

— Ah! Perdoe-me, agora me lembro! — DIZ FERAL, LEVANTANDO-SE. — Senhora, se me der licença, vou deitar-me. A noite, ontem no bordel, foi cansativa por demais!

— Seu... insensível! — DIZ VERIDIANA, DANDO-LHE UM TAPA. — Por que está agindo dessa maneira comigo?

— Oras, senhora!?! — DIZ FERAL, SEGURANDO-LHE OS BRAÇOS. — Eu é que pergunto: por que fez isso?

GERTRUDES PRESENCIA A CENA, E VERIDIANA FICA SEM SABER O QUE DIZER.

— O que está vendo, D. Gertrudes? — PERGUNTA FERAL. — Parta logo daqui!

GERTRUDES VAI EMBORA, DEIXANDO VERIDIANA AINDA MAIS AFLITA.

— Por que fez isso? Não vê que a deixas ainda mais desconfiada?

— Acalme-se! Ela não tem motivos pra desconfiar, afinal estamos apenas... discutindo!

IRRITADA, VERIDIANA O DEIXA SOZINHO.

A NOITE, APÓS O JANTAR, PEDRO, COMO DE COSTUME, DESCE A ESCADA APRESSADAMENTE, PARA IR À BOÊMIA. NA SALA DE ESTAR, O SR. SANTIAGO DIZ AO FILHO DIÓGENES:

— Filho, vosmecê precisa reagir! Por que não acompanha os seus irmãos na seresta?

— Não sei, pai! Eu...

— Por que não, irmão? — PERGUNTA PEDRO, VESTINDO O TERNO. — Gostaria muito que nos acompanha-se!

— Está bem... Eu irei! — DIZ DIÓGENES, LEVANTANDO-SE.

— Acho que choverá! — DIZ VERIDIANA, OLHANDO PARA A JANELA. — Vosmicês estão certos de irem? Santiago...

— Sim, senhora! — RESPONDE FERAL, LEVANTANDO-SE DA MESA, DEIXANDO OS LIVROS. — Boa noite a todos!

LOGO QUE OS RAPAZES SAEM, GERTRUDES COMENTA:

— É impressionante a atenção da sua esposa para com seus filhos. Não achas, senhor?

— Sem dúvida, ela será uma boa mãe! — DIZ O SR. SANTIAGO, SEM ENTENDER A IRONIA DE GERTRUDES. — Ah... eu vou dormir, vosmecê vem agora, querida?

— Irei assim que guardar os livros, senhor! — RESPONDE VERIDIANA, APROXIMANDO-SE DE GERTRUDES, ASSIM QUE O MARIDO SOBE. — Gertrudes... o que quis dizer com aquele comentário?

— Nada de mais, senhora! Apenas que a sua dedicação como professora e madrasta já está passando dos limites!

— Como ousa insinuar...

— Oras, senhora, eu vi! — DIZ GERTRUDES, LEVANTANDO-SE. — Pensas que me engana? Percebi que entre vosmicês existe uma relação muito além de madrasta e enteado!

— Gertrudes... aquele tapa que eu dei... foi...

— Eu não refiro ao tapa, senhora! — DIZ GERTRUDES, SEGURANDO EM SEU BRAÇO. — E sim àquela noite que vosmicês passaram... juntos! Profanando o casamento de meu honrado cunhado!

VERIDIANA FICA SEM ARGUMENTO, ENQUANTO GERTRUDES AMEAÇA.

— Imagino o que meu cunhado faria se soubesse dessa pouca vergonha que se passou sob o seu teto! A senhora é uma pecadora, uma adúltera! Eu devia tomar uma atitude, mas... é preferível esquecermos essa conversa, pois o seu marido, meu cunhado, a aguarda em seu quarto! Boa noite, senhora!

VERIDIANA FICA APAVORADA COM AS PALAVRAS DE GERTRUDES, SENTINDO, AO SUBIR A ESCADA, QUE A SUA VIDA, A PARTIR DAQUELE MOMENTO, SE TORNARÁ UM INFERNO MEDIANTE AS INTENÇÕES AMEAÇADORAS DAQUELA MALÉVOLA MULHER.

POUCO DEPOIS, NO BORDEL DE MADAME DUPONT, DIÓGENES BEBE, LEMBRANDO-SE DE SEUS MOMENTOS COM CONCEIÇÃO, FERAL TENTA ESQUECER AS PALAVRAS DE VERIDIANA, ENQUANTO PEDRO SE DIVERTE COM CELESTE.

— Se eu soubesse quem vosmecê era, Diógenes, eu o teria tratado com mais... respeito! — DIZ MADAME DUPONT.

— Eu sei, madame! Naqueles dias em que estive escondido aqui foi quando eu conheci a mulher da minha vida! Agora... ela... desapareceu, fugiu com outro! — DIZ DIÓGENES, UM POUCO EMBRIAGADO.

— Querido, esqueça um pouco essa mulher, e divirta-se com as que estão aqui! — DIZ MADAME DUPONT, SERVINDO MAIS VINHO A DIÓGENES.

COMEÇA A CHOVER INTENSAMENTE EM ITABERABA, E EM SEU QUARTO, VERIDIANA NÃO CONSEGUE DORMIR, LEMBRANDO AS PALAVRAS AMEAÇADORAS DE GERTRUDES.

— Querida... está sem sono? — PERGUNTA O SR. SANTIAGO.

— Não, apenas... me assustei com a tempestade! — RESPONDE VERIDIANA, ABRAÇANDO O MARIDO.

NO CASARÃO DOS BAT-SARA, CATARINA TAMBÉM NÃO CONSEGUE DORMIR, PENSANDO EM DIÓGENES. HORAS PASSAM, E DA JANELA OBSERVA A RUA DESERTA E A CHUVA QUE PERSISTE PELA MADRUGADA. EM RESPOSTA AOS SEUS DESEJOS, CATARINA VÊ DIÓGENES CAMINHANDO NA CHUVA, EMBRIAGADO COM UMA GARRAFA NAS MÃOS.

PRONTAMENTE ELA PEGA UMA CAPA DE CHUVA E SAI DO QUARTO SORRATEIRAMENTE, ENCONTRANDO O SEU AVÔ NO CORREDOR.

— Vovô? O senhor ainda acordado?!? Eu... deixei minha pulseira cair, e...

— Catarina! — DIZ O SR. BAT-SARA, INTERROMPENDO-A. — Você viu Diógenes passando há pouco na rua, não? Eu sei. Escute, filha, imagino que queira encontrá-lo, mas quero adverti-la que não é assim que terás felicidade!

— Vovô, se tenho certeza agora, é que minha felicidade é casar-me com Diógenes! E eu irei buscá-la a todo custo! — DIZ CATARINA DETERMINADA, SAINDO DE CASA.

NO CASARÃO DOS D'PAULA, FERAL CHEGA, TODO ENCHARCADO DEVIDO À CHUVA. AO ENTRAR SOBE E VAI ATÉ A PORTA DO QUARTO DE VERIDIANA. ATENTA AOS RUÍDOS, GERTRUDES LEVANTA-SE E OBSERVA COM A PORTA ENTREABERTA. FERAL TENTA ABRI-LA, GIRANDO A MAÇANETA, QUANDO VERIDIANA, ATÉ ENTÃO ACORDADA, LEVANTA-SE IMAGINANDO SER FERAL. O SR. SANTIAGO ACORDA, PERGUNTANDO:

— Veridiana...? Aonde vai?

— Vou ...encher a jarra, estou com um pouco de sede — DIZ VERIDIANA, DISFARÇANDO A SURPRESA.

AO SAIR DO QUARTO, VERIDIANA PERCEBE A TRILHA MOLHADA NO TAPETE ATÉ O QUARTO DE FERAL. EM SEU QUARTO, FERAL SENTA-SE NO CHÃO, PÕE AS MÃOS NA CABEÇA, QUERENDO QUE VERIDIANA SAIA DE SEUS PENSAMENTOS, NO ENTANTO ELA ABRE A PORTA DE SEU QUARTO.

— Feral... vosmecê foi até o meu quarto? Se pensou em entrar, eu agradeço por não ter entrado!

— A senhora entrou aqui apenas para dizer-me isso? — PERGUNTA FERAL, LEVANTANDO-SE. — Vosmecê devia estar em seu quarto, dormindo ao lado de seu marido.

— Sim, eu sei. Vosmecê ficará gripado, caso não tire essa roupa molhada! — DIZ VERIDIANA, TOCANDO EM SEU PEITO. FERAL PEGA EM SUAS MÃOS, E AMBOS SE BEIJAM. A PORTA SE ABRE, E ELES SÃO SURPREENDIDOS POR GERTRUDES.

— Imaginem se fosse o Sr. Santiago, que situação desagradável teríamos, não? — DIZ GERTRUDES, SEGURANDO A MAÇANETA. — Santiago Neto, deverias ouvir o que sua madrasta disse, ou ficará resfriado! Senhora, sugiro que volte pro seu quarto. Boa noite!

ENQUANTO ISSO, NAS RUÍNAS DE SUA PHARMÁCIA, DIÓGENES SE ENCONTRA SENTADO ENTRE OS ESCOMBROS, TOTALMENTE EMBRIAGADO. EM MEIO À CHUVA, CATARINA APARECE, DEIXANDO DIÓGENES SURPRESO.

— Catarina?!? O... que... está fazendo aqui?

— Eu vim... ajudá-lo, Diógenes! — RESPONDE CATARINA, DANDO-LHE UMA CAPA.

A CHUVA TORNA-SE MAIS FORTE, FAZENDO COM QUE UM ESCOMBRO CAIA. ASSUSTADA CATARINA O ABRAÇA, DEIXANDO DIÓGENES COM DIFICULDADE PARA LEVANTAR-SE, MAS LEVANDO-A PARA DENTRO DA CASA, PROTEGENDO-A DA CHUVA.

— Pronto! Aqui estamos seguros! Assim que estiar, eu a levarei para a sua casa!

— Eu agradeço, Diógenes! Se me permite, eu tenho que tirar essa roupa molhada, e... — CATARINA SE DESPE PERANTE DIÓGENES.

— Menina! Pare com isso! Vosmecê é uma moça de família... não deve...

— Lamento, Diógenes, mas estou com muito... frio, e assustada... — DIZ CATARINA, ABRAÇANDO E BEIJANDO DIÓGENES, QUE TENTA REAGIR, MAS NÃO CONSEGUE RESISTIR E AMBOS SE RELACIONAM. A CHUVA PASSA COM AS HORAS, E, AO AMANHECER, DIÓGENES É DESPERTADO COM A LUZ DO SOL, QUE SAI TIMIDAMENTE ENTRE O CÉU PARCIALMENTE NUBLADO. SENTINDO O EFEITO DA RESSACA, DIÓGENES SE DEPARA COM CATARINA DEITADA SEMINUA, AO SEU LADO. CUSTANDO A ACREDITAR NO QUE ACONTECEU, DIÓGENES TENTA ACORDÁ-LA.

— Catarina! Catarina, acorde, por favor! — CHAMA DIÓGENES, PONDO AS MÃOS NA CABEÇA. — Meu Deus, o que fiz?!?

— Diógenes...?!? — DIZ CATARINA, DESPERTANDO.

— Catarina... vista-se! Vamos... eu tenho que levá-la para sua casa!

— Meu amor... o que fizemos foi lindo, e...

— Ora, cale-se! — GRITA DIÓGENES. — Você se aproveitou de minha embriaguez!

— Diógenes... eu te amo!

NO CAFÉ DA MANHÃ, NO CASARÃO DOS D'PAULA, O SR. SANTIAGO APRESSA O SEU FILHO PEDRO, PARA IREM AO TRABALHO.

— E o seu irmão Diógenes?

— Provavelmente dormiu fora, pai! — RESPONDE PEDRO, SUBINDO A ESCADA. — Volto num instante!

224

— E vosmecê, filho? Como foi a sua noite?

— Boa, senhor! Atchim! — ESPIRRA FERAL. — Me resfriei com a chuva de ontem!

— Pelo que vi ontem à noite, não é à toa que tenha se resfriado! — DIZ GERTRUDES, OLHANDO PARA VERIDIANA, QUE FICA CABISBAIXA.

— É mesmo, senhora? E o que foi que a senhora viu ontem à noite? — PERGUNTA FERAL, DEIXANDO VERIDIANA APAVORADA.

— Eu... me refiro ao tapete do corredor, todo molhado! — RESPONDE GERTRUDES.

— Talvez seja melhor ficar em casa, Santiago! — DIZ O SR. SANTIAGO, LEVANTANDO-SE. — Amanhã, quando estiveres melhor, irás ao escritório!

NA SALA DE ESTAR DO CASARÃO DOS BAT-SARA, O CLIMA É TENSO QUANDO O SR. WILSON E D. RUTH CHEGAM, ENCONTRANDO DIÓGENES E CATARINA, SENTADOS, SEMI-MOLHADOS NO SOFÁ.

— Catarina... vá para o seu quarto! — DIZ O SR. WILSON. — Agora, moço, precisamos ter uma conversa!

NO CORREDOR, CATARINA ENCONTRA O SEU AVÔ, O SR. BAT-SARA.

— Espero, minha neta, que vosmecê não se arrependa do que fez!

— Não, vovô! Como disse antes ao senhor, eu fui atrás de minha felicidade, e acho que consegui!

NO ESCRITÓRIO DO SR. SANTIAGO, PEDRO COMENTA COM O SR. BITTENCOURT SOBRE AS INVESTIGAÇÕES A RESPEITO DO INCÊNDIO NA PHARMÁCIA.

— ...e creio que assim como o assassinato do Monsenhor Duarte, esse caso se dará por encerrado! — CONCLUI PEDRO.

— Talvez, Pedro! — DIZ O SR. BITTENCOURT. — Se bem que no caso da pharmácia, três pessoas estão desaparecidas!

— Não, senhor! Apenas a índia nova está desaparecida, pois Conceição e o empregado fugiram!

— Pedro, não comente esse assunto, pois não sabemos o que realmente aconteceu! — DIZ O SR. SANTIAGO, AO LER UM RECADO. — O Sr. Wilson, pede que eu vá agora a sua casa, urgentemente!

— É certo que seja urgente, pois ele devia estar a esta hora no banco! — DIZ O SR. BITTENCOURT, OLHANDO O RELÓGIO.

AO CHEGAR NO CASARÃO DOS BAT-SARA, O SR. SANTIAGO ENCONTRA O SEU FILHO DIÓGENES, JUNTAMENTE COM OS PAIS E O AVÔ DE CATARINA.

— Bom dia... hã... Diógenes?!? O que faz aqui, filho?

— Pai, eu — DIÓGENES TENTA EXPLICAR, MAS...

— O seu filho não dormiu em sua casa, Sr. Santiago, pois ele dormiu com a minha filha! — DIZ O SR. WILSON, IRRITADO.

— O quê?!? Diógenes... o que vosmecê fez, filho??

— O seu filho é um irresponsável, pois se aproveitou da inocência de minha filha, e...

— Um momento, senhor! — DIZ O SR. SANTIAGO, INTERROMPENDO-O. — Deixe-o explicar, pois o meu filho saiu ontem para a um lugar em que certamente a sua filha não havia de estar!

— Como ousa insinuar isso, seu... — O SR. WILSON INICIA UMA DISCUSSÃO, SENDO INTERROMPIDO PELO SR. BAT-SARA.

— Silêncio! Senhores, por favor... esta é uma situação delicada que não poderá ser resolvida, com bate-boca!

NO CASARÃO DOS D'PAULA, GERTRUDES VÉ FERAL, SENTADO E PENSATIVO, NA SALA DE ESTAR.

— Em que estais a pensar? Na noite passada? — PERGUNTA GERTRUDES.

— Cala essa boca... e me deixa sozinho! — DIZ FERAL, DESPREZANDO-A.

— Atentas como fala comigo, infeliz! Eu posso...

— O que vosmecê pode, hein? — PERGUNTA FERAL, LEVANTANDO-SE. — Achas que pode me ameaçar? Se quiseres conte o que viu, o que sabes! Eu não me importo, bruxa!

FERAL A EMPURRA NO SOFÁ, NO MOMENTO EM QUE VERIDIANA DESCE A ESCADA. PRESENCIANDO A CENA, VERIDIANA VAI ATRÁS DE FERAL, NO JARDIM.

— Feral! Feral, espere! O que houve? Por que fez aquilo?

— Gertrudes tentou me ameaçar, mas eu não tenho medo dela, nem de ninguém!

— Você não devia ter feito aquilo! Ela pode contar tudo o que sabe ao seu pai!

— E então ele me mandará embora, não? Eu não me importo que ele saiba!

— Seu inconsequente! Irresponsável! — GRITA VERIDIANA. — Vosmecê não se importa com o que pode acontecer comigo e com o meu filho!

FERAL A SEGURA NOS BRAÇOS E A BEIJA. AMBOS ROLAM NO GRAMADO DO JARDIM.

— Se vosmecê quiser, podemos fugir! O que achas?

— Seu louco! Vejo que me envolvi com um moleque, o qual pensa que é um homem, mas age como um menino travesso! — DIZ VERIDIANA, LEVANTANDO-SE, INDO PARA CASA, ONDE DE LONGE DAS DORES OBSERVA TUDO.

EM ALAGOINHAS, NO QUARTO DA PENSÃO, CONCEIÇÃO FICA A LEMBRAR DOS ÚLTIMOS ACONTECIMENTOS, ENQUANTO ESPERA POR VENCESLAU, QUE, AO ENTRAR, NOTA O OLHAR DELA DE REPREENSÃO.

— E então, querida? Como está?

— Não me chame assim! — DIZ CONCEIÇÃO, ABORRECIDA.

— Perdoe-me, eu não quis...

— Venceslau! O que é que está havendo? Vosmecê diz a todos que é o meu marido!

— Não é bem assim, eu...

— Cala a boca! — GRITA CONCEIÇÃO, NERVOSA. — Disse pro doutor, pro dono da pensão! Eu falei com todos, como também não sei o que estamos fazendo aqui, em Alagoinhas! O que aconteceu? Por que me trouxe pra cá?

— Acalme-se, Conceição! — DIZ VENCESLAU, SEGURANDO NOS SEUS BRAÇOS. — Vosmecê mal se recuperou! Eu...eu precisei dizer aos outros que sou o seu marido, para... facilitar o atendimento do doutor, da nossa hospedagem aqui, pois ninguém nos conhece nesse lugar!

— Está bem. Eu peço que me desculpe! — DIZ CONCEIÇÃO, SENTANDO-SE NA CAMA. — Eu estou muito confusa, Venceslau! Agora, eu lhe peço para contar-me tudo o que aconteceu, em Itaberaba!

EM ITABERABA, CATARINA, EM SEU QUARTO, AGUARDA ANSIOSAMENTE O RESULTADO DA REUNIÃO ENTRE SEUS PAIS E O SR. SANTIAGO. POUCO DEPOIS, D. RUTH ENTRA EM SEU QUARTO.

— E então, mamãe? O que aconteceu? — PERGUNTA CATARINA.

— Aconteceu o que vosmecê esperava, filha! O seu casamento já está marcado para esses dias! — DIZ D. RUTH, SEM EUFORIA.

— Oh, mamãe! — DIZ CATARINA, LEVANTANDO-SE DA CAMA. — Eu estou tão feliz!

— Catarina, minha filha... papai contou-me a pouco que vosmecê saiu à procura de Diógenes... — DIZ D. RUTH, NERVOSA. — Vosmecê planejou tudo isso, filha?

— Mamãe, eu... eu não me arrependo do que fiz! Eu sempre quis casar-me com Diógenes, e agora consegui!

— Ah, filha! Espero que vosmecê seja feliz e orarei pra isso! — DIZ D. RUTH, ABRAÇANDO-A.

NO CASARÃO DOS D'PAULA, VERIDIANA VAI AO QUARTO DE GERTRUDES.

— Gertrudes... com licença! — DIZ VERIDIANA, ENTRANDO NO QUARTO.

— O que quer, senhora? — PERGUNTA GERTRUDES. — Viu o que aquele selvagem fez?

— Gertrudes, é por isso que vim aqui! Eu peço perdão por ele!

— Nossa! Que devoção! — DIZ GERTRUDES, EM TOM ESNOBE. — Não sei se o perdoo. Pelo que disse e fez, ele não teme que eu conte ao seu pai que vosmecês...

— Por favor, Gertrudes! — DIZ VERIDIANA, INTERROMPENDO-A. — Eu... estou muito arrependida de ter me envolvido! Vosmecê sabe que...

— Eu não sei de nada, senhora! — DIZ GERTRUDES, LEVANTANDO-SE. — Jamais eu faria o que vosmecê fez! És uma pecadora, uma indecente, que, além de cometer o adultério, ainda o fez com o filho do próprio marido! Me sinto muito mal em ainda não ter dito essa sujeira ao meu cunhado!

— Gertrudes, eu lhe peço em nome de Deus, não diga nada! — PEDE VERIDIANA, SUPLICANDO.

— Ora, cale-se, pecadora! Como ousa pronunciar o nome do Senhor? Vosmecê é suja, e agora eu chego até a duvidar de que essa criança que espera seja de meu cunhado!

— Se quiseres... eu abandonarei esta casa, eu sairei desta cidade, eu faço tudo o que você quiser! — DIZ VERIDIANA, DESESPERADA.

— Mas... o que teme? Pela sua vida? De seu filho? Vosmecê não merece o honrado marido que tem, e, sendo assim, eu quero que a partir de hoje evite de ter relações íntimas com ele! Como também quero que o estimule a sair à noite e... voltar a frequentar o bordel de Madame DuPont!

— Mas por que me pede isso? — PERGUNTA VERIDIANA, SEM ENTENDER.

— Senhora, eu não estou pedindo! Achas estranho, não? Mas... não lhe interessa, apenas cumpra, pois assim, por enquanto, a sua segurança estará garantida, ao menos até essa criança nascer! Agora, saia! Preciso descansar.

AO SAIR DO QUARTO, VERIDIANA CHORA NO CORREDOR.

— Senhora... está chorando? — PERGUNTA DAS DORES. — O que houve?

— Não... nada, Das Dores! Apenas estou triste, mas... por que subiu? — PERGUNTA VERIDIANA, DISFARÇANDO AS LÁGRIMAS.

— O Sr. Santiago está lá na sala, com Diógenes, e quer a presença de todos!

— Oh, meu Deus! O que será que aconteceu?

— Não sei senhora! Mas acho que o assunto é grave! — DIZ DAS DORES, INDO CHAMAR GERTRUDES.

NA SALA DE ESTAR, TODOS ESTÃO PRESENTES, COM EXCEÇÃO DE PEDRO. QUANDO O Sr. SANTIAGO NOTICIA O APRESSADO CASAMENTO DE DIOGENES COM CATARINA.

— Mas é realmente uma ótima notícia! Meus parabéns, sobrinho! — CUMPRIMENTA GERTRUDES.

— Pai, dê-me licença! — DIZ DIÓGENES, INDO PARA O SEU QUARTO.

NO DIA SEGUINTE, EM ALAGOINHAS, CONCEIÇÃO PROCURA POR VENCESLAU, ENCONTRANDO-O EM UM BOTECO.

— Venceslau! Eu vim aqui dizer que ainda hoje voltarei para Itaberaba!

— Vosmecê não deve voltar, pois poderão acusá-la de ter incendiado a pharmácia, e fugido!

— Mas que história é essa?!? Eu iria pôr fogo na pharmácia de meu homem? Além do mais, foi vosmecê quem fugiu e me trouxe pra cá! Venceslau...vosmecê me contou o que me aconteceu após o incêndio, mas... com que dinheiro pagou os remédios, nossa estadia e aquela charrete?

— Conceição, eu...eu fiz umas economias, e...

— Não minta! — DIZ CONCEIÇÃO, INTERROMPENDO-O, CHAMANDO A ATENÇÃO DOS OUTROS NO BOTECO. — Vosmecê trabalhou pouco tempo na pharmácia pra ter tanto dinheiro! Venceslau, algo me diz que nessa história existe a participação de senhorinha Catarina, não?

— Conceição, vamos voltar pra pensão! Eu... direi tudo a vosmecê! — DIZ VENCESLAU, SAINDO DO BOTECO.

À NOITE, NO CASARÃO DOS D'PAULA, GERTRUDES, AO VER PEDRO SE APRONTANDO PARA SAIR, DIZ AO SOBRINHO:

— Pedro, o seu pai está tão transtornado com esse inesperado casamento de seu irmão... por que não o convida para sair com vosmecê? Certamente ele se distrair um pouco lhe fará bem!

— Tia Gertrudes... dificilmente ele virá, mas eu tentarei! — DIZ PEDRO, INDO CHAMAR O PAI.

EM SEU QUARTO, O SR. SANTIAGO COMENTA COM VERIDIANA A CONVERSA TENSA QUE TEVE NO CASARÃO DOS BAT-SARA.

— ...e pedir desculpas àquele intragável do Sr. Wilson foi o que mais me custou! — CONCLUI O SR. SANTIAGO, TIRANDO O TERNO.

— Pai! — CHAMA PEDRO, BATENDO NA PORTA. — Com licença, pai! Eu vim convidá-lo a ir comigo para a seresta...

— Eu...? Confesso que estou surpreso, filho! Mas vosmecê sabe que não saio mais a noite, e além do que estou muito cansado.

— Senhor... acredito que é a primeira vez que o seu filho o convida, não? — PERGUNTA VERIDIANA. — Por que não aceita? Precisas distrair um pouco, e além do mais... eu estou com dor de cabeça...

— Querida... irei pegar um remédio, e...

— Não... Não é necessário, pois só preciso descansar, mas não quero que se preocupe comigo! Vá, saia com o seu filho, pois precisa de distração!

O SR. SANTIAGO, SEM ENTENDER A ATITUDE DE VERIDIANA, ACEITA O CONVITE DO FILHO E VESTE O TERNO. NA SALA DE ESTAR, GERTRUDES, AO VER O SR. SANTIAGO DESCER JUNTO COM O FILHO PEDRO, SE ANIMA.

— Que bom que aceitou o convite de seu filho, senhor! — DIZ GERTRUDES, QUE, LOGO APÓS A SAÍDA DELES, SOBE ATÉ O QUARTO DE VERIDIANA. — Com licença, senhora! Vim agradecer-lhe por estar cumprindo a sua parte no acordo! Imagino que o tenha estimulado a sair, não?

— Sim — RESPONDE VERIDIANA.

— Continue agindo assim, e o seu "segredo" estará a salvo!

— Gertrudes... por que queres que o meu marido saia à noite? Que frequente... aquela casa?!? — PERGUNTA VERIDIANA.

— Digamos que ele precise se divertir um pouco, e... vosmecê não merece a companhia dele, pois a considero pior do que aquelas mulheres do bordel! Sabe por quê? Porque elas mostram o que são, enquanto vosmecê finge ser uma senhora respeitável! Agora... pode sair!

FERAL VAI AO QUARTO DE DIÓGENES.

— Diógenes! Posso entrar? — PERGUNTA FERAL, NA PORTA.

— Sim, Santiago! Pensei que tinhas saído com Pedro.

— Diógenes... vosmecê se casará mesmo com a senhorinha Catarina?

— Sim – RESPONDE DIÓGENES.

— Mas... vosmecê não gosta dela, e sim de Conceição! Por que se casará?

— Santiago... eu não sei o que aconteceu com Conceição, não sei aonde ela está, e... eu fiz algo que não devia ter feito com a senhorinha Catarina! Sendo assim, tenho que me casar com ela, entendeu?

— Não, eu não entendo! Mas se quiseres eu posso falar com o Sr. Bat-Sara para que ele... não permita esse casamento! O que achas?

— Eu agradeço a sua intenção, Santiago, mas... tenho que me casar com ela, pois mesmo que eu não o faça, os problemas não deixarão de existir!

LOGO MAIS, FERAL VAI AO QUARTO DE VERIDIANA. BATE NA PORTA E ELA RECUSA-SE A ABRIR. ELE INSISTE, CHAMANDO POR SEU NOME. TEMENDO QUE OS OUTROS PERCEBAM, ELA ABRE A PORTA.

— Por que faz isso? Quer que Gertrudes nos veja juntos outra vez?

— Não se preocupe, ela saiu! — DIZ FERAL, FECHANDO A PORTA.

— Saiu? Mas... pra onde ela foi essa hora? — PERGUNTA VERIDIANA, OLHANDO NA JANELA. — Feral...ouça: vosmecê não a agrida, eu lhe peço! Gertrudes está me chantageando!

— Chanta... o quê?

— Chantageando! Ameaçando contar ao seu pai o que sabe sobre nós!

— Vosmecê quer que eu a mate? — PERGUNTA FERAL, COM NATURALIDADE.

— Mas... o que está dizendo?!? Fala em matar, com tanta calma? — DIZ VERIDIANA, SURPREENDIDA COM A FRIEZA DE FERAL. — Não mais consigo conversar com vosmecê! Saia do quarto!

— Veridiana...?!? Quero que saiba que não fui ao bordel, para ficar aqui, com vosmecê!

— Pra vosmecê tudo é simples, fácil de resolver, não? Estou sendo ameaçada por uma mulher que me odeia, e vosmecê parece não se importar!

— Mas eu me importo com vosmecê! Eu estou...

— Por favor! — DIZ VERIDIANA, INTERROMPENDO-O, ABRINDO A PORTA. — Saia daqui!

— Pois bem, senhora! Saiba que nunca mais entrarei neste quarto! — DIZ FERAL, SAINDO.

EM ALAGOINHAS, CONCEIÇÃO SAI ANGUSTIADA DA PENSÃO AO SABER O MOTIVO PELO QUAL VENCESLAU A TROUXE PARA AQUELE LUGAR.

— Conceição, espere! Pra onde vosmecê vai a uma hora dessas? — PERGUNTA VENCESLAU, TENTANDO ALCANÇÁ-LA NA RUA.

— Pra qualquer lugar longe de vosmecê, seu traidor! — DIZ CONCEIÇÃO, IRRITADA.

— Conceição, por favor, espere! Eu fui honesto com vosmecê, agora volte pra pensão... — DIZ VENCESLAU, SEGURANDO EM SEU BRAÇO.

— Me largue! — GRITA CONCEIÇÃO. — Como pôde fazer isso? Aceitar dinheiro daquela menina mimada, e ainda fugir, me levando junto!

— Eu não tive como...

— Cala a boca! — GRITA CONCEIÇÃO. — Quero que saiba que nesses dias eu voltarei para Itaberaba, nem que seja a pé!

— Tudo bem, como quiser!

— E quanto a vosmecê, procure outro quarto para dormir, pois eu não sou sua mulher!

EM ITABERABA, CHEGA O DIA DO CASAMENTO DE DIÓGENES. NO CASARÃO DOS BAT-SARA, D. RUTH ORGANIZA UMA SIMPLES CERIMÔNIA, A QUAL PASSA DESAPERCEBIDA POR QUASE TODOS OS CIDADÃOS DE ITABERABA. AO ENTRAR NO QUARTO DA FILHA, O SR. WILSON A VÊ VESTIDA DE NOIVA.

— Filha...você está linda! Está pronta?

— Sim, papai! — RESPONDE CATARINA, QUE AO VER O AVÔ... — Vovô estou usando o vestido da mamãe! O que achas?

— Difícil dizer qual das duas estava mais linda nesse dia! — DIZ O SR. BAT-SARA, ABRANÇANDO-A. — Minha neta querida, eu quero dizer-lhe que o meu presente para o casal é a reconstrução da pharmácia de seu futuro marido! Quero que Diógenes recomece, agora como homem casado, a sua atividade profissional que tanto gosta!

POUCO DEPOIS, CONCEIÇÃO CHEGA EM ITABERABA. APRESSADAMENTE VAI AO CASARÃO DOS D'PAULA. AO ENTRAR NA COZINHA, ENCONTRA DAS DORES, QUE SE ASSUSTA AO VÊ-LA.

— Conceição!?! — GRITA DAS DORES, SURPRESA. — Mas... é vosmecê mesmo? Menina... o que aconteceu?!? Onde vosmecê esteve? Pensamos que estivesse morta, e...

— Das Dores! — DIZ CONCEIÇÃO, INTERROMPENDO. — Eu estou bem, mas depois eu explico o que me aconteceu! Agora eu preciso falar com Diógenes!

— Diógenes...? Filha... hã... Diógenes, ele está se casando nesse momento, quem sabe já se casou!

— O que?!? Se casando?? — PERGUNTA CONCEIÇÃO, ABISMADA COM A NOTÍCIA.

— Conceição... ouça, filha! Sente-se aqui, eu...

— Não! Eu preciso vê-lo! Preciso impedir esse casamento! — DIZ CONCEIÇÃO, DESESPERADA.

NO JARDIM DO CASARÃO DOS BAT-SARA, POUCAS PESSOAS ESTÃO PRESENTES, NA MAIORIA JUDEUS DE OUTRA REGIÃO. LOGO QUE CHEGA, CONCEIÇÃO É IMPEDIDA DE ENTRAR PELA CRIADA DOS BAT-SARA. INSISTINDO PARA ENTRAR, CONCEIÇÃO INICIA UM PEQUENO TUMULTO, DESPERTANDO A ATENÇÃO DE ALGUNS CONVIDADOS, ENTRE ELES FERAL, QUE, AO VER CONCEIÇÃO, FAZ UM PEDIDO AO SR. BAT-SARA.

— Sr. Bat-Sara, uma conhecida de meu irmão está tendo dificuldade para entrar!

— É mesmo, filho? Vamos resolver este problema! — DIZ O SR. BAT-SARA, INDO JUNTO COM FERAL PARA O PORTÃO.

— Conceição...! — DIZ FERAL, SURPRESO.

— Feral! Eu preciso falar com Diógenes! — DIZ CONCEIÇÃO, DESESPERADA. — Por favor, senhor! Deixe-me entrar!

— Perfeitamente, senhorita! Feral, acompanhe-a até a cozinha, eu avisarei a Diógenes! Com licença! — DIZ O SR. BAT-SARA, INDO PROCURAR POR DIÓGENES, ENQUANTO GERTRUDES, AO VER CONCEIÇÃO, IMEDIATAMENTE ALERTA O SR. WILSON E D. RUTH.

NA SALA DE ESTAR, O SR. BAT-SARA AVISA A DIÓGENES QUE...

— Uma moça chamada Conceição deseja falar-lhe!

— Conceição?!? O senhor tem certeza?!?

— Perfeitamente, filho! — RESPONDE O SR. BAT-SARA. — Ela o aguarda na cozinha!

LOGO QUE SE APROXIMA DA COZINHA, A ANSIEDADE DE DIÓGENES É INTENSA, SEM ACREDITAR NO QUE OS SEUS OLHOS VEEM.

— Conceição...

— Diógenes! — GRITA CONCEIÇÃO AO VER DIÓGENES, ABRAÇANDO-O.

— Conceição... o que aconteceu? Pra onde fostes?!?

— Meu amor! Cheguei a pensar que nunca mais o veria! Eu vim o mais rápido que pude, quando Das Dores disse que...

— Conceição... – INTERROMPE-A DIÓGENES, PERGUNTANDO — ...o que aconteceu? Pra onde vosmecê foi?

— Diógenes! — CHAMA O SR. WILSON, JUNTAMENTE COM D. RUTH. – É preciso lembrá-lo que tens um compromisso com a minha filha?

— Diógenes! Vosmecê não pode casar-se, eu explicarei o que aconteceu, e...

— Conceição! — DIZ DIÓGENES, INTERROMPENDO-A. — Eu tenho que ir agora. Peço que vá embora, depois daremos um ao outro as devidas explicações e justificativas para os nossos atos!

— Diógenes...

— Conceição, por favor! — DIZ DIÓGENES, SAINDO DA COZINHA, INDO PARA O ALTAR, NO JARDIM, DEIXANDO CONCEIÇÃO ARRASADA, AOS PRANTOS, NO CHÃO.

A CERIMÔNIA SE REALIZA E DIÓGENES CASA-SE COM CATARINA BAT-SARA, ENQUANTO FERAL LEVA CONCEIÇÃO DE VOLTA AO CASARÃO DOS D'PAULA.

EMBORA ABALADA COM O QUE ACONTECEU, CONCEIÇÃO CONTA A DAS DORES E A FERAL TUDO O QUE IRACI LHE CONTOU SOBRE O ASSASSINATO DE SEU IRMÃO, O VERDADEIRO PAI DE DIÓGENES.

— Conceição... esta história... agora muita coisa faz sentido! — DIZ FERAL. — Mas... o que aconteceu depois do incêndio na Pharmacia?

— Eu não me lembro de nada, apenas que fui esbofeteada por um homem, e... quando acordei estava em Alagoinhas, com Venceslau!

— Não sei, mas acho que a D. Gertrudes... foi a mandante do incêndio! — DIZ DAS DORES.

— Decerto, pois ela não gostava das índias! — DIZ FERAL. — Agora, Conceição... o que vosmecê vai fazer?

APÓS OS CUMPRIMENTOS DOS CONVIDADOS, DIÓGENES ESTÁ ANSIOSO PARA ENCONTRAR CONCEIÇÃO.

— Filho! Espere, aonde vais? — PERGUNTA O SR. SANTIAGO.

— Preciso falar com Conceição, pai! — RESPONDE DIÓGENES, MEIO TENSO.

— Diógenes... tens que ficar na recepção com a tua mulher, e... Diógenes!

— Lamento, pai! Mas já fiz o que devia: casei-me! — DIZ DIÓGENES, SEGUINDO PRA DENTRO DO CASARÃO DOS D'PAULA. PROCURA POR CONCEIÇÃO, EM SEU ANTIGO QUARTO. NA COZINHA ENCONTRA DAS DORES.

— Das Dores! Onde está Conceição? — PERGUNTA DIÓGENES, AFLITO.

— Ela partiu — RESPONDE DAS DORES, CHORANDO. — Não disse pra onde, apenas pediu ajuda a Feral, e seguiu o seu caminho!

— Eu preciso encontrá-la! — DIZ DIÓGENES, SAINDO APRESSADO DA COZINHA, E AO CHEGAR NO PORTÃO, ENCONTRA FERAL. — Pra onde foi Conceição?!?

— Diógenes... ela partiu há mais de uma hora, pra Alagoinhas!

— Eu preciso ir atrás dela, e...

— Espere! Ela deve estar longe, mas se vosmecê for atrás dela agora que estais casado, talvez o Sr. Wilson pense que esteja fugindo! — ADVERTE, FERAL, DEIXANDO DIÓGENES COM UM DILEMA.

NA ESTRADA, CONCEIÇÃO GUIA A CHARRETE, CHORANDO AO SE LEMBRAR DE SUA VIDA COM DIÓGENES, BEM COMO OS ÚLTIMOS ACONTECIMENTOS. MAIS TARDE, QUANDO CHEGA AO MUNICÍPIO DE ALAGOINHAS, CONCEIÇÃO DESCE EXTREMAMENTE CANSADA DA VIAGEM, E ENCONTRA VENCESLAU, QUE LOGO PERCEBE O SOFRIMENTO EXAUSTIVO EM SEU ROSTO.

— Conceição! Deixe-me ajudá-la! — DIZ VENCESLAU, CARREGANDO-A NOS BRAÇOS.

— Venceslau... se vosmecê quer me ajudar, vamos sair daqui! — DIZ CONCEIÇÃO, DETERMINADA. — Leve-me pra viver em outro lugar, ainda mais longe de Itaberaba.

NO DIA SEGUINTE, NO CASARÃO DOS BAT-SARA, DURANTE O CAFÉ DA MANHÃ DOS RECÉM-CASADOS, NÃO SE PERCEBE UM CLIMA DE ROMANCE ENTRE ELES. D. RUTH PERCEBE O OLHAR TRISTE DE SUA FILHA. POUCO DEPOIS, O SR. WILSON CHAMA DIÓGENES PRA CONVERSAR NO GABINETE.

— .... este é o documento de compra do imóvel! — DIZ O SR. WILSON, COM RUDEZ. — Creio que isso o satisfaça!

— Sr. Wilson... trata-se de uma troca por eu ter casado com a sua filha? — PERGUNTA DIÓGENES, ABORRECIDO.

— Como se atreve a falar assim? Por acaso achas que a minha filha é um produto, que possa ser permutado por uma mísera Pharmacia?

— Isso só o senhor poderá responder... — REVIDA DIÓGENES — ...pois eu não fui consultado a respeito desse "presente"!

— Seu insolente! Vosmecê não me consultou quando se aproveitou da pureza de minha filha!

— Sr. Wilson, procure saber quem se aproveitou de quem, antes de me acusar! — DIZ DIÓGENES, SAINDO DO GABINETE.

CAP. XVII

NA SALA DE ESTAR, CATARINA PERGUNTA PRA ONDE ELE VAI, PORÉM DIÓGENES NÃO RESPONDE. D. RUTH CONSOLA A FILHA, E O SR. WILSON CHEGA NA SALA ACUSANDO DIÓGENES DE OFENDÊ-LO.

NO ESCRITÓRIO DO SR. SANTIAGO, PEDRO MOSTRA AO PAI A QUEDA DAS VENDAS, ENQUANTO FERAL FICA PENSATIVO NA JANELA.

— Santiago Neto! O que há filho? Algum problema o perturba?

— Senhor... eu preciso falar-lhe sobre o que aconteceu na... — FERAL TENTA DIZER ALGO, MAS É INTERROMPIDO COM A CHEGADA DE DIÓGENES.

— Diógenes?!? O que faz aqui, filho? Não devias estar com a tua esposa, em lua de mel?

— Pai, vim pra cá, pois tive uma discursão com o Sr. Wilson!

— Aquele sovina! — DIZ O SR. SANTIAGO, LEVANTANDO-SE. — O que foi desta vez?

— Ele mostrou-me um documento de compra de um imóvel, agora há pouco. Sem me consultar, vai construir uma nova Pharmacia para que eu administre! Fiquei chateado pelo modo como ele falou comigo!

— Mas... o que ele pensa? Acha que poderá ofertar uma Pharmacia a vosmecê, apenas porque se casou com a filha dele? Aquele sacripanta! — DIZ O SR. SANTIAGO, VESTINDO O TERNO. — Eu vou lá dizer uma verdade a ele, e...

— Não, pai! — DIZ DIÓGENES, SEGURANDO O PAI. — Não se preocupe, pois o que ele ouviu de mim certamente o fará pensar duas vezes antes de me ofender!

NA COZINHA DO CASARÃO DOS D'PAULA, VERIDIANA SUGERE A DAS DORES UM PRATO ESPECIAL PARA O JANTAR. AO OUVIR A SUGESTÃO DE VERIDIANA, GERTRUDES ENTRA NA COZINHA.

— Das Dores, prepare para a noite de hoje o que sempre fez todas as noites de sexta!

— D. Gertrudes, a senhora Veridiana mandou preparar um...

— Não me interessa! — DIZ GERTRUDES, INTERROMPENDO-A. — Faça o que eu mando, pois não quero novidades no jantar!

— Das Dores... D. Gertrudes está certa! Prepare o trivial de sempre! — DIZ VERIDIANA, SAINDO DA COZINHA.

— Ouviu bem? As coisas aqui nesta casa voltaram a ser como antes. Sou eu quem determino as ordens! — DIZ GERTRUDES.

NO ESCRITÓRIO, O SR. SANTIAGO AINDA CONTRARIADO COM O SR. WILSON, DIZ AO FILHO DIÓGENES:

— Apesar da queda nas vendas, a minha situação não está mal! Pedirei um empréstimo e garanto que vosmecê reconstruirá a sua Pharmacia!

— Pai... não acho uma atitude sensata, já que o Sr. Bat-Sara é o dono do banco! — DIZ PEDRO.

— Talvez se conseguirmos vender o terreno da Pharmacia...

— Não, filho! Não será preciso, pois eu conseguirei um empréstimo em outro banco! Vosmecê não precisará aceitar a Pharmacia que aquele charlatão bem-sucedido quer lhe dar!

— Santiago Neto... o que há? — PERGUNTA DIÓGENES, SE APROXIMANDO DE FERAL, NA JANELA.

— Diógenes... eu preciso falar-lhe um assunto muito sério! — DIZ FERAL, EM TOM BAIXO.

— Senhores, vim convidá-los para um almoço! — DIZ O SR. BITTENCOURT, ENTRANDO NA SALA.

— Eu agradeço, senhor, mas... Diógenes convidou-me para almoçar junto com o Sr. Bat-Sara — DIZ FERAL, DEIXANDO DIÓGENES SURPRESO, E PEDRO DESCONFIADO DE QUE ELE MENTE.

LOGO QUE OS TRÊS SAEM PARA O ALMOÇO, DIÓGENES PERGUNTA A FERAL, O PORQUÊ DE ELE TER MENTIDO.

— Lamento, Diógenes! Eu preciso contar-lhe algo! Eu... sei quem mandou incendiar a sua Pharmacia e por quê!

— Sabe?!? Quem foi?? — PERGUNTA DIÓGENES, APREENSIVO.

ENQUANTO ISSO, NO SALÃO DO RESTAURANTE, PEDRO PEDE LICENÇA AO PAI E AO SR. BITTENCOURT, ALEGANDO TER ESQUECIDO UMA IMPORTANTE PROMISSÓRIA NA MESA. AO VOLTAR, SORRATEIRAMENTE, NO CORREDOR, COM O OUVIDO ENCOSTADO NA PAREDE, ESCUTA PARTE DA CONVERSA ENTRE DIÓGENES E FERAL.

— ...e ao saber desse segredo ela mandou alguém matar as índias! — CONCLUI FERAL.

— Eu... não ser filho de meu pai?!? Eu não sei se acredito nessa história! É absurda demais! — DIZ DIÓGENES, ESTANDO PASMO COM A REVELAÇÃO. — Mas... Conceição não contaria isso, se não fosse verdade! Quem mais sabe?

— Apenas eu e Das Dores! — RESPONDE FERAL.

— Eu preciso encontrar Conceição! Decerto era isso que ela queria também me explicar e eu não dei oportunidade para ela! Que burro que fui! — LAMENTA DIÓGENES.

— Diógenes, vosmecê não tinha como saber! — DIZ FERAL, LEVANTANDO-SE. — O que pretende fazer agora?

— Vou pra Alagoinhas, atrás de Conceição! Não conte essa história a ninguém, muito menos ao nosso pai! — DIZ DIÓGENES. — Eu preciso descobrir a verdade de tudo isso!

AO OUVIR OS PASSOS DE DIÓGENES, PEDRO SE ESCONDE. POUCO DEPOIS, DIÓGENES CHEGA AO CASARÃO DOS BAT-SARA.

— Diógenes! Onde esteve? Onde almoçou? — PERGUNTA CATARINA.

— Estive com o meu pai, Catarina! — RESPONDE DIÓGENES, ENTRANDO NO QUARTO. — Eu preciso viajar, pois tenho que resolver um assunto de grande importância!

— Viajar? Diógenes, hoje é o nosso primeiro dia de casados, e vosmecê nem ficou comigo! Saiu logo cedo, destratou o meu pai, e agora chega e diz que vai viajar!

— E vosmecê já inicia o casamento discutindo, não?

— Discuto e com razão! Vosmecê vai à procura dela, não? — PERGUNTA CATARINA, CHAMANDO A SUA MÃE, D. RUTH.

— Mamãe! Diógenes vai deixar-me sozinha outra vez, para ir atrás daquela criada infeliz!

— Diógenes... vosmecê não pode abandonar a minha filha, em seus primeiros dias de casados! — DIZ D. RUTH.

— D. Ruth, eu não estou abandonando a sua filha! Apenas estou indo resolver um assunto pessoal e urgente por demais! Asseguro à senhora que em dois dias, o mais tardar, eu estarei de volta!

— Mamãe, não o deixe sair! — DIZ CATARINA, ABRAÇANDO A MÃE, AOS PRANTOS.

— Catarina! — GRITA DIÓGENES. — Comporte-se como uma senhora casada, não como uma menina mimada!

DIÓGENES SAI DO CASARÃO, MONTADO EM SEU CAVALO, SEGUINDO PARA ALAGOINHAS. PEDRO CHEGA EM CASA, À PROCURA DE GERTRUDES...

— Ela foi à igreja organizar a quermesse da paroquia! — RESPONDE DAS DORES.

LOGO QUE PEDRO SAI APRESSADO, VERIDIANA PERGUNTA A DAS DORES O QUE ACONTECEU.

— Não sei, senhora! Mas, pelo jeito que ele está à procura da tia, há de ser coisa séria — RESPONDE DAS DORES.

LOGO QUE CHEGA NA IGREJA, PEDRO ENCONTRA A SUA TIA, ENTRE AS BEATAS.

— Pedro? Aconteceu algo, meu sobrinho? — PERGUNTA GERTRUDES.

— Preciso conversar com a senhora, em um lugar tranquilo, pois o assunto é grave por demais!

— Venha pra cá! Na sacristia ninguém nos importunará! — DIZ GERTRUDES.

— Tia, me responda sinceramente esta pergunta: Diógenes é filho de meu pai?

— Oras... decerto, que é, Pedro? Por que me perguntas isso? — PERGUNTA GERTRUDES, DEMOSTRANDO INSEGURANÇA.

— Tia Gertrudes... a senhora está mentindo, não? Tem algo a ver com o incêndio na Pharmacia?

— Pedro! Pare! Vosmecê está me confundindo com essas perguntas! Eu não sei...

— Tia Gertrudes! Confie em mim. Apenas quero saber a verdade, pois a senhora sabe que sempre estarei ao seu lado! — DIZ PEDRO, DEIXANDO, POR UM MOMENTO, GERTRUDES EM SILÊNCIO. COM LÁGRIMAS NOS OLHOS, GERTRUDES CONFIRMA:

— Sim, filho! Eu confio em vosmecê. Não sei como descobriu, mas... Diógenes é o seu irmão, apenas por parte de mãe! Ele nunca foi filho do senhor seu pai! Esse é o segredo da família, que apenas eu e meu querido pai, além do seu avô, o Sr. D'Paula, sabiam!

— Tia... então é verdade o que eu ouvi... — DIZ PEDRO, FICANDO PASMO COM A CONFIRMAÇÃO.

— Sim, meu sobrinho! Isto foi algo que sempre me envergonhou. Mas... vosmecê ouviu de quem?

— Ouvi parte da conversa entre Diógenes e Santiago Neto! — RESPONDE PEDRO.

— Diógenes?!? Ele... sabe?? — PERGUNTA GERTRUDES, DESESPERADA.

— Sim, tia! Era isso que a criada Conceição queria contar a Diógenes, e como não conseguiu disse a Santiago e a Das Dores!

— Pedro! Muita gente está sabendo, e todos eles me odeiam! Mais cedo ou mais tarde, o seu pai ficará sabendo, e será o meu fim!

— Não se desespere, tia! — DIZ PEDRO, TENTANDO ACALMÁ-LA. — Precisamos agir com calma e precisão! Embora eu ache que não havia necessidade de causar o incêndio, e...

— Pedro... o incêndio na Pharmacia foi algo inusitado! — DIZ GERTRUDES, FALANDO EM TOM BAIXO. — Eu apenas contratei um homem para... para dar um fim àquelas índias!

— E pelo visto não conseguiu por completo, pois uma delas ainda está desaparecida! Tia Gertrudes... quero que me conte tudo o que aconteceu, a partir do momento em que a senhora, o vovô Maciel e minha mãe foram morar em Mato Grosso!

GERTRUDES, COM A VOZ EMBARGADA, RELATA AO SOBRINHO O SEGREDO QUE ELA GUARDOU POR MAIS DE VINTE ANOS. CONTANDO O COMENTADO ROMANCE ENTRE

A SUA IRMÃ, MICAELA, COM UM ÍNDIO, DE UMA PEQUENA ALDEIA, EM MATO GROSSO.

— ...e desse modo, voltamos para Itaberaba, com o meu pai intencionando casar a sua mãe com o Sr. Santiago a todo custo! Vosmecê, meu sobrinho, é o símbolo verdadeiro dessa união sagrada! O seu irmão Diógenes, assim como esse que vulgarmente chamam de "Feral" não passam de dois bastardos! Pedro, meu sobrinho, agora que sabes... o que fará?

— Tia... então Diógenes é tão meu irmão quanto Feral! — DIZ PEDRO, MEIO PENSATIVO. — Bom... quanto a Diógenes, a senhora não precisa se preocupar, pois ele viajou! Agora, quanto a Feral...

— Eu tenho que voltar pra casa! — DIZ GERTRUDES, LEVANTANDO-SE. — Talvez eu ainda possa deter aquele infeliz de contar alguma coisa ao seu pai!

POUCO DEPOIS, O SR. SANTIAGO VAI AO CASARÃO DOS BAT-SARA.

— Senhor, vim conversar com o meu filho Diógenes! Santiago Neto, ainda está com o senhor?

— Comigo?!? Santiago, creio que houve um engano, pois ainda não vi os seus filhos, nem mesmo Diógenes, pois ele viajou, antes de eu descer para almoçar!

— Viajou? Mas... pra onde foi? Santiago Neto disse-me que o senhor almoçaria com eles hoje!

— Bom...eu teria um imenso prazer em almoçar com eles, mas creio que houve um engano, que só Feral... hã... Santiago Neto, poderá esclarecer!

— Certamente, senhor! — DIZ O SR. SANTIAGO, MEIO CONTRARIADO. — E é isso que vou averiguar! Até mais ver!

NO CASARÃO DOS D'PAULA, GERTRUDES AGUARDA ANSIOSAMENTE A CHEGADA DE FERAL. NA SALA DE ESTAR, VERIDIANA NOTA A SUA ANSIEDADE, E...

— Gertrudes... aconteceu alguma coisa?

— Ouça! Assim que o seu queridinho chegar, diga-lhe para imediatamente vir falar comigo, pois o seu segredo está prestes a ser revelado! — DIZ GERTRUDES, SUBINDO PARA O SEU QUARTO.

— Gertrudes... pelo amor de Deus, eu... — VERIDIANA TENTA SUPLICAR, MAS GERTRUDES NÃO LHE DÁ OUVIDOS. LOGO QUE CHEGA, FERAL ENCONTRA VERIDIANA APREENSIVA NA SALA.

— Senhora... está tudo bem? — PERGUNTA FERAL.

— Feral! O que houve? O que aconteceu para Gertrudes estar tão ansiosa em vê-lo?

— Acalme-se, senhora! Vejo que estais nervosa. Não sei o que ela quer de mim!

— Ela o está esperando, e mais uma vez... ameaçou contar o nosso segredo!

— Mas... o que ela pensa? Vou mostrar que não a temo, e direi umas verdades! — DIZ FERAL, SUBINDO A ESCADA, FURIOSO.

— Feral... por favor, não a agrida! Feral! — CHAMA VERIDIANA, EM VÃO.

CHAMANDO POR GERTRUDES, ALARMANTEMENTE, FERAL A ENCONTRA NO CORREDOR.

— Posso saber o porquê desse escândalo, desse disparate? Vejo que... argh! Me... solte! — GRITA GERTRUDES, QUANDO FERAL A SEGURA PELO PESCOÇO, SUSPENDENDO-A.

— Eu não tenho medo de vosmecê! — DIZ FERAL, APERTANDO SUA GARGANTA.

AO OUVIR OS GRITOS DE GERTRUDES, VERIDIANA SOBE APRESSADAMENTE A ESCADA, QUANDO VÊ FERAL, SUSPENDENDO GERTRUDES.

— Feral... largue-a, por favor! — PEDE VERIDIANA, DESESPERADA.

— Se vosmecê quiser, eu a mato!

— Não! Pelo amor de Deus, largue ela agora!

FERAL A SOLTA E GERTRUDES CAI NO CHÃO, COM TOSSE E AOS PRANTOS.

— Miserável... vosmecê... quase me... matou!

— Nunca mais ameace a senhora Veridiana, infeliz! Pois sei que foi vosmecê quem mandou incendiar a pharmácia de Diógenes! — DIZ FERAL.

VERIDIANA TENTA ACALMÁ-LO, LEVANDO-O PARA O QUARTO DELE.

— Feral, por que fez aquilo? — PERGUNTA VERIDIANA, FECHANDO A PORTA. — Vosmecê agiu como um ser irracional, um animal selvagem!

— Garanto-lhe que ela não mais a ameaçará! — DIZ FERAL, SENTANDO-SE NA CAMA. — Ela é má, foi a responsável pela morte de Iraci!

ENQUANTO ISSO, GERTRUDES CONSEGUE SE LEVANTAR, E AO DESCER VÊ O SR. SANTIAGO CHEGAR ANSIOSO À PROCURA DE FERAL.

— Gertrudes...tudo bem com vosmecê? — PERGUNTA O SR. SANTIAGO, AO NOTÁ-LA UM POUCO DESFIGURADA. — Estou querendo falar com Santiago Neto. Ele está?

— Sim, ele está, senhor! Irei chamá-lo imediatamente! — DIZ GERTRUDES, RETORNANDO AO CORREDOR. AO SE APROXIMAR, SORRATEIRAMENTE DA PORTA DO QUARTO DE FERAL, GERTRUDES A FECHA.

— Feral... Alguém fechou a porta! Nos trancou aqui! — DIZ VERIDIANA, ASSUSTADA.

— Só pode ter sido aquela bruxa da Gertrudes! — DIZ FERAL, TENTANDO ABRIR A PORTA. — Já sei o que farei!

AO DESCER, GERTRUDES DIZ:

— Senhor, eu o chamei, disse que desejava falar-lhe, mas... ele permaneceu trancado no quarto!

— Trancado?!? Mas o que ele pensa que está fazendo? Além de mentir, recusa-se a falar comigo! — DIZ O SR. SANTIAGO, INDO SUBIR A ESCADA. — Pois ele vai me ouvir de qualquer...

— Senhor! Como passou o dia? — PERGUNTA FERAL, ENTRANDO NA SALA.

— Santiago...?!? Gertrudes disse que vosmecê estava trancado no quarto, e...??

— Tia Gertrudes naturalmente se enganou, senhor! Das Dores... eu rasguei a minha camisa. Poderias pegar um terno em meu quarto?

— Sim, senhor! — RESPONDE DAS DORES, QUE, AO SUBIR, SE SURPREENDE AO VER QUE A PORTA ESTÁ FECHADA. CONSEGUINDO UMA OUTRA CHAVE, DAS DORES ABRE A PORTA, DEIXANDO VERIDIANA ASSUSTADA, ESTANDO ESCONDIDA DENTRO DO GUARDA-ROUPA. AO ENTRAR NO QUARTO DAS DORES, DIZ:

— Que bagunça! Onde é que vou encontrar um terno... oh! D. Veridiana...?!?

— Das Dores! Eu... fiquei trancada, e... hã... — VERIDIANA TENTA SE EXPLICAR, MAS...

— Senhora... desta vez, a D. Gertrudes quase conseguiu, pois o Sr. Santiago estava por vir a esse quarto a procura de Feral!

— Ele conseguiu pular daqui! — DIZ VERIDIANA, INDO PARA A JANELA. — Das Dores... eu agradeço por você ter aberto esta porta...

— Senhora, me perdoe dizer, mas eu já percebi o que se passa entre vosmicês, e... agora sei que D. Gertrudes, também! Isso explica o porquê dela estar passando pelas suas ordens!

— Das Dores... eu não sei o que fazer! — DIZ VERIDIANA, SEGURANDO EM SUAS MÃOS. — Essa mulher é má, perigosa! Cedo ou mais tarde, ela dirá o que sabe sobre mim e Feral!

— Só eu sei do que aquela cobra é capaz, senhora! Mas não se preocupe, pois eu sei de algo, que decerto arruinará a vida dela!

— Vosmecê se refere ao incêndio na Pharmacia? Feral diz que ela foi a mandante...

— Decerto, que foi ela! Também sei de algo muito mais grave do que isso! — DIZ DAS DORES, DEIXANDO VERIDIANA CURIOSA. ENQUANTO ISSO, NA SALA DE ESTAR, O SR. SANTIAGO OUVE AS EXPLICAÇÕES DE FERAL, PERANTE GERTRUDES, QUE TEME A QUALQUER INSTANTE SER ACUSADA.

— Me perdoe, senhor! Eu não devia ter mentido, mas eu precisava contar a Diógenes algo que descobri sobre o incêndio.

— E o que vosmecê descobriu? — PERGUNTA O SR. SANTIAGO.

— Conceição contou-me quem mandou incendiar a Pharmacia de Diógenes! — DIZ FERAL, DEIXANDO GERTRUDES AMEDRONTADA.

— Senhor... dê-me, licença! — DIZ GERTRUDES, DEIXANDO A SALA.

— Pois não, Gertrudes! Agora diga-me quem foi o mandante desse ato criminoso!

ANTES QUE FERAL RESPONDA, VERIDIANA DESCE COM DAS DORES, E COM GESTOS, PEDE A FERAL QUE NÃO REVELE QUEM É O MANDANTE.

— Eu... não posso dizer, senhor! — DIZ FERAL, AO VER VERIDIANA.

— Como não?!? Eu preciso saber quem foi o responsável! Santiago Neto, obedeça ao seu pai! Eu exijo saber quem...

— Senhor meu marido! — DIZ VERIDIANA, APROXIMANDO-SE. — Perdoe-me, mas... talvez Santiago Neto não tenha como provar de quem ele suspeita, e não queira se comprometer!

— A senhora madrasta está certa, meu pai! Além do que, Diógenes foi à procura de Conceição, pois é ela quem pode denunciar o mandante! Boa noite, senhor! Senhora! — CUMPRIMENTA FERAL, SAINDO DA SALA.

— Santiago Neto! Vosmecê não vai... Santiago Neto! — CHAMA O SR. SANTIAGO, EM VÃO.

— Senhor, acalme-se! — DIZ VERIDIANA, ABRAÇANDO-O. — Devemos aguardar o retorno de Diógenes!

NO LADO DE FORA, GERTRUDES ESTÁ APREENSIVA, QUANDO VÊ FERAL SAINDO.

— Miserável! O que vosmecê disse? Acusou-me, não? Pois saiba que eu acabarei com a sua vida e daquela... ai!

— Cala essa boca! — GRITA FERAL, SEGURANDO O SEU BRAÇO. — Só não falei porque Veridiana me pediu!

— Mas por que ela fez isso?

— Pergunte a ela! Agora... se vosmecê voltar a ameaçá-la, ou tentar outra armadilha, como fez agora no quarto... eu a mato! E ninguém me impedirá! — DIZ FERAL, LARGANDO O SEU BRAÇO. — Boa noite, "tia Gertrudes"!

LOGO MAIS, EM ALAGOINHAS, DIÓGENES, AO CHEGAR EXAURIDO DA VIAGEM, INICIA A SUA BUSCA POR CONCEI-

ÇÃO. NA ÚNICA PENSÃO DO MUNICÍPIO, ELE PERGUNTA POR CONCEIÇÃO, DESCREVENDO-A PARA O DONO DO ESTABELECIMENTO.

— Senhor...pelo que está a dizer, eu a conheci, mas... ela já partiu, ontem mesmo com ...o marido dela! — DIZ O DONO DA PENSÃO.

— Marido?!? — SE SURPREENDE DIÓGENES. — O senhor sabe que destino eles tomaram?

— Não, senhor! Ela logo que chegou, não sei de onde, pediu as contas e partiu com o marido no mesmo dia, não sei pra onde!

DIÓGENES PENSA EM SEGUIR VIAGEM, MAS. POR ESTAR CANSADO, DESISTE. PERNOITA NA PENSÃO, E RETORNA PRA ITABERABA, NO DIA SEGUINTE.

CAP. XVIII

NO CASARÃO DOS D'PAULA GERTRUDES DIZ A PEDRO O QUE ACONTECEU ENQUANTO ELE ESTAVA AUSENTE.

— Aquele selvagem tentou me matar, Pedro! — DIZ GERTRUDES, MOSTRANDO-LHE OS HEMATOMAS EM SEU PESCOÇO. — Pensei em vosmecê... onde estava?!?

— Por que ele faria isso, tia? — PERGUNTA PEDRO, ASSUSTADO.

— Oras, porque ele é um louco! Por pouco não me denunciou ao seu pai, mas assim que Diógenes voltar, ele o fará!

— É realmente uma situação difícil, tia! — DIZ PEDRO, LEVANTANDO-SE. — Eu lamento que a senhora esteja envolvida nessa tragédia...

— Pedro? Vosmecê precisa me ajudar! Pense em algo para deter os seus irmãos, e...

— Lamento, tia! Se me der licença, eu tenho algo a resolver! — DIZ PEDRO, SAINDO DO QUARTO.

— Pedro! Vosmecê não pode fazer isso! Sou a sua tia! A única que sempre lhe protegeu, e... Pedro! — GRITA GERTRUDES, SE CONTORCENDO NO CHÃO. — Covarde, Ingrato!

PEDRO DESCE A ESCADA, E PERGUNTA PELO PAI A VERIDIANA.

— Ele já saiu, Pedro!

— Santiago Neto... vosmecê vem comigo para o escritório? — PERGUNTA PEDRO A FERAL.

NA CHARRETE, A CAMINHO DO CENTRO, PEDRO TENTA OBTER INFORMAÇÕES COM FERAL.

— O que vosmecê sabe sobre o incêndio na Pharmacia? — PERGUNTA PEDRO.

— Eu sei quem foi a mandante! — RESPONDE FERAL, CALMAMENTE.

— A "mandante"? Então foi... uma mulher?

— Vosmecê sabe de quem eu falo, Pedro! Por que pergunta?

— Por nada, Santiago! Mas... vosmecê pretende denunciá-la ao meu pai e a polícia?

— Podia ter feito isso, mas eu vou esperar Diógenes retornar!

— Santiago... não achas que o nosso pai ficará muito amargurado e decepcionado quando souber o motivo pelo qual a índia Iraci foi morta?

— Foi a D. Gertrudes quem lhe contou, não? Se o nosso pai ficar "decepcionado" isso será problema dele!

— Por que estais a fazer isso? Será pelo mesmo motivo que tentou matar a minha tia Gertrudes?

— Só não a matei, porque Veri... a senhora Veridiana, pediu por ela!

— O nosso pai não gostará de saber que tentou matar a tia Gertrudes.

— E vosmecê vai contar, não? Aproveite quando chegar agora no escritório. Direi tudo o que sei sobre o incêndio, o irmão assassinado de Iraci, e muito mais! — DIZ FERAL, EXALTANDO-SE.

— Não! Por favor, Santiago! Acalme-se! Não diga-lhe nada, eu lhe peço! Ouça, precisamos ficar unidos. Agora que sabemos que Diógenes não é filho do nosso pai, não é seu irmão como eu sou, e...

— O que diz? — PERGUNTA FERAL, PARANDO A CHARRETE. — Diógenes é meu irmão de coração, pois o sangue não importa!

— É verdade... vosmecê tem razão! — DIZ PEDRO, CONCORDANDO. — Mas, por favor, vamos esquecer essa história, e nada diremos ao nosso pai! Esperamos o nosso "irmão" retornar!

DIÓGENES CHEGA EM ITABERABA, E NO CASARÃO DOS BAT-SARA ENCONTRA CATARINA NO JARDIM. AO VÊ-LO, CORRE PARA ABRAÇÁ-LO. AO ENTRAR NA SALA DE ESTAR, DIÓGENES ENCONTRA O Sr. WILSON E D. RUTH.

— Finalmente apareceu! O senhor pode nos dizer por onde andou? — PERGUNTA O Sr. WILSON.

— A meu ver, não lhe devo satisfações, meu sogro! — RESPONDE DIÓGENES.

— Mas vejam como ele...

— Wilson... — DIZ D. RUTH, INTERROMPENDO-O —...eu acho que Diógenes está cansado da viagem! Catarina, por que não leva o seu marido para repousar um pouco?

— Sim, mamãe!! — DIZ CATARINA, TIRANDO AS BOTAS DE SEU MARIDO, AO ENTRAREM NO QUARTO.

— Senhor meu marido, podes me dizer agora que assunto pessoal fostes resolver, ao viajar?

— Não conseguir resolvê-lo, Catarina! Isto lhe basta saber? — PERGUNTA DIÓGENES, TIRANDO A CAMISA. — Agora responda-me: Você dá muita importância de estar casada com um D'Paula?

— Diógenes! Eu estou casada por amor, mas por que me pergunta?

— Curiosidade, apenas! No entanto, mais tarde poderás ter uma surpresa quanto a isso! — DIZ DIÓGENES, DEIXANDO CATARINA CISMADA.

POUCO DEPOIS, APÓS O ALMOÇO, DIÓGENES SE APRONTA PARA SAIR. CATARINA PERGUNTA PRA ONDE ELE VAI.

— Percebo que estais a me vigiar, como o teu pai, não?

— Não, apenas quero saber por onde andas, afinal sou tua esposa! Diógenes... o que quis me dizer, há pouco, sobre estar casada com um D'Paula...?

— Esqueça isso, Catarina! Pois se o senhor seu pai e seu avô querem presentear-me com uma pharmácia... o que pretendia dizer-lhe não tem mais a menor importância agora que tomei uma decisão! Com licença! — DIZ DIÓGENES, QUE, AO CHEGAR NO CASARÃO DOS D'PAULA, SABE POR DAS DORES QUE O SR. SANTIAGO SAIU HÁ POUCO COM VERIDIANA.

— Diógenes... vosmecê conseguiu encontrar Conceição?

— Não, Das Dores! Ela já tinha partido quando cheguei, e creio que a perdi definitivamente!

PEDRO, SENTADO NA SALA DE ESTAR, CHAMA DIÓGENES PARA TRATAR DE UM ASSUNTO SÉRIO, QUANDO GERTRUDES DESCE A ESCADA...

— ...eu imagino o que estais a sentir, mas sugiro que não se precipite! — DIZ PEDRO, TENTANDO CONVENCÊ-LO A NÃO DENUNCIAR GERTRUDES.

— Eu não temo mais nada, Pedro! Perdi a mulher que amava... — DIZ DIÓGENES, AO VER GERTRUDES — ...ainda hoje, o meu...

hã... o Sr. Santiago saberá de tudo! De como foi enganado e por quem, durante todo esse tempo!

— Diógenes... vosmecê está sendo injusto! Pois saiba que se não fosse a minha atitude de esconder esse ato pecaminoso que a minha irmã, a sua mãe, cometeu, possivelmente nenhum de nós estaríamos aqui, nesta casa!

— Não, senhora! Um erro não encobre outro! — DIZ DIÓGENES, REVOLTADO.

— Diógenes, ouça! Seria melhor para todos nós que vosmecê esquece-se tudo isso! Certamente evitará que o meu pai sofra com tamanha decepção! — DIZ PEDRO.

— Esquecer?!? Mas... o que estais a dizer? Esta mulher é a responsável pela morte de uma pessoa, talvez duas, pois Jandaia ainda não foi encontrada! — DIZ DIÓGENES, EXALTADO. — E vosmecê pede para que eu esqueça?!?

— Diógenes, aconteceram fatos que...

— Cale-se! — GRITA DIÓGENES, LEVANTANDO-SE E SEGURANDO O BRAÇO DE GERTRUDES. — Vosmecê sempre sentiu vergonha de mim, não? Um filho do índio que o seu pai mandou matar! Desde pequeno sempre me quis afastado, pois foi quem mais persuadiu o meu pai para que ele me internasse em escolas, as mais distantes possíveis!

— É isso mesmo, bastardo! — DIZ GERTRUDES, REBATENDO. — Vosmecê é a prova viva da vergonha que eu e meu pai tivemos que passar! Pois aquela indecente da sua mãe não teve vergonha e se deitou com o primeiro índio sujo e selvagem que viu!

AO OUVIR ESSAS PALAVRAS, DIÓGENES NÃO SE CONTÉM E ESBOFETEIA GERTRUDES. PEDRO AVANÇA SOBRE DIÓGENES, E AMBOS BRIGAM NA SALA.

DAS DORES, APAVORADA, CHAMA OS FEITORES, QUANDO FERAL ENTRA NO CASARÃO. OS FEITORES SEPARAM OS DOIS IRMÃOS, E GERTRUDES LHES DÁ UMA ORDEM:

— Quero que ponha esse desordeiro para fora do casarão!

— Senhora... ele é o filho do patrão! — DIZ UM DOS FEITORES.

— Não! Nunca foi! Não passa de um bastardo! Vamos! O que estão esperando? — GRITA GERTRUDES.

— Não! Não a obedeçam! — DIZ FERAL AOS FEITORES. — A senhora é quem trate de arrumar as malas, pois será vosmecê quem deixará esta casa!

— Vosmecê acha que pode ordenar isso, selvagem? — PERGUNTA GERTRUDES, IRRITADA.

— Posso! — RESPONDE FERAL. — Pois sou o filho do dono desta casa, e vosmecê não passa de uma assassina! Agora trate de...

— Santiago Neto... — DIZ DIÓGENES, INTERROMPENDO-O. — ...não será preciso, pois eu mesmo procurarei meu... pai!

EM UM LOCAL AFASTADO DO CENTRO DE ITABERABA, O SR. SANTIAGO PASSA MOMENTOS AGRADÁVEIS AO LADO DE VERIDIANA, DESFRUTANDO A CALMA E TRANQUILIDADE DAQUELE CAMPO.

— Senhor... eu gostaria de pedir-lhe que passássemos o resto de minha gravidez, em outro lugar, mais tranquilo e sossegado, como este!

— Mas por que me pede isso? Alguma coisa a incomoda em casa?

— Não, senhor! Apenas os últimos acontecimentos me deixaram perturbada.

— Eu imagino que sim, querida! Assim que Diógenes retornar, viajaremos para Jequié, pois comprei um belo sitio e agora talvez seja o momento para vosmecê conhecê-lo. Se bem que eu também necessito de um descanso, longe dos problemas que me afligem! Durante a nossa estadia, creio que Pedro e Santiago Neto, com o auxílio de Radamés, possam cuidar dos negócios do escritório.

NA COZINHA DO CASARÃO, DAS DORES APREENSIVA, FALA COM FERAL.

— Vosmecê não pode deixar Diógenes contar tudo o que sabe ao seu pai! O Sr. Santiago reagirá mal com a notícia!

— Mas, Das Dores... o Sr. Santiago precisa saber o que aconteceu! — DIZ FERAL, TRANQUILAMENTE.

— Se vosmecê gosta mesmo da senhora Veridiana devia se precaver. A D. Gertrudes certamente contará tudo o que aconteceu entre vosmecês! — ADVERTE DAS DORES, EM TOM BAIXO. — Vá, filho! Vosmecê poderá evitar mais uma desgraça!

— Talvez... vosmecê tenha razão! — DIZ FERAL, SAINDO DA COZINHA.

NO JARDIM DO CASARÃO, DIÓGENES AGUARDA A CHEGADA DO SR. SANTIAGO, QUE DESCE DA CHARRETE, JUNTAMENTE COM VERIDIANA.

— Filho! O que aconteceu? — PERGUNTA O Sr. SANTIAGO, AO NOTAR DIÓGENES UM POUCO DESFIGURADO.

— Eu... preciso ter uma conversa muito seria com o senhor! — DIZ DIÓGENES, SERIAMENTE.

— Senhor... pode me acompanhar até a casa? — PERGUNTA VERIDIANA AO MARIDO. — Como vê, mais problemas estão a surgir!

— Filho... aguarde um momento! — DIZ O SR. SANTIAGO, LEVANDO VERIDIANA PRA DENTRO DA CASA, E AO PASSAR POR FERAL, PERGUNTA:

— Santiago Neto, o que aconteceu enquanto estive ausente?

— Diógenes e Pedro brigaram agora há pouco, na sala!

— Brigaram...?!? Por quê? — PERGUNTA O SR. SANTIAGO, INDIGNADO E SURPRESO. LOGO QUANDO RETORNA AO JARDIM, VAI AO FILHO DIÓGENES, PERGUNTANDO O MOTIVO DA BRIGA, ENQUANTO FERAL OBSERVA À DISTÂNCIA.

— Diógenes! O que aconteceu entre vosmecê e seu irmão? Vosmecês... brigaram??

— Senhor... eu preciso que me ouça! Pois assim saberá o motivo desta briga, assim como os esclarecimentos de muitos fatos em nossas vidas! — DIZ DIÓGENES, SENTANDO-SE NO BANCO. — Assim que retornei ao Brasil, eu fui levado por uma mulher... uma cigana que dizia conhecê-lo, para o Pelourinho! Naquela noite assim que cheguei a uma pensão, fui apresentado a um senhor, que, ao saber quem eu era, ele... ele se emocionou e morreu! Este senhor era o seu pai, o Sr. D'Paula!

— Diógenes... O meu pai... morreu ao conhecer o próprio neto?!? Que história é essa, filho?? Por que não me contou antes? — PERGUNTA O SR. SANTIAGO, SURPRESO.

— Porque só agora há pouco eu cheguei a essa constatação, e entendi o porquê do Sr. D'Paula ter se emocionado tanto ao me reencontrar, a ponto de morrer!

— Diógenes... por que se refere ao seu avô como "Sr. D'Paula"?

— Porque ele nunca foi o meu avô, assim como o senhor... nunca foi o meu pai! — RESPONDE DIÓGENES, EMOCIONADO.

DA JANELA DE SEU QUARTO, GERTRUDES OBSERVA A CENA APREENSIVA. AO ARRUMAR AS SUAS MALAS, CHORA AO TEMER A REAÇÃO DO CUNHADO.

— Ele não me perdoará! Não me perdoará! — DIZ GERTRUDES. AO OUVIR OS PASSOS NO CORREDOR, ABRE A PORTA, E VÊ DAS DORES ACOMPANHANDO VERIDIANA PARA O SEU QUARTO. — Miserável! — GRITA GERTRUDES, ANGUSTIADA. — Como vê, estou prestes a ser desgraçada, mas assim que o meu cunhado chamar-me e expulsar-me daqui, eu desgraçarei a tua vida também! Pois há de saber de tudo o que fizestes com aquele bastardo infeliz!

— Gertrudes... eu lhe peço, em nome de meu filho, que não diga nada! — PEDE VERIDIANA.

— Como não? Acha que a deixarei impune dos teus pecados?

— Pois então a desgraça será completa, senhora! — DIZ DAS DORES, TOMANDO A FRENTE DE VERIDIANA. — Pois o Sr. Santiago também saberá que és a responsável pela morte da D. Micaela!

— Maldita! Malditas! — GRITA GERTRUDES, ENLOUQUECIDA PELO CORREDOR, TROPEÇANDO NO TAPETE. AO CAIR, ROLA PELOS DEGRAUS DA ESCADA, COM UM GRITO DE DOR ESCUTADO POR TODOS. AO VÊ-LA CAÍDA NA SALA, PEDRO IMEDIATAMENTE A SOCORRE.

ENQUANTO NO JARDIM, A COMOVENTE CONVERSA ENTRE DIÓGENES E O SR. SANTIAGO É INTERROMPIDA COM O ALARMANTE GRITO. DIÓGENES, IMEDIATAMENTE CORRE PARA DENTRO DO CASARÃO, SENDO SEGUIDO POR FERAL, ENQUANTO O SR. SANTIAGO PERMANECE COMO SE TIVESSE EM TRANSE, EM SILÊNCIO, SENTADO NO BANCO, APARENTANDO NÃO TER OUVIDO O ALARMANTE GRITO QUE VEIO DE SUA CASA.

NA SALA DE ESTAR, PEDRO, AO TENTAR LEVANTAR GERTRUDES, SÓ A FAZ CONTORCE-SE DE DORES.

— Santiago, vá chamar uma ambulância, e... Santiago! — CHAMA DIÓGENES, AO VER FERAL SUBINDO A ESCADA, SEM DAR-LHE OUVIDOS.

INSTINTIVAMENTE, PREOCUPADO COM VERIDIANA, FERAL CHEGA AO CORREDOR E ENCONTRA DAS DORES ASSUSTADA.

— Onde está Veridiana?

— Ela está no quarto! — RESPONDE DAS DORES.

ENTRANDO QUARTO, FERAL SE ALIVIA AO VER VERIDIANA, DANDO-LHE UM ABRAÇO.

— Eu... pensei que tinha acontecido algo com vosmecê!

— Não! Aquele... grito... foi...

— Shhh! Eu sei... agora fique calma! — DIZ FERAL.

DIÓGENES E PEDRO SOCORREM GERTRUDES, LEVANDO-A PARA A SANTA CASA DE ITABERABA. POUCO DEPOIS, ENQUANTO AGUARDAM NOTÍCIAS...

— Como papai reagiu ao que vosmecê contou? — PERGUNTA PEDRO.

— Eu não sei! Nem percebi como ele ficou, pois logo que escutei o grito saí, deixando-o sozinho no jardim! — RESPONDE DIÓGENES.

LOGO MAIS, O MÉDICO DIZ AOS SOBRINHOS QUE SUA TIA ADORMECEU, MAS CONTASTA QUE O ACIDENTE FOI GRAVE, E QUANDO SE RECUPERAR, POSSIVELMENTE FICARÁ PARALÍTICA.

ENQUANTO ISSO, NO QUARTO DE VERIDIANA, FERAL CONTA-LHE A CONVERSA QUE OBSERVOU ENTRE DIOGENES E O SR. SANTIAGO.

— ...e ele ficou parado, que nem uma estátua! Depois que ouvi o grito, fui acudir, e não o vi mais! — DIZ FERAL, OLHANDO DA JANELA.

— Mas já se faz tarde, Feral! Aonde será que ele está? — PERGUNTA VERIDIANA, PREOCUPADA.

— Senhora? Com licença! — DIZ DAS DORES, ENTRANDO NO QUARTO. — O Sr. Santiago saiu do casarão, e foi a cidade!

— Oh, meu Deus! Ele... descobriu tudo sobre nós! — DIZ VERIDIANA, APREENSIVA.

— Não creio, pois ele não esteve a sós com a D. Gertrudes! — DIZ FERAL, SAINDO DA JANELA. — Mas agora ele já sabe de tudo o que aconteceu com a mãe de Diógenes, e que a D. Gertrudes mandou pôr fogo na Pharmacia!

— Pobre infeliz! — DIZ DAS DORES. — Uma queda como esta já aconteceu há tempos atrás!

— Você se refere a D. Micaela, não? Das Dores... vosmecê disse que Gertrudes era a responsável pela morte da irmã! O que aconteceu? — PERGUNTA VERIDIANA.

— O mesmo que hoje, senhora! Uma queda, só que D. Micaela não tropeçou... foi empurrada pela irmã!

— Meu Deus! — DIZ VERIDIANA, HORRORIZADA. — Então... este era o segredo com que você a ameaçou?

— Certamente a causa dessa morte tem a ver com o que tanto o meu avô lamentava quando lembrava de sua família aqui em Itaberaba!

CAP. XIX

OS COMENTÁRIOS SOBRE O ACIDENTE DE GERTRUDES ESPALHAM-SE POR TODA A CIDADE. DO ALTO DE UMA COLINA, O SR. SANTIAGO ENCONTRA-SE SÉRIO, RELEMBRANDO DE SUA VIDA. AS PALAVRAS DE DIÓGENES NÃO SAEM DE SUA CABEÇA, EMINANDO LEMBRANÇAS DO SEU PAI, DE MICAELA, ENFIM DE TUDO O QUE ACONTECEU, E DE COMO ESSAS REVELAÇÕES EXPLICAM E ESCLARECEM TANTOS FATOS PASSADOS.

AO CHEGAREM EM CASA, PEDRO E DIÓGENES ENCONTRAM O SR. ABRAÃO BAT-SARA E SUA NETA, CATARINA, NA SALA DE ESTAR.

— Onde está papai? — PERGUNTA PEDRO. — Preciso contar-lhe sobre o estado de tia Gertrudes!

— Ele não está, Pedro! Saiu desde o acontecido, e não sabemos pra onde foi! — DIZ VERIDIANA, PREOCUPADA.

— Provavelmente ele passará a noite fora, pois ficou muito abalado com o que soube! — DIZ PEDRO.

— Rapazes, eu sugiro que vosmecês vão procurá-lo, pois um homem desnorteado pode fazer alguma loucura! — DIZ O SR. BAT-SARA.

— O Sr. Bat-Sara tem razão! Devemos procurá-lo, mas... Diógenes tudo isso foi muito difícil pra vosmecê! Peço, meu irmão, que vosmecê volte pra casa com a sua esposa! Nós o avisaremos, quando o encontrar! — DIZ FERAL.

— Sem dúvida estou cansado, Santiago! Eu agradeço por me considerar ainda como um irmão! Boa noite a todos — DIZ DIÓGENES, SAINDO COM CATARINA, QUE FICA SEM ENTENDER O QUE SE PASSA.

POUCO DEPOIS, PEDRO VAI AO BORDEL E NÃO ENCONTRA O SEU PAI, ENQUANTO FERAL O PROCURA PELA CIDADE. EM SUA CASA, O SR. BITTENCOURT COMENTA COM A ESPOSA SOBRE O ACONTECIDO A GERTRUDES.

— ...amanhã faremos uma visita a Santiago! — CONCLUI O SR. BITTENCOURT-Apesar de eu nunca ter simpatizado com a D. Gertrudes, mas ela...

— Sr. Bittencourt, o Sr. Santiago... — DIZ A CRIADA, INTERROMPENDO-O — ...está aqui!

— Santiago?!? O que houve? — PERGUNTA RADAMÉS BITTENCOURT, AO VER O AMIGO EM SUA PORTA. — Entre! Eu... lamento o que aconteceu a D. Gertrudes, e...

— Não, amigo! — DIZ O SR. SANTIAGO, INTERROMPENDO-O. — Não lamente por aquela infeliz, pois ela merecia a morte, pelo que me escondeu durante todo esse tempo!

— Santiago... o que ela fez de tão grave para que vosmecê não demostre compaixão por aquela mulher?

— Depois lhe conto, amigo! Mas... responda-me: por que não me disse que tinha encontrado Diógenes, no Pelourinho? — PERGUNTA O SR. SANTIAGO, VISIVELMENTE ABATIDO.

— Eu lamento não ter lhe contado, mas... ele me fez prometer, pois estava muito assustado com a morte do Sr. D'Paula, e não queria que vosmecê soubesse que ele tinha abandonado os estudos, justamente naquele momento!

— Radamés... vosmecê sabe qual foi o verdadeiro motivo pelo qual o meu pai deixou a família e abandonou os negócios?

— Santiago, vosmecê sabe que eu considerava o senhor seu pai como se fosse o meu pai! Eu era ciente da confiança que ele sempre depositou em mim, mas o quer que tenha acontecido naquele dia o deixou envergonhado e abalado o suficiente para que ele nem sequer desabafar-se comigo! E agora, amigo, noto pelo seu aspecto que sabes qual motivo tão grave foi este!

— Sim, eu sei! E agora compreendo perfeitamente a reação de meu pai... e pretendo fazer o mesmo que ele fez!

— Vosmecê abandonará a sua família e os negócios? — PERGUNTA O SR. BITTENCOURT.

— Não, Radamés! Apenas partirei com a minha esposa, pois já tinha prometido a ela que viajaríamos em prol de seu descanso, mas agora pretendo mudar-me definitivamente deste lugar!

A CONVERSA ENTRE OS DOIS AMIGOS É INTERROMPIDA COM A CHEGADA DE FERAL. ANTES DE SE DESPEDIR, O SR. SANTIAGO FAZ UM PEDIDO AO ADVOGADO E AMIGO.

— Radamés, peço-lhe que a partir de amanhã assessore os meus filhos no escritório, assim como fez quando o meu pai me deixou!

LOGO APÓS, A CAMINHO DE CASA, NA CHARRETE, O SR. SANTIAGO DIZ A FERAL A DECISÃO DE DEIXAR ITABERABA.

— ...e eu conto com vosmecê e Pedro para prosseguir com os negócios do escritório! — CONCLUI O SR. SANTIAGO, COM A VOZ MEIO EMBARGADA.

— O senhor está parecendo com o meu avô, até mesmo no jeito de falar! — DIZ FERAL, GUIANDO A CHARRETE.

— Hoje mais do que nunca me sinto parecido com ele! Assim como agora admiro gesto dele, que na época não entendi e não aceitei! Nunca me senti tão enganado como agora, e tão arrependido de não ter enfrentado o meu pai para ter ficado com a sua mãe, quando ela mais precisou de mim! Agora sei que Luzia sempre foi a mulher da minha vida!

FERAL, APÓS OUVIR OS RELATOS DO PAI, FICA A MEDITAR COM SUAS PALAVRAS, E TAMBÉM SE ENCORAJA PARA TOMAR AS ATITUDES QUE ELE CRÊ QUE SÃO AS ADEQUADAS E SENSATAS, PARA A SUA SITUAÇÃO COM VERIDIANA.

NO CASARÃO DOS BAT-SARA, DIÓGENES, UM POUCO EXAUSTO, RELATA O ACONTECIDO COM GERTRUDES AOS PAIS DE CATARINA. LOGO APÓS, EM SEU QUARTO, CATARINA FICA CURIOSA COM O MOTIVO DA PREOCUPAÇÃO DE SEU MARIDO EM IR AO CASARÃO DOS D'PAULA, ATÉ ENTÃO SEM EXPLICAÇÃO.

— ...e não me diga que foi um motivo banal, pois todos naquela casa estavam preocupados com o Sr. Santiago! — DIZ CATARINA. — Tem algo a ver com o que quis me dizer, ontem, em estar casada com um D'Paula?

— Sim, Catarina! Tem tudo a ver, pois eu não sou um autêntico D'Paula!

— O que me diz?!? — PERGUNTA CATARINA, ADMIRADA.

— Isso mesmo que você ouviu! Não sou filho do Sr. Santiago D'Paula, e sim de um índio do Mato Grosso, assassinado pelo pai de minha mãe! Como vê, a minha descendência não é nobre como todos imaginam, e sim tupi-guarani, marcada de sangue e morte por parte de minha família branca!

— Diógenes... eu nem sei o que dizer! — DIZ CATARINA, BOQUIABERTA.

— Eu compreenderei se isso a incomodar! — DIZ DIÓGENES, ENTRANDO NO BANHEIRO, DEIXANDO CATARINA PENSATIVA.

NO CASARÃO DOS D'PAULA, VERIDIANA, EM SEU QUARTO, É SERVIDA POR DAS DORES.

— Senhora, ele está vindo! O Sr. Santiago está chegando! — DIZ DAS DORES, AO OBSERVAR DA JANELA.

NA SALA DE ESTAR, PEDRO FICA AFLITO COM A CHEGADA DO PAI.

— Pai, onde o senhor esteve? Eu fiquei preocupado se...

— Acalme-se, filho! — DIZ O SR. SANTIAGO, INTERROMPENDO-SE AO VER VERIDIANA DESCENDO A ESCADA. — Eu... estou bem, apesar das circunstâncias! Apenas quero tomar um banho e dormir.

— Das Dores, prepare um chá de camomila para nós! — DIZ VERIDIANA, ACOMPANHANDO O MARIDO.

— Santiago Neto, onde vosmecê o encontrou? — PERGUNTA PEDRO.

— Na casa do Sr. Bittencourt! — RESPONDE FERAL, COM O PENSAMENTO DISTANTE.

— Ainda bem que ele está aqui! O que há com vosmecê? — PERGUNTA PEDRO. — O que achas de irmos à casa de Madame DuPont?

FERAL ACEITA, MAS ANTES VAI A COZINHA E DÁ UM RECADO PARA DAS DORES.

— Diga a ela que eu estarei esperando na sala, assim que voltar! — DIZ FERAL, QUE, AO CHEGAR AO BORDEL, JUNTO COM PEDRO, É RECEPCIONADO POR MADAME DUPONT E CELESTE.

— E o Sr. Santiago, por que não veio? — PERGUNTA MADAME DUPONT.

— Ele... ficou muito abalado com o acidente de tia Gertrudes! — RESPONDE PEDRO.

— Todas nós ficamos... que coisa horrível, não? Espero melhoras, com licença rapazes! — DIZ MADAME DUPONT INDO PARA O SEU QUARTO. AO FECHAR A PORTA, PEGA UMA CONHECIDA E DELICADA MÁSCARA, JUNTAMENTE COM UMA VESTE DE SEDA, E SAI.

NO CASARÃO DOS D'PAULA, EM SEU QUARTO, O SR. SANTIAGO FALA SERIAMENTE COM VERIDIANA SOBRE A SUA DECISÃO EM PARTIR.

— Já determinei tudo com Radamés, e amanhã comunicarei a Pedro, pois Santiago Neto já sabe!

— Senhor, é realmente isso que deseja? — PERGUNTA VERIDIANA, DEITADA AO SEU LADO.

— Sim. Dentro de poucos dias partiremos definitivamente para Jequié! Quero deixar Itaberaba, reiniciar uma vida nova ao seu lado, com o nosso filho, longe dos problemas e lembranças que esse lugar me traz!

DAS DORES BATE NA PORTA, TRAZENDO ÁGUA E CHÁ. DISCRETAMENTE DÁ A VERIDIANA O RECADO DEIXADO POR FERAL.

ENQUANTO ISSO, NA SANTA CASA DE SAÚDE, MADAME DUPONT SE APRESENTA COMO PARENTE, CONSEGUINDO IR ATÉ O QUARTO ONDE ESTÁ GERTRUDES.

AO VÊ-LA DESACORDADA, MADAME DUPONT ENTREGA A ENFERMEIRA UM PRESENTE, E DIZ:

— Peço a senhora que entregue este presente, assim que ela se recobrar!

— Do que se trata, senhora? — PERGUNTA A ENFERMEIRA.

— Ah...minha filha! De certo há de se animar quando vir esta lembrança, pois é um souvenir que ela tem desde pequena! — DIZ MADAME DUPONT, FINGINDO SOFRIMENTO. — Gostaria de falar-lhe, mas certamente essa lembrança trará a ela um pouco de ânimo...

PERANTE A ENFERMEIRA, MADAME DUPONT CHORA, CONSEGUINDO CONVENCÊ-LA DE SEU PESAR, NO ENTANTO, AO SAIR DA SANTA CASA, DÁ UMA ESFUZIANTE GARGALHADA.

AS HORAS PASSAM E VERIDIANA NÃO CONSEGUE DORMIR, PENSANDO EM SUA MUDANÇA PARA OUTRA CIDADE.

AO VER FERAL ABRIR O PORTÃO, VERIDIANA DESCE. CHEGANDO NA SALA, DEPARANDO-SE COM ELE, FERAL A ABRAÇA.

— Eu... tenho algo a dizer-lhe...

— Imagino que seja o mesmo assunto de que quero falar-lhe! — DIZ FERAL. — Eu estive pensando no que o meu pai disse quando voltamos pra casa..."nunca me senti tão enganado"... "tão arrependido de não ter enfrentado o meu pai"... "Quando ela precisou de mim" ...essas frases são dele, mas agora são minhas! Entendeu? Eu não vou deixar vosmecê partir!

— Feral... não há nada que possa fazer, pois eu sou a mulher dele, preciso acompanhá-lo!

— Eu posso pedir pra ficar...

— Não! Não adiantará, pois ele está decidido a deixar Itaberaba!

— Não! — DIZ FERAL, ABRAÇANDO-A. — Eu não quero que vá! Fuja comigo, então!

— Não, eu não posso! — DIZ VERIDIANA, LARGANDO-O. — Eu agora preciso pensar em meu filho!

— Eu quase tinha me esquecido que ganharei um irmão! — DIZ FERAL, PONDO A MÃO EM SUA BARRIGA.

— Como vê, é um bom motivo para não seguirmos os impulsos do coração, pois isso só trará sofrimento pra nós!

— Vosmecê não quer, não? Não gosta de mim, não quer viver comigo! Sabes que se eu pedir, ele ficará, ao menos até a criança nascer!

— Pois é justamente isso que eu não quero! — DIZ VERIDIANA, ABORRECIDA. — Achas que vivemos? Nos escondendo a todo instante com receio de sermos descobertos! Quero ter o meu filho em um lugar sossegado, longe de ódio, intriga, e problemas que surgirão assim que Gertrudes puder falar a alguém o que sabe sobre nós!

— Vosmecê acha que ela sairá daquela cama? Ela está condenada, e mesmo se não tivesse, eu não permitiria que volte a morar nessa casa!

— Não, eu não arriscarei! Partirei e cuidarei da minha vida... e de meu filho! Sugiro que você faça o mesmo da sua vida a partir de agora! — DIZ VERIDIANA AO SAIR, QUANDO FERAL A PEGA NOS BRAÇOS E A BEIJA. — Feral...não! Pelo bem de todos nós, peço que me esqueça!

VERIDIANA SOBE, INDO PARA O SEU QUARTO, DEIXANDO FERAL DESOLADO, NA SALA DE ESTAR.

NO DIA SEGUINTE, DURANTE O CAFÉ DA MANHÃ, O SR. SANTIAGO COMUNICA AO SEU FILHO PEDRO, SUA DECISÃO EM PARTIR.

— O senhor fará o mesmo que o vovô D'Paula fez antes, meu pai?

— Não, Pedro! Quando o seu avô nos deixou, não sabíamos por que, nem pra onde ele tinha ido! Mudarei daqui, para reiniciar uma nova vida, mas vosmecês sabem o meu destino, e como me encontrar!

DURANTE O CAFÉ, FERAL E VERIDIANA NÃO SE OLHAM, ENQUANTO O SR. SANTIAGO DIZ AOS FILHOS COMO SERÁ AS SUAS VIDAS A PARTIR DESSA VIAGEM.

— ...e por isso conto com a dedicação de vosmecês! — CONCLUI O SR. SANTIAGO. — Santiago Neto... tem algo a dizer?

— Não, senhor! Decerto que, longe de Itaberaba, terás uma vida nova, mais tranquila! — DIZ FERAL, LEVANTANDO-SE. — Com licença, eu o aguardarei na charrete.

POUCO DEPOIS, O SR. SANTIAGO, PARTE PARA O ESCRITÓRIO, ACOMPANHADO DE SEUS FILHOS.

NA SANTA CASA DE SAÚDE, GERTRUDES ACORDA SENTINDO PEQUENAS DORES. LOGO AO VÊ-LA, A ENFERMEIRA CHAMA O MÉDICO.

— Como está se sentindo, senhora? — PERGUNTA O MÉDICO.

— Senhor... o que me aconteceu? — PERGUNTA GERTRUDES, MEIO SONOLENTA.

O MÉDICO RESPONDE A SUA PERGUNTA, RELATANDO, AOS POUCOS, O QUE SABE SOBRE O ACIDENTE. GERTRUDES CHORA, SENTINDO DORES POR TODO O CORPO. LOGO QUE O MÉDICO DEIXA O QUARTO, A ENFERMEIRA, NA INTENÇÃO DE ANIMÁ-LA, FALA-LHE DA VISITA DE UMA PARENTE DELA, NA NOITE ANTERIOR.

— Parente...?!? Mas... quem... pode ser...

— Deixe-me mostrar-lhe o que ela trouxe! — DIZ A ENFERMEIRA, PEGANDO NA MESA A CAIXA EMBRULHADA. — A senhora assegurou-me que isso a fará feliz!

COM UM PEQUENO ESFORÇO, GERTRUDES ABRE A CAIXA E, AO VER A MÁSCARA, A VESTE E GRITA DESESPERADAMENTE, DERRUBANDO A SURPRESA NO CHÃO. ASSUSTADA COM A INESPERADA REAÇÃO DE GERTRUDES, A ENFERMEIRA CHAMA PELO MÉDICO, QUE LHE APLICA UM SEDATIVO.

EM SEU QUARTO, VERIDIANA COMENTA COM DAS DORES A CONVERSA QUE TEVE COM FERAL.

— Eu não posso mais pensar em mim! Não me arriscarei em um romance perigoso como este, às escondidas!

— A senhora está muito certa em pensar assim, pois nessa família a história sempre se repete!

— Das Dores, eu tento negar pra mim mesma, mas... eu o amo! As vezes penso em...

— Senhora! — DIZ DAS DORES, SERIAMENTE. — Eu lhe peço... não cause mais uma decepção ao Sr. Santiago! Ele já sofreu muito na vida, e ainda está sofrendo por tudo o que soube!

ENQUANTO ISSO, NO ESCRITÓRIO, O SR. SANTIAGO DETERMINA AO SEU AMIGO SR. BITTENCOURT O QUE DESEJA QUE OS SEUS FILHOS TOMEM CONTA, APÓS A SUA PARTIDA. PEDRO FICA ATENTO ÀS EXPLICAÇÕES, ENQUANTO FERAL PENSA EM VERIDIANA, NAS SUAS PALAVRAS DITAS À NOITE PASSADA. POUCO DEPOIS, DIÓGENES CHEGA AO ESCRITÓRIO.

— Com licença! O senhor mandou chamar-me, pai? — PERGUNTA DIÓGENES, ENTRANDO NA SALA.

— Sim, mas... vosmecê não precisa chamar-me de pai!

— Perdoe-me, senhor, mas... sempre será o meu pai, pois foi o único que conheci, com o qual aprendi ensinamentos! — DIZ DIÓGENES, EMOCIONADO, RECEBENDO UM FORTE ABRAÇO DO SR. SANTIAGO.

MAIS TARDE, AO CHEGAR EM CASA, O SR. SANTIAGO COMUNICA A VERIDIANA QUE PARTIRÃO NO DIA SEGUINTE PARA JEQUIÉ. DAS DORES ENTRA NA SALA, E ENTREGA AO SR. SANTIAGO UM BILHETE DO MÉDICO DA SANTA CASA, ONDE SE ENCONTRA GERTRUDES. AO LER, O SR. SANTIAGO DIZ:

— Querem minha presença lá, para decidir o destino de Gertrudes!

— O que fará, senhor? — PERGUNTA VERIDIANA.

— Eu não gostaria nem sequer de olhar para ela! — DIZ O SR. SANTIAGO, ABORRECIDO. — Mas antes de partir, irei logo cedo, para dizer-lhe umas verdades!

LOGO QUE O Sr. SANTIAGO SOBE, DAS DORES PÕE AS MÃOS NA CABEÇA E DIZ:

— Meu Deus! Por que fui entregar esse bilhete?

— E agora, Das Dores? — PERGUNTA VERIDIANA, PREOCUPADA. — Temos que impedi-lo de ir! Decerto, essa será a oportunidade em que ela destilará o seu veneno contra mim!

NO FINAL DA TARDE, FERAL RETORNA AO CASARÃO. AO DESCER, PERCEBE DAS DORES MEIO PREOCUPADA.

— Feral! — CHAMA DAS DORES. — Feral, vem aqui!

— Das Dores... o que houve? — PERGUNTA FERAL.

— Estou esperando vosmecê, pois é o único que pode ajudar a senhora Veridiana! O senhor seu pai recebeu um recado do doutor, lá da Santa Casa, pedindo que ele vá visitar a D. Gertrudes amanhã!

— Mas isso não é problema, pois o meu pai não quer vê-la nem pintada de ouro!

— Não! Ele disse que vai, pois quer dizer a ela umas verdades! Ah, meu filho! Vosmecê precisa fazer alguma coisa, senão aquela cobra há de contar ao vosso pai tudo o que sabe sobre vosmecês!

— É? Pois eu não me importo! — DIZ FERAL, ABORRECIDO. — Sabes o que ela me disse noite passada? Para que eu a esqueça! Pois então eu a esquecerei, não me envolverei mais com esse assunto!

— Vosmecê enlouqueceu, moço? Não vê o perigo que haverá se o seu pai descobrir?

— Eu não temo! Ele já foi enganado uma vez, e não fez nada!

— Vosmecê é um moleque irresponsável! — DIZ DAS DORES, IRRITADA. — Não teme nem sequer pela vida do senhor seu pai! Pois ele já sofreu demais, pode ter um troço, e morrer do coração! A senhora Veridiana tem razão quando o chama de moleque!

— Não! Eu não sou um moleque, sou um homem feito, mas parece que ela nem vosmecê veem isso!

— Ah, não é? — PERGUNTA DAS DORES, SEGURANDO O SEU BRAÇO. — O seu pai estará mais uma vez descobrindo que foi enganado, só que desta vez a sua esposa está viva e grávida!

— Sim, grávida! Esperando um filho dele!

— Como pode ter certeza disso? O filho será dele mesmo? — PERGUNTA DAS DORES, DEIXANDO-O SOZINHO NO JARDIM, PENSATIVO E INTRIGADO COM O QUE ELA DISSE.

LOGO APÓS O JANTAR, FERAL PERMANECE NA SALA DE ESTAR, E DECIDE NÃO SAIR COM PEDRO. AS HORAS PASSAM E FERAL PENSA NAS PALAVRAS DE DAS DORES. VERIDIANA DESCE, E, AO VÊ-LO NA SALA, DIZ:

— Eu... preciso que me ajude.

— Oras, mas o que me pedes? — PERGUNTA FERAL, LEVANTANDO-SE. — Se bem me recordo, suas últimas palavras foram para que a esquece-se!

— Feral, ouça! Das Dores disse-me que conversou com vosmecê... precisas impedir que o teu pai vá amanhã visitar Gertu...

— A senhora madrasta só pensa em si, não? — PERGUNTA FERAL, INTERROMPENDO-A.

— Não! Eu agora penso em meu filho!

— Então responda-me: Esse filho é meu? — PERGUNTA FERAL, APROXIMANDO-SE.

UM MOMENTO DE SILÊNCIO IMPERA NA SALA. VERIDIANA RESPONDE:

— Eu... não sei!

— Como não sabes? — PERGUNTA FERAL, CURIOSO.

— Vosmecê quer que eu explique como eu não sei? Que importa isso agora diante da situação? Caso seja o seu filho, se arriscará por ele, mas se não for... não há de se importar, pois não?

— Não, não é bem isso, eu...

— És um egoísta! — DIZ VERIDIANA, INTERROMPENDO-O. — Vosmecê só pensa em seu bem-estar! Não se importa com o risco que eu estou a passar!

— Pois bem, eu farei alguma coisa, senhora! — DIZ FERAL, AO VÊ-LA TRANSTORNADA E CHORANDO.

— O que... pretende fazer? — PERGUNTA VERIDIANA, ENXUGANDO AS LÁGRIMAS.

— Não se preocupe, senhora madrasta! Eu a ajudarei da maneira que sei fazer! — DIZ FERAL, SAINDO DA SALA, DEIXANDO VERIDIANA APREENSIVA, TEMENDO QUE ELE MATE GERTRUDES.

AO CHEGAR À SANTA CASA DE SAÚDE, FERAL É ATENDIDO PELA ENFERMEIRA, QUE O ADVERTE DO HORÁRIO INADEQUADO PARA VISITA.

— A senhora perdoe-me, mas eu sou sobrinho, e quando soube do acidente, vim o mais rápido que pude! Eu precisava muito vê-la, mas... esta tarde na verdade, e se a senhora diz que ela está dormindo, eu voltarei amanhã! Boa noite!

— Moço, por favor! Espere! — CHAMA A ENFERMEIRA, TRAZENDO UMA CAIXA. — Esta caixa contém uma máscara e uma veste com as quais ela ficou muito transtornada quando recebeu!

— Recebeu? Mas... de quem? — PERGUNTA FERAL, CURIOSO.

— De uma senhora que se identificou como parente, ontem à noite! Peço que o senhor fique com esse souvenir, que só causou desespero quando ela abriu!

— Como era essa senhora?

— Muito bem vestida por sinal! Assegurou-me que ela ficaria feliz ao ver o presente, e, no entanto, a coitada se desesperou, a ponto de os médicos darem um sedativo para que acalmasse! Venha! Lhe mostrarei como ela dorme!

AO CHEGAR NO QUARTO, FERAL OBSERVA GERTRUDES DORMINDO.

— Coitadinha! Bem se vê que é uma mulher sofredora, porém uma boa senhora!

— A senhora não imagina quanto ela é boa! — DIZ FERAL, EM TOM SARCÁSTICO. — Eu estou satisfeito em vê-la senhora! Eu agradeço. Boa noite!

POUCO DEPOIS, FERAL SE ENCONTRA NOS FUNDOS DO HOSPITAL. APÓS PULAR O MURO, SOBE O TELHADO, FICANDO SOB O QUARTO DE GERTRUDES. CONSEGUINDO ABRIR A JANELA, FERAL OBSERVA GERTRUDES DORMINDO,

E SE APROXIMA FURTIVAMENTE DELA. SUA MÃO AMEAÇA-
DORA PEGA NO PESCOÇO DE GERTRUDES, ACORDANDO-A.

— Shhhh! Calada, infeliz! — ADVERTE FERAL, TAPANDO A SUA BOCA. — Eu não lhe farei mal, mas, se gritar, eu a matarei antes que alguém venha socorrê-la!

GERTRUDES CONCORDA EM FICAR EM SILÊNCIO, AFIR-
MANDO COM A CABEÇA.

— Vim aqui lhe propor um acordo! — DIZ FERAL, AINDA MANTENDO A SUA BOCA FECHADA. — O meu pai virá aqui amanhã lhe fazer uma visita, e acredite não é de boa vontade, pois ele está furioso com a senhora! Imagino que pretendes aproveitar a oportunidade e contar-lhe o que sabes sobre mim e Veridiana, pois não?

— Certamente, eu direi! — RESPONDE GERTRUDES. — O que tens a me oferecer, para privar-me da satisfação de contar?

— E o que vosmecê ganha em contar-lhe sobre o nosso romance? — PERGUNTA FERAL.

— Tudo o que quis nessa vida foi o amor e a atenção de Santiago! Mas agora, como vosmecê disse, ele está me odiando, me culpando por eu ter escondido o ato pecaminoso de minha irmã! Como vê, eu não tenho nada a perder!

— Pois saiba que a polícia em breve já estará ciente de que és a responsável pelo incêndio na pharmácia, assim como toda a Itaberaba! Ninguém se preocupa, nem se importa com vosmecê! Assim que deixares esse hospital, mesmo se não fores presa, ninguém a ajudará. Ficarás na sarjeta, nas ruas da cidade, sentindo fome e frio!

— Não! Apesar de tudo, o meu cunhado me ajudará! Quando ele souber da traição ardilosa e pecaminosa que vosmecês fizeram...

— Não seja tola! — DIZ FERAL, INTERROMPENDO-A. — Meu pai partirá amanhã mesmo de Itaberaba!

— O que?!? Eu... não acredito! Vosmecê mente!

— Não. Eu não estou mentindo! Apenas eu e Pedro ficaremos no casarão, e caso eu recuse, ele não tem como ajudá-la, pois ainda sou o dono de todos os bens da família, lembra? Eu proponho à senhora que não fale nada ao meu pai, em troca eu lhe darei abrigo em minha casa... pro resto de sua vida!

— Eu... não confio em vosmecê!

— Podes confiar, pois amanhã estarei presente com o meu pai e testemunhas. E diante de todos, eu direi que a abrigarei em minha casa e cuidarei da senhora! E então? O que me diz?

— Confesso que estou admirada em vê-lo aqui... me proponho este acordo. Vejo que estais com medo do que eu possa dizer, não?

— Eu não a temo, senhora! Se eu quiser... posso matá-la agora mesmo! — DIZ FERAL, SEGURANDO NOVAMENTE A SUA GARGANTA. — E saiba que ninguém se importaria com vosmecê! Só não faço isso porque Veridiana não quer que eu aja como um animal. No entanto, se não concordares com o que eu proponho, posso mostrar isso ao meu pai!

— Como vosmecê conseguiu isso? — PERGUNTA GERTRUDES, ASSUSTADA AO VER A MÁSCARA.

— A enfermeira entregou-me, e disse que vosmecê ficou muito abalada ao receber isso, não? — PERGUNTA FERAL, MOSTRANDO-LHE A MÁSCARA. — Não sei que mistério envolve a senhora com esta máscara e essa veste, mas... com certeza o meu pai gostará de saber dessa história!

— Não! Por favor, eu lhe peço! Tire isso daqui... eu aceito o seu acordo! — DIZ GERTRUDES, DESESPERANDO-SE.

— Pois então, amanhã bem cedo eu estarei aqui, e... espero que não me decepcione! — DIZ FERAL, SAINDO PELA JANELA.

SOZINHA NO QUARTO, GERTRUDES TEME QUE FERAL MOSTRE A MÁSCARA AO SR. SANTIAGO. UM OBJETO COM QUE ELA, EM ALGUMAS VEZES, CONSEGUIA ILUDIR O SEU AMADO CUNHADO, TODA VEZ QUE ELE IA AO BORDEL DE MADAME DUPONT.

MESMO EMBRIAGADO, O SR. SANTIAGO SENTIA PRAZER EM DEITAR COM AQUELA ESTRANHA E MISTERIOSA MULHER MASCARADA. TEMENDO QUE ELE VENHA A DESCOBRIR, GERTRUDES DIZ PRA SI MESMA:

— Não! Ele não pode saber! Eu nunca o enganei... eu sempre o amei!

NO DIA SEGUINTE, APÓS O CAFÉ DA MANHÃ, O SR. SANTIAGO COMUNICA A TODOS OS SEUS EMPREGADOS SUA MUDANÇA.

— ...e partirei à tarde, assim que resolver alguns assuntos pendentes. Agradeço a colaboração de todos! Podem ir!

— Meu pai, o senhor visitará a tia Gertrudes, na Santa Casa? — PERGUNTA PEDRO.

— Creio que não, filho! Além de ter alguns compromissos... não quero mais vê-la!

— Faz bem em não ir, senhor! — DIZ VERIDIANA, VENDO FERAL DESCER A ESCADA. — Isso só o trará aborrecimentos!

— Tens razão, querida! Agora tenho que ir, pois...

— Perdoe-me, senhor... – DIZ FERAL, INTERROMPENDO-O — ...mas sugiro que vá visitar a D. Gertrudes, pois eu também o acompanharei, e digo que é importante demais pra mim!

— Mas... por quê, filho? — PERGUNTA O Sr. SANTIAGO, DEIXANDO VERIDIANA AFLITA.

— Porque assim como o senhor, eu... também preciso resolver a minha vida, e esta é uma ocasião propícia para isso! — DIZ FERAL, VESTINDO O TERNO. — Acredite senhor, pois será testemunha do que tenho a dizer perante todos os presentes, inclusive o Sr. Bittencourt!

— Pois bem! Não sei o que pretendes, mas... irei visitá-la, apenas para saber o que tens a dizer de tão sério! — DIZ O SR. SANTIAGO, SAINDO DA SALA.

ANTES QUE FERAL SAIA, VERIDIANA O SEGURA NO BRAÇO E PERGUNTA:

— Por que vosmecê fez isso? Ele já tinha concordado em não ir!

— Não te preocupes, senhora madrasta! Ontem eu quase matei a D. Gertrudes, mas... pensei em agir como um ser humano! Agora se me der licença... – DIZ FERAL, DEIXANDO-A APREENSIVA COM O QUE ELE PRETENDE.

LOGO MAIS NA SANTA CASA, O SR. SANTIAGO CHEGA COM OS SEUS FILHOS E O ADVOGADO RADAMES BITTENCOURT. NO QUARTO, A ENFERMEIRA AVISA A GERTRUDES QUE ELA TEM VISITA. AO ENTRAREM NO QUARTO, O SR. SANTIAGO OLHA COM PESAR PARA GERTRUDES, ENQUANTO FERAL CARREGA A CAIXA, QUE TANTO A TEMORIZA.

— Como está se sentindo, tia? — PERGUNTA PEDRO.

— Não muito bem, Pedro! Não sinto as minhas pernas, e... Sr. Bittencourt, como ficará a minha situação?

— Senhora... diante do seu estado, eu me prontifico a amenizar a sua pena, caso seja condenada! — RESPONDE O SR. BITTENCOURT.

— Senhor meu cunhado, soube que estais de partida de Itaberaba...

— Soube? De quem? — PERGUNTA O SR. SANTIAGO.

— De ninguém! — RESPONDE GERTRUDES, QUANDO OLHA PARA FERAL. — Eu... apenas deduzi que o senhor faria isso!

— Saiba então que partirei ainda hoje, pois não pretendo mais morar naquele casarão, nesta cidade!

— Senhor, bem sabes que sempre o apoiei, ajudei a criar os seus filhos, e...

— Chega, Gertrudes! — DIZ O SR. SANTIAGO, INTERROMPENDO-A. — Toda a sua dedicação para com os meus filhos é esquecida quando me lembro que durante todo esse tempo ocultou-me essa trama, e até matou uma inocente para manter essa mentira!

— O senhor acha que eu o enganei, não? Pois saiba que... — GERTRUDES AMEAÇA CONTAR O QUE SABE SOBRE A INFIDELIDADE DE VERIDIANA, MAS MUDA DE IDEIA QUANDO FERAL, COM UM GESTO, MOSTRA-LHE A CAIXA CONTENDO A MÁSCARA E A VESTE, FAZENDO-A CALAR.

— Eu... quero aproveitar a presença de todos, e notificar, que eu levarei a D. Gertrudes para o casarão, assim que ela receber alta! Me prontifico a cuidar dela, e assumo aqui, perante todos, a minha responsabilidade! — AO DIZER ISSO, FERAL É CUMPRIMENTADO POR TODOS, SEM DEIXAR OPORTUNIDADE PARA GERTRUDES FALAR. TODOS SAEM DA SALA, E GERTRUDES CHAMA PELO SR. SANTIAGO, QUE NÃO LHE DÁ OUVIDOS, DEIXANDO-A SOZINHA NO QUARTO, AOS PRANTOS.

LOGO MAIS, NO JARDIM DO CASARÃO DOS D'PAULA, A CARRUAGEM AGUARDA O SR. SANTIAGO, QUE SE DESPEDE DOS FILHOS. DIÓGENES, AO LADO DE SUA ESPOSA, ABRAÇA O PAI, ENQUANTO FERAL OBSERVA VERIDIANA. AO SE DESPERDIR DE SEUS PAIS, VERIDIANA DISFARÇA O SEU OLHAR PARA FERAL, ENTRANDO NA CARRUAGEM. AO PASSAR PELO PORTÃO, A CARRUAGEM SEGUE PELAS RUAS DE ITABERABA, SOB AS VISTAS DE ALGUNS, TENDO COMO DESTINO O MUNICÍPIO DE JEQUIÉ.

CAP. XX

ALGUNS DIAS SE PASSAM, E EM ITABERABA A VIDA SEGUE O SEU COTIDIANO. FERAL E PEDRO TRABALHAM NO ESCRITÓRIO, SENDO AUXILIADOS PELO SR. BITTENCOURT.

UMA SEMANA APÓS A PARTIDA DO SR. SANTIAGO, GERTRUDES VOLTA PARA O CASARÃO DOS D'PAULA, SENDO AUXILIADA PELOS CRIADOS, QUE A CARREGAM PARA A SALA DE ESTAR. OLHANDO PARA TODOS OS CANTOS, GERTRUDES SENTE O SILÊNCIO DO LUGAR, E CHAMA ZULMIRA.

— Quero que espane estes móveis duas vezes por dia! Também feche estas janelas, a claridade é insuportável! Ouça bem, Zulmira! A partir de hoje, eu... oh! Que bom que chegou! DIZ GERTRUDES AO VER FERAL. — Não pense que ficarei nesta casa como uma inválida sem vontades, pois...

— Vosmecê é uma inválida! — DIZ FERAL, INTERROMPENDO-A. — E serás tratada aqui como uma hóspede sem muitas regalias, não como uma parente!

— Mas eu sou da família! Esta casa também é do meu sobrinho Pedro, e...

— Por favor, leve-a para o quarto! — DIZ FERAL, INTERROMPENDO-A. — Zulmira, prepare uma bandeja, pois precisa se alimentar, e assim manterá essa boca ocupada!

IMPOSSIBILITADA DE SE LOCOMOVER, GERTRUDES SE ENCONTRA SOZINHA NO QUARTO, CHORANDO DE ÓDIO, DIANTE DE SUA ATUAL SITUAÇÃO.

— Senhor, eu já preparei a refeição da D. Gertrudes! — DIZ ZULMIRA, ENTRANDO NO GABINETE.

— Então, pode levar, Zulmira! Lembre-se que ela fará todas as refeições no quarto e descerá uma vez por dia para tomar banho de sol! — DIZ FERAL.

EM SUA PHARMÁCIA, NO CENTRO DE ITABERABA, DIÓGENES CADA VEZ MAIS SE DEDICA AO TRABALHO, PORÉM

UMA VEZ OU OUTRA ALGO O FAZ LEMBRAR DE CONCEI-
ÇÃO. POUCO DEPOIS, AO CHEGAR EM CASA, DIÓGENES
ENCONTRA SUA ESPOSA, CATARINA, SENTADA TRISTE-
MENTE NA SALA.

— O que houve?

— Diógenes... eu... eu estou grávida! — RESPONDE CATARINA, SEM ENTUSIASMO.

CERTO DIA, DURANTE O CAFÉ DA MANHÃ, FERAL COMUNICA A PEDRO A CARTA RECEBIDA DE SEU PAI, NOTI-CIANDO A VIDA DELE EM JEQUIÉ.

— ...e diz que assim que os negócios nos derem uma folga, gostaria que fizéssemos uma visita a ele! — CONCLUI FERAL.

— Só assim o veremos, pois dificilmente ele retornará a Itaberaba! — DIZ PEDRO.

ZULMIRA DESCE A ESCADA ASSUSTADA, E FERAL PERGUNTA:

— O que aconteceu, Zulmira?

— A dona Gertrudes... ela não quis tomar o café, e... jogou a bandeja no chão!

FERAL SE ABORRECE E SOBE. PEDRO VAI ATRÁS E PEDE CALMA AO IRMÃO

— Posso saber por que fez isso? — PERGUNTA FERAL, AO ENTRAR NO QUARTO.

— Eu não quero comer esse bolo, essas bolachas, e não bebo suco sem estar coado! — DIZ GERTRUDES, DESPENTEADA.

— Senhora... deves comer o que a criada trouxer! — DIZ FERAL

— Pois saiba que não quero mais tomar o meu café aqui, trancada neste quarto!

— Tia Gertrudes, acalme-se! — PEDE PEDRO. — Zulmira trará outra bandeja para a senhora, e...

— Não, Pedro! — DIZ FERAL, INTERROMPENDO-O. — Se ela estiver com fome, que coma o que jogou no chão! Caso não queira, só se alimentará no almoço!

— Miserável! Infeliz! Queres que eu padeça de fome? — PERGUNTA GERTRUDES, COM ÓDIO. — Pedro...vosmecê não fará nada?!?

— Lamento, tia, mas... acho que ainda dá pra aproveitar o bolo e as bolachas! Com licença! — DIZ PEDRO, SAINDO DO QUARTO.

POUCO DEPOIS, NA COZINHA, FERAL DÁ ORDENS PARA QUE NINGUÉM LEVE NADA PARA GERTRUDES, ATÉ A HORA DO ALMOÇO.

— ...como também, ela não terá banho de sol hoje! — DIZ FERAL, SAINDO DA COZINHA.

— Santiago... não achas que está sendo muito rude com a tia Gertrudes? — PERGUNTA PEDRO, VESTINDO O TERNO.

— Não! — RESPONDE FERAL, PEGANDO O CHAPÉU. — Mas se ela não estiver satisfeita, que vá mendigar nas ruas!

ALGUNS MESES SE PASSAM E, EM JEQUIÉ, VERIDIANA ESCREVE UMA CARTA PARA FERAL, NOTICIANDO O NASCIMENTO DE SEU FILHO. RELATA A FELICIDADE DO SR. SANTIAGO, QUE O BATIZOU, DANDO-LHE O NOME DE AMARO COIMBRA D'PAULA.

— ... "peço que comunique aos meus pais, e ao seu irmão Diógenes" — LÊ FERAL, DISFARÇANDO A EMOÇÃO, AO LADO DO SR. BAT-SARA, QUE, JUNTO COM MADAME DUPONT E AS MENINAS, FESTEJA O RÉVEILLON.

EM SEU QUARTO, GERTRUDES, VISIVELMENTE ABATIDA, ESCUTA A MÚSICA QUE VEM DA SALA.

— Com licença, senhora! — PEDE ZULMIRA, ENTRANDO NO QUARTO. — Aqui está o chá que pediu!

— Esta música... o que está acontecendo uma hora dessas?!? — PERGUNTA GERTRUDES.

— Senhora...? Todos estão comemorando o ano novo de 1912, não sabia?

— 1912...? Mas... quem está lá embaixo?

— Bom... são umas mulheres... meio assanhadas! Trazidas pelo seu sobrinho Pedro, e pelo Sr. Bat-Sara!

— Hunf! Velho indecente! — DIZ GERTRUDES, AO TOMAR O CHÁ. — Alguma notícia do Sr. Santiago?

— Ah, sim senhora! Agora a pouco o Sr. Fe... hã... o Sr. Santiago Neto, estava lendo uma carta, mandada pela D. Veridiana!

— É mesmo? Bom... eu agradeço por ter trazido o chá, Zulmira! Tenha uma boa noite!

— Boa noite, senhora! — DIZ ZULMIRA, ESTRANHANDO A CORDIALIDADE INESPERADA DE GERTRUDES. SOZINHA NO QUARTO, GERTRUDES MAQUIAVELICAMENTE PLANEJA UM MODO DE SE VINGAR DE FERAL.

NA MANHÃ SEGUINTE, GERTRUDES TOMA SOL NO JARDIM, SENDO AUXILIADA POR ZULMIRA.

— O meu sobrinho Pedro, já se acordou?

— Não, senhora! — RESPONDE ZULMIRA. — Todos ainda dormem, devido à festa de ontem!

— Zulmira, vosmecê é muito prestativa! Gostaria de dar-lhe um agrado — DIZ GERTRUDES, MOSTRANDO-LHE UM BONITO E VALIOSO ANEL. — Gostas? Creio que ficará bem em seu dedo!

— É lindo, senhora! — DIZ ZULMIRA, SE ENCANTANDO COM A JOIA.

— Apenas peço-te um pequeno favor! Vosmecê disse que... — GERTRUDES, CONSEGUE LUDIBRIAR A CRIADA, PEDINDO QUE ELA TRAGA A CARTA REMETIDA POR VERIDIANA A FERAL.

NO CASARÃO DOS BAT-SARA, O SR. ABRAÃO ENTRA SILENCIOSAMENTE NA SALA, MAS É ABORDADO PELA SUA FILHA RUTH.

— Papai! Isto são horas de chegar? Aguardamos a sua presença na passagem do ano, e o senhor desaparece!

— Lamento, filha! Nós não comemoramos o ano novo cristão, por isso, eu... hã... fui visitar uns amigos!

— Papai, o senhor sabe que... — D. RUTH TENTA CONTESTAR, MAS QUANDO VÊ A FILHA... — Catarina, filha, o que está sentindo?

— Eu estou bem, mamãe — RESPONDE CATARINA, MEIO CHATEADA. — Só que Diógenes já saiu pra trabalhar no primeiro dia do ano! Eu me sinto abandonada, com esta barriga enorme...

— Calma, querida! — DIZ O SR. BAT-SARA, AJUDANDO-A A SE SENTAR. — O seu marido é um homem trabalhador!

— Sei disso, vovô! Mas Diógenes prefere ficar mais tempo naquela pharmácia do que estar comigo!

DIAS DEPOIS, GERTRUDES, EM SEU QUARTO, PEDE UM FAVOR A ZULMIRA, QUE TRAZ LÁPIS E PAPEL. GERTRUDES CONVENCE A CRIADA ANALFABETA DE QUE ESTÁ ESCREVENDO UMA CARTA PARA UMA PARENTE.

— Vosmecê mostre esta carta a Santiago Neto, para que ele conceda um envelope do escritório e a poste no correio!

LOGO QUE A ESCREVE, GERTRUDES ENTREGA A ZULMIRA, QUE DESCE E MOSTRA A CARTA A FERAL. APÓS LER, FERAL A COLOCA EM UM ENVELOPE TIMBRADO DO ESCRITÓRIO. LOGO QUE SOBE, ZULMIRA DIZ A GERTRUDES:

— Senhora, ele já leu a carta, e mais tarde, quando for ao escritório, a colocará no correio. Com licença!

— Espere, Zulmira! Eu... esqueci de noticiar a essa minha parente que o filho do Sr. Santiago nasceu! Será que podes pegar a carta novamente? Mas... lhe peço que não deixe o Sr. Feral notar... pois sabes como ele pode se irritar comigo, por esse simples esquecimento!

— Pode deixar, senhora! — DIZ ZULMIRA, QUE, APÓS PEGAR NOVAMENTE A CARTA, A ENTREGA A GERTRUDES.

— Vosmecê pode abrir as janelas? — PERGUNTA GERTRUDES. APROVEITANDO QUE A CRIADA LHE DÁ AS COSTAS, PÕE NO ENVELOPE OUTRA CARTA, NO QUAL RELATA MINUCIOSAMENTE PARA O SR. SANTIAGO TODO O ENVOLVIMENTO DE FERAL E VERIDIANA.

— Aqui está, Zulmira. Peço encarecidamente que vá ao correio!

— Senhora, eu tenho alguns afazeres, e...

— Zulmira... rapidamente vosmecê vai ao centro e volta! — DIZ GERTRUDES SEGURANDO A SUA MÃO. — Ficastes bem com esse anel... talvez ele combine com uma pulseira! O que achas?

LOGO APÓS A SAIDA DE ZULMIRA, GERTRUDES SE OLHA NO ESPELHO E DIZ:

— Agora sim, maldito! Vosmecê e aquela adúltera me pagarão por tudo o que estou a passar, assim que o seu pai ler aquela carta com a sua assinatura!

DIAS DEPOIS, EM UM PEQUENO PORÉM ACOCHEGANTE SÍTIO EM JEQUIÉ, ENCONTRAMOS O SR. SANTIAGO DESCAN-

SANDO EM UMA CADEIRA DE BALANÇO, SOB UMA JAQUEIRA. AO LADO DE VERIDIANA, COMENTA:

— Se soubesse desta calma e tranquilidade... teria vindo pra cá muito antes!

— Senhor, qualquer lugar longe dos problemas de Itaberaba sempre seria tranquilo! — DIZ VERIDIANA, QUE VÊ DAS DORES, COM O BEBÊ NOS BRAÇOS, CHAMANDO-A.

— Senhora! Uma carta para o Sr. Santiago! — DIZ DAS DORES.

— Estranho... é de Feral! — DIZ VERIDIANA, APROXIMANDO-SE DO MARIDO. — Senhor uma carta de seu filho Santiago Neto!

— Santiago Neto? Realmente é uma novidade — DIZ O SR. SANTIAGO, PEGANDO O ENVELOPE.

— Espero que boa, senhor! Agora, dei-me licença, pois vou pôr esse rapazinho pra dormir!

— Provavelmente vem nos visitar nesses dias! — COMENTA O SR. SANTIAGO ABRINDO O ENVELOPE. AO LER A CARTA PERCEBE QUE O SEU CONTEÚDO É MAIS SURPREENDENTE DO QUE A CARTA EM SI. HORRORIZADO, O SR. SANTIAGO LÊ A CARTA SUPOSTAMENTE ESCRITA POR FERAL, EM QUE RELATA TODO O SEU ENVOLVIMENTO COM VERIDIANA ANTES E DURANTE O SEU CASAMENTO: "...e com os negócios prosperando, graças ao auxílio do Sr. Bittencourt, não vejo mais motivo para esconder o sentimento para com a mulher que sempre amei. Nestes dias, irei a Jequié, para buscar a minha mulher, assim como conhecer o meu filho, que até então fui obrigado a aceitá-lo como irmão."

TOTALMENTE CHOCADO AO LER A CARTA, O SR. SANTIAGO EMPALIDECE, TENDO UM INÍCIO DE ATAQUE CARDÍACO. EM SEU QUARTO, ALHEIA AO QUE ESTÁ ACONTECENDO, VERIDIANA CUIDADOSAMENTE PÕE O SEU FILHO PARA DORMIR, QUANDO UM ALUCINANTE GRITO DE DAS DORES INTERROMPE A CALMA DAQUELA TARDE. DESESPERADA, VERIDIANA CORRE PRA FORA DE CASA, QUANDO VÊ O MARIDO CAMBALEANDO EM SUA DIREÇÃO, COM A MÃO NO PEITO.

— Traidora! Traidora... – DIZ O SR. SANTIAGO, COM SUAS ÚLTIMAS FORÇAS, CAINDO NOS BRAÇOS DA MULHER.

— Senhor! Pelo amor de Deus! Das Dores... ajude-me! — GRITA VERIDIANA, DESESPERADA.

— Eu... não aguento uma... segunda traição! Eu... — COM ESTAS ÚLTIMAS PALAVRAS, O SR. SANTIAGO MORRE, DEIXANDO VERIDIANA DESESPERADA.

TENTANDO REANIMÁ-LO, VERIDIANA ABRAÇA O CORPO DO MARIDO. DAS DORES ABRE A MÃO DO SEU PATRÃO, E, AOS PRANTOS, ENTREGA A CARTA AMASSADA, QUE TROUXE A TRÁGICA REVELAÇÃO.

A NOTÍCIA DA MORTE DO SR. SANTIAGO CHEGA EM ITABERABA, NO FINAL DA NOITE. INICIALMENTE, NA CASA DO SR. BITTENCOURT, QUE IMEDIATAMENTE VAI AO CASARÃO DOS BAT-SARA E COMUNICA A DIÓGENES A TRISTE NOTÍCIA, DEIXANDO-O TRANSTORNADO. O SR. BAT-SARA, ACOMPANHA DIÓGENES ATÉ O CASARÃO DOS D'PAULA.

PEDRO DESCE, JUNTAMENTE COM FERAL, E, NA SALA DE ESTAR, O SR. BITTENCOURT LHES DÁ A TRISTE NOTÍCIA. DESESPERADO, PEDRO QUER SABER A CAUSA, ENQUANTO FERAL FICA EM SILÊNCIO, COM SENTIMENTOS CONFUSOS. DIÓGENES PEDE A ELES QUE SE APRONTEM, POIS O FUNERAL SERÁ EM JEQUIÉ.

— Zulmira... não diga nada a tia Gertrudes, pois certamente há de piorar o seu estado! — DIZ PEDRO.

HORAS DEPOIS, UMA MISSA É REALIZADA NA IGREJA DE ITABERABA EM MEMÓRIA AO SR. SANTIAGO. EM SEU QUARTO, GERTRUDES ESCUTA AS BADALADAS DO SINO, E...

— Este sino, tocando... Zulmira, morreu alguém aqui em Itaberaba? — PERGUNTA GERTRUDES.

— Sim, senhora! Um... senhor morreu a noite passada, mas... eu não sei o seu nome.

A NOTÍCIA DA MORTE DO SR. SANTIAGO COIMBRA D'PAULA CORRE POR TODA REGIÃO BAIANA. POUCAS PESSOAS EM SEU VELÓRIO. QUANDO CHEGAM EM JEQUIÉ, OS FILHOS DO SR. SANTIAGO, ACOMPANHADOS DOS SENHORES BITTENCOURT E BAT-SARA, RECEBEM OS PÊSAMES DOS POUCOS CIDADÃOS ALI PRESENTES.

AO VER FERAL ENTRAR NA SALA, VERIDIANA SAI DE PERTO DO CAIXÃO, INDO PARA O SEU QUARTO. FERAL NÃO ENTENDE A SUA REAÇÃO, E A SEGUE SENDO ABORDADO POR DAS DORES.

— Deixe-a em paz, senhor! — DIZ DAS DORES, IMPEDINDO A SUA PASSAGEM. — Vosmecê nem sequer devia ter vindo, depois do que fez!

— O que eu fiz? Do que falas, Das Dores?

— Não esperava uma maldade dessa! O seu pai não merecia!

— Das Dores... pare de me acusar, e me explique o que está acontecendo!

— Eu lhe peço que vá embora, senhor! E saiba que a senhora Veridiana não disse a ninguém a causa da morte de seu pai!

— Não! Eu não vou! Não antes que ela me explique por que foge de mim! — DIZ FERAL, INDO PARA O QUARTO DE VERIDIANA. AO CHEGAR, BATE NA PORTA, CHAMANDO-A.

— Vá embora! — DIZ VERIDIANA. — Saia daqui, não quero vê-lo!

— Senhora... por favor! Abra...desejo saber o que se passa! Abra! — DIZ FERAL, SE IRRITANDO E DERRUBANDO A PORTA. CHAMANDO A ATENÇÃO DE TODOS NO VELÓRIO.

— Você é louco?!? Queres acordar o meu filho? — PERGUNTA VERIDIANA, ASSUSTADA. — Saia daqui!

— Não antes de vosmecê falar comigo! O que se passa? — PERGUNTA FERAL.

DIOGENES, PEDRO E OS OUTROS ENTRAM NO QUARTO.

— O que está acontecendo aqui? — PERGUNTA DIÓGENES.

— É o que eu também gostaria de saber, Diógenes! — DIZ FERAL, REVOLTADO. — Ela recusa-se a falar comigo, e quero saber por quê!

— Quer saber? Vosmecê é o responsável pela morte de meu marido! — DIZ VERIDIANA.

— Eu?!? Mas... o que eu fiz? — PERGUNTA FERAL, SURPRESO E INDIGNADO.

— Senhora... esta é uma acusação muito grave! — DIZ O SR. BITTENCOURT. — Creio que devemos nos acalmar, pois o momento não está pra discussões!

— O Sr. Bittencourt está certo! — DIZ O SR. BAT-SARA. — Diógenes, leve o seu irmão pra fora, enquanto a senhora Veridiana se acalma!
FERAL TENTA INSISTIR, MAS DIÓGENES O CONVENCE A SAIR, DEIXANDO VERIDIANA AOS PRANTOS, E PEDRO CURIOSO COM A ACUSAÇÃO FEITA POR ELA.

— Senhora... por que culpas Santiago Neto pela morte de meu pai? — PERGUNTA PEDRO.

— O seu pai... recebeu ontem uma carta, remetida por ele, onde... escreveu barbaridades e calunias sobre mim — RESPONDE VERIDIANA.

— Mas... por que ele faria isso? A que calúnias a senhora se refere? — PERGUNTA PEDRO, AINDA MAIS CURIOSO, QUANDO O SR. BITTENCOURT ANUNCIA A SAÍDA DO FERÉTRO. DO LADO DE FORA, FERAL É ACONSELHADO PELO SR. BAT-SARA A NÃO ACOMPANHAR O ENTERRO. AO PASSAR POR FERAL, VERIDIANA DIZ:

— Espero que vosmecê não esteja aqui quando eu voltar!
EM ITABERABA, NO JARDIM DO CASARÃO DOS D'PAULA, GERTRUDES TOMA BANHO DE SOL, QUANDO PERCEBE A PRESENÇA DE UM CASAL, NO PORTÃO.

— Moleque! — CHAMA GERTRUDES. — Quem são aqueles que estão no portão?

— São os pais da senhora Veridiana, senhora — RESPONDE O CRIADO.

— Mas... o que eles querem aqui? — PERGUNTA GERTRUDES, NOTANDO D. EDILEUZA DE LUTO, E CHORANDO.

— Eles querem saber se o corpo virá pra Itaberaba, senhora.

— Corpo?!? Então... morreu alguém em Jequié! Diga-lhes de que nada eu sei! — DIZ GERTRUDES, QUE, AO VER ZULMIRA, A CHAMA. — Zulmira! Zulmira, o que aconteceu? Quem morreu em Jequié?

— Senhora... eu não sei o que aconteceu! — RESPONDE ZULMIRA, EMBARAÇADA. — Os seus sobrinhos, junto com o Sr. Bat-Sara e o doutor advogado, partiram logo cedo para Jequié!

— Sim! Então... aconteceu! Os pais dela estão de luto, então... — DIZ GERTRUDES, COMO SE TIVESSE DELIRANDO, DANDO

UMA GRANDE GARGALHADA. — Eu consegui! Ele a matou, eu consegui!

ZULMIRA ASSUSTADA COM A REAÇÃO DELA, MANDA OS CRIADOS A LEVAREM PRA DENTRO DA CASA.

ENQUANTO ISSO, NO SÍTIO, EM JEQUIÉ, FERAL ENTRA NO QUARTO DE VERIDIANA. DAS DORES OBSERVA O SONO DO PEQUENO AMARO. FERAL SE APROXIMA, CURIOSO EM VER A CRIANÇA QUE DORME TRANQUILAMENTE.

— Vosmecê ainda está aqui? — PERGUNTA DAS DORES, LEVANTANDO-SE. — Por que não parte antes que a patroa volte?

— Não, Das Dores! Ela acusou-me pela morte de meu pai, perante todos! Agora eu quero uma explicação!

— Esses meses foram tão tranquilos, e podia ter continuado assim! — DIZ DAS DORES, SAINDO DO QUARTO.

— Das Dores! — CHAMA FERAL, INDO ATRAS DELA, SEGURANDO EM SEU BRAÇO. — Eu lhe peço... diga-me o que aconteceu, por que ela me acusou?

— Feral... — DIZ DAS DORES, OLHANDO SERIAMENTE PRA ELE — ...vosmecê realmente não sabe o que fez?

— Não! Não sei do que me acusam, mas enlouquecerei se ninguém me disser o que aconteceu! — DIZ FERAL, DESESPERADO.

— Sente-se, filho! Ontem a tarde, o Sr. Santiago estava lá fora, descansando, quando recebeu uma carta sua! Nessa carta conta tudo o que houve entre vosmecê e a senhora Veridiana! Não sei ler, mas sei que foi muito mais do que isso, a ponto de causar um ataque ao seu pai!

— Das Dores... eu não escrevi carta nenhuma! — DIZ FERAL, SURPREENDIDO E EXALTADO.

— Filho... vosmecê fala a verdade?

— Decerto que sim, Das Dores! — DIZ FERAL, LEVANTANDO-SE. — Mas... onde está esta carta? Quero que me mostre!

— A carta... está com a senhora Veridiana, eu não sei onde ela guardou!

POUCO DEPOIS, PEDRO E DIOGENES CHEGAM DO ENTERRO.

— Santiago Neto, nós viemos chamá-lo para partirmos! — DIZ DIÓGENES.

— Não antes que eu fale com a senhora Veridiana! — DIZ FERAL. — Onde ela está?

— Ela não veio. Pediu-nos que o levássemos daqui, pois não quer vê-lo, quando chegar! — DIZ PEDRO.

— Como não quer me ver? — PERGUNTA FERAL, REVOLTADO. — Agora sei o que aconteceu, pois estou sendo acusado por ter enviado uma carta ao meu pai! Carta essa que causou a sua morte! Eu não escrevi carta nenhuma, e quero que ela me mostre!

— Talvez ela tenha uma explicação para...

— Não, Diógenes!! — DIZ PEDRO, INTERROMPENDO. — Creio que nós merecemos uma explicação, Santiago! O que tinha nesta carta a ponto de causar a morte de meu pai?

— Eu não sei, Pedro! Pois quero justamente ver essa carta, para poder defender-me desta acusação feita pela senhora Veridiana! — DIZ FERAL, PARTINDO, À PROCURA DE VERIDIANA.

NO PEQUENO CEMITÉRIO DO MUNICÍPIO, VERIDIANA ENCONTRA-SE PENSATIVA, DIANTE DA SEPULTURA DO SEU MARIDO. REPENTINAMENTE OUVE O CHAMADO AO LONGE DE FERAL. AO AVISTÁ-LO CORRE, PROCURANDO SE ESCONDER. FERAL, AO VÊ-LA, PEGA UM ATALHO ENTRE AS COVAS, E DE CIMA DE UMA LÁPIDE, A OBSERVA ESCONDIDA.

— Achas que pode se esconder de mim?

— Não pretendo me esconder, apenas não quero mais vê-lo! — DIZ VERIDIANA, LEVANTANDO-SE.

FERAL SALTA NA SUA FRENTE. VERIDIANA CORRE, MAS FERAL A ALCANÇA, SEGURANDO-A PELOS BRAÇOS. VERIDIANA SE DEBATE, MAS...

— Calma! Eu partirei daqui, mas antes vosmecê vai me ouvir! Agora sei por que me acusas, pois Das Dores contou-me! Quero que me ouças, pois me acusas de algo que não fiz!

— Será perda de tempo, pois não quero ouvir suas desculpas, suas mentiras!

— Veridiana... alguma vez eu menti pra vosmecê?

DIANTE DA PERGUNTA DE FERAL, VERIDIANA FICA EM SILÊNCIO, COMO SE EM DÚVIDA DA SINCERIDADE DELE.

— Vosmecê nunca me perdoou por eu ter vindo pra cá, com o seu pai! — DIZ VERIDIANA.

— Eu não escrevi nenhuma carta, Veridiana! Vosmecê acha que eu seria capaz de algo assim? Acabar com a sua felicidade? Se eu quisesse algum mal a ele, a vosmecês, eu não teria deixado virem pra este lugar, passar tanto tempo juntos, e...

— Cale-se! — GRITA VERIDIANA. — Não adianta desculpar-se, pois... veja! Aqui está!

VERIDIANA MOSTRA A CARTA A FERAL.

— E vosmecê sabe que eu conheço a sua caligrafia, ainda mais com a sua assinatura no envelope!

VERIDIANA JOGA A CARTA NO CHÃO. FERAL A APANHA E SE SURPREENDE QUANDO VÊ A SUA ASSINATURA NO ENVELOPE TIMBRADO. TENTANDO LER A CARTA, FERAL BALBUCIA PALAVRA POR PALAVRA, IRRITANDO AINDA MAIS VERIDIANA, QUE TOMA A CARTA DE SUAS MÃOS.

— Queres que eu leia? Pois bem ouça: "Não vejo mais o motivo para esconder o sentimento para com a mulher que sempre amei. Nestes dias irei à Jequié, para buscar a minha mulher, assim como conhecer o meu filho que até então fui obrigado a aceitá-lo como irmão."

— Mas isso é mentira! — DIZ FERAL, ABISMADO. — Eu jamais viria buscá-la, muito menos a criança, pois eu nem sei se sou o pai!

— Miserável — GRITA VERIDIANA, TENTANDO AGREDI-LO. — Vosmecê nunca se importou com isso!

— Veridiana, pare! — DIZ FERAL, DOMINANDO-A. — Eu nunca faria isso! Se digo que não escrevi, é porque não o fiz!

ELA SE SOLTA DELE, E AMBOS FICAM EM SILÊNCIO. FERAL SE APROXIMA, PÕE A MÃO EM SEU OMBRO.

— Eu a amo, Veridiana! Nunca tentaria arruinar a sua vida!

— Por favor... vá embora! — PEDE VERIDIANA, DANDO-LHE AS COSTAS. — Deixe-me em paz!

— Muito bem, eu irei, mas com a certeza nada fiz de errado! Sinto que agora vosmecê acredita em mim! — DIZ FERAL, PARTINDO DO CEMITÉRIO, DEIXANDO-A SOZINHA, AOS PRANTOS.

AO RETORNAR PARA O SÍTIO, FERAL ENCONTRA OS OUTROS NA CARRUAGEM, A SUA ESPERA, PRONTOS PARA PARTIR.

— Eu ficarei com a senhora Veridiana, até ela decidir voltar pra Itaberaba! — DIZ DAS DORES.

— Creio que isso não acontecerá tão cedo, Das Dores! — DIZ FERAL, APROXIMANDO-SE. — Eu li a carta, e confesso que me surpreendi com tamanha maldade! No entanto, tenho a consciência tranquila de que nada fiz. Não me importo mais se acreditam em mim, ou não! Adeus, Das Dores.

A CARRUAGEM SEGUE DE VOLTA PRA ITABERABA. EM SEU INTERIOR, O SR. BAT-SARA COMENTA:

— De certo isso foi forjado por alguém!

— Seja como for, Sr. Bat-Sara, esse alguém conseguiu, pois o meu pai está morto! — DIZ PEDRO, REVOLTADO.

EM JEQUIÉ, VERIDIANA CHEGA EM CASA. DAS DORES, PREOCUPADA, PERGUNTA:

— Senhora, como está?

— Das Dores! — DIZ VERIDIANA, ABRAÇANDO-A. — Eu... acredito nele, mas pedi que fosse embora!

— Senhora... ele ficou muito abalado com o que aconteceu! Também acho que ele não fez isso!

— Culpado ou não, o meu marido está morto! — DIZ VERIDIANA, OLHANDO O ANOITECER. — Tudo o que quero agora é seguir a minha vida, com o meu filho!

EM ITABERABA, NO CASARÃO DOS D'PAULA, GERTRUDES NA SALA DE ESTAR FICA ENTUSIASMADA COM O QUE IMAGINA TER ACONTECIDO A VERIDIANA.

— Zulmira! Sirva-me o melhor vinho que encontrares na adega!

— Lamento, senhora! Mas já está na hora de subir para o vosso quarto! — DIZ ZULMIRA.

— Oras, mas por quê? Meu sobrinho nem aquele infeliz estão aqui! Ainda mais... lembra-se daquela pulseira que eu prometi te dar?

— Pois bem, senhora! Mas se os patrões chegarem, não diga que fui eu quem a serviu!

— Não te preocupes, Zulmira! Se aconteceu o que eu imagino, apenas o meu sobrinho Pedro retornará! — DIZ GERTRUDES, DANDO GARGALHADAS.

POUCO DEPOIS, GERTRUDES PEDE MAIS VINHO A ZULMIRA. DEPOIS DE DUAS GARRAFAS, ZULMIRA PREOCUPA-SE COM A EMBRIAGUEZ DE GERTRUDES, E DIZ QUE CHAMARÁ OS CRIADOS PARA LEVÁ-LA PARA O SEU QUARTO.

— Zulmira... eu... ai! Eu sinto... algo me incomodando... aqui em meu calcanhar...

— Deixe-me ver, senhora! — DIZ ZULMIRA, ABAIXANDO-SE PARA EXAMINAR, QUANDO É GOLPEADA NA CABEÇA POR UMA GARRAFA DE VINHO. COM DESFAÇATEZ, GERTRUDES PEGA NO DEDO DA CRIADA, O SEU ANEL.

— Lamento, criada! Mas... vosmecê não vai estragar a minha alegria! — DIZ GERTRUDES, COM UM MAQUIAVÉLICO SORRISO, TORNANDO A BEBER.

JÁ SE FAZ TARDE DA NOITE, QUANDO A CARRUAGEM CHEGA A ITABERABA. AO DESCEREM DE FRENTE AO CASARÃO DOS D'PAULA, DIÓGENES ACONSELHA AOS IRMÃOS QUE DESCANSEM.

— Quero dizer aos senhores que estarei disponível para quaisquer esclarecimentos que necessitarem! Até amanhã! — CUMPRIMENTA O SR. BITTENCOURT.

— Eu não vou pra casa! — DIZ PEDRO. — Espero que a casa de DuPont esteja aberta... pois preciso de uma bebida! O senhor me acompanha, Sr. Bat-Sara?

— Sim, Pedro! Não se preocupem, rapazes, eu tomo conta dele! Boa noite!

— Vosmecê está bem? Ficou calado desde que saímos de lá! — DIZ DIOGENES.

— Pedro, me culpa pela morte de nosso pai! — DIZ FERAL, DENTRO DA CARRUAGEM.

— Eu acredito que vosmecê não fez aquilo, mas sei que existe algo que nos esconde. Creio que quando achares conveniente me dirás! Vosmecê quer que eu durma hoje no casarão?

— Não, Diógenes! Não é preciso, pois a sua esposa deve estar preocupada, e além do que... eu preciso ficar um pouco sozinho e tentar descobrir quem foi o responsável por aquela carta!

AO CHEGAR NO CASARÃO, FERAL ENCONTRA A CRIADA ZULMIRA DESMAIADA, COM A CABEÇA SANGRANDO. NOTANDO OS DEGRAUS DA ESCADA ÚMIDOS, COM COPOS E GARRAFAS ESPALHADOS, FERAL SOBE IMEDIATAMENTE, CHEGANDO AO CORREDOR.

FERAL ENCONTRA GERTRUDES TOTALMENTE EMBRIAGADA.

— Vosmecê...?!? O que faz... aqui? — PERGUNTA GERTRUDES, ASSUSTADA E SURPRESA EM VÊ-LO. — Vosmecê... não devia estar... vivo!

— A senhora está bêbada! O que fez a Zulmira? — PERGUNTA FERAL, EXALTADO. — Tentou matá-la?

FERAL A PEGA NOS BRAÇOS. GERTRUDES SE DEBATE, AMALDIÇOANDO TODAS AS PESSOAS, QUE PASSAM EM SUA MENTE PERTURBADA.

— Vosmecê é um maldito! Veridiana é maldita! Sua mãe Luzia e Micaela eram malditas! — GRITA GERTRUDES, SENDO JOGADA NA CAMA POR FERAL.

— Cala a boca, bruxa! — GRITA FERAL, DEIXANDO-A NO QUARTO.

— Maldito! Vosmecê ainda não morreu, mas eu consegui matar o seu amor... com Veridiana!

AO OUVIR ISSO, FERAL VOLTA E PERGUNTA:

— Então... foi a senhora quem escreveu aquela carta, não? Como conseguiu?

— Não importa como, e sim que pela terceira vez acabei com mais uma farsante na vida de meu amado cunhado! — DIZ GERTRUDES, GARGALHANDO.

— Vosmecê está louca! Pensas que Veridiana está morta? — PERGUNTA FERAL, APROXIMANDO-SE. — Quem foi a vítima de seu veneno foi o meu pai, o seu cunhado Santiago D'Paula!

— Não! — GRITA GERTRUDES. — Vosmecê está enganado!

— Oras! A cidade toda está sabendo da morte dele, menos vosmecê! — DIZ FERAL, DEIXANDO-A SOZINHA NO QUARTO, DESESPERADA.

— Não! Não é verdade! Não é verdade... — CHORAMINGA GERTRUDES. — Santiago... Santiago, meu amor...

AO DESCER, FERAL AINDA VÊ ZULMIRA ESTIRADA NO CHÃO. SENTA-SE NO SOFÁ, IMAGINANDO COMO GERTRUDES CONSEGUIU ENVIAR AQUELA CARTA. REPENTINAMENTE LEMBRA QUANDO ZULMIRA LHE PEDIU PARA LER E POSTAR UMA CARTA DE GERTRUDES, SUPOSTAMENTE DESTINADA PARA UMA PARENTE.

AS HORAS PASSAM, E FERAL PERMANECE SENTADO, NA SALA DE ESTAR, LEMBRANDO-SE DE TODA A SUA VIDA, DESDE QUE VIU VERIDIANA PELA PRIMEIRA VEZ. LEMBRA-SE DO PAI, TENTANDO IMAGINAR SE NÃO TIVESSE TRAZIDO GERTRUDES DE VOLTA PRA CASA... OS ACONTECIMENTOS TERIAM SIDOS EVITADOS?

— Não! Aquela miserável teria contado tudo a ele, lá mesmo, na Santa Casa! — DIZ FERAL, LEVANTANDO-SE, SUBINDO PARA O QUARTO DE GERTRUDES. AO ENTRAR, A ENCONTRA DESACORDADA NA CAMA. FERAL A PÕE NAS COSTAS, LEVANDO-A PRA FORA DO CASARÃO. NA MADRUGADA DE ITABERABA, FERAL ANDA PELAS RUAS, CHEGANDO NA IGREJA, ENCONTRANDO-A FECHADA.

COM GERTRUDES NAS COSTAS, FERAL ENTRA PELOS FUNDOS, CONSEGUINDO, COM MUITO ESFORÇO, SUBIR ATÉ O SINO. LÁ, NO PONTO MAIS ALTO, ENTRE OS TELHADOS, FERAL ACORDA GERTRUDES. AINDA ATORDOADA, DEVIDO AO EFEITO DA BEBIDA, GERTRUDES, AO DESPERTAR, SE ASSUSTA QUANDO VÊ ONDE SE ENCONTRA.

— Quem... quem me trouxe pra cá?!? O que... estou fazendo aqui? Ah, foi vosmecê, não? — PERGUNTA GERTRUDES, HORRORIZADA.

— Sim, eu a trouxe! Não a quero mais em minha casa! Ficarás na rua, entregue ao destino!

— Miserável! Vosmecê quer me matar, não?

— Eu poderia fazer isso! Assim como vosmecê fez com o meu pai, Iraci e com D. Micaela! Mas não o farei, pois vosmecê está condenada!

— Sim, sei que estou, mas morrerei feliz! Sabes por quê? Pois conseguir afastar todas as mulheres que enganaram o meu grande amor, o Sr. Santiago! Primeiro foi a sua mãe Luzia! Uma negra que não sabia qual era o seu lugar! Depois a fingida da minha irmã Micaela, e por fim a sua amada Veridiana!

— Agora Gertrudes... e vosmecê? O que recebeu de meu pai? Pois a sua dedicação e devoção a ele e seus filhos foram rapidamente esquecidas assim que ele soube que fostes a mandante do incêndio, como também sabia do verdadeiro pai de Diógenes! O Sr. Santiago conheceu e amou a minha mãe, respeitou e casou-se com D. Micaela, assim como teve Veridiana como esposa! E com vosmecê?

— Ele me amou! — DIZ GERTRUDES, AOS PRANTOS.

— Não! Ele apenas se relacionava com uma mascarada, quando ia ao bordel!

— Como... vosmecê soube disso?

— A Madame DuPont contou-me há alguns dias! Como vê, ele nunca soube que era a senhora, pois só teve desprezo e ódio, quando realmente soube quem era!

— Eu o odeio, infeliz! Odeio! — GRITA GERTRUDES.

— Agora que o meu pai está morto... o que será de vosmecê? Sozinha, doente, paralítica... talvez seja melhor saltar daqui. Uma morte rápida, lhe pouparia da humilhação e sofrimento que lhe aguarda durante o resto de sua vida! — DIZ FERAL, DEIXANDO-A SOZINHA NO TELHADO.

LOGO, QUANDO DESCE, FERAL ATRAVESSA A RUA E OUVE O ALARMANTE GRITO DE GERTRUDES, DESPECANDO DO ALTO, E SE ESPATIFANDO-SE EM FRENTE À IGREJA. AOS POUCOS, OS MORADORES, ACORDADOS PELO ASSUSTADOR GRITO, VÃO CHEGANDO. AO AMANHECER, TODOS COMENTAM EM VOLTA DO CORPO, DANDO CADA UM, UMA VERSÃO PARA O FATO.

AO LONGE, PEDRO, VINDO DO BORDEL, PASSA AO LADO DA MULTIDÃO, CANSADO E ÉBRIO, SEGUE PARA CASA.

HORAS DEPOIS, NO CASARÃO DOS D'PAULA, ZULMIRA É ACORDADA POR DIÓGENES QUE VEM AFLITO, DA RUA.

— Zulmira! Zulmira... o que aconteceu? Vosmecê está com um ferimento na cabeça...

— Sr. Diógenes... ai! Eu...fui atingida por uma... garrafa! D. Gertrudes... foi ela quem me machucou...

— Procure descansar! — DIZ DIÓGENES, SUBINDO À PROCURA DE FERAL. AO ENTRAR NO QUARTO O ENCONTRA DORMINDO PROFUNDAMENTE. FERAL É ACORDADO POR DIÓGENES, QUE LHE CONTA O ACONTECIDO. FERAL NÃO DEMOSTRA SURPRESA, AO SABER DA MORTE DE GERTRUDES.

— ...e ninguém sabe exatamente o que aconteceu! — CONCLUI DIÓGENES. — Quando chegou em casa ontem à noite, vosmecê a encontrou?

— Assim que eu entrei, vi Zulmira estirada no chão, com a cabeça sangrando. A escada estava molhada de vinho, com copos e garrafas por todo canto! A cadeira estava virada e... — ANTES QUE CONCLUA, FERAL É INTERROMPIDO PELO SR. BITTENCOURT, QUE BATE NA PORTA.

— Com licença! Santiago Neto, Diógenes, o comissário de polícia chegou e quer fazer algumas perguntas a vosmecês!

LOGO QUE DESCE, JUNTO COM DIÓGENES, FERAL RELATA AO COMISSÁRIO A MESMA HISTÓRIA...

— ...e quando subi, não encontrei ninguém! Como estava muito cansado da viagem, dormi sem me preocupar com o que tivesse acontecido a D. Gertrudes!

— Fico sem entender como uma mulher paralítica sai de uma cadeira e chega até o alto de uma igreja! — DIZ O COMISSÁRIO.

— Senhor... quero ressaltar-lhe que a D. Gertrudes se encontrava em um estado... não muito sã! O choque da morte do cunhado, talvez tenha sido demais pra ela suportar! — ADVERTE O SR. BITTENCOURT.

— Vosmecê pode me dizer o porquê dos copos e garrafas pela sala? — PERGUNTA O COMISSÁRIO A ZULMIRA.

— Ela quis apenas tomar um copo de vinho, senhor! — RESPONDE ZULMIRA. — Mas quando percebi que estava ficando tonta, eu chamei outros criados para levá-la pro quarto, mas ela me enganou, fingindo um incômodo nos pés, e quando abaixe pra ver, ela... me acertou com uma garrafa!

POUCO DEPOIS DA SAÍDA DO COMISSÁRIO, DIÓGENES PEDE AO SR. BITTENCOURT QUE CUIDE DE TUDO EM RELAÇÃO AO FUNERAL DE GERTRUDES. NA TARDE DAQUELE DIA, O VELÓRIO DE GERTRUDES É REALIZADO NO SALÃO PAROQUIAL, COM A PRESENÇA DE PEDRO E ALGUMAS BEATAS. DURANTE A CERIMÔNIA, OS COMENTÁRIOS SOBRE A MORTE DE GERTRUDES SÃO CONSTANTES.

LOGO MAIS, APÓS O ENTERRO, PEDRO ENCONTRA FERAL E DIÓGENES, QUANDO CHEGA EM CASA.

— Os poucos que estavam presentes comentaram sobre a ausência de vosmecês! – DIZ PEDRO, CABISBAIXO. — Que dia, venho do enterro de meu pai, e acordo sabendo que minha tia morreu de uma queda!

— Eu lamento, mas, apesar de ser a minha tia, eu nunca a suportei! — DIZ DIÓGENES, LEVANTANDO-SE. — Ainda mais quando soube que ela arruinou o casamento de nossa mãe!

— Como não sou sobrinho dela, digo que ela teve o que mereceu — DIZ FERAL.

— Como ousa dizer isso? Ela está morta, e chego a desconfiar que vosmecê têm algo a ver com isso! — DIZ PEDRO, REVOLTADO.

— Aquela mulher sempre foi má! Sempre quis a infelicidade de todos! Agora que morreu, devo lembrá-la como uma santa, uma boa senhora? — PERGUNTA FERAL.

— Minha tia não podia ter se arrastado daqui até a cidade, ainda mais subir até o telhado da igreja! Vosmecê a levou, não? Pois foi o primeiro a vir pra casa! — DIZ PEDRO.

— Sim, fui eu quem a levou daqui! — AFIRMA FERAL.

— Ah, eu sabia! Vosmecê nunca a suportou, mas não disse isso ao comissário! — DIZ PEDRO.

— Espere, Pedro! — DIZ DIOGENES. — Santiago Neto... você matou a tia Gertrudes?

— Não! Tive vontade, principalmente quando cheguei em casa e descobri que foi ela quem escreveu aquela maldita carta para o nosso pai! Depois que vi a criada no chão, lembrei-me que a infeliz foi usada por D. Gertrudes para que eu desse um envelope timbrado e assinado por mim! Quando cheguei ao corredor, encontrei-a embriagada e feliz, pois ela pensava que Veridiana havia morrido, em consequência da carta que ela enviou!

— Então foi a tia Gertrudes que enviou aquela carta, mas... por quê? — PERGUNTA PEDRO.

— Sim, Santiago! O que tinha de tão grave naquela carta? — PERGUNTA DIÓGENES.

— Bem... naquela carta, D. Gertrudes escreveu em meu nome, contando ao nosso pai todo meu envolvimento com Veridiana!

— Envolvimento?? Com a Sra. Veridiana?? — PERGUNTA PEDRO, INDIGNADO. — Como vosmecê teve a coragem de se envolver com a sua madrasta? Trair o seu pai, sob o teto de sua casa?

— Eu...já desconfiava de algo entre vosmecês, principalmente pelo modo como ela o tratou, em Jequié! — DIZ DIÓGENES. — Mas... ao descobrir que foi a tia Gertrudes quem escreveu a carta, vosmecê quis matá-la?

— Não! Fiquei furioso, mas quando eu disse que tinha sido o nosso pai que havia morrido, devido a sua maldade, ela enlouqueceu! — DIZ FERAL, INDO PARA A JANELA. — Ela não acreditava no que tinha causado, e eu não a quis mais em casa, e a levei para a cidade!

— Eu não acredito em vosmecê! — DIZ PEDRO. — Se a levou para o alto da igreja, é porque intencionava jogar lá de cima!

— Eu não a matei, Pedro! Deixei-a no telhado, e quando atravessei a rua, ouvi o seu grito, pois ela se jogou lá de cima!

— Isso é o que vosmecê diz! — DIZ PEDRO, VESTINDO O TERNO. — Irei agora mesmo falar com o comissário!

— Ninguém poderá provar nada, Pedro! Além do que, o comissário desconfiará de vosmecê, pois não dormiu em casa, e estava embriagado, igual a sua tia! — DIZ FERAL.

— Oras! Vosmecê... acha que o comissário desconfia que eu teria matado a minha própria tia? Vosmecê confessou pra nós que foi a última pessoa que esteve com ela! Vosmecê é testemunha disso, não, Diógenes?

— Pedro, a nossa tia Gertrudes foi a responsável pela morte de nosso pai, e...

— Não só pela morte de nosso pai, Diógenes! — DIZ FERAL, INTERROMPENDO-O. — Tenho algo a contar a vosmecês!

— Eu não vou ficar aqui, ouvindo as suas histórias! — DIZ PEDRO.

— Não queres saber como a vossa mãe, D. Micaela, morreu? — PERGUNTA FERAL.

— Minha mãe?!? De que falas?? — PERGUNTA PEDRO, RETORNANDO PRA SALA.

— O que sabes sobre isso, Santiago? — PERGUNTA DIÓGENES.

— Pedro, Diógenes... é algo triste o que tenho pra contar-lhes, mas é preciso que saibam! A senhora Micaela, ela...ela não caiu dessa escada acidentalmente. Ela foi... empurrada por Gertrudes! — DIZ FERAL, DEIXANDO PEDRO E DÍOGENES ESTUPEFATOS COM A REVELAÇÃO. FERAL CONTA-LHE TUDO O QUE SABE, ATRAVÉS DO QUE DAS DORES LHE CONTOU. —...e foi justamente nesse dia que o meu avô, o Sr. D'Paula, descobriu tudo sobre o verdadeiro pai de Diógenes! Apenas eu e Veridiana sabíamos dessa história. Vosmecês poderão confirmar tudo isso com Das Dores!

— Mas... por que Das Dores não contou ao nosso pai? — PERGUNTA PEDRO, ENQUANTO DIÓGENES CHORA.

— Achas que alguém acreditaria em uma criada, ou em uma senhora como a D. Gertrudes? — PERGUNTA FERAL. — Naturalmente ela ficou com medo! Quando estava no alto da igreja, ela confessou que conseguiu afastar a minha mãe, a mãe de vosmecês, e até mesmo Veridiana de nosso pai! Sem falar na infelicidade que ela causou ao pai de Diógenes!

— Ela foi má! Sempre foi, pois causou sofrimento e morte para as pessoas! — DIZ DIÓGENES.

— Sim, mas agora o mundo está livre de suas maldades! — DIZ FERAL, SUBINDO A ESCADA. — Pedro... quando fores me denunciar, não esqueças de contar essa história. Com licença!

CAP. XXI

CINCO ANOS SE PASSAM EM ITABERABA, DESDE O MISTERIOSO ACIDENTE QUE CEIFOU A VIDA DE GERTRUDES. DESDE ENTÃO, A VIDA NESTA PEQUENA PORÉM AGITADA CIDADE CORREU TRANQUILA.

NO CASARÃO DOS BAT-SARA É FESTEJADO O ANIVERSÁRIO DOS BISNETOS GEMÊOS DO VELHO SR. BAT-SARA. POUCOS CONHECIDOS ESTÃO NA FESTA, ENTRE ELES FERAL, QUE DURANTE ESSES ANOS FAZ USO DE UM RESPEITOSO BIGODE, COM UMA POSTURA MUITO DIFERENTE DAQUELA FIGURA MEIO SELVAGEM QUE CHEGOU EM ITABERABA TEMPOS ATRÁS.

DIÓGENES, PAI DOS GÊMEOS, CONVERSA SOBRE NEGÓCIOS, PORÉM COM UM ASPECTO CANSADO E AMARGURADO. PEDRO TENTA ENCONTRAR, COM O SR. BITTENCOURT, SOLUÇÕES PARA UM PROBLEMA QUE SURGIU EM SUA VIDA NOS ÚLTIMOS MESES.

— ...e agora? O que faço, senhor? O que as pessoas vão dizer? — PERGUNTA PEDRO.

— Calma, Pedro! Vosmecê não deve contrariá-la, pois o escândalo será inevitável! — ADVERTE O SR. BITTENCOURT.

O Sr. WILSON E D. RUTH COMENTAM COM FERAL SOBRE O ESTADO DE SAÚDE DO SR. EURICO, PAI DE VERIDIANA.

— ...agora que retornou da capital, creio que ele há de se recuperar! — CONCLUI D. RUTH.

— E D. Veridiana? Desde o falecimento do Sr. Santiago, ela não vem a Itaberaba!

— É verdade, Sr. Wilson! Eventualmente recebemos notícias dela, e a última, segundo a sua mãe, D. Edileuza, é de que ela virá visitar o pai por esses dias!

POUCO DEPOIS, DIÓGENES CONVERSA COM FERAL SOBRE A SUA VIDA.

— ...e quando esses parentes dela estão em casa, sinto-me ainda mais isolado! — CONCLUI, DIÓGENES. — Por isso fico mais tempo trabalhando. Minha vida poderia ter sido tão diferente, se Conceição não tivesse me deixado...

— Ainda pensas nela, não? Somos dois infelizes por não estarmos com a mulher de nossa vida! — DIZ FERAL.

— A minha situação é mais lamentável, irmão! Pois és solteiro e sabe onde se encontra o seu amor, e eu... nem sequer sei por onde anda o meu! — DIZ DIÓGENES.

— Deixemos os males do coração de lado, Diógenes! — DIZ FERAL, MUDANDO DE ASSUNTO, COM UM BRINDE. — E o nosso irmão Pedro, a cada dia mais preocupado com Celeste! Vê... não deixa o Sr. Bittencourt, nem por um instante!

— Pobre Pedro! — DIZ DIÓGENES, SORRINDO. — Eu sabia que um dia isso iria acontecer! Quero só ver ele resolver essa situação!

NO DIA SEGUINTE, NO CASARÃO DOS D'PAULA, O CAFÉ DA MANHÃ DE PEDRO É INTERROMPIDO.

— Sr. Pedro... lamento interromper, mas a senhorinha Celeste está novamente no portão querendo falar-lhe! — DIZ ZULMIRA.

— Ai, meu Deus! Logo cedo? Zulmira... diga-lhe que não estou! — DIZ PEDRO, AGONIADO.

— Sim, senhor!

— Por que não a recebe, Pedro? — PERGUNTA FERAL. — Ela sabe que estás aqui, pois conhece teus horários!

— O que é que eu faço? Esta mulher me persegue! — DIZ PEDRO, LEVANTANDO-SE.

— Se não queres escândalo, sugiro que recebas!

POUCO DEPOIS, CELESTE ENTRA, COM UMA BARRIGA QUASE À MOSTRA

— Bom dia, cunhado! — CUMPRIMENTA CELESTE.

— Bom dia, Celeste! Sente-se, tome o café da manhã... — CONVIDA FERAL, LEVANTANDO-SE — ...se me deres licença, tenho um assunto a resolver!

— Decerto, cunhado! — DIZ CELESTE, SE SERVINDO. — Sr. Pedro... posso saber o porquê de vosmecê não ter me levado ao aniversário dos primos de seu futuro filho?

— Oras, Celeste! Queria que todos me vissem ao seu lado? — PERGUNTA PEDRO, CHATEADO.

— E por que não? — PERGUNTA CELESTE, DE BOCA CHEIA. — Saiba o senhor, que agora faço parte da família, e...

— Não se fala de boca cheia! Vosmecê não... — DIZ PEDRO, INTERROMPENDO-A, INICIANDO UMA DISCUSSÃO.

SEMANAS DEPOIS, NO BORDEL DE MADAME DUPONT, ENCONTRAMOS PEDRO, COM O SEMBLANTE CANSADO, DIANTE DE SUA SITUAÇÃO. AO SEU LADO, O VELHO SR. BAT-SARA E O SR. BITTENCOURT TENTAM CONVENCÊ-LO A ASSUMIR O FILHO QUE ESTÁ PRA NASCER NESSES DIAS.

— ...pra os senhores é fácil resolver! E quanto a mim? Que prova eu tenho que esse filho é meu? — PERGUNTA PEDRO.

— Muito bem, Sr. Pedro D'Paula, eu tenho um trato a lhe propor! — DIZ MADAME DUPONT, SENTANDO-SE. — Se a criança que nascer se parecer com vosmecê, então terás que assumir! Caso não... eu assumo a criação desta criança, aqui no bordel!

— Pois então, madame, estou de acordo! — DIZ PEDRO, LEVANTANDO-SE. — Vou falar com Celeste, e...

— Um momento, senhor! — DIZ MADAME DUPONT, INTERROMPENDO-O. — Ainda resta um detalhe: Celeste não estará aqui enquanto estiver esperando essa criança!

— Não? E onde ela se encontra? — PERGUNTA PEDRO.

— Logo, logo vosmecê saberá! — DIZ MADAME DUPONT, EM TOM SARCÁSTICO.

NA MANHÃ SEGUINTE, QUANDO PEDRO CHEGA EM CASA, TEM UMA SURPRESA AO ENTRAR NA SALA.

— Bom dia, senhor! — CUMPRIMENTA CELESTE, TOMANDO O CAFÉ, AO LADO DE FERAL.

— Mas... o que vosmecê está fazendo aqui?!? — PERGUNTA PEDRO, SURPREENDIDO.

— Sei que esteve até agora no bor... hã... na casa de madame DuPont, e ela deve lhe ter contado que ficarei aqui, não?

— Santiago Neto! Vosmecê não diz nada? Não faz nada? — PERGUNTA PEDRO, DESESPERADO.

— Lamento Pedro, mas eu não me envolverei nesse assunto! — DIZ FERAL, LEVANTANDO-SE. — Se Celeste quiser ficar, eu... Das Dores?!?

— Com licença, senhores! — DIZ DAS DORES, ENTRANDO REPENTINAMENTE NA SALA. — Como estão, Sr. Santiago Neto, Sr. Pedro...

FERAL FICA SURPRESO COM A CHEGADA DE DAS DORES, E ANTES DE PERGUNTAR POR VERIDIANA, VÊ O PEQUENO AMARO ENTRAR CORRENDO PELA SALA. PEGANDO-O NOS BRAÇOS, FERAL PERCEBE COMO A CRIANÇA SE ASSEMELHA A ELE.

— Ah, perdoe-me, senhor! — DIZ DAS DORES. — Esse menino não para de correr por todo canto, e...

— Das Dores... esse é o Amaro Coimbra, filho de Veridiana? — PERGUNTA FERAL, INTERROMPENDO-A.

— Sim, é ele mesmo, senhor!

— E Veri... D. Veridiana, onde ela está? — PERGUNTA FERAL, COM O PEQUENO AMARO NOS BRAÇOS.

ENQUANTO ISSO, NO CASARÃO DOS BAT-SARA, DIÓGENES DISCUTE COM CATARINA, ALGO QUE SE TORNOU CONSTANTE NESSES ÚLTIMOS MESES.

— O senhor mal os cumprimentou ao chegar, e agora recusa-se a almoçar conosco! — DIZ CATARINA, EXALTADA.

— Lamento, Catarina! Vosmecê sabe que não tenho assunto com os seus primos! — DIZ DIÓGENES, VESTINDO O SEU TERNO. — Assim como eles me ignoram, eu prefiro estar trabalhando na pharmácia!

— Diógenes! Por favor, fique, eu... Diógenes! — GRITA CATARINA, AO VÊ-LO SAIR.

D. RUTH, AO VER A FILHA ANGUSTIADA E TRANSTORNADA COM O CASAMENTO, TENTA ACALMÁ-LA, MAS...

— Ah, mamãe! Está difícil de suportar! — DIZ CATARINA, NO COLO DA MÃE. — Às vezes chego a pensar em separação!

— Não, filha! Nem pense nisso, pois seria uma vergonha para todos os nossos familiares!

POUCO DEPOIS, DIÓGENES SE ENCONTRA PENSATIVO NO BALCÂO DE SUA PHARMÁCIA. AO VÊ O SR. BAT-SARA CHEGAR, DISFARÇA A TRISTEZA.

— Diógenes... meu filho, sei que não estás bem! Vim aqui tratar de um assunto sobre o qual, lá em casa, ficaríamos impossibilitados de conversar!

— O que houve, senhor? Algum problema?

— Sim, filho! O seu casamento é um problema, em sua vida, não? Percebo o quanto ele está arruinado!

— Senhor... não sou um homem feliz! Como vê, me refugio aqui em meu trabalho...

— Eu o admiro por isso, Diógenes! Sempre fostes trabalhador, honesto, e nunca te interessaste por minha fortuna.

— Sabe, senhor, lembra-se da última ceia? Naquela noite, eu fiquei tão transtornado com Catarina, que pensei em sair de casa. Mas... pensei em meus filhos, e reconsiderei em não partir!

— Diógenes sei que vosmecê nunca amou a minha neta, e apenas firmou um compromisso com ela devido ao acontecido!

— Ah, senhor! Eu amo os meus filhos, mas como me arrependo do que fiz naquela noite, quando fiquei com Catarina nos escombros da pharmácia!

— Naquela noite, filho, eu estava ciente do que minha neta pretendia! Cheguei até a adverti-la, mas estava muito determinada pelo que queria. Mas agora percebo que ela também não está feliz.

— Eu sempre desconfiei de que ela tinha planejado tudo, mas... agora isso não tem importância, pois o que importa são os nossos filhos!

— Filho, ouça-me! Ninguém nesta vida é obrigado a viver infeliz, privando-se da felicidade! É difícil dizer isso como avô, pois gosto muito de minha neta, mas em teu lugar, eu já teria partido em busca de meu grande amor!

— Sr. Bat-Sara...

— Quanto aos seus filhos, eu nem me preocuparia, pois aqueles meninos já têm o futuro mais que garantido! Afinal, são os herdeiros homens que eu sempre quis ter! — DIZ O SR. BAT-SARA, DEIXANDO DIÓGENES PENSATIVO. — Lembre-se que o fato de terminar o seu casamento, não o impedirá de ver e conviver com os seus filhos!

— Senhor... o que vão pensar o Sr. Wilson e a D. Ruth?

— Oras, meu filho! Não se preocupe, pois a minha filha tem a mesma opinião que eu, no entanto, como mãe, ela não pode ser a favor de uma separação. E o meu genro... ah! Esse não têm moral pra nada, pois ele casou-se com a minha filha por interesse, levando em conta que é judeu, coisa que eu duvido até hoje! Então? O que pretendes fazer de tua vida, homem?

— Sr. Bat-Sara... o senhor deu-me agora um lampejo de esperança na minha vida! — DIZ DIÓGENES, DANDO-LHE UM ABRAÇO. — Eu lhe agradeço muito!

NA ANTIGA CASA DE VERIDIANA, D. EDILEUZA CONVERSA COM A FILHA, SOBRE A RECUPERAÇÃO DE SEU MARIDO, O SR. EURICO.

— ...e graças a Deus e a Santiago Neto, ele pôde ir pra capital! — CONCLUI D. EDILEUZA. — Viu como ele ficou feliz em te ver?

— Eu também estou muito feliz de estar aqui com ele, com a senhora! — DIZ VERIDIANA, ABRAÇANDO A MÃE.

— Filha! Vosmecê vem pra cá, e deixa o meu neto ir pra aquele casarão! Eu estou com saudades, assim como o avô dele!

— Lamento, mãe! Mas achei melhor Das Dores o levar, pois aqui não tem muito espaço e papai precisa de tranquilidade ao seu redor! Além do que, ela cuida melhor dele do que eu! — DIZ VERIDIANA, SENTANDO-SE. — Mas conte-me... o que se passou aqui?

— Ah, filha! Depois do falecimento do seu marido, aquele casarão tornou-se um antro de perdição! Imagine que umas mulheres bem... hã... fogosas frequentam aquela casa, e que agora deve estar até mal-assombrada!

— Que bobagem, mãe! Não se preocupe, pois ainda hoje a senhora verá o seu neto! Da última vez que esteve lá, a senhora... — VERIDIANA SE SURPREENDE AO VER FERAL, ENTRANDO NA SALA, COM O PEQUENO AMARO NOS BRAÇOS.

— Com licença! Eu... vim trazer o seu neto para vê-la, D. Edileuza! — DIZ FERAL, OLHANDO EMOCIONADO PARA VERIDIANA.

D. EDILEUZA SE ALEGRA AO VER O SEU NETO, ENQUANTO VERIDIANA PERMANECE QUASE QUE ESTÁTICA, OLHANDO PARA FERAL. ENQUANTO D. EDILEUZA LEVA O SEU NETO PARA VER O AVÔ CONVALESCENTE, O SILÊNCIO PREDOMINA NA SALA POR UM INSTANTE.

— A senhora está muito diferente, porém continua bonita!

— Obrigada. Vosmecê também está diferente...

— Como está o senhor seu pai?

— Está bem, se recuperando aos poucos! Eu quero lhe agradecer pelo internamento dele! — DIZ VERIDIANA, QUANDO O SILÊNCIO SE FAZ PRESENTE. — E... seus irmãos, como estão?

ANTES QUE FERAL RESPONDA, D. EDILEUZA VOLTA À SALA COM O NETO NOS BRAÇOS.

— Mamãe, quero voltar pra casa grande! — PEDE O MENINO AMARO.

— Meu filho, vosmecê já esteve lá! — DIZ VERIDIANA, PEGANDO-O NOS BRAÇOS. — Agora a vovó quer que fique aqui um pouco, com ela e com o vovô!

— Senhora... eu gostaria de convidá-la para um almoço em minha casa...

— Eu agradeço, mas prefiro ficar aqui, pois...

— Mamãe, eu quero voltar pra lá! — PEDE O PEQUENO AMARO, INTERROMPENDO-A.

— Por favor, eu insisto! — DIZ FERAL. — Das Dores preparou um prato especial!

NO CASARÃO DOS D'PAULA, ZULMIRA CONTA A DAS DORES TODO O ACONTECIDO DA MORTE DE GERTRUDES.

— ...e até hoje a polícia não sabe o que aconteceu! Se ela pulou ou foi empurrada do alto da igreja! — CONCLUI ZULMIRA.

— Santo Deus! Eu sempre imaginei que... Quem é essa moça? — PERGUNTA DAS DORES, AO VER CELESTE.

— Ah, essa é...

— A esposa do Sr. Pedro! — DIZ CELESTE, SE APRESENTANDO. — Muito prazer, Das Dores!

— Eu... não sabia que o Sr. Pedro tinha se casado! — DIZ DAS DORES, ADMIRADA.

— Nós ainda não nos casamos, mas eu estou de barriga, e é pra esses dias! — DIZ CELESTE, SORRINDO. — Das Dores, esse almoço... é... especial? Eu preciso mudar de roupa pra almoçar também?

— Não, menina, não precisa! — DIZ DAS DORES, SORRINDO.

— Zulmira, filha! Mande alguém avisar o meu marido que venha almoçar hoje em casa! — PEDE CELESTE, ENTUSIASMADA.

POUCO DEPOIS, LOGO QUE SAI DO ESCRITÓRIO, PEDRO ATRAVESSA A RUA INDO PARA A PHARMÁCIA DE SEU IRMÃO, LHE COMUNICAR SOBRE O REPENTINO ALMOÇO.

— ...e ele quer que nós estejamos presentes! Vosmecê irá? — PERGUNTA PEDRO.

— Sim! — RESPONDE DIÓGENES, DEMOSTRANDO UM POUCO DE EUFORIA. — Estou com saudades de Das Dores!

— Diga a Catarina, que é um almoço simples, sem formali...

— Não, eu não passarei em casa! — DIZ DIÓGENES, INTERROMPENDO-O. — Aqueles parentes distantes dela ainda estão em casa, e eu quero chegar o mais tarde possível!

NO CAMINHO, DIÓGENES COMENTA COM PEDRO SOBRE A CONVERSA QUE TEVE COM O SR. BAT-SARA. PEDRO FALA DE SEU ACORDO COM MADAME DUPONT, E...

— Não sei se fiz bem em aceitar, pois, de um jeito ou de outro, ela está em casa! E quando a criança nascer... o que farei? — PERGUNTA PEDRO.

— Pedro, vosmecê gosta dela! Por que não a aceita? Ela parece-me ser uma boa moça!

NO CASARÃO DOS BAT-SARA, O SR. ABRAÃO COMENTA COM A FILHA SOBRE A CONVERSA QUE TEVE COM DIÓGENES.

— ...e creio que ele já decidiu o que fazer! — CONCLUI O SR. BAT-SARA.

— Oh, pai! Será que o senhor fez bem? — PERGUNTA D. RUTH, APREENSIVA. — Embora eu concorde, temo que Catarina possa sofrer com isso!

— Não se preocupe, filha! Será o melhor para os dois, e ela se acostumará com a situação! — DIZ O SR. BAT-SARA, ENQUANTO OS SEUS PARENTES JUDEUS CONVERSAM COM O SR. WILSON.

— Vovô, o senhor veio da cidade, e... viu Diógenes na pharmácia? — PERGUNTA CATARINA, PREOCUPADA COM O MARIDO.

— Filha... ele não almoçará aqui! — DIZ O SR. BAT-SARA, DEIXANDO A SUA NETA ABORRECIDA COM O MARIDO.

NO CASARÃO DOS D'PAULA, DIÓGENES ABRAÇA DAS DORES, ENQUANTO PEDRO, AO VER CELESTE, SE APROXIMA, E...

— Celeste, sabes que teremos visita pra este almoço, não? Suba para o quarto, pois mandarei a criada lhe servir alguma coisa, e...

— Mas... por quê? — PERGUNTA CELESTE, INTERROMPENDO-O. — Eu faço parte da família! Ficarei aqui!

— Fala baixo! — DIZ PEDRO. — Pois então se comporte e fale o menos possível!

POUCO DEPOIS, CHEGA VERIDIANA JUNTO COM O FILHO. FERAL A RECEPCIONA, ELOGIANDO O SEU VESTIDO. NA COZINHA DIÓGENES CONVERSA COM DAS DORES SOBRE A MORTE DE SUA MÃE.

— Espero que me perdoe por eu nunca ter lhe dito, meu filho!

— Decerto que eu entendo, Das Dores! Vamos esquecer desse assunto tão doloroso.

— Então me fale de seus filhos! Sei que são gêmeos, mas por que não os trouxe?

ZULMIRA ANUNCIA QUE O ALMOÇO ESTÁ SERVIDO. TODOS SE DIRIGEM À MESA.

— Das Dores... não vai sentar? — PERGUNTA FERAL.

— Eu? Oh não, senhor! Eu sou criada, lembra?

— Vosmecê é nossa convidada e, além do mais, fez esta delícia de almoço! Sente-se Das Dores! — DIZ FERAL.

— Senhor... eu não sei comer com esses talheres... — DIZ DAS DORES, ENVERGONHADA.

— Oras, mas que bobagem! Como disse-me certa vez o Sr. Bat-Sara: coma como quiser!

— Nesse caso, eu lhe agradeço, cunhado! Também não tenho costume! — DIZ CELESTE, SORRIDENTE, SENDO OBSERVADA POR PEDRO.

LOGO APÓS O ALMOÇO, TODOS TOMAM UM PEQUENO CAFÉ NA SALA DE ESTAR, ONDE OS ASSUNTOS DA VIDA EM JEQUIÉ SÃO COMENTADOS POR VERIDIANA.

— ...e agora posso dizer-lhes que não troco a tranquilidade daquele sítio por nada nesse mundo! — CONCLUI VERIDIANA.

— Ah! Que bonito! Que bela reunião de família! — DIZ CATARINA, ENTRANDO REPENTINAMENTE NA SALA, SURPREENDENDO A TODOS. — Por que não fui convidada, senhor meu marido?

— Catarina... o que... — DIZ DIÓGENES, ENVERGONHADO.

— Vosmecê não esteve no almoço com os meus parentes, pois preferiu estar aqui, não? — PERGUNTA CATARINA, EXALTADA. — Pois quero que volte pra casa, agora!

— Como ousa falar assim? Pois saiba que não voltarei agora, nem nunca! — DIZ DIÓGENES.

ENVERGONHADA, CATARINA SAI AOS PRANTOS DA SALA, SENDO ACOLHIDA PELO SEU AVÔ, NO JARDIM DO CASARÃO.

— Pelo visto este casarão continua tumultuado como sempre! — DIZ VERIDIANA.

— No entanto, o jardim continua calmo e belo como sempre! — DIZ FERAL, CONVIDANDO-A AO JARDIM.

LOGO QUE FERAL E VERIDIANA DEIXAM A SALA, CELESTE SE APROXIMA DE PEDRO E DIZ:

— Viu como me comportei? Mas essa sua cunhada... apesar de rica, armou um escândalo!

— Como o que pretendes fazer, caso eu não o reconheça esse filho, não? — PERGUNTA PEDRO, DEIXANDO-A SOZINHA.

— Ai! Socorro, Pedro! Acuda-me! — GRITA CELESTE.

— Ficou louca? Por que está gritando, escandalosa? — PERGUNTA PEDRO, VOLTANDO.

— Ai! Não... é escândalo! A minha barriga... o meu... filho... vai... nascer! — GRITA CELESTE, DEIXANDO PEDRO DESESPERADO.

ENQUANTO ISSO, FERAL CAMINHA TRANQUILAMENTE COM VERIDIANA, QUANDO É CHAMADO POR ZULMIRA.

— Senhor! Senhor, a D. Celeste está tendo o filho!

— O quê?!? Zulmira... onde está Diógenes? — PERGUNTA FERAL.

— Ele está com ela, senhor! — RESPONDE ZULMIRA.

NA SALA DE ESTAR, DIÓGENES AO VER CELESTE DIZ:

— Pedro... a bolsa estourou! Ajude-me a levá-la pro quarto!

HORAS DEPOIS, OUVE-SE DA SALA, PARA QUEM AGUARDOU COM ANSIEDADE, O ALIVIANTE CHORO.

— Das Dores! Nasceu?? Nasceu, eu ouvi! — DIZ PEDRO, DESESPERADO AO VER DAS DORES DESCENDO A ESCADA. — É menino ou menina?

— É menina, senhor! E é a sua cara! — RESPONDE DAS DORES, DEIXANDO PEDRO EMOCIONADO.

— Como foi, Diógenes? Como ela está? — PERGUNTA FERAL.

— Foi tudo bem, graças a Deus, e pela ajuda de Das Dores! — DIZ DIÓGENES, DEMOSTRANDO CANSAÇO. — Foi o primeiro parto que fiz... acho que tenho jeito pra isso!

— Que bom que esteja aqui conosco num momento como este! — DIZ FERAL.

— Santiago... eu gostaria de pedir para ficar algum tempo aqui, pois não pretendo mais morar no casarão dos Bat-Sara.

— Diógenes! Vosmecê não precisa pedir, pois esta casa é tão minha quanto sua! Além do que... pretendo mudar-me daqui. Voltarei com Veridiana para Jequié, caso ela me aceite.

AO ANOITECER, MADAME DUPONT, ACOMPANHADA DO SR. BAT-SARA, CHEGA AO CASARÃO DOS D'PAULA PARA VER A FILHA DE PEDRO. AO SUBIREM, ENCONTRAM PEDRO, BOQUIABERTO, OBSERVANDO A FILHA RECÉM-NASCIDA.

— Celeste... ela se parece comigo!

— Ela é muito nova pra se parecer com alguém, Pedro! — DIZ CELESTE, DEITADA.

— Com licença, papai e mamãe! — DIZ O SR. BAT-SARA, AO ENTRAR NO QUARTO, JUNTO COM MADAME DUPONT.

— Que coisa mais linda! — DIZ MADAME DUPONT. — O que achas, Abraão? Parece com Pedro?

— Eu... não sei, DuPont! É muito novinha...

— Não importa! Ela será uma bonita moça, quando crescer em meu bordel, e...

— Não! Ninguém levará a minha filha daqui! — DIZ PEDRO, DESESPERADO SEGURANDO O BERÇO.

POUCO DEPOIS, NA SALA DE ESTAR, O SR. BAT-SARA ENCONTRA DIÓGENES, QUE PERGUNTA:

— Senhor, como está Catarina?

— Ela irá se recuperar, filho! — RESPONDE O SR. BAT-SARA, DANDO-LHE UM ENVELOPE. — Tome. Isto é pra vosmecê!

— Mas... isto é a documentação da pharmácia... em meu nome?!? — CONSTATA DIOGENES, AO LER. — Eu... não posso aceitar, senhor!

— Pode sim, filho! E deve! A pharmácia sempre foi sua, pois sempre trabalhou e muito, para que ela existisse e funcionasse!

VERIDIANA, AO VER O SEU FILHO COCHILANDO, VAI PEGÁ-LO NO SOFÁ.

— Senhora... não. Deixe-o dormir — DIZ FERAL, PEGANDO-LHE NA MÃO. — esculpe, mas ainda está cedo!

— Eu vim apenas para o almoço, Santiago!

— Pois então, eu a convido para o jantar!

— Não, obrigada. A minha mãe está me esperando, e...

— Pois então, deixe-me acompanhá-la! — DIZ FERAL, PEGANDO O PEQUENO AMARO, NOS BRAÇOS.

AO CHEGAREM NA CASA DE D. EDILEUZA, FERAL ACOMPANHA

VERIDIANA, LEVANDO O MENINO ATÉ O QUARTO.

— Ele dorme como um anjo! — DIZ FERAL. — Amanhã, eu poderia vir buscá-lo para ficar um pouco no casarão?

— Lamento, mas... eu partirei de volta para Jequié amanhã, logo cedo!

— Veridiana... não vá! Fique, eu lhe peço! — PEDE FERAL, SEGURANDO EM SUAS MÃOS.

— Não. Eu não quero! Só vim aqui por causa da doença de meu pai. Agora que ele está bem, eu retornarei para o sossego de minha casa! — DIZ VERIDIANA, INDO PARA O PORTÃO. — Percebi o quanto estais adaptado à vida aqui, em Itaberaba...

— Antes de conhecer este lugar, achava que a minha vida era lá no Pelourinho. Agora digo que a minha vida já não é mais aqui, e sim em qualquer lugar em que vosmecê esteja! Na última vez que nos vimos, vosmecê mandou-me te esquecer... e nem sabes como tentei, mas não consegui! Durante esses cinco anos, eu me contive em não te procurar. Houve momentos em que... quase fui atrás de vosmecê, mas temia em ouvir um "não", por isso não o fiz!

— Eu... também pensei em voltar, logo que soube da morte de Gertrudes, mas... não tive coragem de viver um amor escondido de todos...

— Veridiana... eu deixarei Itaberaba de qualquer modo!

— Mas... pra onde irás? — PERGUNTA VERIDIANA, PREOCUPADA.

— Não sei. Sairei sem rumo, como meu avô fez um dia. Talvez Salvador. Adeus, senhora. — DESPEDE-SE FERAL, SUBINDO NA CHARRETE.

AO VER A CHARRETE SE AFASTANDO, VERIDIANA SENTE UMA SENSAÇÃO DE PERDA, COMO NUNCA TINHA SENTINDO ANTES.

— Feral! — GRITA VERIDIANA, SAINDO DO PORTÃO, CORRENDO ATRÁS DA CHARRETE, QUE PARA. FERAL ESTENDE A MÃO, E VERIDIANA AO SUBIR, DIZ:

— Eu não posso te perder! Venha comigo para Jequié, Feral! — AO DIZER ESSAS PALAVRAS, VERIDIANA O ABRAÇA, E AMBOS SE BEIJAM.

TREZE ANOS DEPOIS, EM 1930, O MUNICÍPIO DE ITABERABA SE EXPANDIU, PORÉM COM POUCAS MUDANÇAS. DIÓGENES CONTINUA A TRABALHAR EM SUA PHARMÁCIA,

QUANDO A ROTINA DE SEU DIA É INTERROMPIDA COM O CHAMADO DE SEU FILHO.

— Papai! Papai! Carta do Samuel! — DIZ O RAPAZ QUE CHEGA APRESSADO AO BALCÃO.

— De Samuel?!? — PERGUNTA DIÓGENES, QUE, AO ABRI--LA, CONSTATA: — É o que imaginei: ele está pra chegar! Desembarca em Salvador!

FELIZ COM A NOTÍCIA, DIÓGENES PEDE AO FILHO QUE NÃO AVISE A SUA MÃE, QUE RECEBEU A CARTA. LOGO QUE FECHA A PHARMÁCIA, DIÓGENES RETORNA AO VELHO CASARÃO DOS D'PAULA.

AO CHEGAR, ENCONTRA PEDRO, DISCUTINDO COM A FILHA, SOBRE O SEU TRAJE PRA SAIR.

— ...e trate de vestir uma saia mais longa! Diógenes! Que bom que chegou cedo, pois recebi a ligação de Feral...

— Já sei, Pedro! A respeito da formatura, não? Infelizmente eu não poderei ir, pois acabo de receber uma carta de meu filho Samuel!

— Samuel?!? Ele está por chegar, tio? — PERGUNTA A FILHA DE PEDRO.

— Sim, querida! Ainda hoje irei para a capital! — RESPONDE DIÓGENES.

— Cunhado! Feral e Veridiana fazem questão de toda família reunida presente na formatura de Amaro! — DIZ CELESTE.

— Bem... é no próximo sábado, não? Talvez quando retornar de Salvador, eu passe por lá!

NO DIA SEGUINTE, MUITA GENTE AGUARDA NO CAIS, O DESEMBARQUE DE SEUS PARENTES E AMIGOS, ORIUNDOS DA EUROPA.

ENTRE A MULTIDÃO, DIÓGENES, QUE ANSIOSO AVISTA O FILHO ENTRE OS PASSAGEIROS QUE DESEMBARCAM. LOGO QUE DESCE, O JOVEM SAMUEL ABRAÇA O PAI.

— Pai! Como está o senhor? E mamãe, não veio? — PERGUNTA SAMUEL

— Não, filho! Ela nem sabe que você chegou! — DIZ DIÓGENES, ABRAÇADO COM O FILHO A CAMINHO DO BONDE. — Como foi a sua estadia, filho?

— Boa, pai! Eu acho que... ei! Um momento, pai! — DIZ SAMUEL AO AVISTAR DEOCLÉCIO, SEU COMPANHEIRO DE VIAGEM. — Deoclécio! Este é o meu pai!

— Como vai, senhor! — CUMPRIMENTA O JOVEM, QUE VAI APRESENTAR A SUA MÃE, A QUAL TAMBÉM O AGUARDAVA NO CAIS. — Só um instante, chamarei a minha mãe!

AO CHAMAR A SUA MÃE, DEOCLÉCIO A APRESENTA AOS DOIS, E...

— Muito prazer em conhecê-la, senhora! Pai... pai? O que houve? — PERGUNTA SAMUEL, AO VER O PAI PASMO E SURPRESO, CONSTATANDO QUE A SENHORA MÃE DE DEOCLÉCIO É CONCEIÇÃO.

— Mãe... a senhora está bem? — PERGUNTA DEOCLÉCIO. — Vocês... já se conheciam?

OLHANDO UM PARA O OUTRO, COMO SE O TEMPO NÃO TIVESSE PASSADO, ENQUANTO OS SEUS FILHOS FICAM SEM ENTENDER O QUE SE PASSA. AMBOS SE ABRAÇAM, AFIRMANDO AO MESMO TEMPO QUE...

— Sim, meu filho! Nós já nos conhecemos! — RESPONDE CONCEIÇÃO, COM LÁGRIMAS NOS OLHOS.

— Parece que o destino quer nos dar uma nova chance! — DIZ DIÓGENES, EMOCIONADO.

DOIS DIAS DEPOIS, NO SÍTIO, EM JEQUIÉ, VERIDIANA RECEBE SEUS CONVIDADOS E OS CUMPRIMENTOS PELA FORMATURA DE SEU FILHO AMARO COIMBRA D'PAULA.

POUCO DEPOIS, FERAL CHAMA TODOS OS PRESENTES: DIÓGENES E CONCEIÇÃO; PEDRO E CELESTE, COM OS FILHOS; PARA JUNTOS TIRAREM UMA FOTO EM FAMÍLIA.

FIM